# 빛의 여정 1

# 빛의 여정

빛으로 태어난 아이

- I -

# 목차

- 006 INTERVIEW
- 018 악마의 소소한 로망
- 025 부르다 목이 메어버리는 그 이름, 어머니!
- 072 죽어서 태어난 아이
- 093 ★
- 096 깨어지는 약조
- 103 똥발으로 환생해 버린 악귀
- 118 정의의 망치
- 132 깨지지 않는 어둠의 그릇
- 156 문!
- 159 너는 꽃으로 태어나지 않았어. 절대 지지 않아!
- 216 소년과 소녀
- 227 촉법이 뭐시더냐?
- 273 내 밥그릇은 내가 지킨다
- 285 케이크 대신 동생을 썰어버린 생일 파티
- 301 창이 된 바늘
- 326 악마는 어리다고 봐주지 않아
- 346 강상죄라고 들어는 봤어?

# INTERVIEW

　떨리는 손으로 땀인지 눈물인지 모를 것을 꼬집듯 닦아냈다. 관자놀이를 타고 흐른 식은땀은 들키지 않도록 잽싸게 손등으로 긁어버렸다. 호흡은 심장과 함께 잠시 그 기능을 멈춘 것 같았고 뻣뻣하게 조여오는 목덜미까지…. 미쳐 날뛰는 나의 자율신경계가 요란하게 공습경보를 울리고 있다. 젠장, 나는 지금 딱 하나의 질문을 했을 뿐이다.
　"앞으로 어떻게 불러드리면 될까요?"
　내 질문이 끝나기도 전에 장난기 가득했던 그의 얼굴이 순간 얼음장같이 바뀌었다. '휙!' 하고 내게서 돌려버린 그의 등에서는 마치 뜨거운 용암이 흘러내리는 것 같았다. 어깨가 들썩일 때마다 씩씩거리는 소리도 함께 포효하고 있었고 그대로 나와 이 공간을 모두 태워버릴 듯이 온몸으로 화를 내고 있었다.
　이윽고 돌아서 한없이 한심한 표정으로 나를 바라보더니, 그 커다란 손을 내 눈앞에 대고 그대로 '짝!' 한번 내리쳤다. 그러자 고막을 찢을 듯한 '퍼어엉!' 소리와 함께 방대한 파장이 거대한 파도처럼 나를 덮쳤다. 순간 나의 시간은 잠시 멈춘 듯했고, 핵폭탄이 정수리에 내리꽂힌 듯한 큰 충격을 받았다. 조금 후 나는 진정을 되찾고 안경을 고쳐 썼다. 일단 안경도 나도 무사했다. 그래도 자기소개 정도는 하고 넘어가야 하는 거 아니야? 자기가 뭐라고 생각하는 거야? 인터뷰가 장난이야?
　온 국민이 다 안다는 정우성도 꼬박꼬박 자기 이름은 내놓고 시작하는 게 인터뷰라고! 아니 애초에 두 팔 벌려 환영한다고 자신을 담을 수 있는 카메라가 있다면 그것마저 가져오라며 적극적으로 인터뷰에 응해줄 것처럼 하더니만…. 대체 내가 뭘 잘못한 거지? 이름이 더럽게 촌스러운가? 말투가 기분 나빴나? 설마 내 얼굴?

잠시 여유를 되찾자 억울함이 들어섰다. 아니 내 질문이 이렇게 핵폭탄을 맞을 정도로 잘못된 질문이야? 그러나 그에겐 그러하였나 보다.

매우 불쾌한 질문이야!

그의 대답은 간결하고 단호했다. 이유를 묻고 싶었지만 나의 한심한 주둥이는 더 이상 열리지 않았다. 앞으로의 모든 것은 이 녀석의 혼잣말이다. 나는 분명 쫄았다. 허나 나를 비웃는 자가 있다면 그에게 가서 그 손바닥을 세게 한번 내리쳐 달라고 이 녀석에게 간곡히 부탁할 것이다.

넌 누구냐?

웅장하고 근엄한 목소리를 내었지만 말투는 왠지 경박하달까? 어쨌든 되려 나에게 묻고 있다. 나? 내 소개? 잠깐 고민할 틈도 없이 다시 내게 묻는다.

네가 누군지 너는 제대로 알고 있느냔 말이야!

아니 뭐 생각할 시간을 좀 주던지… 일단 이름부터….

이름 따위를 묻는 게 아니야!

뭐지? 독심술이라도 쓰는 것인가? 이제 마음속으로 이놈 저놈도 못하게 생겼다. 젠장, 아차!

이름 따윈 필요에 의해 누군가가 지어서 불러주는 거야. 그딴 거야 나도 있었겠지. 하도 오래돼서 기억은 안 나지만 나도 너희들처럼 인간으로 이 땅에서 분명히 나고 자랐으니…. 그런데 누구나 갖고 있는 이름 따위 말고 너! 정체가 뭐냐고 이 녀석아!

그렇지! 나도 정확히는 그것이 궁금했었다. 이 녀석의 정체가 궁금했다. 그러나 갑자기 나에게 내 정체를 설명하라니 내가 뭐지? 난 어떤 사람이지? 진지하게 고민하는 나를 보고 그의 표정은 금세 누그러졌다.

그래! 너도 쉽게 답이 안 나오지? 그래도 이런저런 생각을 너무 많이 하는 너 같은 녀석은 틀림없이 나쁜 녀석은 아니야! 상대방에게 최선을 다하고 싶어서 그렇게 뜸을 들이고 있잖아. 헌데 인터뷰라는 게 연예인들 하는 거 보니까 재밌어 보이던데 이렇게 어려운 문제를 초장부터 내버리면 어쩌자는 거야? 내가 제일 싫어하는 질문이 바로 그것이다! 니가 인간이 아니었다면 벌써 녹아 없어져 버렸을 거야. 어쭙잖은 귀신들이 지 주제를 모르고 이 몸에게 '너 누구냐?' 했다가는 대거리할 필요도 없이 몸소 보여주곤 하지. 이 몸이 과연 어떤 존재인지.

그가 허공을 바라보며 손바닥을 쥐었다 폈다 하는 것만으로 불꽃을 만들어 내고 있다. 벌써 나는 그를 충실히 리스펙하고 있으나 어쩐지 내 몸은 멀찌감치 거리두기를 실천하고 있다.

그래도 이리 만난 것도 인연이고 서로 호칭은 필요할 테니 난 이제부터 너를 작가양반이라 부를 테다. 감히 나에게 무엇이냐 물었겠다~? 그래서 이젠 니가 무엇인지 대답할 수 있는 게야? 몇 번이나 물었거늘 지금은 대답할 수 있나? 한결같이 자넨 무엇으로 살아왔는가?

한결같이?? 나도 갑작스럽지만 뭔가 그럴듯한 나의 소개를 준비하고 있었다고. 그런데 뜬금없이 한결같이? 나라는 사람은 하루에도 몇 번씩 울었다 웃었다 화냈다 용서했다…. 누군가에겐 천사였고 누군가에겐 나만 한 저주가 없었을 테지. 한결같았던 나는 있었던가? 단 하루라도? 나의 주저함을 읽은 것일까? 그는 난데없이 어울리지 않게 자상한 말투가 되었다.

작가양반이야말로 시시할 정도로 인간다운 인간이라 할 수 있지. 아! 울리는 데 울지~ 웃기는 데 웃고~ 화나는 데 계속 참으면 병 되는 것이 결국 인간 아니겠어? 잘해주면 고마웠다가도 미운 짓을 하면 콱! 쥐어박고 싶지. 그런 게 인간이라고…. 아무리 선하고 바르게 사는 인간들도 일순간의 화를 참지 못하고 그릇된 길을 갈 수 있거든. 그렇지만 한결같이 선하고 바른 사람도 분명히 존재한다. 그런 인간을 우리는 '빛의 그릇'이라 부르지. 그 반대로 한결같이 사악하고 어두운 인간도 반드시 존재한다. 그리 태어난 인간은 '어둠의 그릇'이라 부른다. 어느 시대 어느 때고 그릇들은 태어나고 깨어지고….

 그의 말끝에 말줄임표가 느껴진다. 곧 그것을 털어내려는 고개를 저으며 말한다.

 사실 나도 모르겠거든. 누군가 간절히 나를 불러주면 그것이 나의 정체인 줄 알고 그들이 원하는 모습으로 가서 그 이상을 보여줬지. 내 힘은 넘쳐났고…. 그저 심심했거든. 그러나 그 긴 세월 동안 그들이 원하는 것이 되어주었음에도 나는 진정한 어떠한 이름도 갖지 못하였다. 수천 년을 살아온 나도 아직 모르는 답을 나에게 물었으니. 내가 이리 화가 날 수밖에….

 그의 감정은 롤러코스터를 타듯 스스로의 이야기와 함께 춤을 추고 있다.

 나는 말이야. 모든 기억이 이제는 가물가물 하지만서도 내가 이렇게 '령'이 되어 이승으로부터 분리되어 나왔던 그 순간은 또렷이 기억하고 있어. 벌써 몇천 년이 지났는데도 그 튕겨져 나오듯 이승에서 버림받은 듯한 그 느낌은 도무지 잊혀지지가 않아. 두려웠던 거야. 공포스러웠지. 그때의 나는 그야말로 온통 모르는 것들뿐이었어. 내가 떨궈져 버린 그 공간은 대체 무엇이며 어디로 가야 할지, 나 혼자 남겨진 건지, 다른 누가 어디 있는지, 이제 무엇을 해야 하는지, 아무것도 알 수가 없었어. 그중에서도 나를 가장 두려움에 떨게 만든 것이 무엇이었는지 짐작이 가? 그것은 바로 '나'야! 내가 누군지, 무엇이 되었는지 도무지 알 수가 없었어. 당최 손가락, 발가락이 있는지 눈알은 달려있는지 아무것도 느낄 수가 없었어. 그게 얼마나 지독하게 무서운 일인지 너는 상상도 할 수 없을 거야. 설마 모든 것이 썩어 없어져도 웬일인지 생각들을 뽑아내는 장치는 없어지지 않아. 이처럼 주저리주저리 혼잣말만 하게 되는 건 아닐까? 그것도 나는 정말 두려웠어. 차라리 이 떠오르는 모든 것도 사라져 버리면 모를까 영원이라는 세월 동안 나 혼자 이렇게 버려진 채로 상상이라는 것만 줄기차게 하게 된다면 그것은 또 어떤 고통일까? 지독히도 무서웠다고 솔직하게 얘기하는 거야.

의외의 모습이다. 그때를 떠올리는 지금의 녀석은 마치 엄마 손을 잡고 치과에 온 어린아이 같다.

그다음으로 무서웠던 것은 '암흑'이었어. 지금 너도 잠시 눈을 감아봐! 무언가 그 안에서 번쩍이는 것들이 여기저기 왔다 갔다 하면서 눈꺼풀 안에 있는 너의 동공을 너의 의지와 상관없이 번들번들 비춰주는 거 같지 않아?

나도 모르게 그가 시키는 대로 눈을 잠시 감아보았다. 그의 말처럼 눈을 감았음에도 정말로 번쩍이는 잔상들과 꿈틀거리는 실빛 같은 것들이 느껴진다!

그런데 그때의 나는 그런 것조차 느낄 수가 없었어. 마치 누군가 내 두 눈알을 송두리째 뽑아간 것 같았다구! 어둡다, 까맣다, 그렇게 표현할 순 없지. 마치 내가 하나의 점이 되어버린 것 같았단 말이야. 그 크기를 잴 수 있으려나 싶을 만큼 아주 작은 점. 그 거대한 암흑세계의 파묻혀 버릴 것 같았어. 그렇게 곧 그곳의 일부가 되어버릴 것 같았다고! 정말 무서웠어. 눈물이 나왔다면 펑펑 울었겠지.

정말 무서운데?? 나까지 아랫배가 쓰라려 온다.

그 후엔 절망이라는 게 다가왔어. 흘릴 눈물도, 눈물을 닦아낼 손도, 어디론가 도망갈 두 발도 내게 아무것도 남지 않았다는 것을 깨닫고는 그저 무력감에 절망할 수밖에 없었지. 얼마나 시간이 지났을까? 이제 나는 그 절망을 넘고 허탈함을 넘어선 공허함을 느꼈어. 모든 것을 내려놓고 이제 될 대로 되라는 심산으로 내 마음의 눈을 감아버렸지. 그랬더니 말이야 신기하게도 갑자기 내 몸이 아주 가벼워져서 어디론가 둥둥 떠다니고 있더란 말이야! 어쨌든 나에게 변화가 이루어지고 있다는 생각에 나는 절망 속에서 아주 작은 희망을 만들었지. 그래서였을까? 어느 날 나는 그 새까맣던 암흑 속에서 또렷이 찍힌 아주 작은 흰 점을 발견했어! 그 광경은 이 세상 어떤 걸로도 설명할 수가 없어~ 암흑의 세계는 세상 그 어떤 검정과도 비교할 수가 없거든. 그야 천상이 있다면 무엇으로 비교할 수 있을지 없을지 그건 모르지. 그곳은 나도 가본 적이 없으니까. 사실 몇천 년을 이리 살아왔어도 구경도 못 해봤어. 그래도 떠도는 소문에 분명 있다고 듣기야 들었어. 그야말로 선택받은 자들만이 갈 수 있는 곳인가 보지? 난 애시당초 관심도 없었어! 흥!

영락없이 가고 싶은 표정.

어쨌든 나는 그 작은 흰 점을 향해 가보자고 마음먹었지. 다른 길도, 딱히 할 것도 없잖아? 그리 생각하자 내 몸은 이전보다 훨씬 가벼워졌어. 갈

곳을 정하니 나의 그 몸이랄 것도 없는 덩어리는 공기처럼 가벼워져서 발도 날개도 없지만 내 의지로 방향을 잡아 떠다닐 수 있게 됐어. 그때서야 기분도 한결 나아지더군. 행선지를 얻은 나의 비행 실력은 익숙함을 넘어 나를 기분 좋게 만들어 줬어. 바람도 없고 즐길 풍경도 없었지만 갈 곳이 생겼고 그곳으로 향할 힘이 생겼으니 그걸로도 충분했지.

하던 말을 끊고 갑자기 다시 그의 표정이 어두워졌다.

결론만 말하자면 말이야 난 거기까지 도달하지 못했어. 내 체감으로 한 백 년은 날아간 거 같거든. 배고픔도 갈증도 없이 그저 그 작은 점을 향해 쉬임없이 날아갔어. 내 한가지 알려주자면 그 덩어리로 변하는 순간 배고픔이나 갈증은 느끼지 못해. 뭐 귀신이 배고파서 상을 차린다 어쩐다 하는 건 다 잘못 알고 있는 거야~ 그렇게 따질 것이면 삼시 세끼 지들 먹는 거처럼 다 차려주던지. 아 일 년에 한두 번 차려준다고 배부르겠어? 귀신이라고 성에 차겠냐고? 그러나 정성스레 상을 차리고 조상을 기리는 것은 분명 의미가 있다. 죽은 자에게나 살아남은 자 모두에게. 믿음은 언제나 옳고 좋은 것이야~! 그 기도와 정성이 턱이 되고 빛이 되어 조상이 조상신이 되는 거지. 응 그래~ 귀신이 신이 된다고. 그게 조상신이지 뭐야~? 물론 돌아가신 조상들도 어디 안 끌려갈 정도로 곧게 잘 사셨어야지. 그런 분들이야 자손들의 길도 터주시고 큰 액운도 막아주신다고 하더구나. 나? 나야 위아래가 없어. 근본을 몰라. 너도 몇천 년쯤 살아봐. 어허? 너도 어제같이 술 퍼마신 남자한테 니네 집 비밀번호 말해준 것도 까먹었잖아? 하물며 몇천 년 전에 내가 누구 밑에서 자랐으며 내 밑으로는 누가 있는지 기억을 할 수가 있나? 그리고 딱히 깊은 원한이 있지 않은 한 원래 귀신들은 잘 까먹어. 한

마디로 나는 집도 절도 없어. 잃을 게 없는 놈이지. 그래서 내가 이렇게 힘이 세졌나? 또 말이 새버렸네. 어찌 됐든 그 후로 나는 추위도 배고픔도 모르고, 날짜도 모르고 무작정 날아갔지. 사실 정말 할 게 그것밖에 없었어. 정말 내가 백 년을 날았는지 아니면 그만큼 길게 느껴진 건지. 그건 모를 일이지만. 가다가 포기하게 된 진짜 이유는 말이야. 갈수록 그 작은 점이 반짝이는 거 같더라고. 확실히 그건 빛이었어! 그래서 나는 속도를 더 내었지. 그리고도 한참을 날았는데도 그 작은 동그라미가 도무지 커질 기미가 안 보이더란 말이야. 가도 가도 닿지 않을 것 같은 나의 의심이 결국 나를 지치게 만들었지.

도포 자락을 휘날리며 후련한 표정으로 말한다.

그래서 관뒀어! 인간으로 살 때 내가 어떤 녀석이었는지 전혀 기억이 나질 않지만 아마도 그때 그 녀석도 쉽게 뭔가를 포기하는 녀석이지 않았을까? 인간의 본성은 쉽게 지워지지 않거든. 악하게 살아온 것들이 악귀가 되듯이 말이야… 그리고 나는 나의 외모가 맘에 들었던지 면상도 잘 바꾸지 않아. 어때? 날 처음 만났을 때 나한테 한눈에 반하지 않았나? 그것이 나의 본 모습인데 말이야~ 어쨌든 알고 보니 그보다 훨씬 중요한 답이 있더라고. 젠장! 뭐 알게 된 지는 나도 얼마 안 됐어. 천오백 년 전쯤인가? 평소와 다를 것 없이 세상 구경하다 질린 내가 세상과 우주 그 경계에서 자유롭게 유영 중이었는데 저 멀리서 유난히도 번쩍번쩍하는 무언가가 있더라고. 그때까지 내가 별의별 높은 분들을 다 뫼시며 따르고 인맥이 아닌 신맥을 좀 쌓아뒀지만 그렇게나 대놓고 반짝이는 분은 또 처음 뵌 거지. 아 뭘 그렇게 봐? 인간 세상이랑 뭐 크게 다를 줄 알았어? 내가 뭐 믿고 까부는 줄 알았냐고? 쳇! 암튼 그래 내가 냉큼 다가가 궁금한 것들을 죄다 물어봤지. 역시나 잘 찾아간 게야! 그래서 주워들은 게 있는데, 살아생전에 선하게, 빛에 가깝게 살아왔던 사람들이 육신을 잃고 암흑에 떨궈지면 내가 쫓던 그 빛이라는 게 그들에게는 스스로 찾아온다는 거야. 몇 걸음 안 걸어도, 굳이 나처럼 오래 비행하지 않아도 금세 그 빛의 길에 당도할 수 있다 하더라고. 심지어 어떤 이는 마중하는 이까지 있고, 대문까지 활짝 열어준다나? 순간 나는 발끈했지. 그럼 나는 뭐 뭣같이 살았나? 그때 기억에 나는 누군가를 해하거나 그토록 악인은 아니었거든. 대체 얼마나 착하게 살아야 한다는 거야? 근데 그 반짝이가 억울해하는 나를 보며 이런 얘길 해주더라고. 진짜 악하게 살았다면 빛조차 뵈지 않았을 거래. 그리고 중요한 건 진짜 악하게 산 자들에겐 육신에게서 분리되자마자 꼭 가야 할 곳이 따로 있다 하더라고! 이 끝없이 펼쳐진 암흑이 아닌 또 다른 세계들이 있긴 있나 봐. 내 천계의 소문은 지겹도록 들었지만, 저 밑에 소문은 들은 바가 없어. 한 번 들어가면 못 나오나? 그러나 그도 나는 모르지~ 가보질 않았으니…. 그것만큼은 다행이라고 해야 할까?

깍지를 낀 채 머리를 허공에 기댄 그는 마치 막 목욕탕에서 때를 벗기고 나와 요구르트를 빨아 먹는 듯 개운하고 느긋한 표정이 되었다.

어이 작가양반, 오늘 나의 인터뷰는 끝난 것이야?

질문은 하나 밖에 못했지만… 들어가 쉬세요. 그는 뭔가 아쉬워하는 표정으로 느리게 내 곁을 빙그르르 유영하더니 그 모습도 점점 흐려지고 그렇게 모습을 감췄다. 정작 아쉬운 것은 질문도 하나밖에 못 했고 그마저 제대로 된 대답도 듣지 못한 나인데….

사실 갑작스러운 고백이라고 해야 할까. 나는 그의 말처럼 그에게 첫눈에 반했는지도 모르겠다. 그를 처음 만난 날. 어디선가 숯을 태운 냄새가 그윽하게 번져왔다.

그 태운 내는 부채질이라도 한 듯 멀리서도 낮게 번져왔다. 눈을 들어 앞을 보았을 때는 그저 단순히 빈 공간이 아니었다. 그곳에서 그는 옅은 회색에서부터 짙은 밑그림을 그려 자신의 형태를 만들어 냈다. 손가락, 발가락 모두 다 있었고 선이 굵고 눈매가 부드러운 어른스러운 남자의 얼굴에 입가에는 숨길 수 없는 장난기가 매력적으로 비집고 나왔다. 무슨 연유인지 갓을 쓰고 중치막을 입었다.

그러나 그것마저 빈 공간을 베고 나온 듯 아름다운 수묵화처럼 그와 너무도 잘 어울렸다. 순간 나는 내가 조선 시대에 와있는 듯했다. 그는 그렇게 완벽하게 자신의 몸을 만들어 냈으나 걷지도 뛰지도 않았으며 소리도 바람도 없이 내 주위를 나부끼듯 떠돌며 나를 염탐하고 희롱하는 듯하였다. 그러나 나는 그것이 전혀 불쾌하지 않았다.

오히려 그가 나의 머리칼을 스칠 때는 따뜻하고 작은 바람을 일어내 긴 머리카락을 그에게 달라붙게 해 아양을 떨었고 풍성한 속눈썹을 보란 듯이 파르르 떨며 두 뺨은 얌전히 그의 커다란 손길을 기다리고 있었다.

미친 기야? 작가양반 외로워? 뭘 그렇게 혼자 느끼고 있어? 이거 로맨스 아니라구! 주인공도 니가 아니야~ 이거 정신 빠졌구만. 쯧쯧쯧.

와장창창. 이것이 녀석과 나와의 첫 만남. 저놈의 귀신이 날 홀린 게 분명해. 영감탱이. 두고 봐라!

짠! 끝난 줄 알았지?

아씨! 깜짝이야! 그의 갑작스런 재등장에 나는 진심으로 놀라버렸다. 아 맞지! 귀신들은 다 이러지. 놀래키는 거 좋아하고…. 이 녀석도 별수 없는 귀신이었어. 내친김에 성의 없이 그냥 귀신이라고 불러야겠다. C….

작가양반! 아까 놀라게 해서 미안해. 이거 오다가 주웠어. 별거 아니야.

별거 아닌 거 치고 너무나 거창한 포장에 살짝 기대를 갖고 선물 상자를 들어올렸다. 그리고 난 다시 입 밖으로 욕이 튀어나올 뻔했다. 풀어보지 않아도 빈 상자임이 확실했다. 나에게 히말라야의 맑은 공기를 담아왔다고 저 주둥이를 씨부릴 것이 분명하다.

저 녀석 날 놀리는 게 재밌나? 그래도 포장은 일단 풀었다. 그 안에는 역시나 아무것도 없었다. 그저 두 글자가 새겨진 작은 종이 하나가 퍼덕거리고 있었다.

그 종이엔 '악마'라고 새겨져 있었고 난 당연히 어리둥절해 그를 빤히 쳐다볼 수밖에….

내가 아직 나의 정체는 모르겠지만 한결같이 착하게 살아오지도 않았고 보다시피 성질머리가 이 모양이니 천사가 아닌 것만은 확실하거든. 그러니 이번 생에 태어난 작가양반에게 내 이름을 선물하겠어. It's my name, 악마!

진짜 그래도 되겠어요?? 악마… 님??

그래! 그렇다니까~ 악마라 해서 별거 있나. 그를 따르고 믿는 자들에게 가서 힘이 되어주는 것은 신이나 악마나 매한가지지. 그래도 나는 오늘부터 나쁜 짓을 좀 하고 싶다. 그러니 나를 악마라 불러라! 이제 진짜 안녕~

앗싸! 개꿀! 드디어 저 녀석을 부를 이름이 생겼다.
앞으로 등장할 수많은 진짜 악마들을 생각하면 그냥 악마로 싸잡아 부를 순 없고….
악마씨? 미스터 악마? 악마놈? 악마군?
에라이 니미~ 님이 제일 낫겠다.
악마님! 나의 악마님! 우리의 악마님!

## 악마의 소소한 로망

오늘은 웬일로 악마님께서 환복을 하셨다. 중치막과 갓을 벗어 던지고 뾰족뾰족 정자관을 머리 위에 얹고는 영락없는 서당 훈장 모습이긴 한데… 많이 쳐줘야 갓 서른을 넘었을까 싶은 얼굴에 어울리지 않는 흰 수염을 길게도 갖다 붙여 연신 쓰다듬고 있다.

아니 뭘 그렇게 봐? 수염이 좀 어색하긴 하지? 그래도 어쩌겠어? 대부분 귀신들은 지 죽었을 때 모습으로 떠돌거든. 그때가 가장 기억에 남으니까. 그래도 오래 산 귀신들은 지들 살아생전 어떤 모습으로도 나타날 수 있어. 근데 나는 죽었을 때 이 나이였다고. 아깝지? 꽃다운 청춘에 뭣 때문에 죽었을까? 그러니 내가 아무리 귀신이라도 이후에 내가 어떻게 늙어갈지는 알 길이 없지. 난 이래 봬도 자기애가 강한 귀신이야. 제아무리 조지 클루니나 나훈아 같은 인기 많은 영감들이라도 남의 얼굴을 만들어 내는 건 딱 질색이야. 빌려온 옷을 입은 거 같아. 훗~! 수염을 그냥 떼버릴까? 아니야. 수염이 포인트야. 이대로 그냥 진행시켜!

갑자기 조지 클루니나 나훈아 선생님이 훈장복을 입고 있다고 생각하니… 그냥… 진행시켜야겠다!

너희들은 그것을 무엇이라 하더냐. 베프라고 하던가? 그런 것이 있듯이 나에게도 불알친구는 아니다만 죽어서 만난 저승의 절친이 있다. 우리는 옆 나라 사람인 데다 피차 주둥이도 없었을 때라 말은 안 통했지만 단박에 서로의 깊이를 알 수 있었다. 지금은 그가 웬일인지 이 땅에서 너무 유명해졌더구나. 맹모시기라고 있어. 아는 척하면 쪽 팔려서 풀네임은 얘기 안 할 것이야. 나에게는 여전히 베프 이상이지만 배울 점이 아주 많은 녀석이다. 어허 믿지 못하는 게야? 이거 영통이라도 시켜줘야겠구만~?

그분의 번호라도 있는 걸까? 휴대폰을 뒤져봐야겠군….

그 녀석이 생긴 것은 뭐 소도 때려잡을 것처럼 생겼어도 모친의 치맛바람 덕분인지 살아생전 참으로 의롭고도 바른말을 잘하여 많은 이들에게 큰 가르침을 주곤 하였더구나. 그래서 내가 오늘은 나의 버킷리스트 중 하나인 그 녀석의 흉내를 내볼 것이야. 자! 내가 이 서책을 읽는 너희들에게 앞서 간단한 문제를 낼 것이다! 딱히 어려운 것은 없으니 긴장하지 말고 잘 풀어보도록! 문제는 딱 한 가지다. 보기는 많으나 답은 하나다! 너희 인간들이 지겹도록 풀어왔던 인생의 여러 가지 문제 중 하나일 것이나 대충 찍어도 맞는 놈은 기적이지! 클클클~ 단번에 맞히는 놈이 있다면 내 당장 천계로 가는 배를 태워주마~!!! 클클클~ 나도 아직 안 타봤다만….

속마음은 속으로 하세요. 악마님!

아래 나열된 보기들은 그나마 '빛'에 가장 가까운 단어들이다. 그러나 딱 한 가지만 빼고 아무리 엎어치나 메치나 결코 빛에 다다를 수 없는 단어들이지. 자! 이제 빛과 하나인 단 하나의 그것과 그것이 연유인 대답을 해 보아라. 쉽지? 흠~

객관식이지만 논술형이다. 천계행 티켓을 걸고도 이토록 여유로운 모습엔 다 연유가 있었던 것이다.

보기 역시 무지한 너희 인간들의 수준에 맞춰 간결하게 내주겠다. 자~ 보기 들어간다~ 1. 절대적 의 2. 절대적 지지 3. 절대적 지원 4. 절대적 해탈 5. 절대적 선 6. 절대적 편 7. 절대적 긍정 8. 절대적 사랑 9. 절대적 헌신 10. 절대적 희망.

벌써부터 여기저기서 답을 정하고 손을 들려는 자들을 보고 그의 굵직한 목소리가 다시금 모두를 긴장시켰다.

보기 아직 안 끝났다! 11. 절대적 힘 12. 절대적 미 13. 절대적 능력 14. 절대적 노력 15. 절대적 모정 16. 절대적 무결 17. 절대적 백 18. 절대적 순수 19. 절대적 신 20. 절대적 믿음. 자~ 너무나 쉬운 문제라 읽으면서 답이 나오지 않더냐?

두어 번만 더 쓸어내리면 모두 떨어져 나갈 것 같은 가짜 수염을 만지작거리는 사악하기 이를 데 없는 그의 표정.

빛과 가까울 수는 있으나 절대 하나가 될 수는 없는 단어들이다. 그러나 딱 하나는 여지없이 빛과 일치하지. 한 줄에서 태어나 한길로 간다. 어서 답을 내놓거라~ '천계행 티켓'이 달려있다~!

그도 못 가본 천계행 티켓이 어디서 났는지. 주머니도 뒤져봐야겠다. 그때 한 남자가 자신 있게 손을 번쩍 들며 과반수가 고른 대답을 외쳤다.
"그것은 사랑입니다! 절대적인 사랑은 그 어떤 것도 초월할 수 있지 않습니까? 그것은 숭고하고 너무도 아름다워 마치 빛과도 같지 않습니까?"
예상이라도 하였다는 듯 그는 파안대소하며 그 남자의 머리를 손가락으로 콕콕 찍어대며 말한다.

절대적 사랑!! 그것이 무엇이냐?? 뒤집으면 절대적 집착이다! 어떤 쳐 죽일 놈들은 사랑 앞에 '절대적'을 붙여 포장하여 상처 주고, 매질하고, 가두고, 결국 그 육신의 주인이 되어 그 영혼마저 소유하였다. 이와 같이 다시 생각해 보아라. 절대적이란 절대적인 것으로 상대에게 해가 될 수도 있다! 자~! 그것을 깨달았거든 내 기회를 줄 테니 다시 한번 풀어라. 이 얼마나 관대한 처사인가~!!

고개를 한껏 치켜세우며 스스로에게 도취된 그가 자신의 세계를 즐기는 동안 이곳은 술렁거렸다. 문제도 보기도 다시 봐야 한다. 머지않아 확신에 차 손을 드는 여자.
"그것은 모정입니다! 아무리 생각해 봐도…."

틀렸다! 그릇된 모정이 어떠한 악마들을 낳았는지 너희들도 많이 보지 않았느냐! 거리가 멀다.

단호하고 짧게 그 대답을 쳐냈고 여자는 새빨개진 얼굴을 푹 숙였다.
"절대적 의로움이 아닐까요? 의로움을 행하는 것은…."

의로움은 좋은 것이지. 그러나 모두가 똑같은 의로움을 갖고 있는 것은 아니다. 사상과 문화와 개인의 생각에 수많은 의로움들이 부딪힌다. 그러다간 전쟁이 날 수도 있어. 가깝지만 아주 멀기도 하다.

이제는 답을 내놓기조차 주저하는 모든 이들.

이토록 많은 시간을 주고 많은 보기들을 걸러냈음에도 정답을 아는 자가 하나도 없는 게야?

"그것은 백 아니면 무결이 아닐까요?
자신 없어 하는 표정과 답을 두 개나 내어놓은 그를 향해 뜻밖에도 온화한 표정을 지으며 그가 말한다.

그래~ 백, 무결, 순수. 엎어치나 메치나 그 뜻이 변하지 않기로는 모두 같다. 허나 절대적 백은 티끌만 묻혀도 금세 그 가치를 잃으니 땡이고! 절대적 무결도 결국 스스로의 무결이란 감옥에 갇혀 자멸하고 말지. 순수함은 어떠한가. 인간은 죽을 때까지 순수할 수만은 없고 그래서도 안 된다. 그리고 백, 무결, 순수, 이딴 것들은 천치 바보 소리나 듣는 거지, 그것들로 할 수 있는 것이 무엇이 있겠는가? 그리하여 모두 빛과 같은 강한 힘은 지니지 못하였다.

계속된 그의 무차별적인 '땡! 틀렸다!'로 모든 이들의 답은 묵살되었다. 그리고 그는 성급히도 정답을 내놓았다.

이리도 많은 기회를 주었는데 하나도 답을 내놓지 못하다니 쯧쯧. 내 너희들에게 친히 그 답을 일러주겠다. 천계행 티켓은 물 건너갔구만. 아쉽네 그려. 클클클. 나도 아직 못 타봤다만….

그노무 티켓! 있으면 타고 가시라고요. 제발….

어흠! 들어라. 이 무지랭이들아!! 절대적 아름다움은 세월이란 놈을 만나 속절없이 비틀리고 꺾여버리는 하등의 쓸모없는 것이다. 절대적 헌신은 자신을 괴롭히는 짓이니 그것 또한 몹쓸 짓이다. 절대적 강함은 어떠한가? 약함을 밟고 올라선 것이니 빛이라 할 순 없다. 절대적 지지나 절대적 지원, 절대적 편, 그 역시 그 인간 자체를 나약하게 만들고 광기의 권력마저 쥐어줘 빛과는 전혀 닿지 않는다. 능력과 노력은 한 끗 차이다만, 그것이 인간을 빛나게 해줄 순 있으나 빛 그것과 온전히 일치하지는 않는다. 그 노력과 능력으로 무슨 짓을 할지 알게 무엇이더냐? 희망이라는 놈 역시 고약하기 짝이 없지. 인간들을 괴롭히는 가장 무서운 것 중 하나 아니더냐? 그리하여 그것도 빛과는 사이가 좋지 않다.

들다 보니 저절로 고개가 끄덕여진다.

절대적 긍정, 해탈이란 말은 존재 자체가 불가하다! 모든 것을 창조해 냈다는 신 위에 신이라는 그분 역시 인간들이 하는 꼬라지를 볼 때면 화를 참지 못하고 한 번씩 세상을 뒤집어엎는 것을 정녕 모르는 게야? 그분께서도 지니지 않은 것을 인간 따위인 너희들이 감히 입에나 올릴 수 있다 생각하였느냐? 그리고 '절대적 신'이라는 것은 대체 누구를 말하는 것이냐? 그러니 답은 하나 '선'이다. 선하게 살고자 하는 인간의 바른 마음이 바로 빛의 길이다. 이 세상에서 빛을 두려워하지 않는 어둠은 없지. 아무리 짙은 어둠이 몰려와 빛을 가리려 해봐도 빛은 그 바늘보다 얇은 한줄기 힘으로도 모든 어둠을 찌르고 베어 이길 수가 있어. 그러니 '절대적 선'으로 살아가는 빛과 같은 인간은 세상 무엇보다 강하고 두려울 것이 없다.

맹자놀이가 지겨워진 듯 대충 마무리를 지을 셈인가 보다.

내 백번을 말로 설명해 준들 너희 같은 인간들이 쉬이 알아들을 수는 없을 게다. 그도 그럴 수밖에…. 너희들에게 선(線)을 지키라고 알려주었던 어른들이 그 선(線)을 넘고 잘 먹고 잘사는 그런 거지 같은 모범들을 몸소 보여주고 있으니, 선(善)하게 살려던 사람들도 허탈하고 맥이 빠지는 그런 세상에 태어나, 이해가 쉽지는 않을 것이다. 그러니 이제부터 내가 솔선수범하여 그 증좌를 보여주마. 이 서책을 덮을 때쯤이면 나의 뜻을 다 이해하고 고개를 끄덕일 수밖에 없을 것이다.

## 부르다 목이 메어버리는 그 이름, 어머니!

숙자는 결국엔 엄마의 심기를 건드려서라도 이모를 만나러 가야 했다. 드디어 아이가 들어섰다. 기쁜 마음이야 한없이 컸지만 그만큼 불안한 마음도 가득했다.

"엄마, 엄마가 정말 싫어하는 건 아는데. 이모한테 한 번만 가보면 안 될까? 엄마가 아는 진짜 무당은 이모 한 분뿐이라고 엄마도 그랬잖아."

못 들은 척해버리는 그녀의 어머니. 아랫입술을 비틀며 생각에 잠기신다. 어느새 소박한 막걸리 한 상을 차려와 달빛이 가득한 마당이 내려다보이는 마루에 걸터앉아 딸에게 이런 팔자를 물려주게 된 것이 미안한 마음에 케케묵은 큰 한숨을 내쉰다.

사실 숙자의 외가는 호남 제일의 세습무가*였다.

"다 내 탓인 것이여. 그날은 나도 훤히 다 기억이 난당께. 느그 이모, 그땍에는 참말로야 선녀가 따로 없었시야. 나랑은 완전히 딴판으로 생겼지. 으째 한배에서 나왔는디 그라고 다리게 태어났을까. 근디 나가 지금 와서야 별나게 요상시런 것은 울엄니, 아부지가 그작까저는 무가가 뭐여? 나한티는 축원도 하나 따라 못 읊게 했시야. 글해도 나는 고것이. 굿판이 그렇게 좋았당께 그때는…."

당시를 회상하는 박막례. 숙자의 어머니셨다.

\* \* \*

"아따 엄니요~ 또 꽁으로 굿을 해준다 해쏘? 으째 어매는 준다는 돈도 마다하고 그라요? 우리가 뭐 그지요? 평생 제삿밥이나 얻어먹고 살라고 나를이라고 핵교도 안 보내고 가르쳤소? 이라니까 동네서도 그지 취급이나 받고 당골네라고 손가락질이나 받는 거 아니요?"

또 한바탕 이 집에서는 소란이 일어났다.

지금 이 소란을 피우는 것은 막례의 언니, 선희였다.

흰 소복을 차려입은 막례의 어머니는 입을 굳게 다문 채 무구를 준비하시고 아버지도 북과 피리 등 굿에 필요한 준비물들을 챙겨서 외수레에 싣고 계신다.

그러나저러나 철없는 막례는 그저 언니와 엄마가 곱게 차려입은 하얀 소복에서만 눈을 뗄 수가 없다.

---

\* 내림굿을 받지 않아도 부모 중 하나만 무당이어도 자식은 팔천(8가지 최하위 직업)에 해당하는 무업을 직업으로 승계받아 대대로 종사해야 한다. 부모, 형제에게 가르침을 전수받는다.

"아부지~ 나도 한복 입고 싶소~ 나도 언니 맹키로 한복 입혀달란 말여~"

막례는 아버지의 커다란 손을 붙잡고 흔들며 땡깡을 부리고 있다. 아버지는 잠시 하던 일을 멈추시고 미소를 지으며 말없이 막내딸의 머리를 쓰다듬어 주시고 자리를 떠 제 볼일을 향해 가신다. 언제나 말이 없고 무뚝뚝하시지만 참으로 정이 많은 아버지.

"어무이! 나 오늘 굿판에 안 갈 것이여! 그라고 그 집은 욕심도 많제. 그 집 할매 천수를 누리고 갔을 것인디! 한이 워디가 있었겄다고 씻김 굿은 씻김굿이다냐? 고것이 월매나 고된 일인지 즈그들이 해봐야 알제! 으째 그라고 뻔대 같이 돈 몇 푼으로 굿을 해달라 그런당가? 고것도 안 받는다 해분께 바로 걸어가 부러야? 흥! 퍽이나 잘도 올라가시겄다."

이날따라 심기가 많이 불편한 막례의 언니, 사춘기라도 온 것일까? 그럴 나이는 충분히 지나고도 남았다.

그리고 틀린 말도 아니다. 준비부터 시작하면 씻김굿은 온종일을 해야 하는 고된 일이다. 돈이라도 몇 푼 받으면 예쁜 옷도 사 입을 수 있고 예쁜 구두도 신어볼 수 있을 것이다. 그러니 굿을 해달라 청하며 들이민 돈을 애써 물리신 어머니에게 심통이 날 수밖에….

그제서야 굳게 다문 입을 뗀 막례의 어머니.

툇마루에 놓인 하얀 고무신에 자신의 발을 욱여넣으며 한숨 섞인 말을 타이르듯 내뱉으신다.

"그라고 말하면 못쓰제. 한이 없는 여자가 워데가 있겄냐. 그 집 할매 굿을 그 할매 아들내미가 그라고 울고불고 해달라 안 하드냐. 즈그 어매 생전 워찌 살았는지 아들내미가 젤루 잘 알지 않겄어? 우리같이 팔천(八賤)으로 나서 요로코롬 그작저작 먹고살면 된 것이제. 더 욕심

부리면 벌 받아야. 후딱 가자. 늦겄다."

선희는 어차피 따라나설 것이었다. 굿판이 싫은 것도 아니었다. 무가도 무무도 싫은 것이 아니었다. 궁시렁 궁시렁 대지만 어차피 따라나설 것이었다.

이 집 할머니의 씻김굿은 동네잔치나 다름이 없었다.

손바닥만 한 동네라지만 촌구석에선 가장 잘사는 집에 할머니가 돌아가셨다. 굿을 보러 온 것인지 떡을 얻어먹으러 온 것인지. 어디까지가 구경 온 사람들이고 어디까지가 이 댁 사람들인지 구분할 수가 없었다.

굿이 막 시작될 때쯤 그 댁에선 작은 실갱이가 있었다.

"아부지~ 나 교회 다니는디요. 예수 믿는 사람이 저런데 가서 앉아 있으면 쓰겄소? 아따 나는 싫당게요~ 무당이고 귀신이고 징그럽고 무섭소. 나는 성경책 펴놓고 자불라요."

종교의 자유 그런 것이 막 떠들어대기 시작되고 있었던 때였다. 반항기의 아들을 억지로 굿판에 앉혀놓을 힘도 없는 아버지였다.

"그라고 혀도 니 맴이 편하겄냐? 그럼 고로코롬 혀. 니 할매가 니를 울매나 애끼셨냐. 그라믄 니 하나님한테라도 기도혀라. 니 할매 좋은 데로 보내달라고. 그라믄 되제."

말은 그리하였지만 철없는 아들이 속상하다. 그는 돌아가신 어머니의 한을 안다. 혹여 집안에 망신이 갈까 봐 남편에게 여자 취급도 못 받고 허구한 날 두들겨 맞으면서도 논마지기 밭마지기 다 팔아 남편 노름빚 갚고 동네 허드렛일 다 모아 억척같이 자식들 키우며 살아온 세월을 눈물 한 방울 안 흘리고 참아내셨다. 그 한이 왜 없었겠는가.

어머니는 굿을 준비하면서 딸에게 진작에 했어야 할 말을 굿판에 와서야 한다.

"오늘은 지전춤도 혼자 추고 고풀이도 니가 다 혀라."

"지가라? 참말이요? 그라다 지전이 안 붙으면 넘들이 지를 곱게 안 볼 것인디. 어매는 으째 벌써 지전대를 넘겨줄라 그라요?"

"못할 것이 뭐 있어? 할매 좋은 데 보내준다고 생각만 하고 니 하던 대로 허면 되는 것이여."

'오늘은 나의 무대구나!'

소녀의 가슴이 쿵쾅대기 시작했다.

세습무당이 되어 무당의 길을 걷지 않으면 안 된다는 숙명은 받아들인 지 오래다. 어느 순간부터 소녀는 어수룩하게 자신에게 다가오는 것들에게 익숙해져 있었고, 어느 때는 밝게 빛나는 빛을 보고 저절로 넙죽 엎드려 절을 할 때가 종종 있었다. 부모님을 따라 굿판에 나설 때면 벌써 축언을 줄줄 외워 가락과 선율의 부침새를 넣어 구성지게 따라 부르고, 무명천을 휘감고 춤사위를 즐기는 자신을 알게 되었다. 타고난 무녀였다.

어머니는 그 길을 진작 알아보시고 하루빨리 모든 걸 알려주고 싶으셨다. 워낙에 큰 영매 체질인 큰딸이 있기에 작은딸만은 무당의 팔자에서 몰래 빼내 간다 한들 조상신이 노여워하지 않으리라 생각하셨던 부모님이었다.

그래서 막례에겐 아무것도 가르쳐 주지 않으셨다.

굿은 해가 질 무렵 시작돼서 해가 뜰 때까지 이어졌다.

막례는 구석에 앉아 지전*이나 만들고 노닐다가 흥이 나면 엄마와

---

\* 현물화폐가 아닌 창호지나 한지를 돈 모양으로 재단한 것.

언니를 따라 춤을 추며 노래를 부르고 굿판에서 무당놀이를 할 참이었다.

이날따라 언니가 지전춤을 추려는 것을 알았는지 막례가 지전을 꼼꼼하고 풍성하게도 만들어 언니의 두 손에 쥐여주었다. 날은 벌써 푸르스름하니 밝아와 소녀의 하얀 얼굴과 소복에 기이하게도 너무나 잘 어울려 그 모습이 마치 하늘에서 내려온 선녀와 같았다. 동네 사람 역시 그때까지 어느 하나 떠나지 않고 둥그렇게 모여앉아 이 광경을 입 벌리고 구경하고 있었고 가족들은 연신 손바닥이 닳도록 빌며 머리를 수백 번도 더 조아렸다.

"넋이로세 넋이로세~ 신이로세~~ 신이로세~ 씻긴 넋이 오시거든 화기사단에 모십시다~"

어머니의 무가가 시작되자 선녀가 된 막례의 언니는 구름 위에서 춤을 추고 있었다. 그 모습을 막례가 넋을 잃고 바라보고 있었고 시끄러운 소리에 뒤척이다 결국 궁금증을 참지 못하고 나와본 그 집 아들 내미도 넋이 빠졌다.

그 남학생의 두 눈에도 그 광경은 가히 충격적이라고 할 만큼 꿈속인 듯 신비롭고 아름다웠다.

무명천을 쥐고 뛸 듯이 날 듯이 펄럭이며 사뿐사뿐 두 손을 들어올렸다 내렸다, 바닥을 쓸었다 모았다. 정녕 꿈은 자신이 꾸는 것인지 앞에 선녀가 꾸는 것인지.

풍성한 속눈썹으로 뒤덮인 깊은 눈을 지그시 감은 소녀의 춤사위는 정말이지 너무나 아름다웠다.

지전을 들고 뛰는 그 모습 역시 천사가 내려온 듯하였으니 남학생의 눈에는 그저 여자였고 첫사랑이었다.

일곱 매듭이 진 무명 줄을 붙잡고 소녀가 어머니의 통절을 장절로 따라 부르며 매듭을 풀고 너울대자 그 모습 또한 신비롭고 소리마저 구슬프고 청명하게 들렸다.

그렇게 이제 막 고3이 된 이 남학생의 심장은 소녀의 고풀이를 따라 널뛰듯이 뛰기 시작했다. 소녀의 무무가 끝나자 여기저기서 박수가 터져 나왔고 소녀와 어머니는 돌아가신 할머니의 극락왕생을 간절히 빌며 축언을 읊었다.

마지막으로 소녀가 망자의 인형에 지전대를 대어 올리니 망자의 인형이 순식간에 딸려 올라갔다. 순간 지켜보던 모든 이들이 탄성이 쏟아졌고 가족들은 눈물을 쏟아냈다.

지전대에 망자의 인형이 한 번에 붙으면 혼이 그 한을 풀고 하늘로 잘 올라갔다는 뜻이다.

그제서야 언니와 막례가 서로 바라보며 환하게 웃었다.

막례는 그런 언니가 너무 자랑스러웠다. 그러나 아까부터 언니만을 뚫어져라 바라보는 한 까까머리 남자가 신경이 쓰였다. 언제부터였을까? 언니도 그를 의식하며 눈길을 주고받고 있었다. 막례는 그들을 연신 번갈아 보며 혼자 속으로 묻는다.

'느그들 멋허냐?'

그날부터였다. 막례의 언니가 달라진 것은….

언니는 치장을 하고 읍내에 나가는 일이 많아졌다.

오토바이를 가지고 온 남자를 부둥켜안고 쓸려가듯 집을 나간 것을 한두 번 본 것이 아니었다. 흔치 않았다.

동네에 몇 없는 오토바이였다. 가지고 있다면 동네 제일 부잣집인 그 집의 그 아들내미 것이 틀림이 없었다.

막례는 어린 마음에 언니가 왠지 멀어질 것 같아 부모님께 본 대로 고하였다.

그날 밤 부모님과 선희가 크게 다투었다.

막례와 한 방을 쓰는 선희가 한바탕 부모와 전쟁을 치르고 들어온 것처럼 모양새가 엉망이었다.

뺨은 분명 어머니께 세게도 후려 맞은 듯 분홍빛으로 부어올라 있었고 머리채도 잡힌 모양이었다.

막례는 안절부절못하고 있었다. 자신이 일러바친 것으로 언니가 이리도 호되게 당할 줄은 예상하지 못했다.

"언니, 내 주둥이를 꼬매부러. 진짜 잘못했어. 미안."

갑자기 막례를 끌어안는 선희.

"니 잘못 아니여. 언니가 미안허. 언니가 미안혀."

왜 언니가 미안하다고 하는지 그땐 알지 못했다.

새벽녘, 아직 달도 별도 남아있는 정말 이른 새벽.

선희의 부스럭거리는 소리에 막례가 눈을 비비고 일어났다. 불도 안 들어오는 방안에서 꼼지락거리며 무언가를 주섬주섬 챙기고 있었다. 막례는 알고 있었다.

언니가 소중하게 생각하는 소지품들이 언젠가부터 하나씩 방구석에 쌓여가는 것을. 그리고 언니가 며칠 전 들고 들어온 닳도록 만지고 닦고, 그러나 단 한 번도 신고 나간 적이 없는 분홍색 뾰족구두를. 곧 그 모든 것이 언니와 함께 사라지리라는 것을 알고 있었다.

"흑흑. 그라믄 인자는 영영 집에는 안 올 것이여? 나도 인자는 못 보겄네? 흑흑."

이별을 예감하고 훌쩍이는 막례를 선희가 꼭 안아준다.

"아녀, 왜 못 봐. 나중에 우리 막례 보러 와야제. 언니가 약속 안 지키는 거 봤냐?"

금세 눈물을 그치고 어둠 속에서 빛나는 언니의 눈동자를 들여다보며 묻는다.

"참말로?"

"응, 그란디 니도 언니한티 약속 하나만 해줄 수 있겄냐?"

"뭐신디?"

"니는 언니 대신에 무당 한다고 나서지 말어. 절대거니 해서는 안 된다잉? 니는 핵교도 보내달라 허고 언니랑 엄마처럼은 안 산다고 죽어도 하지 말어. 그래야 니 보러 온다잉? 팔천 같은 것은 나가 끊을랑께. 너는 평생 남의 제삿밥 얻어먹고 살 생각 하지 말어! 무슨 짓을 해서라도 니 일해서 니가 벌어먹고 살어. 우리가 아를 낳으면 그 아그들도 다 무당 해야 되는 것이여. 그라고 싶냐? 평생 느그 아그들 넘들한테 손가락질 받고 살게 하고 싶어? 우리 맹키로?"

막례는 어둠 속에서 언니가 하는 말을 새겨들었다.

무언가 끔찍한 미래 같았다. 그리고 언니는 그것을 막으려고 하는 대단한 사람같이 느껴졌다. 그래서 눈을 빛내며 힘차게 고개를 저었다.

"그려. 그라고 무슨 일이 생겨도 니 탓이 절대 아니여. 고것은 나가 보여주고 갈 것잉께 걱정하덜 말고 잘 있어라잉 우리 이뿐이~"

"나가서 뒤져 불 것이여? 왜 안 하던 말을 하고 그런 디야? 날 마지 못난이라고 건들아 묵고 그라더만!"

이제는 막례도 언니의 안녕을 바라며 가볍게 농담을 한다. 가는 걸음 무겁지 말라고. 그리고 자신에게 무당의 길을 가지 말라고 하는 언니의 마음도 잘 전달받았다.

그렇게 언니는 떠났고 막례는 아침까지 잠이 오지 않았다. 기약 없는 언니와의 이별이 실감이 나지 않았다. 한참을 뒤척이던 그때 벼락같은 어머니의 비명이 들렸다.

"워메! 이 미친 것을 워쩐디야! 이를 워쩌~ 워메. 귀신이 씌여도 단댕이 씌여 부렀구만. 아이구야 조상님 살려 주십쇼. 지 잘못이어라. 벌을 하여도 나를 벌하소. 데려갈려거든 나를 데려가소."

막례는 심상치 않은 소리에 맨발로 흙 마당을 가로질러 어머니가 계신 신당으로 달음질했다. 툇마루에 주저앉으신 어머니는 이러지도 저러지도 못하며 쓸어담지도 못하고 허공에 띄운 두 손을 부들부들 떨고 계셨다.

그 밑에는 어머니가 매일같이 닦고 기도드리시던 외가에서 대대로 내려오던 백항아리가 산산조각이 나 있었다.

그때에는 막례도 어안이 벙벙하니 누가 봐도 언니의 소행일 수밖에 없는 참상을 보고 얼떨할 수밖에 없었다.

그렇게 표현이 없었던 아버지도 크게 당황하신 듯 툇마루 기둥을 붙잡으시고 휘청이시던 몸을 겨우 일으키셨다.

"철이 없어도 이리 없을까. 자네는 단지벌전도 안 갈쳐 줬는가?"

어머니를 탓하시는듯한 아버지 말씀에 바락바락 소리 지르다 울고불고 애원하며 빌기 시작하신 어머니.

"나가 무슨 구신이요? 저것이 이 단지를 깨불 것이라고 상상이나 했겄소? 하필 왜 요것을 깨부렀을까. 그것이 니 팔자냐 아가. 워메. 안돼야. 목숨만 살려주소. 조상님. 우리 아그는 죄가 없으라. 벌을 줄라믄 나한테 주소."

막례도 단지벌전이 뭔지는 몰랐지만, 언니가 앞으로 벌어질 일들이 모두 자신의 탓이라는 것을 이것으로 보여주려고 했다는 것은 알았다.

\*\*\*

다시 달빛 가득한 마당을 바라보고 있는 모녀.

막걸리를 친구 삼아 옛이야기를 풀어놓다 보니 숙자의 어머니는 어느새 달근히 술이 오르셨다.

"그랑께 다 내 탓이여."

"왜 그게 엄마 탓이야? 아무 탓도 아니지만 탓을 하려면 철없던 이모 탓이 맞구만."

"나가 고라고 철없는 언니 말을 철석같이 믿었응게. 나라고 분홍 삐딱구두가 안 신어보고 싶었겄냐. 언니 몰래 신어봤제. 그란디야. 고것은 구두가 아니라 썩을 잡것이었어. 고것에 다들 홀려분 것이제. 나도 홀라당 잡아 묵혔지."

"우리 엄마 막걸리가 제일 친한 친구인 건 아는데 그 친구가 좋은 친구는 아닌 거 같네! 어떤 친구가 만날 때마다 다 니 탓이다, 니 잘못이야 하고 쿡쿡 찔러? 친구 가려 사귀라며? 이 막걸리 나쁜 친구네!"

"역시 우리 딸내미는 많이 배워 그란가 말을 어쩌면 요라고 이쁘게 해부냐? 나가 죽은 느그 애비한테는 참말로 미안한 말이지만. 으쯔다가 느그 애비를 만나가꼬 느그들 낳고 사는 것이 당연한 것으로 알고 살았는디. 나는 사랑이라고는 평생을 자식 사랑 밖에 몰라야. 근디 느그 이모는 허벌나게 사랑을 해분 것이지. 아야 꾸석쟁이에야. 반짝반짝하는 분홍 삐딱구두를 그냥 두고 갔더라고. 을매나 애끼고 애끼던 것인디. 그 머스마가 사줬겄제. 지랑 고거 신고 나가 불자고. 근디야 언니는 고것이 없어도 됐던 것이여. 사랑을 했응게. 고놈을 죽도록 사랑을 했응게. 사내놈이 무당 팔자라 당골네라 싫어항게. 그랑게 고것이 뭐신지도 모르믄서도 단지도 깨부수고 나간 거여. 어찌 될지도 모름시도. 고로코롬 한 치 앞도 안 비는 것이 사랑 인갑제? 느그 이모가 그때는 사랑에 눈이 먼 것이지. 지금은 영 멀어 부렸지만. 아따 거 뭐시냐. 지금도 귀신이야 비지. 니도 비지? 귀신이 뭐시 무섭냐? 사람이 무섭지. 그란디 귀신 말고 신은 무서브야. 신은 무서버. 신벌도, 단지벌전도 무섭당게. 느그 이모 그라고 눈깔도 안 뽑아갔냐."

"엄마 취했어. 오늘 그만 마셔."

숙자가 엄마의 잔을 뺏는다. 평소에 어머니에게 귀신이란 절대 없다. 어린 시절, 숙자가 보고 듣게 되는 어떤 존재들에 대해서 말이라도 꺼낼라치면 어머님은 늘상 숙자의 입을 틀어막고 세뇌하듯 같은 말씀을 하곤 하셨다

"그런 것은 없는 것이여. 비지도 않고 들리지도 않는 것이여! 어쩌다 그놈들을 보게 되더라도 절대 눈만 안 마주치면 되는 것이여. 아 눈이야 우짜당가 마주쳤더라도 그랄 땐 시상 뻔대같이 굴면 되분당게~ 그 눈까리를 뚫고 먼산뵈기 해부러. 그라믄 암시랑토 안 혀. 그라고 어디 가서 니 주둥이 조심해라잉? 시상에 니 편은 니 애미밖에 없다 생각허고 그 주둥이 나불거리고 댕기믄 니 하얀 병원 알제? 드가면 못 나오는디야. 그기 집어너부러. 알긋냐? 미친년 소리 안 듣고 잡으면 어매 말 잘 들어야잉?"

귀신 보인다 소리 하면 정신병원 집어넣겠다는 말씀을 이렇게도 무섭고 장황하게 매일매일 한 겹 한 겹 옷을 입혀주듯 퍼부어주시니 그 때마다 숙자는 그 옷에 파묻혀 어느새 정말 들리지도 보이지도 않게

되었다.

그렇게 평범한 일상 속에서 만난 남편 동만이었지만 세습무였다는 집안 내력과 어머니를 모시고 살아야 하는 숙자의 사정은 시누이들의 극심한 반대를 불러오기 충분했다. 그러나 동만의 사랑은 견고하고 물러섬이 없었다.

그렇게 부부 사이는 금슬이 지극히 좋았으나 결혼 후 몇 해가 지나도 아이 소식이 없었다. 그러다 겨우 가진 아이가 채 한 달 품지도 못하고 유산이 되었고 그 두 번째는 들어선 건지 아닌지 알지도 못한 채 배앓이만 극심하게 하다 커다란 핏덩이를 쏟고서야 떨군 것을 알았다.

그래도 셋째는 달을 넘도록 품었는데 그마저도 잃고 그때는 정말 서럽게도 몇 날 며칠을 울었더랬다. 그렇게 이유를 알 수 없는 유산을 줄줄이 하고 나니 자연스레 피하고 잊고 살았던 자신의 운명을 다시 꺼내오게 되었다.

세습무의 신벌인지 단지별전인지 알아야 했다. 그것이 무엇이 되었든 그게 저주라면 피해가고 싶었다.

그래도 무당집만을 거른 것은 뼈를 때리는 어머니 말씀이 있었기 때문이다.

"무당아? 어떤 무당아? 니가 진짜배기 아는 무당이 있냐? 있다면 가 봐라. 을매든지 가야~ 세습무라고 다 신이 들어와서 앞날을 알려줄 거 같냐? 고것도 아니여. 느그 이모는 타고난 무당이지~ 그런 무당이 흔할 줄 아냐? 백명? 천명 중에 하나 있을 말까여. 천명을 니가 다 찾아당길 것이여? 귀신 보인다고 다 무당 할 팔자도 아니라 이거여. 내가 아는 진짜배기 무당은 느그 이모 밖에 없으야. 근디 느그 이모는 심보가 못됐잖여~ 너 신혼 초에 가서 뭐 듣고 왔냐? 씨잘데기 없는 소리 말고,

무당은 무신 무당? 절대 그런데 발도 들이지 말어. 뭔 맨 한다는 소리~ 내림굿 받으라 하는 소리밖에 더 들었냐? 너 무당 할 것이여? 느그 어매 죽는 꼴 보고 싶으면 그라고 하든지."

어머니는 아무것도 모르고 배운 바도 없다 하셨지만 숙자가 파고들어 배운 바로 의하면 어머니 말씀이 틀린 바가 아니었다. 용한 무당을 찾아 팔도강산을 헤매고 다닐 여유도 안 될뿐더러 이제 와서 없던 신앙심을 키워 교회에 갈 수도 없는 일이었다.

결국 다시 한번 어머니에게 어렵게 청을 드렸다.

"엄마, 정말 이모한테 한 번 가보면 안 돼? 하나밖에 안 남은 조카딸이 이렇게 줄줄이 유산을 하고 있다면 무슨 방법을 알려주시든지 아이한테 좋은 부적이라도…."

이번엔 어머니가 곧 뒤집어질 듯 역정을 내셨다.

"너 지금 또 느그 이모 말하냐? 너 그때 결혼하고 가서 뭔 꼴을 당하고 왔는지 고새 까묵어 부렀어? 느그 이모처럼 살벌한 무당은 고노무 주둥이에서 나오면 그것이 다 축(祝)이고 망(亡)이여! 어디서 신혼부부 앞에서 초를 치고 샛뿌닥을 나불대구 지랄이여! 내가 머리끄댕이 안 잡은 것을 다행으로 알아야지! 고때 느그 이모가 너 보고 한 말이 저주가 된 것인지도 모르제!"

어렵게 꺼낸 말이었건만 결국 엄마의 심기만 건드린 꼴이 되었다 싶어 풀이 죽어 방으로 들어가 버린 숙자.

어머니 역시 자신의 언니에게 딸을 보내고 싶은 마음이 영 없는 것은 아니었다. 그러나 언니의 영험함을 누구보다 잘 알았기에 그 입에서 무슨 말이 나올지 두려웠던 것이다.

그토록 딸에게 못을 박아 말해두고선 그날 밤 또 막걸리를 가득하게 들이키고 하늘을 한참 쳐다보며 한 섞인 울음으로 빌기 시작했다. 사실 가장 애를 끓이고 있었던 것은 세습을 이어가지 않은 자신의 신벌이 아닐까 했던 숙자의 어머니였다. 달이 가득 찬 하늘을 향해 입 밖으로 차마 꺼내지 못하고 속으로 쌓아두었던 한을 한동안 소리 내 미친 듯이 퍼붓는다. 술기운을 빌려서.

"이제 그만 하소! 제에~발 그만 하소! 차라리 날 데려가소! 그라믄 안 되겠소? 으째 그라요? 아그들이 뭣을 그리 잘못했다고 으째 아그들한테 그란다요? 아 그라고 나는! 나가 뭣을 그리 잘못했다 그라요? 남편 데불고 갔제~ 딸내미 데불고 갔제~ 큰아들마저 병신 만들고, 저리 착한 내 딸내미 새끼들 줄줄이 볕 한번 못 보고 기어이 데불고 가더만. 아직 뭐시 남았소? 참말로 너무한 거 아니요? 신이면 다요? 하늘이면 다여? 내 한이 쌓이고 쌓여 거까지 시방 닿을라 카요. 내가 죽어 거서 만나믄 내가 가만있을 거 같으요? 신이고 나발이고 내가 가서 머리 끄댕이라도 잡고 디지게 패불라니께 거기 고대로 붙어 있으쇼잉? 나가 이제 와서 무릎 꿇고 빌 것 같소? 잃을 거 다 잃은 년이 이제 와서 뭐시 무섭다고 신장대 붙들고 작두 탈 것 같소? 내가 우습소? 아 만만하요? 만신이든 천신이든 조상신이든 내 새끼들 아프게 한 것들은 어떻게서든지 내가 다 잡아다가 찢어 죽여 불랑께 그렇게들 아쇼! 내 새끼 안에 있는 저 얼라 건드렸다가는 귀신이고 사람이고 신이고 내가 사지를 다 물어뜯어 죽여불 것이여~!!"

몸을 부들부들 떨고 이를 덜덜 갈며 하늘을 향해 으름장을 놓고 있는 숙자의 어머니. 그랬다. 어머니는 달을 보고 기도를 한 것이 아니었다. 처음 의도는 모르겠으나 가슴의 한이 시킨 것인지. 본인의 성향인 것인지. 어느새 하늘과 서슬 퍼렇게 맞짱을 뜨고 있었다.

그 이모라는 분을 숙자는 동만과 결혼 후 딱 한 번 뵌 적이 있었다. 이토록 척을 지내며 사시기 전 일이다. 결혼식에도 오시지 않은 이모님을 굳이 찾아뵌 것은 의외로 숙자 어머니의 명이셨다. 그때까지는 어머니와 이모님이 명절에 서로 안부 전화 정도는 주고받는 사이였나 보다.

"느그 이모 잘나가야. 아직도 허벌나게 손님이 줄을 서부러. 식장에는 왜 안 오겄냐. 서당개 삼 년이면 풍월을 읊는다고 나도 주워들은 것이 많지. 결혼식이든 장례식이든 그런데는 무당이 가는 것이 아니여~ 가서 뭣을 붙여올지도 모르고 뭣을 안 좋은 것을 떨굴지도 모르는디. 니한테 해 될까 봐 안 가는 것이겄제. 그래도 느그 오래비도 결혼하고 찾아갔어. 가면은 기도도 해주고 축언도 해주고 아무튼 좋은 거 다해준께 가서 손해 볼 건 없으야. 나는 안가야~ 나는 보기 싫제! 느그들이나 후딱 가따와야."

신당이라 해서 어디 산골짜기 큰 나무 앞에 주렁주렁 무언가가 매달려 있는 그런 곳이려니 생각했던 동만과 숙자가 받아든 주소는 의외로 강남 한복판에 큰 아파트, 그중 하나였다. 그때까지 한 번도 뵌 적이 없는 외가에 단 한 분뿐인 큰이모를, 게다가 맹인이 되었다는 분을 어찌 보고 어찌 상대해야 할지.

그들은 한가득 긴장감을 안고 문앞에서 주인이 나오기만을 기다리고 있었는데, 맹인은커녕 초롱초롱 눈을 빛내는 숙자 또래의 여자가 반갑게 이들을 맞이했다.

"어서 오세요. 기다리고 있었습니다."

숙자는 눈치로 제자나 입문자려니 했지만 동만은 어리둥절한 표정으로 그저 숙자 손에 딸려 들어갔다.

안내해 주는 방으로 들어서자 숙자는 헉! 하는 짧은 신음을 내뱉을 수밖에 없었다. 그것은 아무것도 모르는 동만도 마찬가지였나 보다.

선녀인가? 머리끝에서 발끝까지. 결점이라곤 하나도 없는 정말 구름 위에 앉아있는 선녀 같았다.

허리를 곧게 세운 채 마치 살아있는 인형처럼 미동도 없이 정면만을 응시하고 있었다. 커다란 눈에 빼곡히 박혀있는 길고 검은 기왓장 같은 속눈썹. 그 밑으로 멀어버렸다는 눈동자는 흰 눈으로 가득 찬 아름다운 한 폭의 그림 같은 동그란 창가를 연상시켰다.

예순이 다 돼가는 나이에도 주름 하나 찾아볼 수 없을 정도로 희고 고운 피부가 정말 사람이 맞나 싶을 정도였고 한 올도 빠짐없이 쪽을 진 동그랗고 작은 머리도 빠글빠글 파마를 하여 잔뜩 부풀린 자신의 어머니랑은 정말로 딴판이었다. 그렇게 넋을 잃고 바라보았고 동만은 머뭇머뭇하다가 자리를 잡고 앉으려다 어색한 인사를 했다.

"하하 안녕하세요. 저는 서동만이라고 합니다. 아이고, 우리 숙자가 이모님 닮아서 이렇게 미인이었네요. 하하하."

참 전형적인 멘트였지만 동만은 진심이었다. 퍼뜩 숙자도 그 말을 듣고 정신이 돌아왔다. 그 인사가 왠지 얄미워 자리에 앉으면서 살짝 그를 꼬집었다.

"왔니? 많이 기다렸다. 보고 싶었어."

늘상 어머니의 거친 사투리만 듣다가 이모의 짧지만 단정한 서울말을 들으니 조금은 낯설었다. 어색한 분위기를 풀고자 웃으며 꺼낸 숙자의 첫인사.

"처음 뵙겠습니다. 엄마한테 말씀 많이 들었어요. 근데 사투리를 안 쓰시네요."

"내 얘기라고 뭐 좋은 거 했겠어? 우리 막례는 아직도 내가 보기 싫다니?"

"좀 피곤하다고 하셔서 저희끼리 그냥 왔어요."

급작스럽게 만들어 낸 조잡한 변명이었다.

"좋은 짝을 만났구나. 축하할 일이다."

"하하. 감사합니다. 이모님 잘살겠습니다."

동만이 서글서글하게 진심을 전했지만 곧 다시 침묵이 흘렀고, 둘은 무당집에 점을 보러 온 것도 아니고 친척 집에 인사를 드리러 온 것도 아닌 거 같은 이 어색한 상황을 어찌해야 할지 난감한 이때 갑자기 부채와 방울을 든 이모님.

"미안한데 내 팔자가 이런지라 이 눈으로 내 사랑하는 핏줄 눈코입도 볼 수가 없구나. 내 잠시 신의 눈이라도 빌려 우리 조카 얼굴 한 번 보자. 이해해다오."

동만은 상황을 알 수가 없어 어리둥절했으나 숙자는 잠자코 있었다. 곧 부채를 펄쩍 펴서 자신의 고운 얼굴을 가리더니 한 손으로는 방울을 흔들어 그 청명한 소리를 방안 가득 울렸다. 방울 소리가 멈추고 난데없이 그녀는 서럽게도 울기 시작했다.

"개엽다. 개여버. 내 새끼. 절대 니 탓이 아니다."

방울을 내려놓고 부채만을 펼쳐 그 안에서 그렇게 한참을 혼자 흐느꼈다. 동만은 꽤나 당황스러운지 어찌할 바를 몰랐으나 숙자는 확실한 불길함을 전해 받았다. 점점 울음이 잦아지고 부채를 접어 다시 내비친 얼굴에서는 슬픔도 연민도 찾아볼 수가 없었다.

"숙자야! 너는 강한 아이니까 절대 그것들한테 지지 않을 거다. 니 탓이 아니야. 그것만 안 잊으면 돼. 무슨 일이 있어도 널 탓해선 안 돼. 널 탓하는 것들이 있다면 찢어 죽이고 태워 죽여라. 넌 아무 힘이 없는 게 아니다. 지키는 것도 힘이야. 넌 지킬 수 있어. 널 믿어라. 알았지?"

언제 울었느냐는 듯 그렇게 단단히 알 수 없는 당부를 하고 이들을 돌려보내신 이모님. 숙자는 뭔가 든든하면서도 불길한 기분 역시 떨칠 수가 없었다. 집에 돌아와 다소 당황스럽고 기묘했던 이모님과의 첫 만남을 세세하게 어머니에게 고하였다. 그러자 어머니는 숙자의 예상을 한참 뛰어넘고도 남을 정도로 얼굴이 새하얗게 질리시더니 뒷목을 잡고 부들부들 떨며 화를 내셨다.

"오매 미쳤는갑네~! 신빨이 다 떨어져 부렀나? 어디 신혼부부 앞에서 질질 짜고 지랄이여 지랄이! 개엽긴 누가 개여버? 지가 개엽지! 지새끼 하나 못 낳고 그라고 상께 나가 쎔이 나부렀남제? 누가 지 새끼는 지 새끼여? 내 새끼지! 고노무 주둥이를 가서 꼬매불까? 아무리 터진 입이라도 지는 함부로 놀리면 못 쓰제. 벼락 맞을 짓을 또 해부러?"

어머니는 이 일로 울화통을 참지 못하고 하루이틀을 앓으실 정도로 화병이 나셨다. 이때 사실 숙자는 어머니가 왜 이렇게까지 화를 내시는지 몰랐지만 그날의 사건으로 어머니는 이모님을 웬수처럼 알고 사셨다. 완전히 이모님에게 이를 갈고 계셨으니 숙자가 힘든 일이 있어 이모님을 몰래라도 찾아간 것을 알게 되는 날이면 어머니 성격에 화병으로 또 쓰러지실 것이 분명했다.

그러나 세 번의 유산 끝에 들어선 귀한 아이. 직장도 그만두고 아이를 위해서 온 집중을 다 하였으나 불안한 마음이 커질수록 그녀의 어두운 마음도 커져갔다.

'이 아이마저 잘못되면 나도 같이 죽어버릴 거야!'

그토록 어두운 마음이 자리 잡자 여지없이 그것들은 다시 그 얼굴을 들이밀기 시작했다.

어느 날 밤 만삭이 된 숙자는 잠들기 전 별생각 없이 어두운 방구석에 세워진 스탠드 옷걸이의 모양이 참으로 사람 같다고 생각하고 잠이 든다. 잠이 들었나, 아직 아닌가 싶을 만큼 눈을 감은 지 얼마 되지 않았을 때인데 부른 배 때문에 자세가 불편하여 몸을 조금 곧추세운다.

그리고 가늘게 눈을 감았다 뜬다. 깜빡깜빡.

무거워진 눈꺼풀을 가늘게 뜨고 무심결에 그 눈이 다시 어두운 방구석을 향했는데 그곳에 세워져 있었어야 할 옷걸이가 보이지 않았다. 숙자는 꿈이어도 생시여도 잊지 않았다. 몇십 년이 지나도 잊지 않았다. 어머니의 말씀을. 그저 두 손으로 배를 움켜쥐었다.

'난 괜찮아. 아가. 혹시나 무슨 일이 있어도 놀라면 안 된다. 아가 너만 괜찮으면 돼!'

역시나 철푸덕~ 하더니 시커먼 몸뚱이를 바닥에 떨구며 스멀스멀 방바닥을 꿈틀대던 길고 검은 그림자가 이제는 침대 모서리까지 타올라 기어오고 있다.

아직까지 고개는 들고 있지 않아 저것이 사람 모양인지 그림자 모양인지 확실치는 않았으나 이대로 눈을 감았다간 더 큰 봉변을 당할 것 같아서 차라리 뻔뻔스럽게 안 보이는 척하기로 했다. 무서울 것은 없었다.

그저 갑자기 나타나 놀래키지만 않는다면 무서운 것은 없었다. 사람이라도 어디서 갑자기 튀어나와 놀래키면 깜짝 놀라는 수밖에 없는데 귀신이라고 다를까?

그저 자신의 배 속의 아이가 걱정될 뿐이다.

'최대한 예쁜 것만 보여주고 싶고 최대한 좋은 것만 들려주고 싶은데 하필 저런 것이 나타날 줄이야!'

숙자는 오른쪽 발목이 서늘하다 못해 잠시 감각을 잃은 것이 아닌가 싶을 정도였다. 그 검은 녀석이 이제 침대 위에 기어오르려고 오른쪽 발목을 잡고 올라오는 것이다. 잡힌 발목이 떨어져 나갈 것만 같다.

'해볼 테면 해봐라. 니깟 귀신들이 할 줄 아는 게 뭐가 있냐? 발목을 잘라갈 것이냐, 어쩔 것이냐?'

그런 숙자의 담력을 몰랐던지 배 속의 아이라도 떨구려고 한 짓임이 분명한 해괴한 면상을 버럭! 하고 숙자의 면상에 치켜들었다. 그저 깊고 어두운 그림자 같이 생겼던 놈이 갑자기 고개를 쳐들고 길게 늘어진 혓바닥을 덜렁거리며 튀어나올듯한 탁한 눈알 속에 아주 작은 점 하나만으로 숙자를 죽일 듯이 쏘아본다. 숙자는 모두 다 지켜보았고 몇 십 년 만에 이토록이나 자신의 모습을 뚜렷이도 나타내는 것에 놀라지 않은 것도 아니었으나 무표정한 얼굴로 그놈의 해괴한 눈동자를 피해 그 미간을 쳐다본다.

늘어진 눈꺼풀을 치켜올리지도 않고 다소 따분하고 피곤한 표정으로 꽤 오랫동안 그저 쳐다만 본다.

그리고 다시 잠을 청하려 침대에 눕는다. 아무것도 보지 못하고 아무 일도 없는 사람의 표정이 확실하다.

그놈은 이제 그 기다란 몸을 일으켜 알쏭달쏭한 표정으로 숙자의 얼굴에 지 추잡한 얼굴을 들이밀어 닿을 듯 말 듯 뚫어지게 숙자를 살피고 있다. 요리조리.

'어? 어?? 이년 나 봤는데? 본 것 같은데??'

눈을 감은 숙자는 자신의 얼굴 위로 일렁이는 서늘하고 검은 기운들이 소름 끼치게 싫다. 분명 그놈이 덜렁거리는 혓바닥으로 자신을 핥으며 눈알을 굴리고 있을 것이다.

어쩔 수 없이 숙자의 감은 눈꺼풀 속에 눈동자만은 태연하고 평온한 얼굴과는 달리 그 속에서 바쁘게도 움직인다. 그것을 귀신도 보았다.

'잡았다! 요놈 안자는구나! 나 보이지? 나 보이잖아? 니가 감히 귀신을 속이려 들어? 키키킥.'

숙자는 이제 뭐라도 해야 했다!

"아하~ 왜 이렇게 잠이 안 오지? 눈꺼풀은 천근만근인데 내가 너무 예민한가. 자기야, 좀 일어나봐. 자갸."

숙자는 결국 자는 남편을 깨운다.

"응~? 왜 우리 여보 나쁜 꿈이라도 꿨어?"

"아니 그냥 잠이 안 와서 나 팔베개해줘. 자세가 불편해서 그런지 잠이 안 와."

"응, 이리와. 팔 떨어져 나갈 때까지 팔베개해줄게~"

'쳇! 진짜 안 보이나? 연놈들 붙어먹고 있는 꼴 못 봐주겠네. 정말 안 보이나 보네. 젠장.'

그렇게 물러간 귀신은 다시 오지 않았고 그깟 것들이야 얼마든지 상대해 주겠다던 숙자는 며칠 후 어느 날 다시 간악한 귀신을 상대해야 했다.

그것은 어지간한 잡귀는 아님이 확실했다.

그날 숙자는 출산 예정일을 앞두고 처음으로 아이의 태동을 느끼지 못했다. 그렇게도 씩씩하게 자신의 존재를 알리던 배 속의 아이가 처음으로 움직임이 없었다. 침대 위에서 이런저런 고민으로 잠시 뒤척인 그 때 너무나 또렷이 낯선 쳇소리가 들렸다. 또 귀신인가 싶어 그저 무시하려는데…

'나다. 첫째도 둘째도 셋째도 내가 데려갔다! 니 배 속에 그 애도 내가 데려갈 거야!'

숙자는 이불을 끌어다 덮으려다가 멈칫한다. 들켰다! 아니다! 들킨 게 아니다. 오히려 숙자는 눈을 피하지 않고 순간 얼음이 되어 똑바로 들여다본다. 눈앞에 검은 삼베를 입은 입술이 새카만 늙은 귀신을….

'나다! 나는 삼신할매다! 니 업이고 니 피붙이의 업이니 어쩔 수가 없구나.'

숙자는 이미 떠나보낸 세 아이와 오늘 처음 태동이 없어진 아이 때문에 예민해질 대로 예민해져 있었다.

열 달이나 품은 아이가 갑자기 태동이 없다니 어느 산모라도 불안함은 당연할 것이다. 그런데 삼신할매가 찾아와 지금까지 품었던 아이들도 다 자신이 거둬간 것이고 배 속의 아이도 죽일 것이라고 말하고 있다. 이것을 어떻게 무시하고 안 들었다 할 수 있단 말인가. 숙자는 허벅지까지 끌어올린 이불보를 움켜쥐고 부들부들 떨었다.

'안 돼요. 할머니, 이 아이는 안돼요! 살려주세요. 제발!'

'쯧쯧쯧. 어미 잘못 만난 불쌍한 것들. 다 니 탓이야. 니 업이지. 니 배로 태어나지만 않았으면 잘 먹고 잘살 수 있었을 텐데. 그것도 다 니 탓이고 니 죄가 되겠구나. 히히히히.'

'니 탓?'

숙자는 퍼뜩 이모님의 말씀을 떠올린다.

'내 탓이 아니야. 내 탓 아니라고 했어. 삼신할매고 뭐고 지지 말아야 해. 내 아이는 내가 지킬 거야. 삼신할매고 나발이고 이 아이는 안돼! 이 개 같은!'

숙자는 온 힘을 다해 그 귀신을 향해 달려들려 했지만 몸이 움직여

지지 않는다. 그러자 삼베를 입은 할머니가 숙자의 면전까지 다가와 뒷짐을 지고 퀭한 눈을 뒤집어까서 뚫어지게 바라본다.

'내가 삼신이래도~ 니가 삼신벌을 면할 수 있을 것 같으냐? 니 이모란 년이 지가 품은 아이를 죽여 그 혼이 아직도 떠돌고 있다. 그 죄를 누가 갚을 것이냐!'

'내가 왜? 우리 애들이 무슨 죄야? 니까짓 게 뭔데? 너 같은 거 무서울 줄 알아? 이 아이 건드리기만 해? 죽어서라도 찾아갈 거야!'

숙자는 미친 듯이 절규하고 달려들려 했지만 몸은 여전히 꿈쩍도 하지 않는다. 삼베를 입은 할매는 이제 숙자의 주위를 빙글빙글 돌며 같은 말만 반복하며 비웃는다.

'백항아리. 단지벌전. 신벌이다. 삼신벌이야. 그리고 니 업이야. 니 탓이지. 너 때문이야. 니가 애들을 죽었어.'

'내 탓 아냐! 내가 지킬 거야! 이 아인 절대 안 돼!!'

'천한 계집이 정말 뭘 할 수 있을 거 같아? 재수 없는 년! 믿는 구석이라도 있는 게야?'

할매는 비웃으며 다시 위협적으로 다시 그 얼굴을 들이댔으나 숙자에게 두려움은 없었다. 잡힌다면 정말 찢어주고 태워주리라 마음먹었다. 정말 온 힘을 다해 찢어발기고 태워죽일 생각만 했다.

'죽어! 찢어죽이고 태워죽일 거야! 죽일 거야! 찢어죽이고 태워죽일 거야!! 죽어!! 찢어죽이고 태워죽일 거야!!'

일순간 삼신의 위세가 위축되더니 이윽고 단말마의 찢어지는 비명을 숙자는 들을 수 있었다. 눈앞이 새하얘졌다. 눈이 먼저 떠졌고 몸을 움직일 수 있을 때는 꿈이라는 걸 깨달았다. 온몸이 땀으로 흠뻑 젖었다. 꿈이어서 다행인 건가? 그 후로 어떤 꿈도 귀신도 보이지 않았으나 숙자의 배 속에선 여전히 태동이 없었고 출산 예정일마저 사흘을 넘기고 있었다. 속으로만 끙끙 앓던 숙자는 입맛도 없고 얼굴도 푸석하니 혼이 나간 사람처럼 보였다.

그녀의 어머니도 딸이 출산 예정일이 지나도 영 소식이 없자 혼자 속앓이를 하던 중 오늘따라 유독 안색이 안 좋은 딸을 그저 보고 넘길 수가 없었다.

"아야 니 뭔 일 있냐? 뭔 일 있제? 뭐시여?"

혹여나 뱉은 말이 씨가 될까 두려워 차마 입 밖에 내지 못했던 이야기들을 결국 모두 어머니에게 털어놨다.

"오메, 뭔 일이여."

어머니는 숙자의 배에 얼굴을 가져다 대시더니 바로 낯빛이 창백해지셨다.

"아야 가자! 언능! 인나야. 단지벌전에다가 삼신벌이라고라? 내 새끼들을 건들어 불면 그것은 내가 못 참제. 너는 언니가 아니고 우리 집에 재앙이여!"

분하다는 듯 콧바람을 쌩하시며 그 길로 집을 나섰다.

그렇게 모녀가 무작정 기별도 없이 불쑥 이모의 집을 찾아갔다. 그렇게도 이모만은 만나지 않겠다던 어머니가 이번엔 숨도 쉬지 않고 숙자의 손을 잡고 나선 것이다.

"연락 안 드리고 가도 되는 건가? 갑자기? 여기는 또 어디야? 예전에 강남에 사셨던 거로 기억하는데?"

"니는 쌈할 때 머리끄댕이 잡는다 예고하고 잡을라냐? 그라고 느그 이모 인자 안 무서버야. 인자는 하직굿 하고 여그 꾸석쟁이에 살고 있는디 나가 요라고 갑자기 찾아올 것을 알았냐~ 느그들한테 살을 날릴 재주가 남았겄냐? 여그는 옛날에 느그 이모가 집 나가서 그 허벌나게 사랑한 머스마랑 처음 살림 살았던 데라 안 하드냐."

뭔가 한바탕 전쟁이 벌어질 것 같았다. 그렇지. 전쟁에서 이기려면 기습하는 것이 승률이 높지. 연통은 무슨 연통인가.

이 위태로운 상황 속에서도 숙자는 이곳에 온 것을 다행으로 여기고 있었다. 오고 싶었고 만나고 싶었다.

자꾸 어머니는 이모가 그 용한 재주로 사람들을 잡는다고 하셨지만 자세하게 말씀을 안 하셨고 묻고 싶지도 않았다.

"삼신벌이라고 했제? 나야 평생을 느그 아부지 하나 알고 살았고. 너도 내가 알기로는 느그 서방 하나 알고 살았는디. 오매 삼신벌이 뭔 말이여? 고것은 몸뚱이 함부로 굴리고, 들어선 애 함부로 지우고 그라믄 삼신할매가 벌을 내리는 것인디. 고것이 나냐 니겄냐? 네 살 때 죽은 니 언니겄냐? 삼신할매 말은 느그 이모가 몸뚱이를 함부로 굴려가꼬 니가 벌을 대신 받는다, 그 말이 아니겄어?"

"그냥 꿈일 뿐이잖아. 아니면 어쩌려고? 몇십 년 만에 만나서 다짜고짜 화내지만 말고, 하직굿 하셨다니까 차라리 용한 무당을 알려달라고 하는 게 어떨까?"

어머니는 숙자의 말은 안중에도 없으셨다.

"그랑께 그것도 요상시러워. 나이가 많은 것도 아니고 어디 죽을병이라도 걸렸을까? 아 죽을병에 걸렸어도 우리는 하직굿이라는 것은 말도 못 들어봤으야. 아니 한번 신이 내렸으면 내린 것이제. 안녕히 가십쇼 하면 간당가? 그라고 뭣 한다고 지를 맥이고 살리고 하는 신을 걷어 부렀을까?"

사실 숙자의 어머니는 자신의 언니가 하직굿을 하였단 얘기를 전해

들었을 때부터 마음 한켠에 언니의 걱정이 한가득이었다. 머리로는 아무리 미워하고 원망하였을지언정 언제나 자신을 보듬어 주고 안아주고 걱정해 주던 하나밖에 남지 않은 핏줄이다.

"느그 이모야 눈꾸녕 누가 파부렀는지 아냐? 그 집 아들내미랑 붙어먹고 살다 부모님 돌아가셨당께. 지도 양심이 있었는지 집에는 겨들어 왔어. 그랴도 나는 인간 같지도 않게 봐부렀제. 언니고 머고 빗자루로 처불고 꺼지라고 막 해댔제. 집에도 못 들어오게. 내가 드르눕고 침 바타불고 난리를 처부렀제. 글혀도 느그 이모는 울기만 하고 벙어리 맹키로 한마디도 안 하고 참더라고. 느그 이모 그전까지는 성질이 겁나게 개떡 같았시야. 나야 그에 비하면 천사지 천사. 아 근디도 내가 이년, 저년, 호로상년 해불고 머리끄댕이 쥐뜯고 그래도 소죽은 귀신마냥 다 참고 울기만 하더만. 그라고 나서는 지가 아예 나서서 내림굿을 지대로 받는다 그라더라고. 내림굿은 굿 중에 제일 큰 굿이여야. 그야말로 마을 잔치가 따로 없었제. 나가 왜 지금도 느그 이모 입만 뻥끗해도 무서워서 벌벌 떠는지 아냐? 느그 이모 그날 사람이 아니었당께."

"왜? 굿판이 그렇게 무서워?"

"작두는 들어봤제? 작두 고것이 겁나게 무겁당께~ 장정이 겨우 낑낑대고 들어 세울까 말까 한디 고것을 한 손으로 들어서 뱅글뱅글 돌리더니만은 날도 시퍼렇게 갈아놓은 그 칼날에다가 셋뿌닥을 긋고~ 사람들을 처다보는디. 눈꾸녕이 휑까닥 돌아가꼬. 으미 무서븐거. 생각만 해도 무서버. 작두 탈 띠도 너메 도움도 안 받고 혼자 올라갔당께. 혼자 올라가서 미친년 맹키로 뛰면서 장군신을 불러오더랑께. 그라고도 발바닥에 기스 하나도 안 났으야. 신기했제~! 난중에 내가 고곳이 가짠가 싶어서 손꾸락을 갖다 대봤는디 날을 얼마나 살벌하게 갈아놔

부렀으면 손꾸락 짤리는 줄 알았으야. 나는 바로 피 봐부렀어~ 그라고 야 모여든 사람들한테 죄~ 한마디씩 해주는디 사람들마다 울고불고 나는 정신을 못 차리겠더라고. 그라더니 마지막으로 내 앞에 와서는 한 참을 울었다 웃었다 하더만 갑자기야. 온몸을 부들부들 떨더만은 눈까리를 막 뒤집고야 고래고래 소리를 지르는겨.”

"왜? 엄마한테 뭐라고 했어? 원래 내림굿 할 때 모인 사람들한테 축언이나 충고해준다잖아.”

"안 돼! 막례야! 니 상대 아니다! 안 된다! 막례야 도망가!! 도망가야!! 뭐 그라고 뒤로 꼬까닥 자빠질 때까지 나더러 도망가라 안 하디야. 그라고 쓰러져 부러써. 근디 지금까지도 그것이 뭔 소린지 모르겄다니께. 나가 나이가 반백 살이 넘었는디 여적꺼정 아무 일도 없는 거 보면 고것은 뭣을 헛것을 봤는가 허주신이 들어왔는가. 하여간에 그라고 단지도 다시 모시고 부모님 천도니 공양이니 몇 날 며칠을 그라고 미친년 맹키로 뛰댕기더만. 뭐시 잘돼도 잘된 것인지. 그때는 느그 이모가 입만 뻥끗했다 하믄 고것이 다 돈이 된께. 아 그때는 지나가던 개도 우리 집 문간에서는 오줌도 못 갈겨부러써. 그 소문이 허발나게 빨리 돌아가꼬 전국 팔도에 연예인이고 뭐고 어디서 방구깨나 뀐다는 냥반들도 돈이고 뭐고 싸들고 와서는 한참을 어린 언니한티 대가리를 쥐어박고 예예~ 그래붕께 그때는 내도 애려가꼬 언니가 벌어온 돈으로 허파에 바람이 씨게 들어가 부렀제.”

"그런데 왜 벌써 하직굿을 하고 여기 와서 사시는 거야? 눈은 또 왜 그렇게 되시고?”

"언니도 그자서야 여유가 생겨부렀겄제. 그랑께 원한이 들어올 자리도 생겨분 것이지. 아 가슴속 한이야 왜 없겄냐. 그것이 사실이든 아니든 지가 항아리 하나 깨고 나간 것이 부모를 잡아묵었다 생각이 안 들었겄냐. 무당팔자 걷어차서 신벌 떨어진 것이라 생각 안 했었어? 그랑께 느그 이모가 그제서야 신이 무서웠든가 다시 겨들어 온 것이제. 그란디 그 머스마가 언니를 차부렀겄제. 세습무가 멋이냐? 지랑 애 낳고 살면 애들도 무당 해먹고 살아야 되는디 그 집 머스마가 뭐시 모지라서 지 아그들 무당시키고 싶겄냐? 그때 마침 언니가 아가 들어섰는디 고 잡놈이 언니를 땡겨분 것이지. 그랑께 철이 없어갖고 고것을 떼고 왔다 하드라고. 아도 떼고 머스마도 떼고…. 그라고 독하게 마음먹고 집으로 온 것이여. 애린 맘에 얼매나 충격이었겄냐. 그라믄 느그 이모는 죽은 부모 탓을 그놈한테 안 돌렸겄냐? 지가 부모 잡아먹은 년 소리 평생 들어야 하는디 그 탓을 그 놈헌티 돌리고 싶지 않았었어? 그래서 처음으로 저주를 해봤다 안하냐~ 그란디 고것이 참말로 살이 돼서 날라갈 줄은 몰랐겄제. 그래서 신벌이 떨어진 것이여. 만신인께 그중에 어떤 신이 눈깔을 파부렀는지 지는 알랑가 몰라도, 나는 모르지. 근디 진짜로 살을 맞아 그리 된 것인지는 몰라도 그 집 머스마야, 오토바이 타다 뒤져부러써. 그런 거치고는 어떤 신인가 몰라도 많이 봐준 것이제. 그랑께 니 꿈에서 삼신할매가 한 말이 다 맞는 말이랑께!"

어느덧 모녀는 소박하고 정갈한 한 기와집 앞에 섰다.

서울 근교에 이런 곳이 있었나 싶을 정도로 시골풍경이 가득한 작은 논과 밭들이 바둑판처럼 줄을 지어 서 있고 그 사이사이로 정겹고 따뜻한 느낌의 집들이 얌전히 앉아있었다. 이모의 집은 언제 덧칠하였는지는 모르지만 깔끔하게 입혀진 하얀 페인트가 정갈하게 집을 두르고 있었고 그 위로 분홍 기와가 마치 굿을 할 때 무녀가 쓰는 고깔처럼 곱게 올려져 있었다. 널찍한 마당에는 봄이면 지당히 만개할 것을 고

하는 고운 흙들 속에 꽃나무 가지들이 빼곡히 심어져 있었고 지금 보기 드문 툇마루가 길쭉하게 이어져 있어 집 구조도 훤히 알 수 있었다. 특이하다 할만한 것은 그 모든 것을 내보여준 대문이었다. 사람 키 반만 한 초록 대문은 그 용도를 알 수 없을 만큼 나약해 보였으나 그래도 그 문은 잠그고 살 줄 알았는데 그마저 빼죽이 안쪽으로 입을 열고 모녀를 기다리는 듯 열려있었다. 먼저 숙자의 어머니가 기세 좋게 한발을 들이밀었다. 그때 벌컥! 하는 소리와 함께 툇마루 가운데 방문이 활짝 열렸다.

"막례야! 막례 맞지? 우리 막례 왔는가?"

당혹스러운 이 순간 어머님과 이모님을 번갈아 보는 숙자. 이모님은 기별도 없이 찾아온 모녀를 어찌 알고 대문을 다 들어서기도 전에 동생을 부르는 것인가?

더 예상치 못한 상황은 어머니의 다음 행동이셨다.

씩씩대며 머리채를 잡으러 오신 어머니. 한달음에 달려가 이모님의 머리채를 휘어잡는 것이 아니라 부둥켜안고 이산가족이라도 만난 것처럼 펑펑 우는 것이었다.

"언니, 나 왔소. 나 막례여! 언니 보고잡았스라. 언니! 우리 언니! 언니! 엉엉엉."

부둥켜안고 언니의 등을 주먹으로 쓸어내리며 아이처럼 울어댔다.

"오메, 내 새끼. 언니가 그라고 미웠냐. 을매나 보고잡았는디 이제야 오냐. 우리 못난이 얼굴 좀 보자잉?"

더듬더듬 얼굴을 만지고 어깨니, 손이니 한참을 꼼꼼히도 쓰다듬으며 손으로 새겼다. 조금이라도 더 붙어 있으려는 듯 찰싹 붙어서 겨드랑이에 동생의 팔을 끼고 두 손으로 연신 손을 쓰다듬고 있었다.

"언니, 어디 아픈 데 없소? 참말로 하직굿인지 멋인지 해븐 것이여? 멋 땀시? 죽을병이라도 걸린 것은 아니제?"

역시나 가장 먼저 물어보고 싶었던 언니의 안부.

"너는 서울살이가 고향살이보다 더 길 것인데 아직도 고향 말을 못 버렸어?"

"왜 딴말하고 그라요? 진짜로 죽을병 걸린 것이여? 그라고 봉께 으째 이라고 꼬챙이처럼 말랐소. 시중꾼도 없소? 앞도 안 보이면서 이라고 혼자 사요?"

"병 걸린 거 아니야. 시중꾼? 너는 진짜 어렸을 때 그대로구나. 시중꾼은 아니어도 제자는 있다. 혼자 나가 개업하라는데도 죽어라 말을 안 들어. 옛날에 나를 보는 거 같아. 그러니 내 걱정은 말거라."

"근디 언니는 나가 대문에 한 발짝밖에 안 들였는디 낸 줄 어찌 알았소? 하직굿을 해부러도 신끼는 남은 것이여?"

"하직굿은 내가 모시던 신들한테 더 이상 점사 보고 굿해서 벌어먹고 살지 않겠다고 고하는 굿이야. 무당들마다 하는 이도 있고 거르는 이도 있다만. 그리고 내가 눈이 멀어 사물은 볼 수 없게 되었지만 대신 살아있는 것들의 혼을 볼 수가 있게 됐어. 믿겨지니?"

"아따 나는 언니가 똥친 막대기를 금 막대기라고 해도 믿지라. 말이라고 하요~? 그란디 혼에 이름표가 있는 것도 아닌디 그 혼이 낸지는 우째 알았소?"

"사람이 생김이 각기 다르듯 그 혼도 제각기 다른 색을 띠고 있고 그것이 형태를 갖추었으니 그것들이 하는 행동들은 그림처럼 움직여 보여지지. 죽어가는 혼과 막 잉태하는 혼도 구별할 수가 있어. 그러나 그것은 색으로 구분 지을 수 없고. 잉태하는 것은 빛나고 죽어가는 것은 어둡더구나. 그러니 눈은 멀었으나 아주 먼 것도 아니야. 우리 막례. 이 눈으로 내 동생의 혼을 어떻게 몰라볼 수 있겠니? 그리고 아가, 너는 한참 만에 나타나 이모를 많이도 놀래키는구나."

숙자는 그제서야 뻘쭘히 앉아있다가 드디어 끼어들 차례가 되자, 겨우 물음을 할 수 있었다.

"이모님이 어머님이랑 이렇게 앉아계신 거 보니까 너무 좋아요. 진짜 저도 주책 맞게 눈물이 나지 뭐예요. 엄마도 참 이럴 거면서 지금까지 왜 안 온다고 고집을 부렸어~ 근데 왜 저 때문에 놀라셨어요?"

"집에서 몸조리나 하고 있어야 할 것인데 여기까지 오느라 고생했다. 헌데 갑자기 죽은 아이를 끌어안고 대문을 들어와 이모를 놀래켜?"

아주 잠시지만 고요함이 방안을 감쌌고 그 고요를 벼락 치듯 깨부수고 숙자의 어머니가 소리를 질렀다.

"언니! 시방 뭔 소리여? 누가 죽어? 누가! 으미 참말로. 야가 시방 오늘내일 나올 것인디 그것이 뭔 소리여? 나가 지금서 말하지만 숙자 처음 봤을 때 개엽다고 울고불고 했다던디 그땐 왜 그랬소?"

이런 말이 듣기 싫어 지금껏 피해왔던 것이다. 눈이 멀었는데 임신을 했다는 것은 어찌 알 것이며 태동이 없는 아이가 걱정돼 여기까지 찾아온 것인데 다짜고짜 죽은 아이를 안고 왔다는 것은 배 속의 아이가 죽었단 말이 아닌가?

"아가 숙자야, 니 곧 애 낳을 것이지? 이미 산달도 지나지 않았니? 지금 니 그 아이가 태어나기 위해서 세 명의 영가가 떠났다. 그러나 그것도 그 영가의 운명이었지. 너의 탓이 아니란다. 내가 가엽다고 한 것은 그동안 니가 얼마나 마음고생을 하였을지 그간의 고생을 가엽다 한 것이야."

"그것을 으쨰 알았소? 아무도 모르는디? 아 들어섰을 때도 부정 탈까 봐 주둥이 단속도 시켰는디? 보낸 것은 으쨰 알았으까잉? 우리 언니 아직 안 죽었네. 오메 귀신이여 사람이여?"

숙자는 피가 머리부터 발끝까지 쭉 빠져나가는 느낌이었다. 이미 앉은 몸을 바닥에 누이고 싶을 만큼 기운이 빠졌다. 이제는 이모에게서 어떤 불길한 말도 나오지 않길 바랐다. 울고 빌면 죽은 아이라도 살려줄 것 같았다.

"네, 다 맞아요. 흑흑. 근데 며칠 전부터 애가 태동이 없어요. 이모, 어떡해요?"

"울지 마라. 울 일 없다. 니 딸은 너무 건강하다."

그녀의 말이 끝나기가 무섭게 모녀가 손을 맞잡고 얼굴을 활짝 폈다. 빠져나간 피가 다시 솟구쳐 오르는 듯 생기가 돌았다.

"오메 참말이여? 야가 사실 만삭이여~ 줄줄이 애를 놓쳐분 것도 사실이여. 그랑께 야는 살아있고 분명히 나온다 그 말이지라? 울 언니가 틀린 말한 거 한 번도 못 봤고 약속 한 번 어긴 적이 없응께 나는 믿을라요! 그랑께 내가 느그 이모 주둥이 무섭다 했냐 안 했냐! 오메 미안하요. 주둥이 말고 입술, 입술~!"

그녀는 모든 것이 그저 즐거운듯했다. 입가에 미소가 떠나지 않았다. 쉰이 넘었어도 변하지 않은 동생의 말뽄새도 귀엽기 그지없었다. 마음 같아선 두 눈을 번쩍 뜨고 오랫동안 새기고 담고 싶었다.

모녀도 마찬가지였다 이모 입에서 나온 말은 정말 반가운 말이었다. 어떤 명의한테 듣는 것보다 듬직했다. 듣기 좋은 말은 다 믿고 싶은 법이다.

그 후로 모녀는 모든 경계를 풀고 여기까지 걸음을 하게 한 불길했던 삼신할매의 꿈 얘기를 풀어놓았다.

　숙자가 이야기하는 동안 어머니는 새초롬하게 자신의 언니를 쳐다본다. 모든 원흉의 시초가 언니일 것이라는 마음속 깊은 한이 쉽사리 지워지지 않은 것이다. 그러나 웬일인지 이야기를 들을수록 그녀의 투명하리만큼 백색의 가까운 눈동자는 흔들림이 없었고 죄책감이나 미안함 같은 것은 찾아볼 수가 없었다. 오히려 묘한 미소를 띠고 재미난 이야기를 듣는 것처럼 집중해서 숙자의 이야기를 끝까지 듣다가 동생의 손을 놓고 자신의 손에 옥가락지를 계속 돌려가며 빙긋빙긋 웃었다.

　"언니 뭐시 우습소? 이것이 별일이요? 삼신할매가 나온 것이 별일이여? 야가 벌써 셋이나 아를 맽탁없이 보냈당께? 뭣 땀시 그란지도 모르는디 그것이 그냥 다 꿈이요? 악몽이요?"

　동생에 어깃장에도 언니는 고운 얼굴을 찌푸리지도 않고 역시 미소를 잃지 않으며 말한다.

　"아니지. 별일이 아니지. 우리가 꾸는 꿈이. 자고도 잊혀지지 않는 생생한 꿈이 의미가 없는 것이 어디 있더냐?"

　"그란디 언니는 뭐시 우습소? 아따 사람 열불나게 하는데 재주 있당께."

　"막례야, 아무리 부모님이 너를 무당길 가지 말라고 아무것도 안 가르쳐줬어도 그것도 모르냐? 조상신은 절대 검은색을 띠지 않는다. 하물며 자신을 조상신도 아니고 삼신이라고? 삼신이라고 했다고? 그렇게 높은 분이 검은 삼베? 검은 입술? 말이 되냐? 막례야, 그게 뭐냐? 너 여기까지 어떻게 왔어? 내가 평생을 보고 싶어 했던 동생을 겨우 귀신에 홀려서 봐야 했냐? 너 귀신에 홀린 게야?"

　마지막 말은 조금은 서운함이 섞인 것이 역력했다.

"아따 뭐시여. 나가 진짜 구신에 씌였는가? 왜 몰랐제? 아야 숙자야, 검은 삼베라고 했제? 신은 절대 검게 안 나타나야. 검은색은 귀신이여. 고것이 하도 니가 안넘어옹께 삼신 흉내를 내서 너를 골려분 것이여. 내가 왜 그것을 까묵어 부렀을까? 왜 그것을 흘려 들었을까잉? 아따 시방 생각해봉께 가서 언니 만나라고 고것이 나를 홀렸납소. 미안하요. 이라고 안 만났음 언제 만났겄소?"

넉살이 좋고 인정도 빠르고 상황파악도 빠르셨다.

"그래 그런가 보다."

그리고 언제나처럼 동생에게 져주는 착한 언니.

"워메 그라믄 그 귀신은 들리고 말하는 겁나게 쎈 귀신이네~? 오래 되고? 우리를 잘 알것잉? 그라믄 그 귀신이 해가 될까? 잡귀는 힘이 없다고 하지 않았소?"

"잡귀도 잡귀 나름이지. 사악하고 영악한 잡귀는 사람을 괴롭히고 홀리는 재주도 있어. 철없을 때 나는 우리 집안이 그렇게 거지 같고 창피했어. 그런데 내림굿 받고 내가 깨버린 백항아리에 모신 조상신님들 들여다보니까. 우리 집안이 지금 말로 하면 어느 재벌집 못지않아. 아니 어디다 비할 것이냐. 그 대단한 분들이 계셔야 할 곳을 내가 깨버렸으니. 부모님이 돌아가신 것은 나 때문이 맞겠지. 그래서 백항아리 만큼은 다시 너희 집안을 위해서라도 정성껏 모시고 있다. 그러니 잡귀쯤이야."

"뭐시라고라? 우리 집요? 나가 말을 안 혀서 글제 큰딸내미 죽어부렀제, 죄 없는 내 남편도 일찍 가부렀제, 우리 아들도 사고 났제. 조상신이 있었으면 왜 그런 일이 생긴다요?"

"그 아이가 조상신 덕이 없었으면 지금 살아있을 성 싶으냐? 니 아들은 그 사고로 죽을 수도 있었어. 그리고 니 남편은 원래 단명할 사주였잖아. 결혼 전에 미리 내가 말했잖니. 너는 그저 빨리 타향살이를 하고 싶어서였는지 내 입이 저주라고 나를 미워하기만 하더구나. 그 후로 우리 사이도 서먹해졌고."

어머니의 고개가 힘없이 떨궈지자 숙자의 머릿속에는 모든 이야기가 퍼즐처럼 맞춰졌다. 정말로 항아리를 깨서 조부모가 돌아가신 것인지는 모르겠으나 그 외에 어떤 나쁜 일에도 이모의 연관은 없다.

"지금까지 내가 어떤 미친 소리를 해도 막례 너는 다 믿어주었지? 그리고 너도 알 거다. 내가 단 한 번이라도 허튼소리를 한 적이 있더냐? 지금부터 내가 하는 얘기들이야말로 정말 믿기 힘든 얘기일 수 있겠지만 부디 잘 새겨들어라. 사실 너희들이 꿈 때문에만 여기 온 게 아니다. 나도 너희들을 기다렸고 너희들도 올 준비가 되어 있었어."

모녀는 이제 작은 종교단체의 신도들인 듯 두 손을 맞잡고 눈을 반짝이며 그녀를 바라본다.

"낮에도 귀신은 있고 어두운 곳 어두운 마음 그 어느 곳에도 그것들은 있다. 그러나 모든 것을 꿰뚫는 태양이 가장 높이 가장 오래 내리쬐는 날, 그날이 바로 귀신의 눈을 멀게 하는 날이란다. 막례야, 그날이 언제 같으냐?"

"수수께끼 내지 말고 그냥 알려주면 안 되겠소?"

"태양이 가장 높이 뜨고 길게 뜨는 날! 하짓날 아니에요? 낼모레가 하짓날이잖아요!"

"역시 숙자가 지 어미보다 낫구나. 호호."

"나가 딸내미 하나만큼은 야물딱지게 나부렀제. 아따 니는 어서 그런 것을 줏어들었냐?"

"숙자가 이해를 해야 모든 것에 대비할 수 있지. 날짜만 알려주면 무슨 믿음이 생기겠니. 그래 숙자야, 너는 느낀 바가 없더냐? 너의 딸은 나의 만신을 잠시 무르고 신도 아닌 것이 이 몸에게 공수를 내렸다."

그녀에게 바짝 몸을 갖다 붙였던 모녀가 순식간에 깜짝 놀라 발라당 뒤로 자빠졌다.

"아 세상천지에 그런 말이 어딨소? 죽은 아기 원혼도 아니고 태어나지도 않은 아기가 신 행세를 하고 있단 말이여? 게다가 언니 만신들을 뛰어넘고? 언니를 부리고 있다고? 요것이?"

두 눈을 연신 깜빡이며 믿을 수 없다는 표정을 짓고 있는 어머니만 숙자는 무속에 대해 배워 들은 것이 있었기에 곧장 심각한 표정이 되었다.

"이모, 공수라면 죽은 사람이 전하는 말이잖아요. 신이거나? 제 아이가 살아있는 건 맞는 거죠?"

그들의 심려를 덜어주기라도 하려는 듯 미소를 잃지 않고 이어 말한다.

"맞다. 나도 이렇게 직접 보기 전까진 믿을 수가 없었어. 배 속에서 그리도 멀쩡히 살아있는 아이가 나에게 공수를 내리다니. 과연 만신을 제낄만해. 잘 들거라. 첫째로 누가 배 속에 그 아이를 죽였다 해도 숙자 너는 절대로 흔들려서는 안 된다. 그 아이는 힘이 없는 지금의 자신을 지키기 위해 죽은 척을 하고 있어. 쯧쯧."

한 단어도 의심 없이 듣고 있는 숙자는 배 속의 아이가 한없이 가엾고 대견해서 눈물이 그렁했다.

"둘째로 니 딸내미를 당분간 없는 아이로 키워라."

"고것은 또 뭔 말이여? 숨겨 키우란 말이여? 귀신들이 이 야를 탐낸께 어따가 숨겨서 키우라 그 말이여?"

"사람이 태어나고 죽는 것을 이름을 지어 올려 하늘에선 명부로, 땅에선 호적으로 관리하지. 니가 막례라는 이름을, 내가 선희라는 이름을 올린 것처럼."

"그려! 언니는 선흰디 나는 왜 막례여? 왜 언니만 이쁘게 지어주고 나만 이라고 지어준 것인지, 그래서 얼굴도 달리 태어났나 싶어가 겁나게 서운했당께."

"부모님은 널 특별히 아끼셨어. 부모님은 두 분 다 무당이셨다. 필시 뜻이 있으셨겠지. 숙자야 니 딸 이름도 호적에 올리고 세상에 알리는 것을 사람이 알면 귀신도 알 수 있다. 될 수 있는 한 천천히 호적에 올리고 그 이름도 되도록 하찮고 보잘것없는 한 글자로 지어라. 사람이 죽어서 이름을 남긴다는 말처럼 이름은 곧 그 얼굴이다. 너무 눈에 띄게 거창한 이름은 사람에게도 귀신에게도 걸음을 멈추고 한 번 더 돌아보게 되는 법이야. 셋째로 이 아이를 세상에 알리는 그날부터는 태어난 땅에서부터 되도록 멀리 물 건너가서 살아. 그 아이가 세상에 태어남을 알려 그것들이 떼를 지어 달려들면 어린 게 당해낼 수 있겠니? 그래도 어지간한 귀신들은 물 건너까지 쫓아오진 않아. 그러나 한 자리 한 곳에 오래 있는 것들은 귀신이 아니라 신도 될 수 있어. 천하대장군과 지하여장군도 같은 경우다. 어느 마을 평범하게 오래 자란 나무도 마찬가지야. 그것을 명물이라 생각하고 치성을 드리면 마을에 액운을 막아주는 목신도 될 수 있어. 조상신들도 니 딸에게 욕심부리지만 않으면 될 것인데…"

그녀는 곧 낮게 도리질을 하고 말을 이었다.

"넷째로 사람 많은 곳, 반짝이는 곳, 시끄러운 곳, 웃는 이 많거나 우는 이 많은 특별한 곳에는 절대 데려가지 마라. 귀신이 좋아할 만한 곳, 거기가 어딘지 숙자 너도 잘 알겠지?"

숙자는 벌써부터 가슴이 미어졌다.

"이모, 언제까지요? 놀이동산도 큰 병원도 안된다는 말씀이시잖아요. 무슨 방법 없어요?"

"방법은 그 아이에게 있지. 그 아이는 빛으로 태어나 빛으로 살아갈 게다. 빛은 어둠을 찌르는 바늘로 태어나 그 어둠들이 무리를 지어 덤벼들어도 스스로 창이 되어 그것들을 가르는 존재가 될 것이야. 니 딸도 지금은 아직 예지의 힘도 가지고 있는 신과 다름이 없는 것 같지만 세상 밖으로 나오는 순간 모든 힘을 잃고 한낱 인간이 돼버릴 것이다. 그러나 스스로 자신이 바늘로 태어났다는 것을 깨달으면 그만한 아군이 없지. 모두를 지켜줄 거다. 숙자야, 니가 빛을 품었다. 인간이 빛을 품었어."

숙자는 이모님의 말씀이 마냥 고무적이지는 않았다. 빛이니 뭐니 그냥 자신의 아이가 평범하게 평범한 행복을 가졌으면 하는 마음에 참았던 눈물을 뚝뚝 흘렸다. 그때 며칠 동안 태동이 없던 아이가 갑자기 크게 발길질을 했다.

"엄마야! 엄마, 지금 애가 발로 크게 찼어!"

"맞냐? 아따 장하다. 아그야, 살아있었냐?"

"숙자야, 아이가 효심이 지극하구나. 아이구 이뻐라. 그렇게도 참고 있다가 지 어미 눈물을 알고 걱정하지 말라고 지 때문에 울지 말라고 너를 달래는구나."

눈먼 무당의 감은 두 눈가에 좀처럼 보기 드문 눈물이 맺혔다. 철없던 자신의 어린 시절을 떠올렸다.

"정말 특별하고 아름다운 아이다. 저도 모르게 벌써 인간의 마음을 그 안에서 깨닫고 있다니…. 멀지 않았다. 바늘이 되는 순간은…. 그때 이 아이는 언제 어디서도 누구에게도 꺾이지 않는 빛이 될 것이야."

잠시 후 이모는 지금까지와는 다른 표정으로 마치 바느질을 하듯 한 땀 한 땀 중요하고 진지하게 말한다.

"지금까지 지켜야 할 네 가지는 아이를 위한 것이었다면 마지막으로 너희에게 전해줄 공수는 살아있는 너희들을 위한 저 아이의 간절한 당부인 듯싶다."

"아따 고것은 또 뭔 말이요? 태어나지도 않은 아그가 우리를 위해서 뭔 말을 했다 고것이여?"

"숙자, 니가 문을 들어서기 전에 죽은 자의 혼처럼 어두운 혼을 끌어안고 있어 나도 놀라지 않을 수가 없었어. 허나 문을 들어서자마자 아이가 요란하게도 빛을 내더구나. 저 대문은 저렇게 아무나 쉬이 드나들 수 있어 보이지만 귀신은 쉽게 드나들 수가 없단다. 하직굿을 했다 해서 한번 내린 신이 가시는 것은 아니다. 신들을 모시는 이 집안 저 대문을 어떤 귀신이 함부로 드나들 수 있겠니? 니 딸이 이곳은 안전하다 생각했는지 들어오자마자 편히 숨을 쉬더구나. 그제서야 나도 살았구나 싶었지."

숙자는 안타까운 마음에 배를 연신 쓰다듬었다.

"숙자야, 아주 강한 '염'이다. 문! 대문이 보여. 문이라는 것은 동서고금을 막론하고 어느 시대 어느 때나 무속인뿐 아니라 불교 유교 역시 중요시했다. 그 본질이 사람이 드나들라 만든 것이기에 사람이 열어주지 않으면 잡귀들은 쉬이 드나들 수 없지만 어둡고 강한 귀신은 신당도 넘어들 수 있다. 신당도 넘어드는 귀신이 남의 집 문턱 넘는 것이 무엇이 어렵겠니? 지금도 문! 문! 문이라고 외치고 있어. 심상치가 않구나. 아이야, 그 문을 열고 누가 들어오는 것이냐? 사람이냐? 귀신이냐?"

답답한 마음에 옥가락지가 부서져라 주먹을 꽉 쥔다.

작은 방안, 세 여자 사이에 무거운 공기가 가득하다.

새하얀 눈을 가늘게 찌푸리며 침묵 속에 무엇을 들으려는지 귀를 기울이고 동시에 숙자는 뱃속이 뜨거워지는 것을 느꼈다. 잠시 후 그것은 좀처럼 보기 드문 그녀의 호들갑스러운 장면이었다. 무릎 위의 상이 들썩일 만큼 자지러지게 놀라 뒤로 물러앉더니 이를 딱딱거리며 말한다.

"그날은 귀신도 사람도 온다. 문을 넘어들어온다."

그녀의 관자놀이에 식은땀이 송글 맺혔다.

"뭐여? 언니 뭣을 본 것이여? 그날이 언제여? 뭐시 들어오는디? 우리 집? 나쁜 거여? 잉?"

"니 딸이 애써 보여주는데도 성치 않은 이 두 눈알마저 타들어 갈 거 같아. 더 들여다볼 수가 없었어."

곧장 더듬더듬하지만 익숙하게 서랍장을 찾아 비단 보자기에 쌓인 무언가를 꺼내어 이들에게 내어놓는다.

"이때를 위해서 남기신 거 같구나. 숙자야, 이것으로 너희 집 대문을 막아라. 그러면 귀신은 절대 못 들어온다. 막례야, 너는 정말 사랑을 많이 받았어. 우리 어머님이 문앞에서 그 어떤 귀신이라도 쫓아내 주실 거야. 그러니 낮이나 밤이나 문단속만 잘해라. 꼭! 그러면 괜찮을 거다."

'아가, 미안하구나. 더 가볼 수가 없었어.'

그녀는 온몸으로 공포를 엿보고 온 것을 내비쳤다.

돌아오는 길, 숙자는 계속 이모님의 영험함에 감탄했다.

"진짜 신기한 거는 엄마, 지금 생각해 보니까 내가 딸이라고 말도 안 했잖아? 근데 이모는 눈도 멀었다고 하면서 계속 니 딸 니 딸 이라고 했었어. 맞지?"

"아야, 문간에 발만 들이밀었는디 몇십 년 만에 만난 나도 알아본 사람인디 고것을 모르겄냐? 그라고 우리 올 것도 미리 알고 있었다 안 하드냐?"

"처음부터 이모를 찾아갈 걸 그랬어."

"언제야? 니 첫애 떨궜을 때? 그라믄 둘째는 무사했을 거 같으냐? 니 지금 그 배 속 얼라 땜시 먼저 갔다고 안 하드냐? 느그 부부가 겁나게 별시리 금슬이 좋긴 했시야. 그랑께 아그들이 지 차례도 아닌디 기 나온 것이지."

"아! 엄마는 무슨 참~"

숙자는 별안간 소녀라도 된 듯 부끄러워한다.

이모를 만나고 온 그 날 밤, 별스럽게 조금 늦겠다는 사위의 전화가 왔다. 눈치가 빠른 숙자의 어머니는 전화기 너머로 술이 차있는 사위의 목소리를 듣고 전화를 끊었다.

"아야 숙자야, 느그 서방 뭔 일이여? 술도 좋아도 안 하는 양반이 뭔 일이래? 오늘 늦는다는디?"

"그러게 별일이네. 웬만한 회식자리도 다 빠지고 집으로 오는 사람이…. 엄마 또 막걸리 마시게?"

숙자는 그러니저러니 연신 싱글벙글이다.

"잘됐지 뭐냐. 사우한티 맨날 장모 주태백이 된 것만 보여줘서 쪼까 거시기 혔는디. 오늘은 대놓고 마셔 불란다."

어머니는 오늘 오랜만에 미움으로 그리움을 덮고, 마음속에서 밀어내고 살았던 언니를 만나고 와서 이런저런 생각이 많았지만 숙자는 요 며칠 중 이토록 홀가분하고 기분이 날아갈 듯 좋을 수가 없었다. 돌아오는 길에 철물점 몇 군데를 들려 겨우 구한 크기가 다른 동그란 손잡이 두 개와 이모님께 받아온 수저를 두 손에 쥔 채 벅차오르는 감정이 널뛰듯 하는 것을 온전히 느끼고 있다.

'이제 이틀만 자고 일어나면 널 만날 수 있어! 우리 아가 조금만 더 참아! 나의 빛 우리의 빛!'

동만은 술을 못 마시는 것이 아니었다. 퇴근 후 집에 들어가서 장모님이랑 반주 한잔하거나 집밥 먹으며 사랑하는 아내와 함께하는 행복한 그 시간이 소중하고 모자랐기 때문에 밖에서 시간을 많이 보내지 않으려던 것뿐이다. 하지만 이날만큼은 취하고 싶었다. 빈속에 소주를 혼자 두 병이나 마셨지만 웬일인지 원하던 만큼 취해진 않았다. 집에 돌아와 아내에게 전해 들은 모든 말들은 그마저 남아있던 술기운도 확 달아나게 했다. 겨우 꺼낸 그의 첫마디…

"그래서 우리 여보, 얼마 주고 왔어?"

분명 어느 사기꾼한테 홀랑 속아 넘어간 아내가 오래된 수저 하나의 값으로 돈을 왕창 뜯겼으리라.

"돈은 무슨! 자기야, 나 오늘 어디 다녀온 줄 알아? 우리 결혼 초에 만났던 이모님 알지? 거기 다녀온 거야!"

잠시 잘못 들었나 싶었다. 갑자기 웬수처럼 척을 지내고 살던 이모님 댁에 다녀왔다니…

그때 그날을 동만도 기억한다. 그분의 예사롭지 않은 분위기에 압도되었던 것은 사실이다. 그렇다고 다 믿기에는 너무나 황당하고 소설 같은 이야기들. 그토록 믿기지 않는 애기들을 억지스럽게 꺼내오니 도무지 납득이 되지 않았고 무턱대고 따를 수도 없었다.

사실 동만이 숙자보다 더 먼저 아이의 사산 가능성을 예측하고 있었다. 몇 번의 유산도 있었고, 며칠 내내 태동도 없었다는 것을 살 붙이고 사는 사이끼리 왜 모르겠는가. 이날 동만은 아내 몰래 병원을 다녀왔다.

처음에 의사는 동만을 질책했다. 왜 더 빨리 병원에 데려오지 않았느냐고. 그러나 세상을 다 잃은듯한 그의 표정을 보고 그랬어도 달라지는 것은 없었을 거라며 눈치 빠르게 그를 달랬다.

그래서 오늘은 술을 마시지 않을 수가 없었다.

그런데 이러저러한 이유로 아이가 일부러 죽은 척하고 있다고? 아내가 드디어 미친 것일까?

계속된 유산으로 심적 고통이 심하였던 아내가 열 달이나 품은 아이가 잘못되어감을 깨닫고 결국에 미쳐버린 것일까? 가슴이 미어지고, 앞이 캄캄했다. 동네 철물점을 전전하며 겨우 사 왔다는 동그란 문고리들과 오래된 숟가락을 보고 있자니 더욱더 부아가 치밀어 올랐다.

'이것을 대문에 붙이라고? 그분이 신끼가 있긴 한 걸까?'

해맑은 모습으로 이것저것 챙기는 모습이 분주한 아내.

그 모습이 안쓰러워 속는 셈 치고 대문밖에 이것을 달아주려니, 안 그래도 아내를 박대하는 한동네 사는 누나들이 오며 가며 자신의 집 대문을 보고 같이 쌍으로 미쳤다는 소리나 해대며 욕을 한 바가지 할 듯싶고, 눈물을 꾹꾹 참고 쇳덩이만 만져대며 주저하던 그때.

"서 서방!"

어느새 불쑥 나타나신 장모님.

"어려운 거 아니믄 해줘부러! 그거 이 뭐시라고! 내가 해부러? 도라이바로 기냥 돌려불면 되는 거 아니여?"

갑작스런 장모님의 등장에 동만은 잠시 멍해졌다.

"저년 말이 다 미친년 헛소리 같제잉? 그럴지도 모르제~ 그라믄 자네 저년 진짜 돌아부렀으면 당장 땡겨불고 갈 것이여? 그럴 거 같으면 지금 가부러. 누가 암시랑도 못 허게. 내가 주둥이 다 쳐 막아 불랑께. 괜찮혀. 도망갈라믄 지금 가부러. 괜찮응께. 지금 몰래~ 가부러."

일찍 어머니를 여의어 엄마 정을 몰랐던 동만은 장모님이 엄마같이 늘 살갑고 좋았다. 지금은 장모님이 아니라 엄마같다. 동만의 편이다.

"어머님, 흑흑."

동만이 기어이 눈물을 흘렸다. 자신보다 두 배는 큰 사위를 까치발을 들어 안아주시며 토닥이시는 어머니.

"낼모레 애비가 될 사람이, 이라고 씨잘데 없이 질질 짜면 쓰겄는가. 똥이 드러워 피하는 것이지 무서워 피하는가? 하지 말래서 좋을 거 같으면 그라믄 되는 것이고 그것이 씨잘데기 없다 싶으면 그작에서 때려쳐 부러도 되는 것이제~ 원체 손이 귀한 집에서는 별의별 짓거리들을 다 해가믄서 애 하나 겨우 낳아 키웠당께. 이것이 뭐시라고…."

동만은 눈물을 그치고 콧물을 손등으로 쓱 닦아냈다.

그렇게 동만이 제정신을 차리기 기다린 후 의미심장한 말에 못을 박아 전달하신다.

"지금은 저년 말대로 다 해줘. 어려분 거 뭐시 있당가. 으잉? 문고리 하나 달아서 거그다 숟가락 하나 꼽는 것이 뭐시 대수여? 서 서방 근디 지금 쪼까 내 딸내미 미친년 취급혔지?"

동만은 마음을 들킨 거 같아 놀란 데다가 장모님의 표정이 순식간에 바뀐 것에 더 놀랐다.

"지금은 저년을 미친년이라 해도 내가 뭐시라고 못하는디 낼모레 참말 점심때 얼라가 나오면 그때는!"

장모님은 다소 거칠고 욕도 잘하셨다. 움찔할 수밖에….

그러나 의외의 이야기를 다정하고 도톰하게 해주신다.

"그때는 저것이 오늘 얘기한 것을 다 지켜야 할 것이여. 내사 빛인지 어둠인지 그런 것은 모르겠지만서도 아, 누가 하늘이 아니고 신도 아닌디 사람 태어나는 시간까지 맞춰분다냐? 그 잘났다는 의사들도 못하는 것을? 맞춰불면 그것은 정말 신이고 하늘일지도 모르지. 그라면 그 자서는 그대로 따라야 하는 것이여. 하늘을 거스르면 그만큼 벌을 받는 것이지. 암~ 내가 산증인이여!"

그녀는 뻥 뚫린 마당에서 하늘을 쳐다보며 한탄스럽게 말을 마쳤다. 동만은 지금 이 모녀의 희망을 깨뜨리고 싶지 않았다. 다가올 일은 그때 생각하면 되는 것이다.

"네, 어머니!"

씩씩하게 대답하고 드라이버를 가지러 간다.

숙자는 밤이 새도록 그동안 자신이 겪었던 일들과 말하지 못했던 비밀들. 꿈 이야기와 오늘 있었던 신비한 이야기들을 동만에게 하나도 빠짐없이 말해주었다.

"그런 일들이 있었구나. 우리 아이가 학교 들어갈 때만 돼도 우리를 지켜준다고? 헤~ 그나저나 우리 여보 혼자 얼마나 힘들었을까. 담에 귀신 나타나면 얘기해. 내가 다 쫓아줄게!"

"울 엄마는 그런 얘기 하면 정신병원 보낸다던데~? 역시 내가 남자 하나는 잘 골랐어!"

진심으로 고마운 마음에 깊숙이 몸을 갖다 붙이는 숙자.

"뭐어? 하이고. 어머니가 말씀만 빡세시지. 어쩌면 당신에게 세상에서 가장 큰 방패는 내가 아니라 어머님일 거야."

"응? 그게 무슨 말이야?"

"아니야, 그런 게 있어. 근데 저 숟가락은 뭐야? 오래돼 보이던데?"

"응, 저게 할머님이 돌아가시기 전에 자식들을 위해 남긴 유일한 유품인데 숟가락 하나만 남기고 다 불태우라고 하셨대. 뜻이 있겠지? 할머님은 살아생전에도 호남에서 제일 가는 영매셨는데 자식 사랑도 엄청나셨나 봐. 이모님이 단지를 깨고 돌아오셔서 돌아가신 부모님 천도제를 올리셨대. 근데 할아버님은 잘 올라가셨는데 할머님은 몇 번을 상을 다시 차려도 고집스럽게 안 올라가시더래."

"그래? 집 나간 큰딸한테 원한이 깊으셨나?"

"하! 자기가 그런 말 하니까 이상하다~ 이럴 때 선무당이 사람 잡는다고 하나?"

"그럼 아니야?"

"응, 그게 아니고. 할머님이 스스로 남으신 거래. 남은 자손들 지키신다고."

"그럼 돌아가신 할머님이 우리 집 대문을 지켜주실 거라 이거잖아. 근데 왜 하필 대문 밖에다 꽂아?"

"나도 똑같이 물어봤어. 저건 사람 막는 게 아니고 귀신 막는 거래. 동그란 쇳덩이는 귀신들이 싫어하는 거고 저렇게 묶어서 걸어만 놔도 귀신들한테는 닫힌 문으로 보이나 봐. 거기에 꽂힌 수저는 자식들이 천수를 누리는 걸 꼭 보고 가야겠다는 할머님의 염원이 깃들어 있어서 웬만한 귀신들은 근처에 올 수도 없대. 그래서 문이 활짝 열려있어도 귀신들은 우리 집 문턱도 넘을 수 없다는 거야. 그러니까 사람 단속만 잘하래. 자기 문단속은 잘할 수 있지?"

"그럼~ 들어보니까 왠지 다 그럴싸한데? 그럼 우리 모레 아침엔 꼭 병원 가는 거야. 알았지?"

"응! 우리 빛덩이 만나야지!"

"응? 핏덩이? 빛덩이?"

"아니, 빛, 빛, 빛, 바보야! 밝을 빛!!"

"아~ 헤헤. 그래 언능 자자. 이제 술이 확 올라와."

"응, 여보 이제 술 냄새가 확 올라와. 그래도 사랑해."

"응? 진짜? 우리 애기 술 냄새에 취하는 거 아니겠지?"

"술 냄새 정도로 취할 만큼 약하지는 않을 거야. 누구 딸인데. 헷."


## 죽어서 태어난 아이

서울 한복판 그리 만나기 쉽지 않은 이미 깎을 만큼 깎아내린 민둥산 밑 달동네.

그 어느 시절에 그 어떤 방법으로 사람이 지나도록만 어찌어찌 길을 내었더니 그 위아래로 얼기설기 차곡차곡 집들이 쌓여졌다. 숙자의 집은 그중에도 어중간하게 자리 잡은 터에 억지로 끼워 맞춰놓은 대문과 시멘트 울타리로 그래도 옆집 뒷집이 합쳐지니 있을 법한 자리에 그럴 법하게 지어졌고 인사동 어디쯤이나 가면 볼법한 두꺼운 나무 대문 역시 구불구불한 골목과 어딘가 묘하게 어우러져 있었다. 작고 촘촘

한 동네에 타향임에도 동향인이 더 많았으며 옆집, 뒷집 숟가락 개수도 알 정도로 이웃 간의 정도 깊었고 사이도 좋았으나 오히려 이들 모녀를 동네에서 마주칠 때면 한 번을 그냥 지나치지 않고 못 볼 것 보듯 시비를 걸어대는 것은 동만의 누나들이었다.

그래도 모녀는 그들을 이해했다. 누가 세습무 집안에 데릴사위로 귀한 동생을 보내고 싶겠는가. 이런 이 집안의 속사정도 세월 속에 주위 들고 이웃들은 함께 안타까워해 주었다. 그러니 그 집 나무 대문에 숟가락이 붙든 젓가락이 붙든 뭐라 할 이들은 아무도 없었다. 그저 오다가다 한마디씩 물을 뿐이었다. 곧 낳을 아이를 위해 미신으로 붙였다 하니 그저 웃고 가는 것이지.

내일이면 하짓날이다. 내일 점심이면 아이가 나올 것이라고 이모님이 말씀해 주셨다. 밤이 되면 위험하니 절대 대문 밖을 나서지 말라 하셨다. 열 달을 기다렸는데 하루를 못 참겠는가. 숙자는 다짐했다.

'똥이 더러워 피하는 것이지 무서워 피하는 것이냐. 귀신들 따위 무서워 피하는 것이 아니다. 하루만 참으면 된다. 내일이면 너를 볼 거야. 조금이라도 해가 된다면 안 하면 되는 것이지. 이 대문 안에서 한 발자국도 안 나갈 거야.'

그런데 그렇게도 다짐했건만 웬일인지 어둑한 뒷산 절벽에 숙자가 홀로 서 있다. 아슬아슬하게 정신을 놓고 서 있다가 발밑을 구르는 작은 돌멩이들이 산개하여 떨어지며 콩쾅거리는 소리에 겨우 정신을 차렸다.

'어머! 여기가 어디야? 내가 여기 왜 있어? 그 아이는 어디로 갔지?'
어느덧 해가 진 것인가? 발밑이 시커멓다.
주위를 멀리 둘러보자 아직 날은 밝았다. 그러나 숙자의 머리 위에만 검은 먹구름이 낮게 떠 있고 저 멀리서 자신을 향해 곧장 난데없는 흙바람이 불어오고 있는 것이 보였다. 그것은 그저 흙을 함께 몰고 온 바람이 아니었다. 근방에 나무와 작은 바위를 흔들고 땅을 두드릴 정도로 자신의 어둡고 강한 존재를 알려오는 바람이었다.

작은 먹구름이 그것들을 호위하고 그 밑으로는 서릿발 같은 강한 비바람이 쏟아졌다. 그 소용돌이 치는 불길한 비바람 속에 낙엽들이 미친 듯이 춤을 추고 기괴한 소리를 내며 숙자에게 덤벼들고 있다.

'온다!'

두 손으로 배를 받쳐 들고 소용돌이치는 비바람을 피해 내달리기 시작했다. 잡힐 듯 말 듯 숙자는 속도를 더 내었다. 눈앞에 익숙한 대문이 보이자 나직하게 방심하여 잽싸게 뒤를 돌아보았다. 순간 눈앞에 맹수 같은 비바람이 숙자의 머리채를 잡으려 와락! 하고 들이닥쳤다.

"아악!"

외마디 비명을 지르고 숙자는 그대로 활짝 열린 대문 속으로 빨려 들어가 버렸다. 문은 바로 쾅! 하고 닫혔다. 그 대문까지 힘껏 숙자를 맹렬히도 쫓아오던 흙과 비와 낙엽들이 흉측하게 뒤섞인 그것들은 기세 좋게 덤벼들더니 보잘것없는 나무 대문 앞에서 촤락! 하며 요란한 소리를 내고 퍼져버렸다.

여기저기 괴상한 소리들이 수군거리기 시작했다.

'이번엔 거의 다 잡을 뻔했는데 저년 운이 좋았어.'

'저 문은 뭐야? 저런 게 있었나? 근데 봤어?'

'그래 나도 봤어. 저 멍청한 년, 저거 죽었어. 키키킥.'

'키키키. 저 집도 이제 굳었구만. 드디어 미쳤어. 미친년이 죽은 애를 들고 뛰고 있어. 키키키.'

'그랬구만. 결국 떨어진 것이지. 근데 저 문은 뭐야? 이제 들어가 볼 수도 없잖아?'

'먹구름쟁이한테 물어봐. 그날 떨어뜨렸는지? 이 중 제일 힘이 세잖아.'

'그러게. 대낮에 꼬맹이 몰골로 나타나다니 삼신할매보다 힘들지 않았어?'

'둘 다 힘들지! 귀신이 입을 떼는 게 쉬운 일인 줄 알아? 흥! 대낮에 사람을 홀리는 재주는 몇천 년 여기 박힌 나 말고는 본 적이 없어. 그나저나 그년 나를 집으로 끌고 가려고 했어. 보통 년이 아니야. 죽였어야 했는데. 감히 나를 면전에 두고 악다구니를 쓰고 덤벼? 저년이 한 발짝만 더 내디뎠으면 됐는데 갑자기 누가 저년을 깨운 거야?'

'덤벼? 저년이 덤볐다고? 내가 갔을 땐 날 보지도 못하는 거 같던데?'

'모르지! 모를 것이 난데없이 나타나 나를 찢어죽이고 불태우려 했대두! 저년 입에서 소리가 나오자마자 내가 찢어지고 타죽는 거 같았어. 분하다. 분해. 저년을 죽일 거야. 저년 주둥이를 내가 꼭 찢어죽일 거야.'

'허허. 빛의 아이가 돼겼는데도 뭐가 있는 거야? 역시 저 집구석은 불태워 없애야 해.'

누구에게나 들리는 소리지만 아무나 들을 수 없는 소리들. 그것들은 한데 모여 주위를 음음하게 만들었다가 어스레 흐트러지더니 어느샌가 소리도 없이 자신들이 있던 곳으로 숨어버렸다.

"이년아! 그러게 내일 애 받을 년이 어디 자빠졌다 인자 들어와 부렀냐?"

대문 안에서 숙자를 안으로 잡아 끌어당기신 어머니는 불같은 호통을 치셨지만 숙자는 이제야 식은땀이 자신의 두피 사이사이를 간지럽혀 겨우 이것이 꿈이 아니라는 것을 알게 되었다.

"내가 거기 왜 있었어? 그 아이가 사람이 아니었구나! 어쨌든 지금은 살았어~ 역시 대문 안이 안전해. 엄마, 할머님이 지켜주시나 봐. 정말!"

여전히 문간 벽에 기대앉아 멍하니 정신 나간 사람처럼 중얼거리는 딸을 보고 어머니는 굳게 다문 입술을 들썩이시며 영 표정이 좋지 않으시다.

"씨잘데기 없는 소리 하덜 말어. 미친년 소리 듣고 잡냐? 낼 애 받을 년이 그라고 뜀박질 하믄 쓰겄어? 누가 보면 그것도 미친년이라 할 것이여. 지발 기 나오지 좀 말어!"

말씀은 그리하셨지만, 어머니 주먹엔 어느새 팥이 한 줌 쥐여 있었다. 빼꼼히 내다본 대문 밖으로 팔이 떨어져 나가도록 그것을 뿌리고 한차례 심한 욕을 퍼붓고는 골목 어귀를 요리조리 살피더니 대문에 붙어있는 숟가락을 쓰다듬으며 그리움에 목이 메 나지막이 불러본다.

"참말로 엄니여? 나 막례여. 보고 잡소."


숙자는 절대 대문 밖을 나서지 않기로 다짐했었다.

그러나 불과 한 시간 전의 일이었다. 해는 여전히 떠 있었고 저녁 준비할 때도 아직 한참이 남았다. 쾅쾅! 오래된 두꺼운 나무 대문에 손잡이를 두드리는 소리에 손목에 시계부터 확인했다. 아직 오후 세시가 조금 넘은 시간이다.

안심하고 문을 열었다. 문을 열자마자 자기도 모르게 한쪽 무릎을 꿇고 오만상을 찌푸리는 숙자.

"어머! 너 얼굴이 왜 이래? 누가 이랬니?"

자신의 키 반만 한 아이가 꼬챙이처럼 말라 여기저기 피범벅이 된 채로 서 있었다. 한쪽 눈두덩이는 야구공만큼 부어서 감기지도 않고 여기저기 두드려 맞고 불에 그을린 흔적이 처참하기 이를 데 없었다. 언제부터 씻지 않은 것인지 온몸에서는 고약한 냄새가 진동하였는데 그보다도 무얼로 이 아이의 몸을 지진 건지 살을 태운 내가 더 지독하게 코를 찔렀다. 언제 갈아입었는지 알 수도 없을 만큼 지저분하고 너덜너덜한 잠옷 바람에 아무것도 신지 않은 맨발이었다. 무릎을 꿇은 숙자가 아이의 어깨를 잡고 상태를 살피려다 그 여린 어깨가 바스러질 거 같아 차마 움켜쥐지도 못하고 얼굴을 잔뜩 찌푸리며 가슴속 깊숙이 불같은 성질만 치밀어 올랐다.

"너희 아버지가 이랬니?"

아이는 고개를 푹 숙였다.

"너희 엄마도 아셔? 엄마도 같이 이런 거야?"

그러니 아이는 아주 세차게 도리질을 했다.

짐작건대 엄마 없을 때 아버지에게 학대를 당했구나 싶었다. 그리고 이 살벌한 탄내가 지독한 거로 보아 집에서 나온 지 얼마 안 된 거 같아 보였다. 심하게 두드려 맞고 학대당하다 겨우 탈출한 것 같았다.

"일단 우리 집으로 들어와! 먼저 경찰서에 신고부터 해야겠어."

그러자 아이가 집으로 들어오지 않고 숙자의 옷자락을 붙잡고 울 것처럼 매달린다. 필사적으로 경찰에는 신고하지 말라는 듯이 보였다.

'엄마는 모른다는 걸 보아하니 엄마는 몰라야 할 무슨 사정이 있나? 그래도 어떻게 애를 이렇게나 두들겨 팬단 말인가? 이 작은 동네에 이

런 짓을 할 사람이 있었나?'

숙자는 너무나 처참한 아이의 모습에 더 이상 이런저런 생각할 겨를이 없었다. 이런 짓을 한 그자의 면상을 눈으로 직접 봐야 했다. 어떻게든 아이를 돕고 싶었다.

"얘야, 너희 집이 어디야? 가깝니?"

아이가 고개를 크게 끄덕인다.

"일단 아줌마랑 같이 가자. 안 되겠다. 요즘 세상이 어떤 세상인데 애를 이 지경으로 만들어?"

숙자는 아이의 너덜너덜한 꼴에 잠시 이성을 놓았다.

아이의 손을 잡고 골목 어귀를 지나 눈감고도 지나던 길을 잠시 놓친 것뿐인데, 어느새 숙자는 꿈속을 걷고 있었고 한 치 앞도 안 보이는 뿌옇게 안개가 낀 어두운 골목에서 누군가를 애타게 찾고 있었다. 그렇게 꿈속을 걷고 있었다. 자박자박. 조심스레 한 발짝씩 앞으로, 앞으로….

"아얏!"

누군가 숙자의 이마를 콩! 하고 때렸다.

**정신 차려 이 여자야! 내 밥에 재 뿌릴 거야?**

그렇게 정신을 차려보니 발밑을 구르는 돌멩이 소리에 자신이 집 뒷산 절벽에 서 있다는 것을 겨우 깨달았다.

'이번엔 정말 위험했어. 대낮에 사람의 행색을 하고 나타나다니. 어쩐지 대문 안으로 절대 안 들어오려고 했어. 그러고 보니 한마디 말도 안 했지? 내가 바보야. 어떻게 그런 귀신에게 홀릴 수가 있어? 그런데 내 머리를 쳐서 정신이 들게 한 건 누굴까? 듣기 좋은 말투는 아니었어. 그리고 지 밥이라니? 그건 또 뭔 소리야? 설마 내 아이를 지 밥이라고 한 거야? 신세는 졌지만 영 고맙지만은 않네.'

다음 날 아침 모녀는 바쁘다. 산후 준비까지 바지런하게 챙기느라 정신이 없었다. 동만은 들은 바가 있어 믿기로 하였지만, 마냥 믿고 이 순간을 즐길 수만은 없었다.

오늘이 이모님이 말씀하신 날이 맞긴 했지만 어제라도 그제라도 하루빨리 아이가 태어나주었으면 하는 바람이 있었다. 이모님 말이 틀리더라도 아이가 특별한 아이가 아니더라도 그냥 빨리 태어나 주기만을 바랐던 것이다.

아침부터 채비를 마친 산모와 그의 가족들이 무작정 아이를 낳겠노라며 병원을 들어섰다.

늙지도 젊지도 않은 배불뚝이 산부인과 의사가 숙자의 불룩한 배 위로 연신 청진기를 가져다 요리조리 대보더니 역시나 고개를 젓고.

"지금 힘드신 거 충분히 이해합니다만, 계류유산이 확실한 거 같습니다."

숙자는 다시 한번 의사의 손을 붙들었다.

"아니에요. 아직 시간이 안 돼서 그런 거예요. 한 시간만 있다가 다시 봐주시면 안 될까요?"

시간이 안 됐다는 알 수 없는 말에 한숨을 푹 쉬는 의사.

"산모님 심정 이해하고요. 보통들 이러십니다, 계류유산은 산모님처럼 하혈도 복통도 없어서 아이가 언제 사망하였는지도 잘 모르고 찾아오시는 경우가 많습니다. 오래됐다면 산모님 건강에도 크게 문제가 되니 빨리 소파술을…."

"말도 안 되는 소리 하지 마세요! 소파술이라니요. 살아있는 애를 죽일 셈이에요!"

소리를 빽 질렀다. 의사는 동그란 의자를 홱 돌려 몸을 일으켜 나가면서 간호사에게 지시를 내린다.

"김 간호사, 환자분 초음파실로."

"환자분, 좀 차갑습니다."

무표정한 배불뚝이 의사는 거의 형식적인 움직임으로 초음파를 진행하더니 숙자에게 모니터를 돌려 보여준다.

그것 보라는 듯.

"산모님, 보시다시피 아이가 움직임이 없어요, 사산아라고 보시면 됩니다."

동만은 하늘이 무너지는 느낌이 이런 것인가 싶었다. 이모라는 분을 다시 만나면 멱살을 잡아 올리고 싶었다. 모든 분노가 그쪽으로 향했다. 결국 다리가 풀려 아내가 누워있던 침대의 턱을 간신히 붙잡고 휘청하며 겨우 버텼다.

의사가 초음파실을 나서며 동만을 복도로 불러냈다.

"보호자분이 빨리 결정해 주셔야 해요. 정확한 진료를 못 해봐서 모르겠지만 문진으로 봐서는 꽤 오래된 거 같아서 산모님 상태도 위험합니다. 지금 당장 큰 병원으로 옮기셔서 수술을 받으셔야 해요. 소견서를 써드릴 테니 지금 당장 옮기시죠."

의사는 꽤나 다급한 목소리로 재촉한다. 동만에게 다른 선택지는 없었다.

"자기야, 우리 다른 병원으로 옮겨야 해. 알았지?"

"왜? 가서 뭐할 건데? 왜? 뭐라는데?"

숙자의 두 손을 꼭 잡고 달래며 애원하듯 부탁한다.

"우리 아이는 또 가질 수 있지만 자기는 안 되잖아. 자기는 안 돼. 제발 내 말 듣자. 응? 이제 포기해. 여보, 아까 초음파도 봤잖아. 자기도 봤잖아."

동만은 울컥거리는 자신을 달래며 아내도 달래었다.

답답하다는 듯 또 속상하다는 듯 울부짖는 숙자.

"그~ 거는~~ 자기야…"

소리를 지르려다 숙자도 주위 시선이 의식이 되었는지 꾹꾹 눌러가며 말을 이어간다.

"그날 다 얘기했잖아. 아기가 잠시 참고 있는 거라고. 제발 좀 믿어주면 안 돼? 아직 열두 시 안 됐잖아."

마침 맞은편 벽 한가운데 시계가 11시를 가리키고 있다. 동만은 괴로웠다. 사랑하는 아내가 미친 것이 맞다. 아내를 믿고 싶었다. 이 병원에 오기 전까지 꿈처럼 들려준 이모님의 이야기를 다 믿고 싶었다. 그러나 모니터 속에 아이는 어떤 작은 움직임도 없었다. 죽은 아이가 맞다. 이모님이 미워졌다. 아내에게 거짓 희망을 쥐여줬다. 그 희망이 이젠 아내의 목숨을 위협하고 있다. 그러나 아내의 눈빛은 초음파를 보고도 전혀 흔들림이 없었다.

어떤 증거를 가져다 주어도 믿지 않을 것이다.

죽은 아이를 꺼내다 주어도 믿지 않을 것이다.

'그래!'

동만의 머릿속을 번뜩이는 생각이 지나갔다.

'죽은 아이를 꺼내 준다면? 소파술만이 답이 아니다. 아내도 사산아가 나왔다 하면 그때는 받아들이지 않겠는가? 죽은 아이라도 온전히

안겨준다면 말이다!'

 그 즉시 동만은 의사에게 달려갔다.

 의사는 그 역시 자신의 병원에선 안 되니, 하겠다면 다른 병원을 가라 하였다. 동만의 걸음이 빨라졌다. 망설임 없이 아내가 있는 병실 문을 열어젖혔다.

 "자기야, 우리 아기 낳으러 가자."

 이송 준비만 30여 분이 걸렸다. 여차여차 벌써 시간은 12시를 향해 가고 있다. 숙자는 안달이 났다.

 사실 모두가 다른 생각으로 안달이 난 것은 마찬가지였다. 여전히 복통도 하혈도 없는 숙자를 기어이 병원 측에서는 휠체어를 태워 병원 밖으로 내보내고 있다. 휠체어를 밀어내며 의사도 간호사도 어서 빨리 혹시 생겨날 모든 책임에서 벗어나고 싶은 모양이다. 기다란 작은 병원 복도 끝에 두 쪽짜리 문이 덜컹거리는 요란한 소리를 내며 입을 벌리고 그 밖으로 호송차가 숙자를 기다리고 있다.

 문밖으로 밀어내듯 달리던 휠체어가 그 문턱에 걸려 드르륵! 하고 잠시 걸음을 멈췄다. 간호사는 능숙하게 손잡이를 눌러 곧 방향을 바꾸었고, 그렇게 한껏 제쳐진 숙자의 몸은 어두컴컴한 병실 복도를 빠져나왔다. 순간 높게 뜬 태양이 숙자의 전신 위로 뜨겁고 찬란하게 쏟아졌다. 그때 태어나서 처음 느껴보는 극심한 고통에 놀라 양손으로 휠체어를 멈추어 꼭 붙들고 소리를 질렀다.

 "앙아아아악!"

 숙자의 아랫도리가 멀겋게 젖어있다.

 숙련된 간호사는 즉시 의사에게 청진기를 건네주고 급히 청진기를 요리조리 대보던 의사가 저 멀리 있는 간호사에게 수술용 베드를 준비하라고 소리친다.

"선생님, 무슨 일이에요! 저희 아내 왜 이래요?"

동만은 새하얗게 질렸고 숙자의 어머니는 동만의 팔을 꽉 움켜쥐었다. 진정하라는 듯….

의사는 휠체어를 뒤로 젖히고 다시 안으로 들어가려 하고 있다. 그러니 숙자의 힘없는 머리가 휠체어 뒤로 떨궈졌다. 그 머리 위로 온 세상의 빛이 다 쏟아져 내리는 듯했다. 복도 끝, 삶과 죽음, 그 문턱에서 잠시 걸음을 멈춰 온 세상의 축복과 함께 아름답고 찬란한 빛들을 쏟아 부어주고 있었다. 그때서야 숙자는 가쁜 숨을 내쉬며 동만의 손을 잡고 환하게 웃어주었다. 너무나 아름다운 미소였다. 그 미소가 너무나 신비롭고 아름다워 동만은 자신도 모르게 손목시계를 들여다보았다.

여지없이 열두 시를 가리키고 있었다. 차가운 병원 바닥에 그간의 시름을 모두 내려놓고 주저앉으신 어머니.

"됐다, 됐어. 으메 나 죽겠네. 아니 나 살겠네. 흐미 어짜쓰고. 흐미 요 노무 주둥이. 하늘님, 신령님, 감사합니다. 감사해요."

숙자의 어머니는 술기운에 하늘을 향해 쏟아부었던 자신의 욕설을 주워담지 못하고 쓸데없이 본인의 입을 연신 내리쳤다. 동만은 그런 장모님을 일으켰다.

"어머니, 어머니도 고생하셨어요. 고맙습니다."

1994년 6월 14일 12:00 서울시 ○○병원에서 땅을 울리고 바람을 가르며 하늘까지 닿을 빛 한 덩이가 탄생하였다. 그것을 곧장 오색빛깔의 열두 조상신이 둘러싸 그 자취를 감추고 있었으나 건방지기로는 하늘과 닿았고 강함으로는 지옥과 맞먹는 어떤 고약한 악마 하나의 눈을

**피해갈 수는 없었다.**

서희는 날 때부터 그렇게 천사 같은 아이였다. 산통도 없이 병실 복도에서 지 혼자 쑥 기어 나온 듯한 데다 울음도 크게 울지 않고 성인이 구토하듯 양수를 토해냈다.

한동안 숙자는 동만을 쥐잡듯하였으나 그래도 그들은 자신들의 인생에서 가장 행복한 나날들을 보내고 있었다.

서희가 막 걸음마를 뗄 무렵, 건넌방에 살던 동만의 막내가 여자를 얻어 나가 살게 되었다.

건넌방은 방 크기도 크지만 문이 따로 있고 주방 겸 거실이 있는 말 그대로 건넌방이었다.

"자기야, 자기 생각은 좋은데 그래도 햇볕도 너무 안 들어오고 창문으로 지나가는 사람들 발도 보이고 시끄러운 소리도 다 들리고 이 방 별로야."

숙자는 이 방이 마음에 들지 않았다. 안방의 마당을 가로질러 마주하고 있는 이 방은 창이 나 있는 한쪽 벽이 구불구불한 골목길과 맞닿아 창문의 3분의 1만 겨우 볕이 들까 말까? 반지하나 다름없었다.

지붕의 처마 끝은 어른들 허리춤 밖에 오지 않아 장마철에 실수로 창문이라도 열어놓는 날엔 비가 들어차기 일쑤고 비를 피하러 앉아있는 꼬맹이들 궁둥짝들도 심심찮게 볼 수가 있었다. 한번은 여름에 창문을 열고 그 방에 있을 때 우유 배달 아주머니가 그 열린 창문을 보고 반갑게 인사를 하며 쭈그리고 앉아 그 창문으로 우유를 건네주었다. 자신은 초인종도 안 누르고 계단도 안 내려와서 편하였겠지만 숙자의 입장에서는 괜스레 불쾌했다. 지나가는 이들이 열린 창문 앞에서 신발 끈이라도 고쳐 신을라치면 그렇게 방 안이 훤히 다 보이는 것이다. 숙자는 그것이 어쩐지 찝찝하고 불안했으나 동만의 생각은 달랐다.

"우리 희야, 이렇게라도 사람들 구경, 바깥구경하고. 이 방이 크고 넓으니까 놀이동산처럼도 만들어주고 유치원처럼, 놀이터처럼 만들어주자. 에이~ 저 틈으로 들어오면 뭐가 들어와. 우리 눈에는 시끄럽고 거슬려도 서희 눈에는 신기하고 재밌게 보일 수도 있잖아. 눈 오면 눈 쌓이는 것도 보고 비 오면 비 떨어지는 것도 보고!"

동만의 말에도 일리가 있었다. 잘 때는 숙자가 데리고 자면 그만이다. 그저 이 방을 아이의 놀이터로 만들어주려 했던 것이다. 그러나 서희는 어느새 그 방을 자신의 방이라 하였고 금슬 좋은 부부를 위하였는지 거기서 따로 자기를 원했다.

그렇게 서희는 정말로 손이 가지 않고 착하고 예쁘기만 한 너무나 특별한 아이였다. 정말 속도 안 썩이고 아픈 적도 없이 신기하고 건강하게 잘 자라주었다.

뭘 갖고 싶다고 사달라 떼쓴 적도 없었다. 그런 서희가 딱 한 번 그들을 곤란하게 한 적이 있었으니….

세 모녀가 어느 날 사이좋게 손잡고 시장을 나섰다.

그러다 서희가 길에 버려진 강아지를 그냥 지나치지 못하고 쭈그려 앉아 한동안 강아지들을 애틋하게 바라보며 쓰다듬고 영 자리를 뜨지 못했다.

그러자 들으라는 듯 큰소리로 혼잣말을 하시는 할머니.

"누가 여다 키우도 못할 것들을 땡겨불고 갔당가? 애깅께 누구라도 데불고 가졌제~?"

그래도 손녀는 자리에서 꿈쩍을 하지 않았다.

"아야! 언넝 와라잉? 희야~ 저 강아지 키우고 싶냐?"

그제야 할머니께 다가와 크게 고개를 끄덕였다.

"왜야? 저것들이 못 묵고 잘 데도 없어 보여 그라냐?"

다시 한번 크게 고개를 끄덕였다. 혹여나 데리고 가주실까 하는 순수하고 맑은 희망의 눈이었다.

"그려? 그라믄 이 할미를 데불고 가서 키워라잉? 할미도 가진 거 없고 먹을 것도 없고 느그 엄마가 안 재워주면 잘 데도 없시야~"

금방이라도 울 것 같은 표정으로 입가를 씰룩거리는 서희. 처음 있는 일이었다. 이제야 할머니도 자신이 무슨 잘못을 한 것인지 깨달았다.

"진짜여. 할미 저 아그들보다 밥도 쪼매만 묵고 똥오줌도 잘가링께. 우리 희야가 인자는 할미 키워부러잉?"

태어날 때도 울음 없이 태어난 아이다. 걸음을 뗀 지금까지 단 한 번도 운 적이 없었다. 그런 신기한 아이가 지금 막 울음을 터뜨리기 직전이다. 부글부글한 숙자.

"그니까 엄만 왜 가만있는 애를 들었다 놨다 해?"

결국, 내리사랑이란 이런 것이다. 그런 숙자의 눈치도 보였는지 할머니는 어린 손녀를 향해 평생 해보지 않으셨을 애교를 짜내어 발사하신다.

"아가, 울지 마야. 울지 마러. 할미가 멍멍도 하고 요라고 꼬리도 쳐줄랑께 아가 울지 마야잉?"

그곳은 약국 앞 삼거리. 꽤나 많은 사람들이 지나다니는 길이었음에도 불구하고 할머니는 손녀의 울음을 절대로 보지 않으시려고 필사적으로 엉덩이도 흔들어 보이시다 결국은 안아 올리셨다. 서희는 큰 눈망울에 꾹꾹 눈물을 담아둔 듯 겨우 눈물을 멈추었으나 집에 돌아오는 동안에도 토라진 채 한마디도 하지 않았다. 그래도 할머니 역시 강아지 얘기는 두 번 다시 꺼내지 않으셨다.

"개 풀 뜯어 먹는 소리 씨부러 쌌냐? 사람 키울 시간도 없는디 뭔 놈의 개여? 나가 이 나이 묵고 개새끼 똥수발이나 들어야 쓰겄냐? 키우고 잡으면 느그 어매 벽에 똥칠할 때 그때나 키워. 개똥 치우면서 내 똥도 치우면 쓰겄네!"

이토록 완강히 반려견을 반대하시는 어머니.

유치원도 보내지 않은 서희에게 친구란 엄마와 아빠 할머니가 전부였다. 그림책이고 인형들이 서희의 제일 친한 친구들이다. 그런 서희가 불쌍했던 부부는 생각 끝에 병아리라도 한 쌍을 사주자 마음을 먹었다.

그렇지만 아무래도 어머니의 허락이 필요는 하기에 숙자와 서희가 손을 잡고 가서 허락을 구해본다.

"뼁아리는 괜잔혀~"

그마저도 핀잔을 들을까 염려했던 숙자는 다소 시원스런 어머니의 반응이 반가웠다.

"할미 진짜? 진짜 할미 고마워. 할미 사랑해~"

서희는 말할 것도 없었다. 펄쩍펄쩍 뛰며 할머니 뺨에 뽀뽀를 퍼부으며 좋아라 했다.

"이잉~ 그거이 쪼까 시끄럽기는 혀도 난중에 크믄 알도 숨풍숨풍 나서 후라이도 해묵고 삶아도 묵고 알 그거 못 나불믄 뭐…. 잡아 불믄 되니께~ 앵간하믄 수놈, 암놈으로다가 안 뒤지는 놈으로 야무지게 잘 골라와잉?"

손녀의 엉덩이를 토닥이며 당부하시듯 아무런 나쁜 뜻 없이 하신 말씀이시지만. 서희는 벌써부터 울상이었다. 숙자는 엄마의 무심함에 한숨을 쉴 수밖에 없었다.

서희는 세상을 다 가진 듯 행복했다. 쉴 새 없이 삐약 대며 자신의 발걸음 뒤를 졸졸졸 따라오는 작고 귀여운 털 뭉치들이 너무나 소중하고 사랑스러워 견딜 수가 없었다.

밥을 안 먹어도 티비를 보지 않아도 그 녀석들을 쳐다만 보고 있어도 하루가 금방 지나갔다. 병아리들은 그런 서희의 사랑을 받고 하루가 다르게 무럭무럭 자라갔다.

처음엔 서희의 손바닥 안에서 버둥대던 작은 것들이 이제는 과일 상자 안에서도 퍼득거리며 날아올라 지들 가고 싶은 곳들을 쏘다니기 시작했다. 벌써 노란 털 틈으로 슬그머니 삐죽삐죽 빼어나온 회색빛, 흰색빛 털들도 신기하였고 몸집도 제법 커져 곧 닭이 되어가려나 싶었다.

그러나 그것은 요즘 들어 서희에게 없었던 유일한 고민과 걱정이기도 했다. 할머니가 알을 못 낳는 닭은 잡아먹는다는 말을 잊지 않고 있었던 것이다.

혼자 이리저리 생각해 보고 깨달은 것이 있었으니 빨리 저 둘이 알을 낳아 할머니에게 드리면 저 둘과 이별하지 않아도 되는 것이다.

'얘들아, 빨리 결혼해서 알을 낳아라! 그래야 니들이 살 수 있어!'

그렇게 매일매일 저 여린 생명들의 수호자 역할로서 기도하며 사는 것이 서희의 하루 일과 중 대부분을 차지하고 있었다. 그러던 어느 날….

삐약삐약, 삐약삐약.

서희는 여느 때와 다름없이 혼자 빈 시멘트 마당을 쪼아대며 뛰어

노는 한 쌍의 병아리들을 바라보다 잠시 하늘을 나는 비행기 소리에 시선을 빼앗겼다.

다시 병아리를 쳐다보니 한 마리의 병아리가 서희의 눈을 휘둥그레하게 만들었다. 봄볕을 내리쬐며 차디찬 시멘트 바닥에 자신의 몸을 부풀려 꾸벅꾸벅 졸던 병아리 한 마리가 서희 눈에는 영락없이 알을 낳고 그 알을 품고 있는 어미 닭의 모습처럼 보였던 것이다.

깜짝 놀란 서희는 재빨리 병아리에게 달려갔다.

"할미, 삐순이가 알을 낳았어!"

기뻐서 소리를 지르며 단 한걸음에 병아리에게 당도하였다. 실제로도 그 걸음은 신발을 꺾어 신고 단 두 발짝에 멈췄으니 그 마음이 어찌나 급했는지, 몸을 날렸다고 설명하는 것이 맞을 것이다.

그 순간 하필 문이 달리지 않은 지하실에서 자취를 감추었던 호기심 많은 나머지 병아리 한 마리가 창공을 가르고 푸드덕하니 날아올라 하필이면 서희의 두 번째 내디딘 그 꺾어 신은 운동화 밑으로 빨려들 듯 날아 들어갔다.

그 병아리가 퍼지직 소리를 내며 서희의 온 체중이 실린 한발에 무참하게 짓눌려 몸뚱이는 가려지고 대가리와 두 다리만 남아 삐이이이약 하고 가늘게 소리를 내었다.

그리고 그와 함께 깜짝 놀라 푸드덕하고 날아오른 다른 병아리 한 마리. 서희의 시계는 거기서 잠시 멈추었다.

서희는 내려다보았다. 자신이 꺾어 신은 운동화 밑에 병아리가 누워 있었다. 무슨 일인지 아직도 삐약삐약 가늘게 울며 맞은 편으로 삐져나온 두 다리도 힘없이 왔다 갔다 살아있는 듯 움직였다.

신발에서 그대로 발을 뺐다. 그리고 방으로 곧장 뛰어들어갔다.

"우왕~~!!! 할미할미! 악!!! 악!! 할미할미 할미할미!!!"

평소에는 있는 듯 없는 듯 참으로 손이 안가는 손녀인데 별안간 죽을 것처럼 울어대니 안방에서 부업을 하시던 할머니가 그 참상을 훑어볼 새도 없이 마당을 가로질러 건넌방으로 뛰어들어갔다.

"오메오메 내 새끼, 뭔 일이여. 왜 그려, 어디 다쳤는가? 어디여? 어디 쩌부러써? 어디 보자. 으잉?"

손녀가 다친 줄만 알고 몸을 이리저리 둘러보려는데 서희는 어느샌가 이불을 찾아 그 속에 들어가서 나올 생각을 하지 않는다.

"할미할미, 내가 죽였어. 내가 죽였어. 할미, 나 어떡해? 할미 삐돌이 죽었어. 삐돌이 내가 죽였어."

병아리가 죽었다는 얘기를 용케 알아들으신 할머니.

"뼁아리야~ 아야, 울지 마야. 괜찮다 괜찮어. 아그야, 니 안 다쳤으면 됐시야. 으메 놀래 죽겄네."

할머니는 이제 홑이불 채로 서희를 끌어안고 달래주었다.

"으앙~! 아냐. 나 지옥 갈 거야! 삐돌이 내가 죽였어!"

"아녀 아녀~ 뼁아리는 원래 잘 죽는 것이여. 저만치 큰 것도 용하당께. 괘안타 아가, 니 잘못 아니여."

할머니는 저절로 죽은 병아리를 보고 여리고 착한 손녀가 이러는 것이라 생각하고 마냥 달래주었다.

"할미, 마당! 삐돌이 할미할미 도와줘. 신발. 할미…"

그제서야 서희를 잠시 내려놓고 마당을 나가보았다. 할머니가 나가서 보았을 때는 약하고 끈질긴 생명이 더 이상 삐약질은 하지 않았으나 어린 것이 이것을 보고 얼마나 마음이 상했을까 싶어 불같이 화가 치밀어 올랐다.

"워메, 이 쥐배룩만도 못한 것들이 뛰댕겨가꼬 이 난리를 쳐뿌따냐~!"

지체없이 빗자루를 가지고 오셨다. 그러다 그 근처를 뛰어다니는 나머지 갈 길 잃은 한 마리의 병아리를 보더니 부아가 치밀었는지 괜한 화풀이를 퍼부으셨다.

"여그가 느그집 안방이여? 워디라고 뛰댕겨 으잉? 맥여주고 재워주께 은혜를 원수로 갚어야? 요 잡것을 콱!"

빗자루로 날려 버리셨다. 나머지 병아리 한 마리도 그렇게 맥없이 죽어버렸다. 진짜로 죽일 생각은 없으셨는지 할머니는 좀 당황하셨다. 아주 큰 목소리로 서희가 있는 건넌방을 향해 말씀하신다.

"워메, 금슬이 허벌나게 좋았는갑네. 즈그 신랑 죽었다고 요라고 빨리도 따라가 부네."

아마도 서희에게 들으라는 소리였겠지만 서희는 그 소리를 듣지 못했다. 그때 서희는 이불 속에서 처음으로 귀신을 상대하고 있었다.

세상만사 모든 일에 우연은 없는 것이다.

먹었으니 똥을 싸는 것이고, 똥을 싸질렀으니 냄새가 나는 것이지. 겨우 병아리 한 마리 꼬일 재주로 져가는 봄볕도 무서워 어두운 지하실에 숨어든 요사스러운 귀신이 병아리 하나를 낚아채 그 어린 것에게 던진 것이다. 쯧쯧쯧.어둠은 그러하다. 빛을 무서워하지만 질투하고, 시기한다. 지 놈의 주제로는 감히 다가가지도 못할 만큼 찬란한 '빛'이었으나 그것이 샘이 나서 골탕이나 먹이고 싶었던 참으로 하찮은 잡귀였다.

이불 속에서 서희는 그 하찮은 잡귀와 싸우고 있었다.

본디 그것들은 보이는 자에게 그 모습을 드러낼 때 그들이 상상하는 가장 무서운 모습으로 나타난다.

 자신의 힘을 과시하려면 그 방법밖에 없다.

 자신을 두려워하게 만드는 것. 사실 그 외에는 아무것도 할 수 있는 것이 없으나 사람들은 그것이 두려워 실제로 잠도 제대로 자지 못하고, 잠을 못 자니 기운도 없을뿐더러 기운이 없으니, 밥도 제대로 못 넘기고, 밥을 못 먹으니, 몸도 허해지고, 몸이 허해질수록 정신마저 약해지는 악순환이 계속되며, 진짜로 사람들에게 악영향을 끼치는 결과가 되는 것이다.

 그럼 이 요사스런 잡귀는 반짝반짝 빛나는 서희에게 어떤 모습으로 나타났을까? 이 어둠 속에서 병아리를 낚아채 집어 던진 영악한 요괴는 실로 그 간악함이 뱀과 같았으나 상대를 잘못 골랐다. 애초에 이 다섯 살배기 어린 서희에게 두려움이란 없었다. 서희가 떠올린 처음에 공포는 자신의 운동화 밑에 그 병아리였을 것이다. 그래도 명색이 귀신인데 어여쁜 병아리로 나타날 수는 없는 일이고 귀신 입장 또한 난처하지 않았을까? 서희가 본 귀신의 모양은 어두운 이불 속에 동그랗게 빛을 발하는 커다란 달걀 단지 그것이었다. 그러나 하얀 달걀과는 달리 시뻘건 물을 뚝뚝 흘리는 지 얼굴만 한 커다란 달걀이었다. 난데없이 등장한 이불 속에 시뻘건 달걀을 보고 빌고 또 빌었다.

 "잘못했어. 잘못했어. 내가 잘못했어. 미안해, 미안해."

 손이 닳도록 수백 번 수천 번 빌었다. 눈을 질끈 감고 빌었다. 시뻘건 달걀은 지 모습이 어떠한지도 모르고 기괴한 소리를 내며 서희에게 끊임없이 속삭인다.

 '니가 죽였어. 니가 죽였어. 니가 죽였어. 니가 죽였어.'

 그 소리에 서희가 기어이 거품을 물고 컥컥대며 숨이 꼴딱 넘어가려는 순간.

콩! 누군가 서희의 이마에 딱밤을 때렸다. 서희도 그 결에 정신이 들었다.

너 바보냐? 니가 아니야!

서희는 그 목소리를 생생히 들었다.

순간 모든 게 평온해졌고 마음도 진정이 되었다. 눈을 떠보니 달걀은 사라지고 다시 새근새근 잠이 들어버렸다.

그리고 깨어났을 땐 그 어떤 누구에게도 병아리에 대해서 입 밖으로 꺼내지 않았다. 언제 그랬냐는 듯 밝게 웃어 보이고 건강하게 뛰어놀았다. 나머지 병아리 한 마리에 대해서 물어볼 것을 걱정하던 식구들은 오히려 당황했다.

가장 조바심을 냈던 할머님은 그날 참으로 오랜만에 조상님께 감사 기도를 드렸다.

서희에게서 병아리란 존재는 하루아침에 지워진 듯했다. 서희는 점점 스스로 강해지는 법을 깨닫고 있었다.

곧 자신이 바늘이라는 것도 알게 되겠지.

햇살 따뜻하고 바람도 보드라웠던 어느 봄날, 숙자는 그 햇살보다 아름답게 반짝이는 자신의 딸에게 꽃과 풀을 한 아름 따다 안겨주었다.

그것을 가지고 노는 아이를 보고 있자니 미안한 마음과 가여운 마음에 말릴 새도 없이 주책없는 눈물방울이 작은 아이의 두 뺨 위로 뚝뚝 떨어졌다.

자신을 놀란 눈으로 돌아보는 아이에게 들키지 않으려고 잽싸게 눈물을 훔쳤지만 숙자는 그 기적과도 같은 순간을 잊을 수가 없었다.

아이는 몸을 일으켜 고사리 같은 작은 손으로 엄마의 눈가의 눈물을 닦아주더니 이렇게 말했다.

"엄마, 울지 마. 나 때문에 울지 마. 희야 때문에 울면 희야도 아파."

그리고 작은 두 팔을 뻗어 온 힘을 다해 엄마를 끌어안았다.

모든 게 빨랐던 아이. 말도 빠르고 걸음도 빠르고 배움도 빠르고 그렇게 모든 것이 빨라 어느 때는 대견함보다 아쉬움도 있었다.

'조금만 천천히 자라주어도 될 것인데. 벌써 엄마를 위로하고 안아줄 수 있는 나이가 된 것인가?'

무엇이 그리 급해 이토록 빨리 자라는지. 왠지 모를 불안감마저 들었다. 다시 엄마를 등지고 앉아 아이가 물었다.

"엄마, 이거 꽃이지? 예뻐!"

"응, 그거 꽃 맞아."

"엄마, 근데 이거 엄마가 뜯어와서 죽었지?"

엉뚱한 질문이지만 난감했다. 그리고 꽃을 따면 생명을 잃는다는 건 누가 알려준 것일까?

"으응, 엄마가 이 꽃한테 잘못했네. 그런데 희야, 꽃은 원래 금방 지는 거야."

아이는 엄마를 돌아보며 눈을 크게 뜨고 또 질문한다.

"지는 거? 싸움에서 지는 거? 난 안 지는데 그럼 이 꽃이 엄마한테

진 거야?"

엉뚱하고 귀여운 아이의 대답에 실소를 하고서도 엄마들은 아이들의 질문 공격을 피해갈 순 없다.

"그래, 그렇다고 볼 수 있지. 이 꽃은 엄마한테 졌지만 세상에 모든 꽃이라는 건 엄마한테 안 지더라도 금방 스스로 지고 그렇게 죽는 거야. 꽃은 이렇게 예쁘지만 그건 잠깐이고 언젠가는 결국 질 수밖에 없어."

"에이, 그럼 희야는 꽃 안 할래. 그럼 희야 이거 할래!"

아이가 손에 쥔 것은 꽃과 같이 따온 잡초였다.

숙자는 생각에 생각을 이어가며 말을 전했다.

"우리 희야, 엄마 말 잘 들어~ 희야 말이 다 맞아. 그거는 잡초라는 거고 누가 꺾어도 밟아도 잘 죽지 않아. 그렇지만 우리 희야는 잡초로도 태어나지 않았어. 꺾이지도 않고, 밟히지도 않고, 잡을 수도 없어. 불도 물도 바람도 어둠도 이길 수가 없네! 그러고 보니 우리 희야 무적인데?"

숙자는 그저 하고 싶은 말을 나오는 대로 뱉고 있다.

"그럼 나는 뭐로 태어났는데?"

이 순간만을 기다려 왔다는 듯 지극히 당연한 대답을 들려준다.

"빛! 너는 빛으로 태어났단다. 희야, 너는 빛이야."

그 다섯 살배기 아이는 그 순간을 다 기억하고 있다.

그것은 알아들을 수가 있었다.

'나는 빛이구나. 좋다.'

아이는 그 어떤 봄날 햇살에도 결코 지지 않는 빛나는 미소로 엄마를 꼬옥 안고 사랑한다고 몇 번이나 몇 번이나 말했다. 그 작은 봄 동산. 서로를 소중히 부둥켜안고 있는 두 모녀의 모습은 세상 그 무엇보다도 찬란하게 빛났다.

## 깨어지는 약조

동만과 숙자는 나란히 회사에 반차를 냈다. 사이좋게 손을 꼭 잡고 동사무소를 마주 보고 서 있는 두 사람.

"자기, 손 땀나."

"자기 손에서 나는 거야."

"아니거든? 자기거든."

쓸데없는 농담을 하며 긴장을 풀어보려 했지만 긴장하지 않을 수가 없다. 아이를 호적에 올리는 날.

기다리고 기다렸던 날이지만 이 관공서라는 것이 누구에게나 조금은 긴장감을 주는 데다가 무조건적인 자신들의 잘못인 호적을 늦게 올린 사유에 대해 설명할 것을 생각하니 영 껄끄럽지 않을 수 없었다.

그러나 예상했던 과태료를 지불하고 나니 생각보다 까다롭지 않은 절차가 기다리고 있었다. 그들이 종이 한 장을 받아들고 다시 돌아왔다. 그것은 아이의 생년월일과 이름 등 당연히 기재해야 할 것들을 적어야 할 종이였다.

최대한 평범한 이름으로 지으라시던 이모님 말씀이 있었기에 남편의 성 뒤에 '계집 희(姬)' 한 글자를 붙여 서희라고 불러왔었다.

숙자가 차례대로 위에서부터 호주, 생년월일 등을 쓰고 한자를 쓰려는 찰나 동만이 종이를 가로챘다.

"한자는 내가 쓸게. 자기 한자엔 좀 약하잖아."

"쳇! 열심히 외워왔거든?"

잠시 토라진 척하려다 동만이 뭔가 다르게 많이 쓰는 것 같은 느낌이 들어 숙자가 물었다.

"자기 맞게 쓰는 거 맞아?"

"응, 서희! 제대로 썼지."

씨익 웃고는 잽싸게 종이를 갖다 내버리는 동만.

전산 작업 중에 직원이 이것저것 확인차 한 번씩 되묻는다.

"네~ 아이 성은 서! 달성 서씨 맞으시구요?"

"네!"

"이름 외자네요. 빛날 희(熙) 맞죠?"

"네?"

"네!"

둘의 대답은 같았지만 분명 의미는 달랐다.

그러나 동만의 더 씩씩하고 큰 목소리에 묻혀 전산 작업은 그대로 넘어갔다. 숙자가 눈을 동그랗게 뜨고 동만의 팔을 세게 치며 나무랐지만 동만은 꿈쩍도 않고 웃고만 있다.

모든 일을 마무리하고도 찝찝한 표정의 숙자를 거의 끌고 나오듯 하며 동만이 말한다.

"자기야, 화내지 말고 내 말 좀 들어봐. 우리 희야 이름도 하나밖에 못 쥤는데 '계집 희'라니. 내가 알아봤는데 그거 팔자도 안 좋고 나중에 첩살이할 수도 있대~"

숙자가 깜짝 놀라 동만을 쳐다보며 물어본다.

"뭐? 누가 그래? 말도 안 돼~"

동만은 의외로 꽤나 진지했다.

"사실 얼마 전에 작명소 가서 물어봤거든. 근데 극구 말리더라고. 그거는 옛날에나 쓰는 이름이었고 뜻풀이도 엄청 안 좋던데? 밑에 사람 막 부르는 그런? 마누라? 머 그런 거? 하나밖에 없는 우리 딸한테 그런 이름을 지어줄 수야 없지. 우리 희야 건강하게 잘 태어났고. 뭐 점점 좋은 일만 생기는 데 나빠질 일이 뭐 있겠어? 안 그래? 우리 희야는 빛나게 예쁘잖아. 그렇게 평생 빛나라고~ '빛날 희'만큼 빛나는 이름이 또 어딨겠어? 나 잘했지?"

숙자는 얘기를 다 듣고서는 화를 낼 수가 없었다. 그저 웃어버렸다. 그리고 남편의 허리를 꼭 안았다.

"응, 우리 희야 이름 '빛날 희' 예쁘다. 잘했어, 여보!"

"장모님 좋아하시는 통닭 사 가자."

"응!"

"희야 좋아하는 생크림 빵도 사 갈까?"

"응!"

"우리 자기 좋아하는 딸기도 사 갈까?"

"응!"

"그럼 내가 좋아하는 맥주도 사 가도 되지?"

"응!"

숙자는 동만을 올려다보며 행복해서 눈물이 날 것 같았다. 이 시간이 오래갔으면….

재잘거리며 서로를 안고 걸어가는 둘을 마중하는 석양이 그대로 그들을 그림처럼 담아내고 있었다.

그 뒤로 길쭉하게 그들과 함께하는 검은 그림자만이 깊고 검은 속내를 감춘 채 그들을 따라 숨어들었다.

그렇게 그들의 두 번째 약조가 깨어졌다.

드디어 서희가 학교에 갈 수 있는 나이가 되어가자 숙자는 이런저런 복잡한 마음이 되었다.

서희를 호적에 올렸고 이제 물 건너 이사 갈 일만 남았었는데 그놈의 재개발이 결국 이들의 발목을 잡았다.

곧 서울 한복판에 고급 아파트가 가족의 소유가 되는 것이다. 십 년을 넘게 기다려온 기회를 날릴 수야 없지 않겠는가. 동네 사람들 모두 형편은 비슷했다.

가진 돈으로 이렇게 도심은 아닐지라도 조금만 벗어나면 작은 아파트라도 살 수 있는 형편은 되겠지만 동만의 가족을 포함해 이미 대부분 재개발 서류의 도장을 찍은 터라 모두들 이런 예스러운 집들과 80년대 풍경에 골목에서도 꼼짝 마라 하고 있는 것이다.

삑! 삑! [늦은 오후 숙자의 집 초인종 소리]

"내가! 내가 나갈래요!"

서희가 초인종 소리에 기다렸다는 듯 달려나간다.

"여기는~ 서동만, 이숙자, 박막례씨 댁입니다. 누구십니까?"

요즘 서희가 빠져있는 문 열어주기 놀이이다.

익숙한 이웃의 목소리.

"민식이 할미여, 니 할미 있냐?"

서희는 까치발을 들어 문을 열어주고선 또 몸을 반을 접고 인사를 한다.

"어서 오세요. 민식이 할머니."

"아이구, 우리 귀염둥이 신둥이~ 밥은 먹었는가~ 오늘은 더 이쁘구 만. 요거 가따 무라. 너 줄라고 사왔응께~"

이웃집 할머니는 마치 서희를 보러 오신 것처럼 한참을 서희의 얼굴을 쓰다듬으면서 과자를 건네주신다.

"잘 먹겠습니다."

또 과하게 허리를 접어 인사를 하며 환하게 웃는 서희.

"오메 이뻐 죽겠는 거~ 우리 집도 하루빨리 손녀를 하나 더 봐야 되는디~"

그때 서희의 할머님이 손사래를 치며 나오신다.

"내 새끼 닳어~ 만지들 말어! 고로코롬 온 동네 사람들 죄~ 한 번씩 만져불믄 아무래도 닳긴 닳것지~ 아깝당께. 그래서 나도 구경만 겨~ 우 한당께."

친구분의 칭찬이 싫지 않으시면서 없는 말씀을 하신다.

두 분은 어느새 마루에 자리 잡고 보리차를 따라 들고 계셨다. 그런 할머니들에게 서희는 꼬물꼬물하더니 과자 몇 개를 꺼내와 내밀었다.

"할머니, 먼저 드세요."

"오메 뭔 일이당가. 요라고 어린 것이 으른 먼저 챙기는 것이여? 자네가 가르쳤는가?"

서희의 할머니는 또 요란스레 손사래를 치신다.

"뭔~ 요래 쥐똥만 한 것을 가르친다고 그것을 하는가? 지가 알어서 하는 것이제. 허허허."

이미 할머니의 어깨는 하늘 높이 치솟았다.

"오메~ 이 집은 복 받았네. 저런 것이 어디서 솟아부렀디야. 아들놈 도 필요 없어. 딸이 지일이여!"

그 말을 기다리기라도 한 듯이 여행 브로셔를 집어 들며 장황하게 딸 자랑을 시작하시는 할머니.

"암만! 우리 집만 혀도 아들놈은 키워봤자 검은 봉다리 손에 한번 쥐여준 적이 없당께~ 지 애미 챙기는 건 딸내미 밖에 없제. 요고 보소~ 이번에도 말이제, 나가 비행기 한번 못 타봤다고잉? 여그로~ 제주도잉? 보내준다든디?"

"참말로야? 그럼 자네 혼자 가는가? 혼자 가믄 무슨 재미데. 이것은 멋이여?"

제주도 여행 가이드북을 들이미신 할머니는 그제서야 입을 삐죽 내밀며 쭈뼛쭈뼛 말씀하신다.

"그랑께 내가 자네 일 다 보면 오라고 했제. 자네도 시간이 되믄 같이 가믄 쓰겄다 싶어서."

함께 여행할 것을 슬쩍 권하시는 할머니.

"아, 그라믄 나도 겁나게 좋지만서도. 아그들이 보내줘야 가는 것이제."

"그건 또 그래야잉."

참 그땐 그랬나 보다. 자식들이 어딜 보내줘야 가는 것이 여행이었나 보다. 그러나 이 제주도 여행은 일파만파 커져 결국 동네 어르신들의 단체 관광이 계획되었다.

그때 숙자가 친구와 함께 대문을 들어선다.

"희! 희야! 둥이둥이! 귀염둥이 신둥이 어딨어?"

대문을 들어서자마자 하이톤에 밝은 목소리로 서희부터 찾아대는 숙자의 친구 현정.

"이모오~~"

다다다다다! 이번엔 폴더 인사 대신에 서희는 달려가서 그녀의 품에 폭 안긴다.

현정은 아이를 번쩍 들어 안고 사랑스럽게 들었다 안았다 꼭 껴안았다 부볐다 한다.

"아이구! 우리 이쁜 신둥이~ 뭐하고 놀았져?"

그 모습을 지켜보던 어머님이 한마디 안 하실 리가 없다.

"아이구! 이년아, 그러다 애 잡어야. 어이! 그러다 떨치면 니 뒤진다잉?"

"어머니, 계셨어요? 하하. 안녕하셨어요?"

"아따 인사도 참말 빠르구마이~ 뭣을 어제 보고 또 안녕하셨냐고 묻냐? 어째 우리 집을 느그 집 드나들 듯 해부냐잉? 그러다 소박 맞아 불면 우짤라 그려?"

"아유, 어머니도 참! 살 만큼 살았는데 그만 살죠. 하하하. 집에 시커먼 남정네들밖에 없어서 우리 희야 보러 오죠. 우리 희야 이모가 선물 사 왔다."

현정은 선물 꾸러미를 또 서희에게 내밀었고 서희는 신이 나서 선물을 풀어본다.

"현정이 니 그라고 숙자한티 들었는디 우리 희야랑 어데 같이 가믄 넘들한테 니 새끼라고 해분다던디 너 그라고 댕기믄 콱 주뎅이를 조싸 분다잉?"

"아잉~ 어머니 제 아들들은 벌써부터 아저씨 같아요. 잠깐만 빌려주시면 안 돼요? 제가 이 나이에 다시 딸을 낳을 수도 없잖아요~"

"뭐시 늦어? 요새야 마흔 넘어서도 많이들 낳더만~ 허긴 우리 희야만큼이야 이쁜 넘으로 골라서 낳을 수야 있나? 고것은 삼신할매가 한 트럭이 와도 안 될 것이제."

숙자는 이런 모습들을 보고 있자니 행복이 밀려와서 감당이 안 될 지경이다. 미소가 연신 떠나질 않았다.

다섯 살부터 유치원도 안 다니고 혼자 글을 온전히 읽고 쓰게 된 것이 계기가 되어 신둥이라고 불리며 특유의 반짝이는 미소와 똘똘함으로 동서남북 어른, 아이 할 것 없이 자신의 아이를 사랑해 주고 있다.

게다가 집안 속속들이 속내도 잘 알아 함께 아파하고, 함께 웃어주는 이웃들이 있어 이곳이 이제 고향보다 더 고향 같았다. 재개발도 재개발이지만 이들을 떠나 멀리 살기가 쉽지 않았던 것이다. 인간의 고통의 순간은 점점 잊혀지기 마련이다. 아이를 갖기 전까지 얼마나 힘들어 했고 그 약속들을 지키겠다고 얼마나 다짐을 했는지 점점 숙자의 마음속에서도 옅어지고 있었다.

그렇게 이들은 세 번째 약조도 깨기로 했다. 이모님의 말씀을 듣지 않고 물 건너 이사를 하지 않은 것이다.

## 똥밭으로 환생해 버린 악귀

우리의 악마님은 이날 한창 들떠 있었다.

어이! 작가양반~ 나랑 오늘 갈 데가 있어. 빨리 안 가면 앞자리에서 못 봐. 언능 가자고~ 어두운 것들이 앞자리 차지하고 있으면 뭐 보여야 말이지~ 먼저 가 있자고!

어디 뮤지컬 티켓이라도 생겼나? 잠시 들떠 있던 내 마음은 역시 또 와장창. 그곳은 그 당시 정말 대한민국을 들썩이게 만들었던 '인두겁을 쓴 악귀'의 재판장이었다.

판사, 검사, 변호사가 제일 잘 보이는 자리를 선점하고 대자로 뻗어 만족한 듯 드러누운 악마님. 그는 나에게 앞으로 대한민국에 끔찍한 아동 성폭행범의 대표 인물로 영원히 박제될 피고인을 가리키며 난데없는 질문을 한다.

작가양반! 작가양반 눈에는 저 대머리 독수리가 무엇으로 보이는가?

나쁜 놈? 찢어죽일 놈? 태워죽일까? 발가락 사이사이에 아디다스 모기를 물리고. 훤히 드러난 저 대머리 모공 하나하나에 바늘을 쑤셔주고 저 더러운 주름 사이사이를 도루코 면도칼로 그어버린 다음에는 저 포도색 주댕이는 슬라이스로 최대한 얇게 썰어서….

그만, 그만! 작가양반 왜 이래? 이런 사람이었어? 왜 이렇게 처벌이 경박해? 그리고 점층적으로 잔인해지는 이유는 뭐야? 그거 심리 치료 같은 거 받아보라고.

난 방금 악마님께 심리 치료 제안을 받았다. 분노 조절 장애 진단이 나올까 봐 두렵다.

악귀라고 들어봤나? 이 글을 쓰겠다고 했으면 응당 알고 있을 테지. 그래! 저 못생기고 흉측하게 생긴 저놈도 결국 인간들 눈에는 인간으로밖에 안 보이겠지? 허나 저놈은 악귀야, 악귀! 사람이 아니야!

그래도 아들 딸 낳고 저렇게 쭈글쭈글 늙어가는데 어떻게 악귀가 저 꼴이에요?

그러니까 내가 오늘을 얼마나 기대했는지…. 저놈은 악귀가 인간으로 환생한 악귀 그 자체야! 글자 그대로 인두겁을 쓴 악귀! 저렇게 사람인 양 행세하며 평생을 살아가는 것들은 수천 년을 살아오면서 많이도 보았지. 그러니 나에겐 새삼 놀라울 것은 없으나 악귀가 이리도 멍청하고 요란하게 자신을 드러내는 일은 꽤나 드문 일이거든? 게다가 악귀는 귀신 중에 프리미엄을 얹은 등급이라고 해야 할까? 그런 놈이 저렇게나 추잡한 짓으로 인간 재판장에 끌려 나왔어~ 그러니 이 희귀한 구경거리를 놓칠 수가 있나~ 한창 신나게 보던 미니시리즈 중 하나라고 할까?

이게 마지막 재판이라지? 지금까지는 정말 말도 안 되는 재판이었어. 저 어린 것을 그 지경을 만들어 놓고 말이야. 응? 응? 그러니까 반전이 있겠지?

그는 진심으로 긴장하고 눈을 빛내는 듯 보이지만 현실은 드라마와 다르다는 것을 스포할 수 없는 나의 심정이란….

인간들이 심심하면 티비 리모컨을 켜듯이 나 역시 이러한 재미난 구경거리가 생기면 기꺼이 마다치 않고 제일 앞줄에 방석을 깔고 앉아 들여다볼 수밖에~ 그 간교하고 비상한 머리로 인간의 몸까지 차지하여 들어온 악귀가 어찌하여 인간 따위에 재판장에 끌려 왔을꼬?

쿵쿵거리며 피고인에게 다가갔다가 코를 움켜쥐고 인상을 쓰며 돌아오는 악마님.

음, 그런 거구만~! 아우~ 저놈한테서는 술 냄새랑 똥 냄새가 나~ 아주 지독해~ 술을 좋아하는 귀신들은 의외로 많아. 술독에 빠져 사는 귀신도 있어. 제아무리 머리가 잘 돌아가는 귀신들도 인간의 몸으로 술을 그리 처마셔대면 대가리가 똥 대가리가 될 수밖에 없어.
지가 인간의 몸이라는 것을 간과한 거지. 지가 싸지른 똥을 추스르지도 못하고 질질 싸대고 지나간 게야. 그러니 하찮은 인간 따위한테 저리 끌려 나왔지! 아무튼, 악으로 시작하는 것들은 기본적으로 거짓말을 다 잘해~ 모~든 것이 거짓말이지. 헌데 악귀씩이나 되어서 인간의 재판장에 끌려 나온 꼬라지가 저게 뭐야. 저게? 차라리 집에서 닭모가지나 비틀 것이지. 저 어린 것한테. 쯧쯧쯧. 귀신들 사이에서도 벌써 소문이 자자해~ 저 녀석 있던 곳으로 돌아가도 악귀 대접도 못 받을 거야~

그는 정말 아껴두었던 미니시리즈의 마지막 화를 보는 듯 팔짱을 끼고 이 순간을 즐기고 있다.

\* \* \*

2001년 2월 인두겁을 쓴 악마가 인간 재판장에 섰다.
그로부터 열 달 전 등교 중인 순진하고 깨끗한 어린 소녀에게 무려 전과 17범 장대순이 만취 상태로 감히 십자가 밑에서 신의 사자의 가면을 쓰고 그 신을 조롱하는 미친 짓을 자행하게 된다. 그 사건은 전 국민의 분노를 일게 하기 충분했다. 그 사악한 늙은이가 어린 소녀의 뺨을 물어뜯고 머리와 얼굴을 집중적으로 구타하며 목을 졸라도 기절하지 않자 변기 물에 얼굴을 처박고는 질식 고문을 하여 아이의 신체 저항을 떨어뜨린 후 말로 형용할 수 없을 정도의 몹쓸 짓을 자행하고 소녀의 여러 가지 구멍이란 구멍에 모두 다 사정을 하였다. 여기까지 들어도 뭐 아무리 무지한 인간이라도 이해가 안 되는 몇 가지 것들이 있을 것이다.

그놈의 나이가 이팔청춘도 아니고 단 삼십 여분 만에 어린 소녀의 신체 곳곳에 몇 번이나 사정했다니 그것이 어떻게 가능했을까? 게다가 출근길에 훤히 드러나 있는 교회 앞 공중 화장실이었단 말이다. 소녀를 무력화시키려는 방법으로 뺨을 물어뜯는다? 그리고 마지막으로 이곳에서는 서술하지 않았지만, 소녀를 끔찍하고 잔인한 방법으로 장난감처럼 갖고 놀다가 고장 난 장난감처럼 쑤셔 박고는 아무렇지 않게 자리를 떴다. 그의 지문과 많은 DNA, 혈흔까지 지우려 노력조차 하지 않았다. 그 후엔 말도 안 되는 진술만을 번복하였다. 그리고 역시나 소녀에게 진심 어린 사과는 하지 않았다. 이 모든 말도 안 되는 일들을 지금부터 우리 악마님께서 터무니없으리만큼 명백히 이해시켜 주시겠다!

뭐가 말이 안 돼? 대부분 사람들이 말도 안 된다고 생각하는 일들은 그들이 가지고 있는 지식선에서 그 지식이 없을 때 벌어지는 거야. 귀신이라고 다를 거 같아? 지는 수백, 수천 년을 살아와서 그 시간이 어떻게 느껴질지 모르겠지만 인간 세상의 시간은 참으로 눈 깜빡할 새에 지나가 우리들이 알지 못할 기발한 것들을 수도 없이 쏟아내고 있어. CCTV나 DNA 같은 것들 말이야.

그러니 가끔 악마 같은 것들이 악마 같은 짓들을 벌여놓고도 어린 애보다 못하게 지가 싼 똥도 못 치우고 다 드러내 보이는 거지~ 너희들도 그것들의 표정을 봤을 텐데?

'아니 왜? 아니 뭘? 아니 나? 니깟 것들이 나를 잡아?' 하는 엉뚱한 표정들 말이야. 잘 생각해 봐~! 그런 연놈들이 있었어. 그거 사람 아냐~

게다가 이놈은 그 악을 가두어 더 큰 악으로 만들어 내보낸다는 악의 아카데미, 너희들이 말하는 감옥 말이다~

그곳을 몇 번이나 들락거렸어도 아무것도 배워 나오지 못하고 대가리에 악만 가득 채워나온 그렇게 게으르고 무식한 악귀였어. 그 어떤 악의 기술도 업그레이드시키지 못했지. 그러니 DNA 같은 건 그놈한테 물음표밖에 안 됐어.

지 딴엔 한답시고 화장실 청소나 하고 나왔지 뭐.

게다가 술은 가끔 인간에게 비겁한 용기를 쥐여주거든~ '취중고백' 그 따위 달달한 말이 아니다! 이놈이 그 비겁한 용기로 십자가 밑에서 신을 조롱하고 싶었던 거냐고? 아니! 그 정도의 깡도 없었어! 단지 인간의 몸으로 태어나 더럽고 추하게 늙어가는 자신이 사실은 '인두겁을 쓴 악귀'였음을 그렇게라도 세상에 알리고 싶었던 거야.

그래도 명색이 악귀이니 아침 출근 시간 공중 화장실이었다 해도 지나가는 이들의 눈과 귀를 조금 멀게 할 힘 정도는 있었겠지. 그리고 더럽고 더러워서 말 안 하고 넘어가려고 했는데 그놈이 무슨 따발총도 아니고….

삼십 분만에 뭣을 어째? 내 기억에 인간 중에는 갑분이랑 갑순이가 최고였어! 걔들도 한식경(30분) 밖에 없었는데 서로 주인네가 하필 옆 동네라 끝나면 후들거리는 다리를 초인적인 힘으로 이겨내며 달려갔지. 그래도 그것들은 열여섯, 열일곱 청춘이었다고. 근데 저놈은 반백 살이나 처먹었어. 왜 의심을 안 하는 거야? 이 멍청한 인간들!

만약 저놈이 진짜 인간이라면 내가 저놈을 데리고 장사를 크게 한번 벌려볼 거야. 대박이 나겠지? 지나가다 주운 개똥을 가지고 신문지에 돌돌 말아서 저놈 면상을 박아놓고 정력제라고 팔아제끼면 사내놈이라면 너도 나도 다 사다 처먹을걸? 뭐? 저놈이 개똥 먹은 토끼냐고? 귀에 뭘 박은 거야? 작가양반, 언어 독해력이 이렇게 부족해서 사회생활 어떻게 해? 그래서 집구석에만 있나? 으으으~ 암튼 끔찍해! 그 작은 화장실 안에서 악귀가 날뛰는 걸 상상만 해도 지옥에 온 거 같아. 아니 어떤 무능한 신이 저런 걸 내려보낸 거야? 하여간 아래서든 위에서든 일 안 하고 놀고먹는 놈들 때문에 골치라니까! 그리고 저놈이 그 소녀의 작고 여린 뺨을 짐승처럼 물어뜯은 것에 대해 생각해 본 적이 있어?

인간의 신체를 물어뜯는 일이야말로 악귀가 가장 좋아하는 일이지. 그것은 악귀의 특성이야.

어쩌다 싸움 구경할 일이 생겼는데 누군가 사람을 물어뜯었다면 그 얼굴을 잘 들여다보아라! 그것이 만약 사람이라면 지도 살아보겠다고 어쩔 도리 없이 물어뜯은 인간의 얼굴에서는 털털 떨리는 두려움도 볼 수 있고 나약한 후회도 볼 수 있다. 그러나 악귀들은 다르다. 분명 입가에 피를 뚝뚝 흘리며 미소 짓고 있을 것이다.

'내가 바로 악귀다!'라는 당당한 표정 말이야.

내가 영화나 드라마를 볼 때도 중간부터 볼 때는 지난 줄거리를 해주더구나. 나는 이 녀석의 탄생부터 지금의 모든 것을 방금 보고 왔어. 이놈의 재판이 아직 시작 전이니 판결이 나기 전에 내가 얘기해 주마.

이 찢어죽일 놈의 '비하인드 스토리' 말이다.

지금으로부터 한 오십여 년 전 윗분들의 어설픈 실수로 어중간한 악귀한 마리가 사람으로 환생하였다.

대부분 약한 인간의 마음의 틈을 타고 들어간 귀신들이 평범한 인간을 '악인'으로 만들지만 가끔은 '악귀' 그 자체가 악인으로 환생하기도 한다.

이것도 그분들의 계획이나 실수 중 하나였으려나? 그의 아비는 '대처승'이라는 사기꾼이었다. 사기꾼이지! 대처승은 스님을 사칭하는 사기꾼이다.

애초에 그거 다 왜놈들한테서 밀려 들어온 법 아닌가?

'중'이 고기 먹고 여자 탐하고 자식까지 낳아 기른다면 그것이 어떻게 고행의 길이란 말인가? 과연 부처님 앞에서 떳떳할 수 있으며 부처의 가르침이 그런 것이던가? 난 그들 교리는 관심이 없다만 그 악귀가 환생하여 태어난 곳이 하필 그토록 신을 부정할 수밖에 없는 그런 곳이었단 얘기를 깔고 가고 싶어 나온 사설일 뿐이야.

게다가 어렵게 악귀의 힘을 가지고 인간의 환생 줄을 올라탔는데 태어나 보니 찢어지게 가난한 집안에, 걸핏하면 폭력을 일삼는 술주정뱅이 아비와 몸이 허약했던 어미 사이에 원치 않았던 6남 2녀 중 어쩔 수 없이 태어나 버린 막내로 그렇게 다시 이승에 내동댕이쳐진 것이야.

그들 입장에서도 내키지 않는 아이였던 것은 분명하지만 악귀 역시 그런 곳으로 환생한 것을 땅을 치고 후회했을 것이다. 악귀놈이 원래 있던 환경이야 나는 모르겠으나 내가 들여다본 저 환생한 놈의 어린 시절 배경은 똥밭이나 진배없었어. 그놈이 무엇을 상상하고 인간 세계에 환생하였든지 그 이하였을 거란 말이야. 허나 그래서 그놈이 악귀가 되었다는 것은 아니다. 그놈은 말했듯이 이 세상에 태어났을 때부터 악귀였어. 자고로 악귀란 간악하고 요사스러워 그 위에 누구도 구워삶고 속여 넘어 저놈처럼 인간으로 가끔 환생할 수가 있다. 허나 삐끗 잘못하면 동물로도 환생을 하지.

동물로 환생한다면 그 첫 번째가 개일 것인데 그래서 간혹 우리가 미친개를 보는 것이야.

여기서 잠깐, 미친개는 보았을지언정 미친 나비를 보았나, 미친 돼지를 보았나? 그러니 지금 내가 하는 말에 어느 정도 일리가 있다 생각되지 않는가? 여기서 뭐 광우병이니 돼지 콜레라 어쩌구 씨부리는 놈들이 있다면 다 관종이지 뭐. 그건 다 인간들이 퍼뜨린 병에 걸린 거고~

니들이 너무 신들에게 날이 서 있는 거 같은데 신들은 의외로 마음이 약해~ 고생고생해서 환생의 길로 접어든 것들을 굳이 동물로 태어나게 할 거면서 다시 인간의 입에 들어가게 만드는 그런 섬뜩한 생각은 못 해. 그래서 살짜쿵 미안한 마음에 제일 팔자 좋은 개로 태어나게 해주는 거지. 그래서 개팔자가 상팔자라는 말도 나온 거야.

여기서 또 식용견 어쩌구 하는 놈이 있다면….

에라이~ 다음 생에 개로 태어나라!

그러나 악귀라면 입장이 또 다르지~ 지가 그래도 어디서 방구 깨나 뀌었던 강한 악귀였던 게야. 인간 세상에 나가면 그 힘으로 할 수 있는 게 얼마나 많겠어? 얼마나 큰 꿈을 품고 내려왔겠느냐고? 근데 웬걸? 인간 세상은 인간 세상이나 개로 태어난지라 지 딴에 할 수 있는 거라곤 다른 개들과 달리 더 크게 짖고 더 세게 무는 거 말고는 할 수 있는 게 없어~ 미쳐버리는 것이지. 그게 미친개지.

그렇게 발광을 하다가는 몽둥이질밖에 더 당하겠어?

그러나 이놈은 윗전을 구워삶든 속였든 어쨌든 인간의 환생 줄을 올라탔다. 그 재주만큼은 아주 칭찬할 만하나 인간도 인간 나름인 것을. 지도 날 때부터 똥밭일 것을 상상이나 하였겠는가? 허나 사람마다 천성이 다르듯 악귀도 그러하다. 아무리 불우한 환경에서 자란 사람도 그 길을 스스로 갈고 닦아 후대에까지 영향을 미칠 훌륭한 사람이 되듯 악귀 역시 그 어둠의 힘으로 부귀영화를 누리고 잘 살 수 있지. 실제로 나는 이미 진정으로 간악하고 교활한 악귀가 반백 년 전부터 이 땅에 환생하여 장군신까지 등에 업고 인간이 가질 수 있는 모든 호사와 권력을 다 쥐고 천수를 누리고 간 것을 이 두 눈으로 똑똑히 보았다. 그가 유일하게 갖지 못했던 것은 풍성한 머리카락뿐이었지. 유행이도 있었어. '왜 나만 갖고 그래?…'이았나?

어찌 됐든 머리카락 빼고 다 있었어.

이 작은 땅에 있는 모든 인간들 꼭대기에 서서 힘없는 인간들의 영혼을 빨아들여 그 크기를 점점 더해가 무소불위의 권력을 누리며 '신놀이'를 한바탕 신~나게 하고 가더란 말이야! 크하하~ 즐거웠겠다 생각했지. 뭐 저런 놈이 다 있나 싶었어! 그런데! 나는 그 후도 보았다!

그의 인간의 수명이 다하고 악귀가 인간에게서 떨어지는 그때가 그의 가는 길! 그 끝에 매달려 있는 것들은 차마 눈 뜨고 볼 수 없을 지경의 참혹한 '애달픔'이었다.

그 악귀가 어디론가 날아오르자 기다렸다는 듯 불꽃 같은 영들이 그 악귀에게 매달렸다. 총탄으로 일그러진 젊은 청년의 몸뚱이들이 붙잡고 놓지 않자 악귀는 가차 없이 뿌리치려 했지만, 그 뿌리친 손을 다시 잡는 젊은 처자, 또 그 처자의 몸뚱이에 붙어있는 어린아이. 수많은 일그러진 '영'들이 줄줄이 그 악귀를 붙잡고 놓아주질 않더니 결국 저 끝을 알 수 없는 곳으로 끌고 들어가고야 말았지.

그래 내가 모르는 그곳으로 말이야.

알 수 없는 밑바닥 묵직한 그곳으로 하나의 점처럼 빨려 들어가듯 다 함께 쑤욱~ 사라지는가 싶었지. 헌데 곧 그 작은 점 속에서 갑자기 무언가의 힘을 얻은 그 수많은 영들이 폭죽처럼 팍! 하고 튀어나오더란 말이야.

그 광경은 또 어찌 설명하면 좋으리. 그제야 일그러졌던 자신들의 모습들을 추스르고 어디론가 사라져 버렸다. 그들이 어디로 갔는지, 빛을 찾아간 건지, 알 수는 없으나 그 심연의 고통 어느 곳에서 해방되었다는 것은 신이 아닌 나도 확실히 알 수가 있겠더구나. 후우~

아이쿠! 내가 잠시 다른 장르로 빠져버렸네. 어찌 됐든, 지 아무리 지옥불에서 사우나를 할 정도로 강한 악귀일지라도 이승의 환생 줄에 올라탔다면 갓난쟁이 때는 할 수 있는 것이 아무것도 없다.

먹여주지 않으면 먹지 못하고 키우는 자의 손이 없다면 죽어버릴 수밖에 없어. 그것은 이 세상 모든 인간과 개들이 똥오줌을 가리기 전까지는 절대적으로 무해하다는 말과 같은 것이야. 하물며 저놈은 내 장담컨대 버러지 같은 하등한 악귀야. 그러니 먹여주고 재워주는 동안에는 저놈도 그저 평범한 갓난아기였지.

당연히 착한 저놈의 어미는 태어나 버린 자식이긴 하였으나 막내의 사랑이 남달랐다. 그리하여 학교에 들어가는 저놈에게 가당치 않은 새 옷과 책가방을 새것으로 사주었지. 연필도 정성스레 뾰족하게 갈아서 필통 속에 넣어주었다. 그런데 그날 저놈이 무슨 짓을 하였는지 아느냐?

평소에는 좀처럼 곁을 내주지 않던 막내아들이 그날은 신나는 일이라도 있었던지 학교가 끝나자마자 달려와 어미에게 안겼어. 그러나 곧 어미의 눈살이 찌푸려질 수밖에 없었지. 새로 사준 아들의 하얀 티셔츠가 온통 붉은색으로 범벅되어 있었으니 그것들은 어찌 봐도 핏자국이라고 밖에 여겨지지 않았어.

처음에야 아들이 어디에 굴렀나? 누구와 싸웠나? 다친 줄 알고 여기저기 살펴였으나 두 눈을 빛내는 아들은 오히려 그 어느 때보다 씩씩해 보였다. 얼른 옷을 벗겨 부엌에 가서 한 움큼 소금을 쥐어와 찬물에 한참 담가뒀더니 그제야 옷에서 떨어져 나와 구름 모양으로 물속을 떠오르는 그것들은 영락없는 핏물이었다.

 사지가 틸틸 떨렸지만 소름 끼치는 지 아들을 붙잡고 물을 수밖에 없었다. 어디서 묻혀온 피냐? 누구의 피냐? 물었으나 녀석은 빙글빙글 웃기만 하고 대답을 하지 않았다.

 그러나 곧 이상함을 느끼고 대문을 열어젖혔어. 유독 막내아들만 보면 짖어대는 문 앞에 묶어두고 키우던 누렁이가 그날은 짖지를 않았거든. 묶여있어야 할 개는 보이질 않았으나 질질 끌고 간 흔적은 쉬이 찾을 수가 있었다. 멀지 않은 그 끝에 참혹한 개의 사체가 있었지.

 눈알은 두 개 다 뽑혀 여기저기 뒹굴고 몸뚱이를 갈기갈기 찢어라도 놓은 듯이 차마 눈 뜨고 볼 수가 없었지.

 어미는 이것이 자기 아들이 한 짓이라는 것을 예감할 수 있었고 집으로 돌아와 아들을 부여잡고 대체 왜? 무엇으로 저리 한 것이냐고 울부짖으며 물었으나 악귀가 대답 따위 곱게 해줄 리가 없지. 어미는 울면서 그의 책가방을 뒤졌다. 그리고 새로 사준 녀석의 연필이 새빨갛게 물든 것을 보고 통곡하였다. 그 녀석은 그 모습을 보고 미친 듯이 기뻐하였지. 그놈이 악귀로 태어나 제일 악귀다운 짓을 한 기념할 만한 첫날이었거든.

 그러나 어찌할꼬? 그놈은 고작 한다는 짓이 동네 길고양이나 묶인 개들을 죽이는 것 말고는 할 것이 없었다. 어쩔 땐 사람이 더 악귀 같을 때가 있거든. 그의 아비 얘기를 하고 있는 게야. 그의 아비는 그와 그의 어미처럼 힘없는 것들을 때리고 부리며 그들을 제압했으니 그는 두려웠지.

 아무리 악귀였으나 지 아비가 더 두려웠어. 그러나 인간은 빈틈 투성이고 어둠의 힘도 점점 자라나고 있었어.

 어느 달도 별도 없는 칠흑같이 어두운 그믐밤 대처승은 여느 날처럼 술이 한가득 취해있었고 악귀의 힘은 그 어느 때보다 강했다. 초승달이 사라질 무렵 악귀는 지 아비가 술에 취해 집에 들어오는 길목에 서서 그를 맞이했다. 어둠 속에서 당당히 검은 두 눈동자를 빛내며 한 손엔 낫을 들었지. 그 악귀의 힘은 성인 남자 여럿과 견주어도 지지 않을 정도로 막강하였으니 갈지자로 어둠을 걸어오는 아비의 발목쯤이야 어렵지 않게 숭덩~ 하고 베어낼 수 있었지! 그리고도 가뿐히 그의 목을 댕강 그어 빛이 없는 하늘 위로 던져버렸다. 그리고 그 힘은 그 어둠을 먹고 한없이 커져갔지. 그 순간만은 말이야. 그렇게 그 악귀는 지 아비의 사지를 끌고 가 똥통에 던져버렸다!

그놈이야 악귀로 태어나 그 힘이 가장 극에 달할 때이니 사람 하나 똥통에 빠뜨려 죽이는 거야 어렵지 않았겠지만 힘없는 어미는 악마 같은 남편에게서 벗어나 그보다 끔찍한 악귀인 아들을 감쌀 수밖에 없었다. 어쨌든 사람들은 본 대로 전하고 들은 대로 받아 적었지. 어느새 마을에는 술 취한 대처승의 시체가 똥통에서 발견되었다는 소문만이 발을 달고 여기저기 돌아다녔다.

늙지도 않은 성인 남자가 아무리 술에 취했다고 똥통에 빠져 죽는다? 그때 그들은 왜 한 번도 이상하다고 생각해 본 적이 없었을까? 그것이야말로 그 당시 넘쳐흐르던 저놈의 악귀의 힘에 모두가 홀린 것이야.

더 이상 거칠 것이 없어진 그놈은 더욱더 악해졌지. 그리고 그 힘을 더 키울 수 있을 거라 생각했어. 허나 인간으로 환생한 악귀는 세상을 살아가려면 사람도 필요하고 돈도 필요하다. 그런데 그놈은 그걸 모을 재주가 없었어. 그놈 주변에선 어렸을 때부터 똥 냄새가 진동했을 것이다.

어린아이들은 종종 순수하게 남을 욕보이지.

냄새가 나면 난다고 코를 잡고 도망가고 싫어했을 거야.

그러니 친구도 없었지. 참으로 비참한 악귀로구나.

그래~ 이제야 알겠어?

그날부터 성불하지 못하고 그놈에게 아주 강한 원념을 갖은 원귀가 찰싹 달라붙었어. 사지가 절단돼 똥통에 던져진 그놈 아비의 원귀 말이야. 그러니 당연히 되는 일이 없었겠지? 세상이 죄다 자기편이 아닌 거 같았겠지?

그래서 그놈 역시 똥통이 아닌 술독에라도 빠져 살 수밖에 없었던 게야. 악귀가 되어서 그 정도도 깨닫지 못하다니. 완전히 망가졌구만. 그놈은 그냥 망가진 채로 살기로 한 거야. 그 몸에서 벗어나지도 못하고 그 몸을 잘 활용할 머리도, 용기도, 조건도 없었으니….

그놈 인간의 나이 불혹에 이르러서도 분에 넘치는 좋은 배필 하나 꼬여 평생의 인연을 잘도 얻어냈다만, 그렇게 어두운 악귀의 힘으로 온갖 쳐 죽일 짓을 하고도 요리조리 죽을 고비를 몇 번이나 넘겨온 동안 그 어둠의 힘은 그 빛을 다해가고 있었다. 돈 없고 빽 없는 늙은 인간의 몸으로 악귀가 할 수 있는 일은 더 이상 없었겠지.

그래서 무책임하게 그저 그 몸에 들어가 앉아 인간의 껍데기는 나 몰라라 해버렸구만.

그러니 저리 추잡한 짓으로라도 자신이 악귀였음을 세상에 알리려고 발악을 하는 것 아니냐! 악귀로 태어났으나 그 악귀에게조차 버림받은 인간이라…. 쯧쯧쯧.


티비에서는 그를 오래 알았다는 사람들의 인터뷰가 여기저기서 흘러나오고 있었다.

[그 사람은 늘상 취해있었어요. 술에 취한 상태로 돌아다니고 길거

리에 드러눕거나 아무데나 오줌을 지리고 술자리라도 벌어지면 염치 없이 끼어들어 얻어먹는 것을 마다치 않았어요.]

  [어려서부터 힘이 엄청 셌어요. 아무도 못 건드렸죠. 포악하고 주먹질도 잘했어요. 소주를 마시면 대접에다가 마시고 반주로 소주를 3병씩이나 마셔도 끄떡없을 정도로 원래 술고래예요. 술고래~]

 재판을 기다리던 우리의 악마님이 그놈의 비하인드 스토리를 다 풀고도 이것을 보자 하고 싶은 말이 있나 보다.


 허! 그야 인간으로 친다면 특이하다고 할 만하다. 허나 악귀로선 당연한 것이 아닌가? 아무리 힘이 다하였다 하여도 악귀는 악귀다. 힘이 센 것이 당연한 것!

 몸의 힘이 세다 함은 정신의 힘도 센 것이다. 그러니 소주 너덧 병이야 그래도 술은 정신을 약하게 하는 것이 틀림이 없어. 그럴 때 악귀의 힘이 약해지면 제일 먼저 그놈의 몸에 찰싹 달라붙어 있는 그놈 아비의 혼이 냉큼 들어가겠지. 그 몸으로 또 술을 마시고 지 하고 싶은 대로 낯짝 두껍게 저 짓거리를 다 하고 다니는 게야. 잡귀 따위에게 품위란 없다. 어쩌다 들어간 사람 몸인데 지 하고 싶은 대로 다 하다 나가는 것이지, 품위는 무슨 품위?

 그딴 거 차리려고 그렇게 어렵게 그 몸을 잠시 빌려?

 잡귀는 잠시 들어가 지 하고 싶은 대로 망나니짓을 하는 거야. 그러나 잡귀든 악귀든 아무 몸에나 들어갈 순 없지. 그런걸 너들 말로는 영매라고 하던가. 신끼가 있다 하던가. 나는 뚫린 자라 하겠다. 의외로 너들 주변에 심심치 않게 볼 수 있을 거야. 평소에 멀쩡하던 이가 술이 주량을 넘었다 싶을 때마다 갑자기 니 손금을 보겠다든지 니 앞날이 보인다든지 뭐 그럴듯한 말을 씨부린다면 뚫린 자라 봐야지. 그들이 정신이 흐트러진 틈을 타고

들어가 귀신이 신놀이를 하는 거야. 그런 거야 귀엽지~

위험한 건 자살귀들이다! 그놈들은 그들 곁에서 기회를 보고 있다가 자신의 자살 줄을 대신 쥐어주거든. 순간에 위험은 그들에겐 꿀떡이야! 뚫린 자들아, 들어라! 술을 못 끊겠다거나 정신을 해하는 것을 못 끊겠거든 어떤 신이라도 붙잡고 간절히 기도해라. 널 지켜달라고.

## 정의의 망치

서울중앙지방법원. 단순히 크기를 넘어서라도 대한민국을 들썩일만한 정재계 인물들이나 굵직굵직한 송사들은 몽땅 이곳을 거쳐 간다 해도 과언은 아니다만 그렇다 하여도 이토록 많은 취재진들과 시민들이 몇 날 며칠을 장사진을 치고 북새통을 이룬 적은 요 몇 년간 처음 있는 일이었다.

천종훈 판사.

잘 정돈된 머리. 고급은 아니지만 깔끔하게 다려입은 정장에 번쩍번쩍 광이 나는 오래된 구두를 신고 시끌시끌한 취재진을 가르는 그의 발걸음이 또각또각 시원스럽게 법원 입구를 울렸다. 그 뒤를 따르는 무수한 시선들….

"천병 설마 사고 치진 않겠지?"

"에이~ 아무리 천막이라도 이건 못 깨지."

천 판사가 지나가는 길에 폴더 인사를 하고서는 돌아서서 비죽거리는 한 검사와 시보 사이를 가로지르며 자연스레 대화에 끼어들어 질문을 던지는 누군가가 있었다.

"그런데 '천벙', '천막'이 무슨 말이에요?"

검사와 시보의 대화에 불쑥 끼어든 낡은 양복을 반듯하게 차려입은 날카로운 눈빛을 지닌 한 남성은 자신이 알아듣지 못하는 단어 하나에도 예민하게 달려들어 그 뜻을 물었다. 법원 출입문이 아무리 낮아졌다 해도 아무나 드나들 수 없는 곳은 명백했지만, 질문의 수준이 너무 낮아 일말의 의심을 갖고 미소를 지으며 되물었다.

"하하. 설마 벙커 사막을 모르시는 건 아니잖아요?"

"아하! 제가 아주 늦게 사시에 패스를 해서 모르는 게 너무나 많습니다. 선배님들께 배울 것이 많습니다."

연신 쭈글쭈글한 자세로 젊은 검사와 시보에게 고개를 숙이는 이는 딱 봐도 십여 년간 고시원에서 썩었다가 간신히 사시 패스를 거쳐 이곳에 발들인지 얼마 안 된 늙수그레한 노땅 시보나 검사처럼 보였다. 그들은 안심하고 썩 괜찮은 선배인 양 상냥하게 대답을 해준다.

"그냥 저희끼리 은어예요~ 말도 안 통하고 뭣도 안 통하는 답답한 판사들을 사막이라고 하고, 그보다도 더 꽉 막힌 판사들을 저희가 그냥 벙커라고 해요~"

얼음밖에 남지 않은 커피를 쭉쭉 소리를 내며 들이키고 옆 쓰레기통에 쑤셔 넣으며 자리를 뜬다.

"하하하. 그래서."

그들은 웃고 떠들며 제각각 갈 길을 가고 남겨진 낡은 양복의 국선변호사는 잠시 생각에 잠긴다.

"벙커, 사막. 다른 말로 하면 샛길은 없고 정도를 걷는 분이라 이거지?"

그의 입가에 옅은 미소가 지어졌고 눈빛은 빛났다.

한편 이곳은 천벙, 천막, 천 판사의 사무실이다.

굳게 다문 입술. 얼굴에 맞추어 끼워놓은 듯한 반듯한 안경, 흔들리지 않는 눈빛, 찔러도 피 한 방울 안 나올 것 같은 이 남자에게도 최근 이성을 한참 지나 머리끝부터 발끝까지 감정이라는 놈만 가득하게 만들어 버린 단 한 장의 그림이 그의 머릿속과 마음속을 헤집어놔 평소답지 않게 책상 위 법전과 판례들 속 글씨들이 춤을 추듯 뒤섞여 잘 읽히지도 않았다.

그는 선고일이 다가올수록 자신의 방 창문을 여는 일이 잦아졌다. 아직 이 계절이 끝이 아니라는 듯 칼바람이 발악을 하는 추운 날씨에도 불쑥불쑥 가슴속에 불덩이 같은 것이 솟아올라 기어이 이 찬바람을 들이키지 않으면 안 되었기 때문이다.

'미안하구나. 내가 해줄 수 있는 게 없… 정말 없을까?'

천 판사는 다시 한번 책상에 앉았다. 그리고 검사들이 쌓아올린 보고 싶지 않은 그것들을 다시 한번 또 들여다봤다. 역시나 그의 불덩이만 더 커질 뿐 답은 없었다. 헌법이란, 법전이란, 무적이지만 판례, 그것이야말로 천 판사가 무시해 줄 수 있는 유일한 것이었다.

역시나 그는 심신미약을 짚었다. 원래대로라면 감경 사유였으나 그는 결심했다. 지체 없이 전화기를 들었다.

"최준호 검사 들어오라고 해."

그렇다고 해서 1심에서 검사가 항소하지 않은 형량이 달라질 수는 없는 것이다.

천 판사는 무슨 생각인 것일까?

그는 최준호 검사에게 판사로서 중립적이지 못하게 알아듣기 쉬운 정답을 하나 흘렸다. 최준호 검사는 야무지게 알아듣고 잽싸게 방문을 나섰다.

천 판사는 다시 한번 창문을 열어젖혔다.

평소 말투도 고딕체로 뱉을 것만 같은 이 남자가 속으로 어마무시한 쌍욕을 하고 있다. 매서운 찬바람이 그를 훑고 지나 그의 책상 위 한 켠에 언젠가부터 그대로 놓여있는 한 어린아이의 스케치북에서 뜯겨 나온 그림 한 장을 펄럭이며 지나갔다.

그 그림 속에는 판사복을 입은 한 남자가 법원이라는 글씨 바로 밑에서 복대 찬 대머리 독수리 남자에게 뿅망치를 내리치는 모습과 그 옆에 울고 있는 여자아이가 하나 있었다. 천 판사는 이 그림 속 울고 있는 여자아이의 눈물을 그치게 해주고 싶었다. 이 그림은 이미 매스컴을 타고 수많은 사람들에게 분노와 슬픔을 동시에 안겨준, 대한민국에서만큼은 뭉크의 절규보다 더 유명해져 버린 한 아픈 소녀의 바람이 담긴 명작이었다.

대다수의 국민들의 하나같은 바람이었다.

오각형의 금색 빛살무늬 테두리 안에 '법원'이라는 글씨가 단조로운 벽면 LED 조명을 받고 옅게 빛나고 있다.

천 판사는 재판 시작부터 여기저기 술렁이는 목소리들로 애써 다잡은 마음이 벌써부터 흔들리고 있다.

"모두 자리에서 일어나 주십시오."

법정경위의 쩌렁쩌렁한 목소리 덕분에 조금은 냉정함을 되찾을 수 있었다.

"응? 이제 재판이 시작되려나 보다!"

악마님은 자세마저 고쳐앉고 재판의 한 과정도 빠뜨리지 않겠다는 듯 진지해 보였다.

수감 도중 머리 염색이 다 빠져 은발이 되어버린 은색 대머리 독수리 남자가 포승줄이 묶인 채로 피의자석에 앉아서도 그 눈빛만큼은 당당하고도 뻔뻔하게 검사 측을 노려보고 있다. 그 옆에는 놀랍지도 않게 번들번들 얄밉게도 생긴 늙수그레한 임성갑 국선 변호사가 자리하고 있다.

법원 근처를 기웃거리며 천 판사가 어떤 사람인지 알아내려고 하이에나처럼 서성이던 그 남자 말이다. 이 찢어죽여도 시원찮을 놈을 변호하는 것은 자신도 원하는 바가 아니었으나 매스컴이 집중하고 있는 만큼 국선 변호사가 빛을 발할 좋은 기회이기 때문에 어떤 수를 써서라도 이 항소심에서 이기고 싶었다. 단1년이라도 깎을 수 있다면, 그것으로 그는 이긴 것이다.

이놈이야 어쨌든 저 불쌍한 소녀야 어찌 되든 말이다.

그래서 이 마지막 항소심에서 그는 많은 걸 준비해 왔다.

이놈의 불우한 어린 시절을 통째로 꺼내왔고 갖다 붙일 수 있는 모든 감경사유는 다 들이대 보기로 했다. 그렇게 검사와 변호사의 치열한 공방전은 시작됐다. 무표정하게 최 검사를 내려다보며 준비된 말을 꺼내는 천 판사.

"검사 측 새로운 증거 가지고 오라고 했을 텐데… 있습니까?"

최 검사는 반짝이는 눈으로 무언가를 판사에게 들이밀고 피고인에게 다가갔다.

"피고인은 사건 당시 몸을 못 가누고 기억도 나지 않을 만큼 술에 취했다고 하셨죠? 그것으로 심신미약을 주장하셨고 감경도 받으셨습니다. 맞습니까?"

"네."

뻔뻔하고 여유로운 대답과 표정… 악귀다!

"초동 수사 때 피고인의 알코올 수치를 재지 않은 것이 안타깝지만 제가 제출한 것은 그날의 영수증입니다."

법원은 술렁였다. 무슨 영수증일까?

"피고인은 한 소녀를 저토록 무참하고 끔찍하게 만든 것이 본인이 아니라고 처음 주장하셨다 번복하셨죠?"

"네! 그때는…."

"이렇게 저렇게 정신이 없으신 분이 어떻게 부인분이 집에 돌아올 때 사오라고 했던 음식 재료들을 빠짐없이 구입해 가셨습니까? 여기 슈퍼 주인의 증언이 담긴 녹취록도 함께 첨부합니다."

장대순의 대답을 싹둑 잘라버리더니 작은 녹음테이프까지 함께 제출하자 재판장은 더욱더 술렁거렸다.

"증거 자료로 채택합니다."

곧바로 일어서서 버벅거리며 항변하는 변호인.

"이미 심신미약으로 판단을 받았습니다. 이제 와서 저런 영수증 하나로 판사님께서 1심과 2심의 심신미약을 인정 안 하… 아니…."

무표정한 표정으로 천 판사가 말을 잘라버렸다.

"변호인 다른 할 말 없습니까?"

"저희 피고인은 어렸을 때부터 구구절절… 학대와… 구구절절… 폭행과… 구구절절…."

변호사는 당황했다. 사실 천 판사를 믿었기 때문이다.

나빠 봤자 기각인데 그가 말만 잘하면 1년 정도는 깎을 수 있다 생각했으나 예상치 못한 영수증과 증인의 등장. 땀이 삐질삐질 흘렀다.

그래도 판례대로 원칙대로 하는 판사라면서? 그러나 재판은 그의 예상과 많이 다르게 흘러갔다. 우리의 악마님은 반대로 아주 기분이 좋아 보인다. 반전을 기대하는 반짝이는 눈빛!

"이것 보라고 저 얼마나 잘하고 있는가~ 늘 마지막 화는 반전이 있어. 저놈은 사형이야, 사형~!"

우리나라 헌법에 대해서, 현 형벌 체계에 대해서 너무나 모르고 있는 우리의 악마님.

증인석에 어린 소녀가 자신이 당했던 일들을 이 많은 사람들 앞에서 상세히 증언하고 있다. 이 얼마나 괴로운 순간인가. 저 악귀가 12년이 과하다 생각했는지 스스로 항소를 거듭해 죄 없는 저 어린 소녀가 벌써 세 번이나 이 끔찍한 상황을 반복해 겪고 있다.

'불쌍하지, 안 됐지. 그래도 나는 이 재판 이겨야 하거든.'

자신의 모든 피를 얼려버리고 소녀에게 쏘아붙이는 변호인.

"증인! 증인은 중간에 분명 의식을 잃었다고 하였는데 진술에서도 검은 머리의 40대 남자라고 하였지요? 왜 자꾸 진술이 바뀝니까? 아무리 어려도 위증의 처벌을 받…."

"이의 있습니다. 변호인은 지금 어린 피해자를 상대로 겁박을 하고 있습니다."

"인정합니다. 변호인! 지금 누구를 위해 누구에게 무엇을 하고 있는지 잘 생각하고 행동하세요."

판사답지 않은 말투. 판사답지 않은 표정이다. 천 판사는 화가 났다. 다소 어이가 없다는 듯 어깨를 으쓱하더니만 임성갑 변호사는 지지 않고 말을 이어갔다.

"지금 저기 보이는 피의자는 백발의 50대 노인입니다. 증인을 상처

입힌 것이 저 사람이라고 확신할 수 있습니까? 여기서 다시 한번 저 사람을 쳐다보고 확신해 보시죠."

아, 이것은 정말 너무나 가혹한 처사 아닌가?

반성이라고는 찾아볼 수 없고 오히려 분노와 당당함으로 가득한 그놈의 끔찍한 얼굴을 또 쳐다봐야 한다니!

그러나 우리의 작은 소녀는 물러섬이 없었다. 확신에 찬 어조와 손가락질로 벌써 세 번째 한 범인을 지목한다.

"네, 저 사람이 맞아요! 저 아저씨예요!"

말이 떨어지기가 무섭게 그놈은 소녀를 노려보며 비아냥거리고 있다. 눈을 부라리고 입술을 삐죽이며 소녀를 향해 무언의 욕과 협박을 퍼붓고 있다.

"작가양반! 나 재판이고 뭐고 저 새끼 죽여버리고 싶어. 안 돼? 저놈 눈까리 좀 봐. 아무리 악귀라지만, 악귀가 자랑이야 뭐야? 저 종잇장 같은 어린애를 저 더러운 눈까리로 쏘아보는 거 보라고! 저저 눈깔만 좀 파면 안 될까?"

'안 되죠. 인간사 개입 안 하신다면서요. 안 된다면서요.'

"하아. 그러니까 말이야. 답답해서 하는 소리야."

재판이 거의 끝나가고 있다.

"주문! 피고인 장대순을 징역 13년에 처한다."

"으응? 뭐시라? 내가 지금 무엇을 들었지?"

악마님은 진심으로 당황했다.

"이 판결에 선고 전에 구금일수 104일을 위형에 삽입한다. 피고인에 대한 열람정보를 10년간 열람에 제공한다."

그리고 천 판사는 침을 꿀꺽 삼키고 아래와 같이 주문을 이어간다.

"1심과 2심에서 적용된 심신미약에 의한 감경사유를 배제한다. 피고인은 그 당시 만취에 의해 심신이 미약하여 저지른 범죄라 하였지만, 만취 상태였다는 그 어떤 증거도 제출하지 못하였다. 반대로 피고인이 그 당시 만취 상태가 아니었음을 증명하는 영수증과 증인들이 있으므로 심신미약은 기각한다. 이로 인해 피고인은 법정에서 허위진술을 한 것으로 보고 본 재판장에서는 '모해위증죄'를 더해 징역 1년과 1천만 원의 벌금을 더한다."

이것은 천 판사가 휘두를 수 있는 최대한의 망치였다.

검사도 변호사도 모두 놀랐다. 가장 놀라고 눈깔이 뒤집힌 것은 역시 노란색 수의를 입은 장대순이었다.

"피고인은 강간치상죄로 처벌을 받은 전력이 있는 자로서… ○○년 ○월 ○일 ○○교회 앞에서 등교하던 여학생에게 교회에 다녀야 한다면서 화장실에 끌고 가…."

"으으으으. 아무리 나라도 그다음은 듣기가 괴로워. 악귀도 급이 있지. 저것은 아주 더럽고 하등한 악귀인 게야. 그런데 앞에 뭐시라 했지? 아무래도 내가 잘못 들었나? 이거 뭐 티비나 돼야 돌려 감기라도 해서 보지. 뭐시라? 겨우 옥살이 23년?"

땅! 땅! 땅!

진심으로 황당해 하는 우리의 악마님.

"뭐야? 진짜 이렇게 끝나는 거야?"

검사는 무언가 해낸 듯 당당해 보였으나 그 옆에 증인석에 있던 아이는 기어이 참고 있던 눈물을 터뜨리고 말았다.

"진짜 끝난 거냐고? 능지처참도 모자란 저 악귀를 기어이 살려준다고? 내가 제대로 들은 게 맞아?"

그 순간 포승줄을 끊고 앞으로 튀어나올 듯이 위협적으로 소리 지르는 장대순. 그는 눈깔만이 아니고 혓바닥도 더럽기 그지없었다.

"이 씨발년아! 내가 언제 그랬어! 너 이 씨발! 내가 나가면 니년, 니년 엄마, 아빠! 내가 가만둘 거 같아?"

Oh my god!

그놈의 발악은 아이의 눈물을 외면하고 나가려는 천 판사에게도 애써 인간사에 개입하지 않으려 화를 꾹꾹 눌러왔던 우리 악마님에게도 잠시 멈칫하며 그들의 어떤 끈을 놓게 하였다. 먼저 자신의 끈을 놓아버린 것은 아무래도 우리 악마님 쪽인 듯했다.

내 아무리 너희 인간들의 삶과 규칙에 관여하지 않겠다 다짐하여 그동안 끝도 없이 너희들의 말도 안 되는 법과 질서! 권력을 그저 방관하고 지켜볼 수밖에 없었다만 저 추잡하고 더러운 악귀에게 인간으로 살아갈 자유를 줄 권리가 너희들에게 과연 있다고 생각하느냐?

그의 몸이 이글이글 타오르고 있었다. 늘 회색빛 투영한 몸이 있었으나 지금은 그저 황금색 불꽃이다! 재판장에 LED고 핸드폰이고 모든 전자기계가 깜빡깜빡 그 기능을 했다 말았다 그의 널뛰는 감정처럼 난리였다.

이 소란에 모두들 제 갈 길과 할 일을 멈추었다.

그때 용케도 그곳에 있었다. 은은한 빛을 내며 소란스럽게 자신의 힘을 꺼내려는 어떠한 그릇이, 그것은 천 판사였다! 천 판사 역시 일생을 선과 같은 길로 가려고 애썼던 빛의 그릇이긴 했으나 스스로도 저리 소란스럽게 금이 갈 듯 깨지기 쉬운 그릇이었다.

"옳거니! 판사놈이 망치 휘두르기는 젬병이나 용케도 지금까지 곧고 선하게도 살아왔나 보구먼? 지금 내가 할 수 있는 거라고는 이 재판장에 모든 전구를 깨뜨리는 정도겠지? 저놈도 명색이 악귀이니 귀신에게 홀리지는 않을 테고. 나 저리 들어갈 거야."

말릴 새도 없었다. 말리고 싶지도 않았다. 뭘 어떻게 하려는지 보고도 싶었다. 저런 걸 접신이라고 하나? 천 판사의 몸으로 그는 쑤욱~! 단숨에 들어갔다.

그러나 천 판사의 인간으로서의 의지도 강했던지 의외로 그의 뜻대로 마구 움직여 주지는 않는 것 같았다.

그때 천 판사와 그가 한 눈으로 판결문 위에 있던 소녀의 그림을 보게 되었다. 사건을 맡은 후 천 판사가 계속 가지고 있었던 소녀의 그림! 그것을 동시에 둘이 들여다본 순간 그 몸은 비로소 한몸이 된 듯 바르게 움직였다.

그 소란 속에서 끌려나가고 있는 장대순을 향해 천 판사가 소리친다.

"피고인! 거기 서세요!"

힘겹게 끌어 올린 목소리라는 것은 누구나 들어도 알 수 있었다. 소란스럽던 재판장에 고요함이 찾아왔다. 모두가 그를 보고 있다. 그는 다시 재판봉을 쥐었다.

그리고 다시 피고인석으로 끌려온 장대순에게 저벅저벅 내려가더니 그에 코앞에서 이렇게 외쳤다.

"이것이 피고인의 마지막 주문입니다."

천 판사는 그놈의 찌그러진 얼굴 앞에 그림을 바르게 펴 내밀었다. 그리고 그림을 빤히 쳐다보며 어리둥절해 하는 장대순의 휑한 머리통을 향해 재판봉을 있는 힘껏 때려 박았다. 빡! 재판장을 울리는 커다란 소리와 함께 장대순은 한껏 부풀어 오른 풍선을 바늘로 콕 찍어 터뜨린 것처럼 볼품없이 뻗어버렸다.

천 판사는 그제서야 외면했던 아이를 돌아볼 수 있었다.

소녀는 눈물을 손등으로 비비고 그를 향해 엄지손가락을 치켜세우며 환하게 웃었다. 그도 함께 웃어줬다.

그러나 곧 그의 몸 역시 실패한 반죽처럼 늘어지더니 그대로 실신해 버렸다.

"그릇이 약해~ 저놈을 저 재판봉으로 때려죽였어야 했는데 그릇이 간당간당하길래 냅다 나왔지 뭐야~ 헉!"

그의 표정이 일순간 굳었다. 갑자기 벼락이라도 맞은 듯 온몸을 부들부들 떨었다.

"뭐야? 너 무슨 일이야?"

그렇게 그는 알 수 없는 말을 하더니 순식간에 사라졌다.

병원에서 천 판사는 자신이 무슨 짓을 한 것인지 어리둥절할 수밖에 없었으나 마지막에 소녀의 환한 미소를 기억하고는 피식 웃고 말았다. 후회하지 않았다.

전 세계에 브레이킹 뉴스감이다. 신성한 재판장에서 그것도 판사가 폭력을 행사하다니. 대한민국 법으로는 국민들의 탄핵이 있다면 모를까, 판사에게 파면이나 해임은 할 수 없다. 대법관 회의는 길어지고 어려워지고 있었다. 정부에서도 은근히 압박을 주고 있는 것이 대법원장도 머리가 지끈거렸다. 차라리 국민들이 탄핵을 요구해 주기를 기다리고 있었다. 이 와중에 그들에겐 반가운 소식이 들려왔다.

서울중앙지방법원 앞으로 성난 시민들이 모여들고 있다는 소식이다. 역시나 탄핵 대상, 파면시키면 일은 쉬워지리라. 그러나 몰려드는 사람들 손에는 모두 이상한 것이 들려있었다. 그리고 이러한 구호를 외치고 있었다.

"정의의 망치 천 판사! 지키자! 지키자!"

그들 손에는 아이들이 가지고 놀만 한 뿅망치가 하나씩 들려있었다. 참으로 아름다운 광경이 아닐 수 없었다.

매스컴에서도 이 장면을 대대적으로 보도하고 좌에서 우에서 정치적으로 이용하려는 자들은 있었으나 그를 더 이상 끌어내릴 자는 아무도 없었다. 작금의 우리 대한민국은 나라님 말씀보다 국민들의 뭉친 소리가 더욱더 무서운 그런 나라 아니던가?

천 판사는 대법관 회의에 불려가서도 당당했다.

"헌법 103조, 판사는 헌법과 법률에 의하여 그 양심에 따라 독립하여 심판한다. 피고인은 마지막까지 신성한 법정을 모독하였으며 법관과 법정에 모든 이들 앞에서 어린 소녀에게 보복할 것이라 협박까지 하였습니다. 안타깝게도 저의 재판봉이 저의 손을 떠난 후 말입니다. 그래서 어쩔 수 없이 저의 양심에 따라 독립적으로 마지막 심판을 한 것입니다."

모두들 할 말을 잃었고 할 말도 없었다. 판사에게는 폭행죄도 물을 수가 없다. 게다가 저 너울거리는 뿅망치들이 천 판사를 응원하는 목소리와 함께 진정으로 판사다운 판사의 판결을 지지하며 앞으로도 더 개선될 많은 희망을 전하고 있다. 대한민국 만세!

그러나 한편 항소에 항소를 거듭하여 결국 벌금도 더 내고 1년의 옥

살이를 더하게 된 이 정의의 망치를 얻어맞은 장대순은 역시나 악귀인지라 반성을 몰랐다.

오히려 이를 갈고 악을 더 꺼내와 소름 끼치게 발전하고 있었다. 이 똥대가리였던 악귀가 반성문을 써제끼기 시작한 것이다. 그것도 100통이 넘게….

그 반성문은 내가 어이가 없어서 다 쓰기도 민망할 정도니 요약하자면 이러한 것이다.

"존경하는 재판장님께! 저는 어린 시절부터 불우하게 자라 가난하고 학대받아…"

뻔한 스토리.

"사회에서는 반겨주지 않았으며…"

너라면 받아주겠냐?

"그날 일은 정말 기억이 잘 나지 않습니다."

지랄하고 자빠졌네.

"모든 것이 술 때문이니, 다시는 술을 입에 대지도 않겠습니다."

차라리 개가 똥을 끊겠다.

"그 말도 안 되는 짓들을 제가 인간으로서 어떻게 했단 말입니까?"

그러니까 너 인간 아니라니까!

"사회에 돌아가 사회에 보탬이 되는…"

니가 없어져 주는 게 보탬이다.

"재판장님, 주저리주저리 잘못했습니다. 반성합니다."

그러니까 이 쉐키야? 재판장님한테 왜 미안한 거냐?

그 반성문에는 단 한 줄도 한 글자도 아이에게 미안하다는 말은 결코 없었다. 역시 악마는 반성이 없다.

# 깨지지 않는 어둠의 그릇

장남규. 1968년 3월 17일생. 전북 순천군에서 3남 4녀 중 차남으로 태어났다. 그를 어린 시절이나 또 어떤 시절 착하고 조용한 사람으로 보았다는 이도 있다지만 틀렸다. 그는 태어날 때부터 '악인'이었다.

그 어둠의 깊이가 너무나 깊고 단단하여 웬만한 귀신들은 그놈의 그릇에 발도 들일 수가 없었고 어지간한 '악(惡)'들마저 외면할 만큼 더럽고 추잡한 그릇인지라 악귀들마저 혀를 차며 길을 터줄 정도였다.

어려서부터 생명의 소중함을 업신여기는 것들은 악의 피가 흐를 가능성이 농후하다.

학교 앞에서 파는 병아리를 사서 검은 봉지에 넣고 휙휙 돌리다 온 힘을 다해 벽에 패대기치는 어떤 아이를 본 적 있다. 악인일 수도 있다.

자신이 키우던 고양이나 강아지를 전자레인지나 세탁기에 돌려 죽이는 이를 본 적이 있다.

그것은 의심할 여지 없이 악인이다.

하물며 이놈은 어린 시절부터 개나 고양이를 잡아 여기저기 찔러서 고통 속에 피가 빠져 죽어가는 모습을 즐겨 보았고 그때부터 그 역하고 비릿한 피비린내를 세상 그 어떤 향보다 달콤하게 느꼈다. 그러니 어렸을 때부터 그는 그 어떤 악귀보다 빼어난 악인임이 분명했다. 그 후의 일은 정말 모를 일이다.

그는 이상하리만큼 학대와 성폭행을 많이 당했다고 살아생전 그 입으로 전했다. 자신의 친부, 동네아저씨. 학교 선배, 친구들, 자취할 때 옆방 아저씨, 군대 선임. 가는 곳마다 자신을 괴롭히고 성폭행했다고 떠들었다. 하하하. 그의 슬픈 사연 끝에 웃어서 미안하다만 왜 의심 없이 악인의 말을 믿느냐는 거다! 누구 하나 그 사실을 뒷받침해준 이가 없었으며 남녀노소를 불문하고 그놈의 더러운 면상을 보자마자 성욕이 들끓었다는 것부터 한 번쯤은 거르고 갈 필요가 있지 않았나? 이 말이다. 그리고 왜 가만있는 놈을 가는 곳마다 사람들은 괴롭히고 학대했을까?

결국, 모든 악은 거짓말을 잘한다 하지 않았는가?

지보다 약한 생명을 꺼뜨려 가며 겨우 자신이 그것보다 더 우월하다는 비뚤어진 환상에 사로잡혀 버린 이놈의 더러운 욕망은 어린 시절 강아지에서 어린아이들에게 그리고 약한 여성으로 그러다 곤히 잠들어 있는 무방비의 사람들에게까지 퍼졌다.

그때부터 이놈은 완성된 어둠의 그릇으로 새로 태어났다.

이놈은 그렇게 살인의 쾌락을 느꼈고 생각보다 자신의 손에서 쉽게 꺼져가는 생명과 자신처럼 보잘것없는 놈도 쉽게 찾아내지 못하는 대한민국 경찰들이 우스워 보였다. 이놈의 칼춤은 점점 속도가 붙었고 살인의 취향도 패턴도 생겼다. 그러나 그것이 취향이나 패턴이라 부를 수 있을지조차 의심스러울 만큼 그저 치졸하고 비겁한 것들뿐이었다.

그 집이 숟가락 하나 훔칠 것이 없을 만큼 가난하든 어쨌든 그것도 상관이 없었고 오히려 부자들은 CCTV니 높은 담장이니 대문 여는 거부터 힘들어서 아예 생각조차 안 했다. 심지어 쉽게 열 수 있는 문도 부수고 따는 재주가 없어 그저 열린 문만을 골라 들어갔다. 성인 남자에겐 덤빌 용기도 없었다. 그만큼 치졸했다. 누구처럼 망상에 사로잡힌 원대한 포부도 계획도 없었다. 그러니 그 패턴이라 함은 그저 열린 문. 모두가 방심하고 잠들었을 새벽 시간.

그렇다면 그 취향이라는 것은 얼마나 까다롭고 고급스러운가? 단지 쉬운 상대, 잡히지만 않고 죽일 수만 있다면 그 상대가 여자든 어린이든 노인이든 상관없었다.

살인마라는 닉네임을 갖기 전에는 공기 중에 떠돌아다니는 먼지보다 못한 그런 존재였던 그가 살인으로 누군가의 삶과 죽음에 관여할 수 있게 되었으니 그놈의 버러지 같은 비틀어지고 쓰레기 같은 악인의 길 그 위에서 갑자기 그는 판사가 되어있었고 의사가 되어있었고 어느새 신이 되어있었다.

쇠망치로 내리치며 사형을 선고하는 판사가 되고 회칼을 메스처럼 휘두르면 사망선고를 내리는 의사도 될 수 있었다. 프렌치 파이프를 내리쳐 단숨에 하늘나라로 보내고 그는 비로소 신이 되었다.

"살려주세요. 아파요. 살려주세요. 제발…"

남규는 그 순간 누군가를 죽일 수도 있고, 살릴 수도 있는 세상 누구보다 강한 존재가 되었다.

그 철저하게 방치되고 비참했던 자신의 인생이 그 누구와도 당당히 마주 보지 못했던 그가.

어둠 속에서 무방비 상태인 여린 생명들 앞에선 누구보다 당당하고 강렬하게 그 비열한 눈을 빛냈다.

등을 돌린 여자도 굳이 돌려세워 두 눈을 똑바로 들여다보며 칼을 꽂는다. 그리고 속삭인다.

"살려줄까? 아파? 살려달라고 해봐. 제발 살려달라고 빌어!"

누구나 죽음의 순간을 마주하면 빌 수밖에 없다.

느닷없는 죽음 앞에선 더욱더.

"살려주세요."

생명이 빠져나가는 눈동자를 바라보고 희미해져 가는 목소리를 들으면서 그는 드디어 신이 되었다.

"아니, 나는 너를 죽일 것이라고 결정했어."

어차피 이 가짜 신은 답이 하나밖에 없었지만, 그 결정을 내리고 몇 번이고 몇 번이고 찌르고 쑤시면서 자신의 눈앞에서 꺼져가는 생명을 마주하며 근처의 모든 공기를 빨아들인다. 마치 그 더러운 목구멍으로 그들의 영혼을 들이마시기라도 하려는 듯.

아홉 시 뉴스가 시작될 즈음 남규는 녹슨 가스레인지 앞에서 라면 봉지를 뜯으며 거미줄이 쳐있는 벽 모서리를 바라본다. 이윽고 무슨 생각이 들었는지 그 들쑥날쑥한 앞니를 혓바닥으로 핥으며 혼자 소름 끼치게 웃고 있다.

비뚤비뚤하고 각이진 얼굴에 툭 튀어나온 광대가 소름 끼치게 딸려 올라간다.

초라하고 비좁고 낡은 작은 부엌. 벽지는 언제 갈았는지, 대체 언제 적 벽지인지, 서늘한 부엌을 감싼 연두색 꽃무늬 벽지에는 빗물 자국과 곰팡이로 군데군데 얼룩졌고 오래되고 누런 비닐 장판이 차가운 시멘트 위에 세월의 흔적을 고스란히 안고 깔렸다. 그러나 그 문지방을 들어선 방 안만큼은 온기가 있었다. 낡은 티비가 불이 켜지지 않은 어두운 방을 번쩍번쩍 간헐적으로 비추고 있고, 그 불빛이 비추는 방은 역시나 오래된 옷장과 티비 선반, 동그란 밥상 그리고 천장에는 줄로 당겨서 켜고 끄는 벌레가 가득한 전등이 달려있었다.

남규는 신문지를 접어 냄비 손잡이를 잡고 한 손으로 그 등에 불을 켜고 밥상에 라면을 올렸다.

불을 켠 그 방 안은 차라리 불을 다시 끄게 만들고 싶을 만큼 참혹했다. 벽 한 면은 흩뿌려진 핏자국들로 범벅되어있었고 본디 색깔을 예측할 수 없는 검붉게 물든 겨울 이불은 돌돌 말은 걸레짝마냥 작은 방 하나를 한 번에 쓸고 지나간 듯했다. 마치 한겨울 제설차량이 도로 위 눈을 쓸고 지나간 것처럼 그 이불 끝에도 시뻘건 피 웅덩이가 그대로 말라붙어 있다. 배경이 무색할 정도로 뉴스에만 집중하며 뜨거운 라면을 한 젓가락 떠서 후후 불어 입에 욱여넣으려는 남규. 그때 덜컹거리는 소리가 작은 집을 들썩일 만큼 크게 울렸다.

그대로 모든 동작을 멈췄다. 입에 밀어 넣었던 라면을 다시 가만히 냄비에 집어넣고 방구석 한쪽에 자신의 가방 속에 손을 밀어 넣어 손망치 하나를 꺼낸다. 시선은 소리가 나는 곳에 박아두고 바짝 긴장한 채 밖에서 소리가 난 쪽으로 잽싸게 뛰어들어 손망치를 치켜들었다. 한밤에 찾아든 낯선 침입자를 향해….

끼이익~~ 덜컹 끼기기기긱~ 덜컹.

매서운 칼바람이 부엌에서 밖으로 나가는 쪽문을 통해 남규의 몸을 덮쳤다. 열린 쪽문이 다시 바람을 타고 왔다리 갔다리 기괴한 소리를 내며 너덜거리고 있다.

"아, 이 씨발! 놀랐네."

열 받고 놀란 만큼 남규는 그 작은 스테인리스 문을 다시 세게 쾅! 닫는다. 그러나 어쩐 일인지 그 문은 끼긱거리는 소리를 내며 온전히 닫히지 않는다. 남규는 쭈그리고 앉아 문틈 사이에 끼어있는 무언가를 내려다보며 짜증이 가득한 얼굴을 피곤하다는 듯이 한 바퀴 굴린다.

그곳에는 사람 손 하나가 썩어 문드러져 거의 뼈만 남은 채 부엌 문턱을 넘어 벌써 집안으로 들어와 있었고 방금 세게 닫은 문 덕분에 으스러진 손목뼈가 문틈 사이에 끼어 있었다. 목 뒷덜미를 벅벅 긁으며 자신의 뻐드렁니를 다시 혀로 핥았다. 남규는 잠시 고민한다.

'라면부터 먹어? 이거부터 치워?'

"아이 씨발. 이러니까 개새끼들은 다 잡아 죽여야 해."

쪽문 앞에 꽂혀있던 삽을 빼 들었다.

시체를 다시 묻고 들어와 대충 흙을 털어내고 다시 밥상에 앉는다. 무심결에 냄비에 젓가락을 쑤셔 넣었다가 불어터진 라면을 보고 순간 밥상을 걷어차 버리려다가 콧바람을 크게 쉬더니 티비로 눈길을 돌린다.

[수요일에 살인마라는 악명을 갖게 된 연쇄살인마가 여전히 잡히지 않은 채 수사도 오리무중에 빠져있습니다. 오늘 그래도 그중 반가운 소식이라고 해야 할까요? 의식을 잃고 생사에 기로에 있었던 피해자 중에 한 명이 기적적으로 생환했다는 소식입니다.]

와장창창! 방금 들은 뉴스 때문에 결국 울화통이 치밀어 올라 기어이 밥상을 차버렸다. 낡은 티비 위로 불은 라면이 흘러내린다.

"아유 씨빡! 왜 이렇게 되는 일이 없어! 아 씨발!"

한참을 좁은 방안을 서성이던 그가 벽에 붙은 어딘가 이상한 달력 한 장에 검은색 매직을 들고 28이라는 숫자 위에 신경질적으로 세모를 덧입혔다.

아직 봄도 다가오지 않은 이 계절에 8월의 달력 한 장을 찢어 붙여 놓은 그 위에 1일부터 28일까지 온통 빨간색 동그라미가 쳐 있었다. 중간중간 검정 세모를 다시 빨간색으로 덧칠한 것도 보였다. 그것은 이놈이 지금까지 28명의 생명을 앗아갔고 세모로 남겨진 죽을 만큼 다친 이들도 여럿 있다는 뜻이다. 그 28명 중에 또 한 명이 방금 기적적으로 살아났다. 누군가 또 이놈의 손에 살해당한다면 저 세모 위에 다시 빨간 동그라미가 덧입혀질 것이다.

더 끔찍한 일은 그놈이 가지고 있는 달력이 한참이나 많이 남아있다는 것이다.

잠시 후 작고 음침한 집안을 울리는 전화벨 소리에 남규가 소스라치게 놀란다. 한밤에 전화벨 소리는 그렇게 딱 한 번 울렸지만 남규는 뚫어져라 전화기만 쳐다보다 가방 속에 자신의 소지품을 욱여넣는다. 벽에 붙은 달력도 떼어 접어 넣고는 가방에 있던 시너 통을 꺼내어 작은 집 텃밭까지 꼼꼼하게 뿌려댄다.

"아 씨발! 느낌이 안 좋아. 조심해서 나쁠 건 없지. 영감탱이가 죽어서도 집에 기어들어 오려 했나. 키키키."

이놈은 진정 악귀도 울고 갈 악인이었다.

사람들은 이놈을 수요일의 살인마라 불렀지만 그것은 큰 착각이었다. 단지 수요일에 사냥감만 죽였을 뿐, 수요일에 죽은 사냥감만 들켰을 뿐이다.

지금까지의 피해자는 34명, 그중 몇 명은 목숨을 건졌다. 그래서 아직 그의 달력 한 장에도 빨간 동그라미를 다 채울 순 없었다. 이놈은 빨간 동그라미 그 숫자만 채우면 그뿐이다. 다른 이의 목숨값이 그저 커피 마시고 찍어온 스탬프 정도라니…. 당연히 죄책감도 없었다. 그저 그 빨간 동그라미 수를 채우는 것만이 그의 유일한 욕구이고 목표였다. 이 동네는 그가 조용히 그 수를 채우기 안성맞춤인 곳이다. 재개발 지역이라 CCTV 한 대도 없고 알박기로 부모님을 앉혀두고 나 몰라라 하는 불효자들 덕에 혼자 사는 독거노인들이 수두룩했으니 그 시체를 묻고 그 집을 제집처럼 사용해도 전화벨 한번 울리지 않았다. 그러니 시체 발견도 늦어질 테고 그동안 자신의 흔적도 없어질 것이다. 방금 자신이 불을 지르고 나온 저 집처럼….

백 명! 백 개의 빨간 동그라미! 그것이 이 텅 빈 어둠의 그릇에 유일하게 들어찬 악의 목표였다.

이날 밤 서희를 우연히 만나기 전까진 말이다.

"히히히. 뭐가 이렇게 싱거워? 몇 번 찌른 것 같지도 않은데 눈깔이 먼저 갔어. 그 영감탱이 같이…. 가다가 누구라도 걸리면 또 죽이면 되지 뭐. 히히히."

방금 옆 동네에서 불을 지르고 오는 길에 살인을 하고도 또 누군가 죽일 생각을 하고 있다.

이놈의 살인엔 쉼표도 없었다. 골목 어귀에서 남규는 귓구멍을 틀어막고 싶을 만큼 거슬리는 소리에 잠시 인상을 찌푸리고 소리가 나는 집 쪽으로 시선을 돌렸다.

평범한 가정에서 흘러나오는 행복함이 사방에 흩어지는 소리들…. 남규가 제일 싫어하는 소리다.

사람들이 칠판을 긁는 소리를 싫어하는 거보다 백 배는 이 소리가 남규에게는 끔찍하고 화가 났다.

"희야~ 우리 희~"

"빛날 희~! 어이구 우리 이쁜 희야~"

"꺄르르르르, 꺄르르르르, 하하하하, 호호호호호."

'빛? 미친…. 빛은 개뿔?'

고막을 찌르고 쑤시고 싶을 만큼 거슬리는 소리가 나는 쪽으로 찌그러진 캔처럼 얼굴을 찌푸리며 얼굴을 돌렸다.

골목 옆 낮은 지붕 그 안으로 마당이 훤히 들여다보였다. 남규는 그 마당을 들여다보고는 마치 무엇에 홀린 사람처럼 그 앞에 서서 잠시 발이 묶였다.

'저건 뭐지?'

그곳에는 달빛을 받은 동그란 마당을 병아리마냥 뛰어다니는 솜뭉치 같은 어린 서희가 있었다.

은은한 빛을 빛내며 엄마와 아빠 할머니 사이를 뛰어다니고 있는 여자아이는 은빛 실뭉치 같이 귀엽고 사랑스러웠다. 그 모습이 남규의 눈에는 흰 설탕을 뿌려서 휘휘 저어 금방 부풀려 만든 솜사탕처럼 신기하고 황홀해 보였다.

'분명 저것은 한 번도 맛보지 못한 특별한 맛이겠지.'

남규는 지금껏 이다지도 강하게 무언가를 갖고 싶어 한 적이 없었다. 갖지 못하는 것, 못 올라갈 곳, 자신과 어울리지 않는 것들은 처음부터 외면하고 포기했다. 그러나 지금 그에게 저 아이는 달랐다.

그는 벌써 몇십 명을 아무렇지 않게 죽여버린 살인마고, 저 아이는 그저 지금껏 먹어치운 어떤 생명보다도 가장 달콤하고 여려 보였다. 이미 손에 쥔듯했다. 손에 쥐면 녹아버릴 거 같았고 잡아당기면 찢어질 것 같았다. 혀에 닿자마자 녹아버릴 거 같았다. 인간이 만들어 낸 가장 황홀한 맛일 거라 생각했다. 침을 꼴깍 삼켰다.

이놈은 뱀같이 교활하고 쥐새끼마냥 날렵하다.

지금 이 골목엔 이놈뿐이다. 창문은 가늘게나마 빛을 비집어내며 자신이 무방비 상태임을 알렸다. 낮은 지붕 처마 밑에 쭈그리고 앉아 빛이 새어 나오는 창문 안을 들여다본다. 의심할 필요 없이 이곳은 아이의 방이다. 창문 바로 아래는 조그맣고 포근한 침대도 놓여있었다.

과감하게 주먹을 집어넣어 창문을 활짝 열어젖혔다.

어차피 방안엔 사람이 없다. 모두들 마당에서 하하호호 하고 있다.

그러니 이때 빨리 이 집 전체가 아니더라도 이 방안 구조라도 파악해야 했다.

창문을 활짝 여니 제법 울타리와 창문 틈이 벌어졌다.

잘하면 이 틈으로 자신의 가느다란 몸 정도는 비집고 들어갈 수 있을지도 모르겠다는 생각이 들었다. 누가 이 골목에 들어서기 전에 빨리 시험해 봐야 했다. 3분의 1쯤 틈이 나 있는 창 속으로 한쪽 팔과 머리통을 겨우 넣어보았지만 결국 거기까지였다. 그 해괴한 꼴로 잠시 몸을 좀 더 넣어볼까? 아니면 그냥 뺄까? 고민하던 그때 방문이 열리고 이놈에겐 다행스럽고도 반갑게 이 방 주인인 아이 혼자 침대를 향해 걸어오고 있었다. 남규의 눈이 마치 첫사랑이라도 마주친 것처럼 반짝였다.

서희가 그림책을 손에 쥐고 침대 위 이불 속으로 몸을 넣으려는 순간, 움찔하고 창밖을 내다봤다. 그렇게 두 눈은 마주쳐 버렸다.

남규는 눈을 깜빡이는 순간마저 아깝다는 듯 쭉 찢어진 두 눈을 최대치로 벌려 그 안에 더러운 눈동자를 요리조리 굴리며 아이의 온몸을 훑는다.

웬일인지 서희도 그림책을 끌어안고 울지도, 소리 지르지도 않고 눈을 동그랗게 뜨고 그저 마주 보고 있다.

온통 서희에게 정신이 뺏긴 남규는 사람들의 왕래가 적지 않은 골목길이었음에도 그 창문 틈으로 그 얼굴을 왼쪽, 오른쪽으로 돌려가며 자신의 몸을 점점 더 욱여넣더니 그 때가 끼고 핏자국이 채 닦이지 않은 자신의 더럽고 흉측한 손을 서희를 향해 까딱까딱 흔들기 시작했다.

덜컹! 소리를 내며 결국 그놈의 어깨 한쪽이 밀려들어 가자 그 얼룩덜룩한 손에서 작은 핏방울이 또록! 하고 떨어졌다.

그때 아이가 드디어 손에서 책을 떨구고 소리친다.

"나가!!!!!"

놈이 깜짝 놀라 몸을 뺐지만 서희 때문은 아니었다.

"크르렁…"

어둡고 좁은 골목길을 낮고 섬뜩한 짐승의 울음이 울리고 있다. 남규는 본능적으로 위험을 느끼고 날래게 그 몸을 일으켜 주위를 둘러봤다. 어디서 개가 짖는 것이지 하는 그때 어두운 골목길에 번쩍이는 커다란 은빛 개 한 마리가 한껏 상체를 숙여 언제든 그놈에게 달려들 준비를 갖추고 위협적인 눈을 빛내고 있었다.

남규가 이것저것 생각할 틈도 없이 들개 한 마리 정도는 상대도 안 되었을 이 무자비한 살인마에게 그 은빛 개는 망설임 없이 날아들었다. 번쩍이는 눈 하며 어둠을 가르고 달려오는 속도가 분명 평범한 개의 것은 아니었다, 짧은 순간 들개 한 마리쯤이야 했던 남규의 자만은 곧 갈기갈기 찢겨져 나갔다.

"크으으으컹!"

골목 전체가 울리는 듯 큰 울음소리였다.

방어할 틈도 없이 은빛 개는 그놈을 덮치고 물어뜯었다. 필사적으로 두 팔을 들어 얼굴을 막았으나 역부족이었다. 목덜미며 팔이며 여기저기 마구 물어뜯었다. 들개도 미친개도 아니고 처음 보는 은빛 맹수였다.

늘 사냥을 하던 그놈이 이제는 비참한 사냥감이 되어 여기저기 물어뜯겨 피를 철철 흘리고 필사적인 사투를 벌이고 있다. 온몸이 너덜너덜해질 때까지 뜯겨지고 나서야 겨우 떼어내고 남은 힘을 짜내 어둠 속으로 미친 듯이 도망친다. 달리기 하나엔 자신이 있었다.

도망쳐야 한다는 본능이 그를 지배했다.

죽기 살기로 도망치다 보니 어느새 개는 사라졌다.

죽기 살기로 도망쳤다 보니 죽을 만큼 숨이 턱에 찼다. 한참 만에 숨을 고르고 피투성이가 된 자신을 달빛에 비춰 보았다. 그러나 피가 보이지 않았다.

너덜너덜 해져있을 팔을 들어보았다. 아무렇지도 않았다. 목덜미도 만져보았지만 그저 자신이 달려오면서 흘린 땀으로 흠뻑 적셔져 있을 뿐이었다.

죽을 만큼 아팠다. 찢어지는 고통이 있었다. 불에 덴 듯 뜨거웠다. 분명 어둠에 흩뿌려지는 자신의 피도 보았다. 그러나 모든 것은 없던 것이었다.

"씨발. 뭐지? 오늘 내가 너무 무리를 했나? 헛것을 본 거야? 말도 안 돼."

다시 발길을 돌려 자신이 흘린 피가 떨어졌을 땅을 되짚어 그 집 쪽으로 돌아가 본다.

그러나 역시 그 어디에도 핏자국 하나 없었다. 그놈은 저 멀리서 서희의 집 앞을 보고 결국 방향을 틀었다, 그놈 역시 어쩔 수 없는 인간이지 않나. 쫄았다.

*** 

두어 시간 전쯤 서희의 집.

[뉴스 속보입니다. 지난 보라매 살인사건에 이어 이번에는 상도동에서 비슷한 살인사건이 벌어져서 지금 급히 현장에 나가 있습니다. 취재

기자 연결하겠습니다.]

"워메~ 저 잡것을 빨리 잡아야제! 경찰들은 뭐하는 겨? 대한민국 사람 다 싸그리 죽여불고 그때 한 놈 남으면 저놈이네~ 할 것인가? 시상 숭해서 어디 살겄어?"

할머니는 손녀를 끌어안고 티비 앞에서 궁시렁 궁시렁 한탄을 하고 계신다. 마침 숙자와 동만이 나란히 퇴근해서 들어오고 있다.

"어째 같이 들어오는가? 오다가 만났는가?"

숙자가 기다렸다는 듯이 볼멘소리를 한다

"아니, 이이가 요즘 연쇄살인범이니 뭐니 위험하다고 굳이 회사까지 태우러 와서. 그냥 버스 타도 되는데…."

동만은 멋쩍은 듯 머리를 긁었지만 어머니는 그런 사위를 한껏 치켜세웠다.

"아따 우리 사우 멋지네. 든든하당께. 키도 겁나게 커불고 아무리 저런 숭한 것도 우리 사우한테 걸리믄 뒤지게 처맞고 한두대 더 맞어야. 아녀 저것은 맞어서 될 놈이 아니제 저런 놈은 껍딱을 확 베껴가꼬…"

숙자가 서희와 엄마를 번갈아 보며 쏘아붙였다.

"엄마! 쫌!"

"어, 그려. 밥은 묵었는가? 밥 묵어야지."

부엌으로 쏙 들어가 버리시는 어머니.

"엄마, 껍딱이 뭐야?"

숙자는 당황했으나 동만은 제대로 설명을 해줘야 한다고 생각했나 보다. 다정한 목소리로 딸에게 말한다.

"그거야, 희야. 희야 손에 있는 거, 그거."

"이거?"

서희가 방금 다 먹은 바나나 껍데기를 들고 되물었다.

"응, 그거 바나나 껍데기지?"

"응!"

"그런 껍데기를 할머니는 사투리로 '껍딱'이라고 하신 거야~ 우리 희야 할머니 사투리 많이 알잖아."

서희가 반짝이는 눈으로 크게 고개를 끄덕였다.

"응, 많이 알아. '허벌나게'는 '많이', '뒤지게'는 '죽게', '염병'은 '나쁜 병', '바닥'은 '혓바닥', '써글놈'은 '썩을 남자', '땡겨분다'는 '버린다', '우라질'은… 텁!"

숙자와 동만은 점점 사태가 심각해지는 서희의 사투리 자랑을 막으려고 서로 서희의 입에 손을 갖다 댔다.

"왜 그래? 아직 많이 남았는데."

서희는 억울한 표정이었지만 그들은 서로의 얼굴을 마주 보다 우울한 표정이 되었다. 모든 것을 들으신 어머니는 의외로 당당한 표정으로 뒷짐을 짓고 나오신다.

"암~ 우리 것이 좋은 것이여. 우리 서희는 요라고 이말 저말 다 금방 배워붕께 꼬부랑 말도 왜놈 말도 금방 배워불것네. 아따 용한 거~ 으미 이뻐 죽겄는거~"

"엄마! 쫌!"

숙자가 다시 볼멘소리로 쏘아붙이자 숙자의 어머니는 귀를 부여잡고 엄살을 부리신다.

"워메! 놀래 죽겄는 거~ 아야 느그 어매 아직 귀 안 먹었으야. 귀청 떨어지겄네."

"하하하하하."

"꺄를르르르."

밥을 먹고도 한참을 이 가족들은 서희의 재롱을 보며 마당에서 웃음이 끊이지 않는 행복한 시간을 보냈다. 그 시각 반대편 골목에서는 절대 마주쳐서는 안 됐을 끔찍한 악인이 건넌방 창문 틈으로 얼굴을 집어넣으며 어둠 속에서 함께 웃고 있었다.

그 존재를 까맣게 모르고 서희는 혼자 자신의 방으로 와 손에 쥐고 있던 그림책을 마저 보고 자려 침대에 몸을 올렸다. 서늘한 한기가 창문을 통해 들어왔고 곧 이 방안에 자기 혼자만이 아니라는 것을 알 수 있었다. 용기를 내어 눈을 들어 창문을 봤다. 결국 자신의 방 창틈으로 비집고 들어온 낯선 괴생명체와 눈이 마주쳐 버렸다.

쿵당쿵당쿵당쿵당.

심장 소리가 귀를 아프게 할 정도로 크게 들렸다. 창문을 뚫고 들어올 거 같은 저 남자가 써글 놈이고, 쳐 죽일 놈이고, 염병할 놈이라는 것을 서희는 알 수 있었다.

그러나 입이 안 떨어지고 몸이 안 움직여졌다.

'도와주세요, 도와주세요, 도와주세요, 도와주세요.'

마음속으로 끊임없이 외치는 수밖에 없었다.

그러다 그것이 자신을 향해 팔을 뻗다가 어깨까지 들어왔을 때는 겨우 입이 떨어져 나가라며 소리칠 수 있었다.

그리고 그것이 나가자마자 서희는 초점 잃은 눈으로 자신도 모를 소리만을 외치기 시작했다.

"문! 문! 문! 문! 문! 문!"

소란을 듣고 모두가 달려왔다.

"아야, 왜 그냐? 뭔 일이다냐?"

"희야, 왜 그래? 무슨 일이야?"

서희는 두 귀를 막고 계속 문이라고 외치고 있다

"문! 문! 문! 문! 문! 문!"

아이의 몸은 덜덜 떨리고 눈이 뒤집히고 있었다.

"여보, 병원 가자. 응급실, 응급실!"

이미 아이를 둘러업고 뛰어나가고 있는 동만.

서희의 도와달라는 부름에 이미 여러 조상신들이 달려와 서희를 감싸 안고 있었다. 그러나 그 뱀 같은 악인을 공격한 은빛 개는 조상신은 아님이 분명하다. 제아무리 힘을 가진 그 어떤 조상신이라 해도 형태를 갖추어 사람을 공격할 수는 없는 일이다. 우리의 악마님은 생각이 많았다.

아니, 뭐야? 저놈은 대체 뭐지? 저놈은 악의 그릇이 틀림없다. 그 안에 뭐가 들어있는지는 모르겠지만 뭐가 들어가 있어도 이상하지 않아. 쓰읍~ 저놈 자체가 악귀인가? 저놈은 뭐야? 저런 놈이 작금의 이 땅에서 활개 치고 있다니. 게다가 아이의 주변을 얼쩡거리고 있어! 그래도 무슨 일이야 있겠어? 지금도 봐봐. 천계의 허락도 받지 않고 열두 조상신이 곧장 내려와서 저 아이를 지키고 있어. 게다가 아이의 증조 할미도 저리 눈에 쌍심지를 켜고 떡하니 대문 앞을 막아서고 있다. 저 할망구도 보통이 아니야. 지 자식 살리려고 환생 길도 다른 길도 다 포기하고 저렇게 붙어있어! 저렇게 강한 빛의 기운은 절대 귀신들은 못 넘지. 저 할망구가 문을 지키고 있는 한 그 어떤 어둠도 저 문턱을 건너 들어올 수는 없을 거야. 악귀나 귀신은 저 할망구 상대가 안 돼. 빛의 할망구! 꽤 세다고! 그리고 아이야 니가 생각하는 거 반은 맞고 반은 틀렸어! 너의 말은 분명 힘이 있지만 아직 어떻게 쓰는지 모르고 있네. 또 내가 나설 차례인가?

"문문문문…."

서희의 그 소리는 병원을 도착해서도 이어졌지만 구급차 베드에서 응급실 베드로 옮겨지는 동안에 그 목소리는 점점 희미해져 가고 있었다. 구급대원이 먼저 서희의 상태를 젊은 당직 의사에게 빠르고 정확하게 전달했다.

"HR(심박수) 불안하고요. 의식은 아직 있는 상태입니다. GCS(동공반응 검사) 해보셔야 할 것 같습니다."

의사가 서희의 눈을 뒤집어 보더니 고개를 갸웃했다.

"HR, $SpO_2$(산소포화도) 체크해 줘요. 아이 보호자 되시는 분 누구시죠?"

가족들은 떨리는 마음을 숨기지 못하고 마른침을 꼴깍 삼키며 의사의 말이 떨어지기만을 기다렸다.

"아이가 혹시 자고 있는 상태였나요?"

의사의 문진이 시작됐다.

"아니에요. 저희랑 있다가 건넌방으로 간지 오 분도 채 안 됐어요. 바로 잠들었을 리…."

말을 하다 확신을 잃었다.

응급의는 이들의 반응을 보고 바로 진단을 내렸다.

"바로 잠들었을 수도 있었겠네요? 애들은 금방금방 잠이 들기도 하거든요. 동공반응 검사도 해보고 바이탈 사인도 체크해 봤는데 지금은 모든 게 정상이에요. 오는 길에 발작 증상이 있었다고 하니까 몇 가지만 체크해 보고 안정제 놔드릴게요. 야경증이라고 어린아이들이 갑자기 자다가 발작을 일으키는 경우가 있어요. 너무 걱정하지 마세요."

의사는 차트를 닫고 다시 서희에게 갔다.

숙자와 동만은 겨우 막힌 숨을 쉬었다.

"뭐라는 겨? 괜찮다는 것이제? 별일 없겠제?"

"응! 엄마, 괜찮을 거래."

그러나 이 세 사람은 괜찮지 않았다. 누구도 먼저 말을 꺼내지 않았지만 서희가 외친 '문!'을 듣는 순간 그들이 깨버린 약조들이 떠올랐다. 응급실에서 진정제를 투여받고 곧 잠이 든 서희는 아침까지 잘 수도 있다고 했지만 웬일인지 한 시간 만에 눈을 떴다.

깨어난 서희는 잠들기 전 무슨 일이 있었는지 아무 말도 하지 않았지만 가족들 역시 아무것도 물어보지 않았다.

교통사고처럼 어쩔 수 없이 벌어지게 될 불행한 미래는 남의 일이라 생각하고 싶고 피해가고 싶은 것이 인간의 본능이다. 그러나 병원에서 나와 집에 도착했을 때 그들은 반쯤 열려있는 대문을 발견했다. 급하게 나가느라 문을 열고 나간 것이다. 교통사고보다 더 끔찍한 미래가 잠시 그들 머릿속을 스치고 지나갔다. 등골이 오싹했다. 동만이 업고 있던 아이를 숙자에게 맡긴 후 성큼성큼 들어서 건넌방부터 화장실, 안방, 작은방, 지하실까지 샅샅이 뒤진다. 아무도 없었다. 어머니는 그제서야 초저녁 뉴스에 나온 연쇄살인범을 떠올리시며 살벌한 욕을 퍼부으신다.

"그랑께 그 써글 잡놈을 귀신도 아닌디 왜 못 잡는다냐. 그 염병에 뒤질넘."

"엄마! 쫌!"

졸린 눈을 비비며 서 있는 서희를 끌어안고 숙자가 엄마를 또 쏘아본다.

"아! 요노무 주둥이. 그라믄 그놈을 그…"

한참을 적당한 욕을 생각해 내시는 어머니.

"호랭이 물어갈 놈! 고것은 어떠냐? 고것은 옛날 속담에도 나오는 것이여."

숙자는 더 대답할 힘이 없었다.

"그래, 그게 좋겠다."

"그려, 인자 나쁜 놈들은 다 호랭이 물어갈 놈이여~"

서희는 습득력이 빨랐다.

"응! 나쁜 놈은 호랑이가 물어간다!"

다들 피식 웃어버렸지만, 그 웃음마저 힘이 없었다.

모두에게 지치고 힘든 밤이었다. 그래도 그들은 건넌방에 열린 창문과 그 창문 밑으로 떨구어진 누군가의 아주 작은 핏방울을 발견했었어야 했다. 그러나 모두 깊은 잠을 청하지도 못하고 아침을 맞았다.

\* \* \*

○○경찰서 강력계 특수반.

계속되는 연쇄살인, 범인의 꼬리도 잡지 못하자 여론은 무능한 경찰을 향해 질타를 퍼부을 수밖에 없었다.

이에 압박감을 느낀 경찰 내부에서도 특수반을 설치해 총력을 기울이고 있다.

특수반 반장은 강력계에서도 수사를 잘하고 끈질기기로 유명한 김현준 경위가 맡았다. 그는 지금까지 맡은 사건 그 어떤 것도 미제로 남긴 적이 없을 정도로 수사를 잘하기로 유명했다. 게다가 성격도 생긴 것처럼 우직하고 청렴해서 후배 경찰들 사이에서 많은 존경을 받고 있었다.

그들끼리의 소문은 때로는 부풀려지고 포장되기도 했지만 경찰들의 좋은 귀감이 되기에는 충분했다.

"김 반장님, 아무래도 우유 배달부만 살해한 것은…."

"야, 만두! 언제부터 반장이야. 부르던 대로 불러!"

특수반 반장이라는 직책에 적지 않은 부담감을 갖고 있었기에 김 형사는 보고 있던 서류철을 들어 후배 형사의 머리를 가볍게 내리친다.

"아! 김 경위님이야말로 언제까지 만두 만두 하실 겁니까? 제 이름 안진만입니다."

"그래, 찐만둔지 안찐만둔지 임마! 지금 우유 배달이 중요하냐? 니 눈에 지금 우유 배달밖에 안 보이지?"

"아니 새벽 시간에, 그것도 같은 곳에서 두 번씩이나 우유 배달부를 같은 방식으로 살해…."

"아~ 이 자식 만두 속 터지는 소리 하고 있네!"

답답하다는 듯 다시 한번 서류철로 툭 하고 머리를 내리치고 밖으로 나가버리는 김 형사.

안 형사는 억울한 표정으로 뒤에서 중얼거린다.

"우유… 단서 아닌가? 하여간 지맘 잘났어."

"야, 만두!"

안 형사는 자신의 뒷담화가 들린 줄 알고 발작하듯 뒤를 돌아보았다.

"쓸데없는 우유 타령 하지 말고 첫 피해자 목격자 진술 다시 찾아놔!"

"넵!"

표정이 밝아져 자신 있게 대답한 안 형사에게 김 형사가 뒤돌아 한마디 덧붙였다
"삼십 분 준다!"
"네에~??"
만두 형사가 금방 울상으로 변했지만. 그는 늘 엄살을 부릴 뿐 의외로 능력 있는 형사였다.

30분 후, 조용히 서류철을 들여다보던 김 형사의 눈이 반짝였다.
김 형사가 곧바로 맞은편 데스크의 여형사에게 빠르고 정확하게 지시한다.
"야, 쎄나야! 너 첫 번째 피해자 목격자 중에 제일 어린애 부모님한테 직접 좀 찾아간다고 연락해놔."
여형사는 야무지게 대답한다.
"넵!"
그리고 김 형사는 혼잣말로 중얼거린다.
"틀렸어. 틀렸어… 왜 이걸 놓쳤지?"
첫 피해자들은 어린아이들이었다. 목격자는 그들의 친구였다. 그 외 더 몇 명의 목격자가 있었지만 초동 수사 때 다른 형사들은 아이의 신빙성 없는 진술보다 어른들의 구체적인 진술에 초점을 맞추어 수사를 진행했다. 그러나 처음부터 다시 사건을 들여다본 김 형사의 눈에는 모든 것이 달라 보였다.
'피해자들은 어린아이들이다. 목격자는 그들의 친구. 지나가는 모르는 어른들보다 그들의 친구의 증언이 오차 범위가 가장 적을 것이다.'
아이의 진술을 직접 다시 한번 들어보고 싶었던 김 형사였다. 목격

자인 아이의 부모는 사건은 해결하지 못하고 자꾸 드나드는 형사들이 탐탁지 않았지만 여형사의 예의 바르고 간절한 요청에 이들의 방문을 허락했다.

목격자는 어린아이였지만 그 당시 상황을 꽤 구체적으로 또렷이 기억하고 있었다.

"어떤 아저씨가 지나가는데, 광훈이가 따라가고 그다음에 병조도 따라갔어요."

안 형사가 속삭이듯 김 형사에게 말했다.

"반장님, 애들이 스스로 따라갔다는 게…."

김 형사가 눈으로 무시무시한 욕을 하며 그 입을 다물게 하고 아이에게는 다정한 말투로 묻는다.

"그랬구나~ 혹시 말은 안 걸어봤니?"

"말 걸었어요! 어디 가냐고 물어봤어요."

생각지도 못한 수확을 얻었다. 진술서에 없던 내용이다. 김 형사가 눈을 빛내며 바짝 다가갔다.

"그랬더니 뭐라고 했어?"

"말은 안 했고 얼굴을 찌푸리고 고개만 흔들었어요."

'잡았다!'

김 형사는 이제 자신의 머릿속으로 범인의 윤곽을 그리기 시작했다.

"니가 처음 얘기했던 그 아저씨 생긴 거 다시 말해줄 수 있어?"

'첫 진술은 무시하자! 아이들은 무의식적으로 묻는 대로 긍정의 대답을 할 것이다. 마음껏 상상하게 내버려 두자.'

첫 진술서에는 175센티, 검은 머리, 40대로 적혀있었다.

"음… 그러니까. 음… 키가… 이 아저씨보다 작았어요. 훨씬 작았어요."

안 형사를 가리켰다.

'안진만 형사의 키가 173센티다. 게다가 지금 맨발이다. 어떤 운동화도 2~3센티는 굽이 있다. 진술이 번복되고 있다. 신뢰할 수 있을까?'

그러나 아이의 말은 확신에 차 있었다.

"그리고 디게 말랐어요. 삐쩍 꼴았어요."

'피해자 아이들보다 앞장서서 산을 올랐을 그놈이 커 보였을지도 모르지만 지금은 성인들 속에 섞인 체구를 비교해 보고 제대로 표현하고 있다. 아이들의 언어로.'

이번에는 안 형사가 웬일로 제대로 된 질문을 한다.

"나이 든 아저씨라고 했는데 얼마나 나이가 들었을까? 이 중에 누구랑 제일 나이가 비슷해?"

아이는 질문을 던진 만두 형사를 향해 주저 없이 손가락질하며 말한다.

"아저씨 나이 정도요!"

안진만 형사는 이유 없이 불쾌했다.

연신 그 가족들에게 고맙다는 인사를 마치고 돌아오는 차 안에서 셋은 수많은 질문들을 주고받았고, 김 형사는 벌써 범인의 프로필을 잡아서 둘에게 공유하고 있다.

"나이 30대 초반 왜소한 체격, 키는 168에서 170, 검은색 짧은 머리에 사건 당시 그 주변에 거주하거나 직장이 거기 있었어. 그리고 면식범이야."

안 형사가 운전하면서 조심스레 묻는다.

"근데 김 형사님, 아이들이 제 발로 따라 올라갔다가 그런 일을 당했다는 게 좀… 이상하지 않나요?"

김 형사가 결국 참지 못하고 기어이 만두 형사의 뒤통수를 한 대 퍽! 소리가 나게 때린다.

"아! 김 반장님, 운전하지 않습니까!"

안 형사의 볼멘소리에도 아랑곳하지 않고 김 형사는 자신의 생각을 전한다.

"야! 너 아까 뭐 들었어? 처음부터 너 같은 생각 때문에 이 중요한 진술이 묻힌 거잖아! 야이 만두야~ 너 같으면 기분 좋게 어디 가고 있는데 길에서 만난 친구가 어디 가냐고 물어보면 신나서 대답 안 하겠냐? 걔들이 무서운 상황이니까 대답도 못 하고 고개만 저은 거 아니냐. 그것도 얼굴까지 찌푸리면서!"

"저는 어쩌면 아이들이 친구에게 도와달라는 마지막 싸인이 아니었을까 싶어서 마음이…."

말을 줄이며 미간을 찌푸리는 강세나 형사.

"아마도 이놈은 아이들을 알고 있었을 거야. 아이들이 어디서 사는지 정도도 알고 있었겠지. 분명 어린아이들이 겁먹고 따라올 수밖에 없는 말들로 협박했을 거야. 게다가 어린애들이지만 두 명이었고, 그래서 서로는 서로를 어느 정도 믿고 있었을 수도 있어. 어쩌면 서로가 서로에게 인질이 되었을 수도 있고. 꼼짝없이 따라가야 할 이유는 아주 많아. 순수한 아이들한테는 안 따라오면 너희 집에 불 지를 거라는 한마디도 엄청나게 무섭거든."

언젠가 어느 때를 떠올리며 말을 마치고 이를 가는 김 형사.

'놈의 밑그림이 그려졌다. 이제 색칠할 일만 남았어!'

# 문!

서희가 응급실을 다녀온 다음 날 토요일 오후.

서희의 집은 분주하다. 나무 대문에서 스테인리스 대문으로 교체한 지 벌써 7년째가 다 되어가 허술하고 녹슨 대문을 튼튼하고 빈틈없는 쇠문으로 새로 교체하는 중이다. 이제 이 집 대문은 동네 어느 집보다 견고하고 튼튼하다.

작업은 오래 걸리지 않았다. 인부 두 사람이 와서 동만도 거들고 두세 시간 만에 뚝딱 완성은 되었다.

그러나 근사하고 튼튼한 쇠문에 볼썽사납게 숟가락을 다시 붙여놓자니 동만은 영 내키지가 않았다.

"자기야, 이거 어떡하지?"

숙자도 같은 마음이 있었는지 대문에서 떨어져 나온 수저와 고리를 붙들고 남편을 보며 물었다.

"자기야, 나사 하나 안 들어가는 이 문에 이걸 어떻게 붙여? 본드로 붙여? 땜질해? 그리고 오히려 눈에 더 띄지 않겠어? 다른 곳도 아니고 요즘 이 근방에서 사람들이 죽어 나가는데, 나는 우리 희야가 '문'이라고 외쳤던 거 그것만 솔직히 좀 걸려. 이모님 말씀처럼 희야 호적에도 올렸으니까 우리 문단속만 잘하자. 응?"

지금까지 모든 것은 너무나 완벽하고 행복하게 잘 흘러가고 있었다. 지금까지는….

"그래, 희야도 희야지만 그놈이 잡힐 때까지만이라도 꼭 문단속 잘하자. 알았지?"

"그럼! 자나 깨나 문조심이네요~ 우리 이 여사님~"

"뭐야 벌써 여사님 소리 듣기 싫어~"

"그럼 애기라고 불러줘?"

"아! 뭐야, 그건 더 싫어. 호호호."

역시나 오늘도 깨가 쏟아지는 부부. 숙자는 집 앞 쓰레기통에 낡은 문고리를 과감하게 쑤셔 넣고 어쩌면 정말 자신의 외할머니가 깃들어 있을 숟가락은 버리지 못해 챙겨 집 안으로 들어갔다. 그렇겠지. 문단속을 잘하면 악인은 막을 수 있겠지. 그러나 귀신은 어찌 막으려 하는가….

남은 자식의 안녕을 바라 하늘로 올라가지도 못하신 할머님의 모정도, 서희의 간절한 부탁도 그렇게 쉽게 깨져 버렸다.

할머니 손을 잡고 시장을 다녀온 서희가 새로 만든 대문 앞에서 신이 나서 팔짝팔짝 뛰고 있다.

"너무너무 좋아! 우리 집 대문! 이제 써글 놈도 염병할 놈도 못 들어오겠다. 맞지?"

작은 손으로 연신 대문을 통통 쳐본다. 그러나 숙자와 동만의 표정이 좋을 리가 없다.

동만이 평소답지 않게 엄한 말투로 말한다.

"희야, 학교 가서 그런 나쁜 말 쓰면 절대 안 돼!"

"그냥 사투리고 사투리는 우리나라에 다른 지역 말이니까 써도 되는 거 아니야?"

"오메 우리 손녀, 이라고 똑똑해불믄 바로 중핵교 들어가부러도 되겠네~ 말을 어찌 이리 똑부러지게 잘해분당가~"

숙자의 어머니는 기특하신지 허리를 굽혀 서희를 쓰다듬으셨지만 숙자는 다시 엄마에게 썽을 내었다.

"엄마, 큰일 나. 학교 가서 이런 말 쓰면 애 왕따당해!"

"왕따? 그거이 머신데?"

"애들이랑 친하게 못 지낸다고!"

그제서야 말귀를 알아들으신 어머니는 벌써 큰일이라도 난 것처럼 당황하셨다.

"오메 그라믄 안 되제. 촌뜨기 소리들응께 서울 것들이 안 낑가준다고야? 그라믄 안 되제. 아야, 아그야, 우리 희야, 너 인자는 서울말 써야. 잉?"

"표준어?"

서희의 똑부러지는 대답이 기특해서 숙자는 입가에 미소가 떠나질 않는다.

"응, 할머니 말 말고, 아빠가 쓰는 말만 쓰면 되는 거야. 엄마도 가끔 할머니 말 나오거든. 호호."

"그러면 진짜 나쁜 사람을 진짜 나쁘게 하고 싶으면 뭐라고 해?"

서희는 무언가 떠올리며 진지하게 물었다. 모두가 고민에 빠진 이때.

"호랭이 물어갈 놈! 그거 하기로 안 했냐? 그거 해부러~"

동만과 숙자도 서희가 혹여 자신을 괴롭히는 동네 친구들에게 '호랭이 물어갈 놈아!'라고 소리치는 모습을 상상하자 귀여워서 동시에 웃음이 터졌다.

"나쁜 사람은 호랑이가 물어간다! 호랭이 물어갈 놈!"

"아따 우리 손녀 겁나게 무섭구만~ 워미~ 할매도 잡겄다. 아따 무서분 거~ 할매 도망가야제~"

구부정하게 도망치시는 할머니를 서희가 쪼르르 따라가자 온 식구들이 웃었다. 새로 만든 튼튼한 대문 앞에서 모두들 이토록 함박웃음을 짓고 행복한 오후를 맞이하고 있었다. 그러나 그들은 알지 못했다. 깨어진 약조들이 불러들일 곧 불어닥칠 불행을….

"아, 씨발! 못 들어주겠네. 진짜! 하아~~~ 씨~ 그냥 다 불태워 죽여버릴까?"

그 돌계단 위 골목으로 끔찍한 재앙과 같은 사내 하나가 소주 한 병과 라면 몇 봉지를 사 들고 귀를 후벼 파며 비스듬히 서서 그 모습을 지켜보고 있다. 그의 끓어오르는 열은 살갗이 베일 꽃샘추위에도 식을 줄을 모른다.

'아이씨, 어제 일 때문인가? 젠장! 저런 문은 못 열지. 하아~ 제기랄! 이제 어떻게 들어간다?'

초조함도 잠시 평소대로 머릿속을 텅텅 비우고 멈춰있던 발을 돌리는 악마도 울고 갈 이 악인! 어떤 쓰레기 같은 어둠을 끌어모았을지 모를 최악의 어둠의 그릇!

그가 이 시대에 태어나 버렸다.

그 어둠이 어찌나 짙고 깊으며 흉측한지…. 그가 걷는 걸음마다 초록이 뭉개지고 햇살마저 녹아버린다.

## 너는 꽃으로 태어나지 않았어. 절대 지지 않아!

그놈을 창문에서 본 후로 서희는 또 여전히 아무렇지 않게 건강하고 밝게 웃고 며칠을 지냈지만 한 가지 달라진 모습이 있었다. 이상하게도 그날 밤 이후로 건넌방을 떠나지 않으려 하고 있다. 게다가 창문을 마주 보고 벽을 등진 채 한자리에 앉아서 색칠 공부니 그림책 읽기니 심지어 밥을 먹을 때도 밥상을 가지고 가 그 자리에서 밥을 먹고는 했다. 쓰고 읽고 혼자 노는 것이 일상인 것은 마찬가지였으나 벽에 기대어 창문을 바라보는 일은 늘어만 갔다.

서희가 제일 좋아하는 놀이는 엽서에 편지를 쓰는 일이다. 그날도 서희는 꼬물꼬물 예쁜 엽서에 누군가를 향해 정성스럽게 예쁜 글씨를 써내려 가고 있었다. 숙자는 이날 궁금을 참지 못하고 물어보았다.

"희야, 왜 자꾸 여기서만 밥 먹고 공부하고 다 하려고 그래? 엄마 방에서 티비 보는 것도 이제 싫어?"

서희가 들고 있던 색연필을 손에 꼭 쥐고 짐짓 비장한 표정으로 단호하게 말한다.

"응! 희야, 껍딱이 허벌나게 단디 될 때까정!"

귀여운 아이의 몸짓은 말할 수 없이 사랑스러웠지만, 이대로 학교를 들어가면 놀림을 받지 않을까 걱정되었다.

"희야, 엄마가 희야 말 무슨 말인지는 알겠는데, 왜 할머니 말을 그렇게 쓰고 싶어 해?"

"음! 잘 모르겠지만… 엄마, 왜 그러지? 여기가 쓰라려."

말을 하다말고 울먹울먹하며 가슴팍을 가리키는 서희를 보고 숙자도 당황했다.

"응? 쓰라려? 어디 넘어져서 다칠 때처럼?"

"응, 이 안에가 쓰라려. 그냥 지금 많이 써야 한다고 생각이 들었어."

숙자는 서희가 보통 아이들과 다르다는 것을 어렴풋이 눈치채고 있었다. 그래서 더 물어보고 싶지 않았다. 그저 지금 이 행복이 너무나 흘러넘쳐서. 그것이 괜스레 불안할 뿐…. 그냥 됐다. 이대로면 됐다.

"아냐, 희야 하고 싶은 대로 해. 있고 싶은 데 있어~ 쓰고 싶은 말 써~ 괜찮아. 아야 하지 마. 엽서 써~"

어느 날 문구점에서 여러 나라의 엽서를 보고서 눈을 반짝이며 관심을 갖더니만 그것을 모으고 거기에다 편지 쓰는 것을 가장 좋아라 했다. 편지의 수신인들은 엄마, 아빠, 할머니가 전부였지만 날마다 내용은 달랐다.

그래서 그들도 매일같이 날아들어 오는 아이의 엽서를 받는 것이 하루 일과 중 가장 기대되는 일이었다.

꼼지락거리며 엽서를 쓰는 아이의 완벽하게 아름다운 빛나는 얼굴에 붙은 몇 가닥 초콜릿색 머리카락을 귀 뒤로 살포시 넘겨주며 홀린 듯 말한다.

"너무 예뻐~ 왜 이렇게 예뻐? 사랑해~ 많이 사랑해~"

서희가 벌떡 일어난다. 그리고 그 작은 품으로 엄마의 얼굴을 소중히 감싼다.

"나도 사랑해. 엄마! 엄마 아프지 마. 어디 가지 마. 희야 두고 어디 가면 안 돼~!"

숙자는 맞벌이로 많이 시간을 보내주지 못하는 자신을 탓하는 아이의 이야기인듯해서 미안해졌다.

"응~ 당연하지~ 우리 지금도 놀러 가잖아. 오늘 무슨 날?"

골똘히 잠시 생각하였다. 문제를 내주면 답을 맞히는 것을 서희는 좋아했다.

"아, 깜빡했다. 내일 할머니 말 타러 간다!"

숙자가 생각지도 못한 대답에 깜짝 놀란다.

이날은 서희가 처음으로 놀이동산에 가기로 한 날이다, 그리고 그다음 날이 자신의 어머니가 동네 사람들과 제주도에 가기로 한 날이다.

"오늘 놀이동산 가는 날이잖아~ 희야 놀이동산 가고 싶어 했잖아. 그것보다 내일 할머니 제주도 가는 게 더 중요해?"

"아, 맞다, 맞다! 그거는 희야가 7년 살 동안 한 번도 안 가본 데 가는 거고 할미는 육십일 살까지 살 동안 한 번도 안 가본 데니까 할미한테 훨씬 중요한 날이잖아."

'하아~'

숙자는 속으로 큰 한숨을 쉬었다. 이토록 가슴 벅차게 대견한 아이가 또 어디 있을까?

"그래도 엄마는 오늘이 더 중요해. 희야랑 아빠랑 손잡고 롯데월드 가는 날~ 아빠가 오실 때가 됐는데…"

덜컹, 쿠당탕!

말이 끝나기가 무섭게 동만이 헐레벌떡 대문과 건넌방 문을 열고 들어선다.

"자기야, 나 안 늦었지? 헉헉헉."

신발을 벗고 들어서려는 동만을 숙자가 다시 밖으로 내민다.

"어어어! 왜왜왜?"

헐레벌떡하는 동만의 심박수에 맞는 리듬을 맞춰 대답을 해주며 기다렸다는 듯 작은 종이를 건네준다.

"안 늦었어. 우리 어차피 야간개장 가야 해. 하나도 안 늦었으니까. 거기 쓰여있는 거 다 사와~"

동만은 구두를 다시 신으려다 옆에 놓인 슬리퍼로 바꿔 신으면서도 투덜투덜해본다.

"급한 거 아니면 일요일에 사도 되지 않아?"

"월요일에 우리 희야 예비소집일이잖아. 일요일에 문 안 연 곳이 있으면 어떡해. 살 게 많더라고. 거기 다 써놨어."

"알았어. 금방 갔다 올게. 희야, 아빠 금방 올게~"

"응, 아빠 빨리 와~!"

동만도 오늘이 너무나 기대되어 회사에서 헐레벌떡 뛰어온 참이다. 쪽지를 펴보면서 골목을 내려오다 보니 생각보다 많은 것들이 적혀있어 당황했다.

골목을 거의 다 내려왔는데 아차 싶었다.

'아! 대문을 안 잠갔네!'

다시 구불구불한 골목길을 올라가려 한두 발짝 떼었는데 슬리퍼에 양말이 미끄러져 자꾸 거슬렸다.

'에이 삼십 분이면 다녀올 텐데 뭐~ 대낮에 무슨 일이 있겠어? 수요일에 살인마도 밤에만 나타나고 자는 사람만 죽였다지? 맞아, 오늘 수요일도 아니잖아. 시간 아까운데 빨리 갔다 와야겠다.'

잰걸음으로 총총 시장 골목을 향해 뛰어가는 동만.

뜻밖의 일은 아주 희박한 확률로 벌어진다.

대부분의 일은 남규의 기대와 달리 시시하고 뻔하게 벌어질 것이다. 늘 굳게 닫혀있던 대문은 평소와 다름없이 굳게 닫혀있을 것이며, 결국 군침만 삼키다 바닥에 침을 뱉고 돌아설 것이다. 남규는 이날도 느지막이 일어나 어머니가 차려놓은 점심밥을 맛있게도 처먹고 소중한 연장들이 담긴 가방을 어깨에 메고 집을 나섰다.

벌써 며칠째 그 집을 드나들었다. 그러나 그 집엔 빈틈이 없었다. 게

다가 얼마 전엔 녹슨 대문을 아주 튼튼하고 틈이 없어 보이는 새 문으로 갈아치운 터다. 그 집의 남자는 가장 큰 벽이다. 자는 틈을 타서 내려친다 해도 튀어 올라 남규를 깔아뭉갤 것 같았다. 깔끔하게 남자가 있는 밤 시간대를 포기하기로 했다. 까다로운 것은 이 집의 유별난 문단속이었다. 낮이고 밤이고 대문이 열린 것을 본 적이 없다.

지금까지의 남규였다면 그냥 이 집은 건너뛰면 그만이다. 열린 대문은 너무나 많으니…. 그러나 눈을 감으면 떠오르는 빛나는 솜사탕이 미치도록 갖고 싶었다.

이상하게도 다른 것들로는 채워지지가 않았다.

그래서 출근하듯이 낮 시간대에 한 번씩 꼭 이곳을 들른다. 저 철통같은 대문이 언젠가는 열리기를 바라며 설레는 마음으로 오늘 또 그 집을 향해간다.

시계를 보니 오후 세시. 다들 출근했으려니 생각하고 느긋하게 골목을 들어섰다. 곧 보인다. 곧 그 집을 향해 지나친다. 대문이 열려있으려나. 그놈의 저주스러운 오른쪽 입꼬리가 더럽게도 치솟아 올랐다. 제발 열려있기를, 열려있기를 하며 그냥 지나치기를 벌써 5일째. 기대도 하지 않고 스윽 지나치려는데… 대문이 열려있다!

순간 이놈의 심장은 미친 듯이 뛰기 시작했다.

온몸에 솜털이 바짝 일어서고 아드레날린이 사정없이 분비되고 있다. 그의 입가에 더러운 미소가 번지고 있다.

기회는 또 없을지 모른다. 낮 시간대에 남편은 없다. 그 생각만이 머릿속을 점령했다. 그만큼 이놈의 머릿속에 가장 큰 벽은 동만이고 그다음은 대문이었으리라. 솜사탕에게 미쳐버린 이 백수 사이코패스 악인에게는 직장인에게 꿀 같은 낮 시간대인 토요일은 안중에도 없었다.

"아빠 뭐 사러 가?"

"희야 이제 학교 들어가잖아. 준비물 사러 가지~"

"희야 많은데 연필도 책가방도 예쁜 거 사줬고. 선생님이 뭐 가지고 오래?"

"우리 딸 왜 갑자기 심각한 표정이야?"

"엄마는 희야가 학교 들어가는 게 좋아?"

"그럼~ 엄마가 희야 학교 들어가는 거 얼마나 기다렸는데."

숙자는 당연히 그랬다. 서희가 모두를 지키고도 남을 만큼 강해진 지금, 이들이 모든 약조를 지켰다면 지금쯤 행복하게 엔딩을 마쳤을 것이다. 그러나 지금은 그 약조들이 거의 깨어져 이 행복에 금이 가고 쪼개지고 덜덜거리고 있다는 것을 미세하게 이 작은 아이만은 느끼고 있었다.

"우리 희야, 오늘은 누구한테 먼저 엽서를 쓰나요?"

"아빠."

"엄마 봐도 돼?"

"반칙이지."

서희는 엽서를 다 쓰고서는 그 엽서를 꼭 안고 창문을 또 뚫어지게 바라보고 있다.

"응? 찬바람이 어디서 들어오나 했더니 창이 또 저만큼 열려있네."

주먹만큼 틈이 벌어진 창문을 보고 창을 닫으려 몸을 일으키자 서희가 숙자의 옷깃을 잡았다.

"응, 그거 내가 할미한테 그만큼만 열어달라 했어."

"왜? 양말 메이커 맞추기 놀이 계속하는 거야?"

"응."

무표정한 얼굴로 놀이동산을 간다 해도 기분이 좋아 보이지 않는 딸이 계속 신경이 쓰였다.

결국 오늘을 위해 준비한 선물을 들이밀었다.

"이거 보고도 안 웃으면 그게 반칙!"

아까부터 입혀보고 싶어 안달이 나 있었는데 남편이 오면 같이 입혀보려다 지금 당장 아이의 웃는 얼굴이 보고 싶어 기어이 꺼내 펼쳤다.

"우와~ 이게 뭐야?"

서희의 몸집만 한 하얀 털코트였다. 드디어 서희의 얼굴에서 미소가 번졌고 눈이 휘둥그레졌다. 온몸을 다 가릴 만큼 커다랗고 하얀 털 코트에 모자가 달려있었고 그 모자에는 이름 모를 짐승의 귀가 달려 있었다. 그 모양이 앙증맞고 둥근 것이 토끼가 아닌 것만은 분명했다. 모자까지 씌우고 그 끈을 조이니 영락없는 하얀색 아기곰 같았다. 얼굴에 함박웃음은 서희보다 숙자가 더 가득했다. 제주도여행에 잔뜩 신이나 정신이 없으실 어머니께도 이 모습을 보여드리고 싶어 일어서려는 그 때.

서희가 큰소리로 발작하듯 외쳤다.

"문!!!!"

숙자가 깜짝 놀라 서희를 돌아보니 창문 밖을 보던 서희가 터질 듯이 커진 눈으로 하얀 털코트 속에서 덜덜 떨며 온몸으로 위험을 알리고 서 있다. 서희는 그놈과 방금 또 눈이 마주쳤다.

남규는 아이가 있을 그 방을 먼저 들여다보기로 했고 창이 열려있기를 바라며 계단 몇 개를 훌쩍 넘어 순식간에 그 앞에 당도했다. 순간, 자기도 모르게 나직이 신음을 내었다.

솜사탕이 마치 기다리고 있었다는 듯이 더할 나위 없이 어여쁘게 포장이 되어 창문 틈 사이로 자신을 뚫어지게 쳐다보고 있다! 그 작은 창문 틈으로 정확히 눈과 눈이 마주쳤다!

다다다다다다다다다다다닥!

최대한 빠른 걸음으로 그 집 안으로 들어가는 동시에 가방에서 시뻘건 프렌치 파이프를 꺼내 들었다.

열린 대문으로 발을 들이밀자 예상했던 곳에 문이 있었고 그 문을 열자 또 예상했던 공간과 예상했던 방문을 예상하지 못한 서희의 엄마가 온몸으로 막고 서 있다. 방금 전까지만 해도 창가 쪽으로 등을 보이며 아이와 깔깔거리며 웃고 있었는데 어느새 마치 자신이 들어올 것을 알았다는 듯이 작은 방문을 두 팔 벌려 막고 서 있다.

서희의 모습을 보고 숙자는 본능적으로 대문을 향해 달려나갔다. 그러나 그 순간 보고야 말았다.

그때 숙자의 시간은 가래떡을 늘어놓은 마냥 길게도 느껴졌다. 모든 것이 눈에 들어왔다. 열려진 대문으로 뛰어들어오는 사람인지 귀신인지 모를 놈의 얼굴 면면히 돋보기를 가져다 댄 듯 세세히 들여다보였다. 교활한 미소를 짓고 있는 길쭉하게 쭉 찢어진 눈, 그 끝에 자글자글한 주름들, 그 밑에 터질 듯이 솟은 두 광대, 귀까지 찢어진 입가에 난 버짐까지. 그 밑에 뻐드렁니와 날름거리는 더러운 혓바닥. 소름 끼치는 미소가 뱀처럼 흘러나온다.

숙자는 눈을 깜빡일 수가 없었다.

그리고 휘리릭 하고 시간은 다시 제자리로 돌아왔다.

찰나의 순간을 지나 열려있는 방문을 닫을 새가 없어 그저 자신의 온몸으로 그 문을 막아섰다.

"희야, 앞문으로 도망쳐. 빨리!!!"

그러나 서희는 어느샌가 자신의 온몸의 떨림을 이겨내고 서 있었다. 서희는 저 악인을 알고 있었다. 사실 기다리고 있었다. 자신이 엄마를 지켜주리라 믿고 있었다. 그래서 곧 망설임 없이 뛰어들었다.

남규는 아이가 도망칠 것으로 생각하고 숙자를 밀치며 아이를 향해 뛰었다.

방 한가운데서 세 사람이 겹쳐지는 순간이었다.

아이를 향해 뛰는 남규, 그런 남규를 필사적으로 잡는 숙자, 그런 둘에게 오히려 뛰어들고 있는 아이. 도망치지 않고 오히려 남규에게 달려오고 있었다.

남규는 씨익 웃었다. 이제 아이를 잡으러 가지 않아도 되니 자유를 얻은 한쪽 팔로 들고 있던 프렌치 파이프를 힘껏 내리쳤다.

퍽! 퍽! 퍽!

펑!

세 번이나 머리를 정확하게 내리쳤다. 그러나 어찌 된 일인지 동시에 자신의 몸도 날아가고 있었다.

"나가!!!!"

우렁찬 목소리와 함께 서희는 전속력으로 달려가 자신의 모든 힘을 꺼내어 두 팔을 뻗어 남규를 밀어냈다. 순간적인 그 위력은 서희가 마치 대포의 탄알이 된 것 같았다. 그 힘에 못 이겨 그놈은 요란한 소리를 내며 문간 어느 쪽으로 날아간 것이다.

그러나 이미 숙자도 머리에 피범벅이 되어 쓰러졌다. 남규는 자신이 그 방에서 튕겨 나가고도 잠시 동안 얼떨떨하였지만 이 말도 안 되는 상황에 적응하고 싶지 않았다. 그럴 시간도 갖고 싶지 않았다. 바로 눈에 들어온 것은 마침 자신이 문 근처에 두고 간 가방이었다.

　망설임 없이 쇠망치와 회칼 두 개를 다 꺼내 들고 다시 방안을 들어선 순간, 남규의 보잘것없고 찌질한 본능이 튀어나왔다. 찰나의 순간이라 대체 누가 무엇으로 자신을 던져버린 것인지 알 수는 없으나 바닥에 뿌리라도 내린 듯 꼿꼿이 서서 자신의 엄마를 두 팔 벌려 막아서고 있는 전신이 하얀 털로 뒤덮인 작은 여자아이에게서 알 수 없는 위압감을 느꼈다. 터질듯하게 빛나는 눈동자로 자신을 쏘아보며 으르렁거리는 악에 받친 새끼 곰 앞에서 이놈의 징직한 몸이 주춤거린다. 결국 이 작은 아이에게조차 칼을 휘휘 저으며 윽박지른다.

　"야이 솜사탕 같은 년아! 넌 이따 내가 잘 빨아먹어 줄게. 비켜! 이년아, 저년 살아있는 거 같은데?"

　아이는 떨지도 울지도 겁먹지도 않았다.

　오히려 남규가 뭔지 모를 위기감을 느끼기 시작했다.

　서희는 알고 있었다. 자신의 말이 힘이 되어 누군가를 찌를 수도 있다는걸. 그렇게 벌써 바늘이 되었고 창문을 뚫고 들어온 저 괴물이 언젠간 대문을 넘고 들어와 사랑하는 가족을 해칠 수 있다는 것도 알았다. 그래서 종일 창문에서 눈을 떼지 않고 기다렸다. 언제라도 창문 틈으로 눈을 마주친다면 힘이 실린 자신의 주문을 퍼부어 주리라.

　그러나 입을 떼기도 전에 시뻘건 무기로 엄마를 내리쳐버린 이 상황은 예상하지 못했다.

　남규의 악한 본능은 또다시 기운을 차렸다.

　'씨발! 솜사탕이고 나발이고 다 태워죽여 버리겠어.'

　남규는 가방에서 시너를 꺼내 아이와 그 아이가 막고 있는 어미를 향해 잔뜩 뿌려댔다, 그러나 어찌 된 일인지, 어디서 어떤 바람이 날아

들어 어떻게 벌어진 일인지, 그 바람이 모녀들을 감싸고 시녀는 그 뒤로 흩뿌려지고 말았다.

이때 서희를 지키러 온 열두 조상신 중 한 분이 커다란 부채를 들고 모녀를 막아서 큰 바람을 일으켜 그것을 날려버린 것이다. 시녀는 그 모녀에게 단 한 방울도 닿지 않고 집 안 구석구석으로 흩뿌려졌다.

"하아, 씨발! 뭐지? 너 뭐냐? 그냥 너부터 뒈져라!"

이를 갈며 쇠망치를 꺼내 들어 서희에게 날리려는 순간 남규는 헛것을 보고 있구나 했다.

자신을 덮치는 커다란 백호!

순수하고 착했던 서희는 이 용서받지 못할 악인에게도 차마 '죽어!'라는 말도 할 수가 없었다.

대신 자신이 할 수 있는 가장 세고 나쁜 욕을 진심으로 온 힘을 다해 꺼내었다. 서희의 온몸에서 밝은 빛이 눈이 부시게 발광했다. 하얀 털코트가 그 빛에 가려 보이지 않을 정도로 온몸에서 빛이 새어 나왔다.

온 힘을 다 짜내어 소리치며 남규에게 달려들었다.

"이 호랭이 물어갈 놈아!"

그 당시 서희는 몰랐겠지만 서희의 몸은 정말 커다란 백호랑이가 되어 일순간 그 악인을 물고 나갔다.

정말 맹수 같은 위압감과 괴력이었다. 그리고 호랑이가 물고 가서 호랑이가 할만한 짓들을 했다. 악을 쓰고 기를 쓰고 엄마를 때린 이 호랭이 물어갈 놈을 짓누르고 물어뜯고 고갯짓을 하면서 그저 아빠를 기다렸다.

'이놈만 잡고 있으면 곧 아빠가 오실 거야.'

남규는 거대한 호랑이에 깔려 숨조차 쉴 수 없었고 어느 곳을 물어뜯고 있는지, 타는듯한 고통이 밀려왔다.

'꿈인가? 그러기엔 이 고통이 너무 생생하다. 나 벌써 죽은 건가? 결국 지금 지옥에 온 건가?'

그렇게 서희는 이 악인을 이겼다. 뭉개고 물어뜯고 찢어발겨서 이겼다. 서희는 이 힘을 쓰느라 자신의 온갖 은빛을 짜내어 발광하였다. 그 빛이 힘을 내는 만큼 찬란하고도 아름답게 번지고 퍼졌다.

그 순간, 이 값지고도 희귀한 빛을 구경하러 나온 온갖 잡귀들이 이 집 문턱을 넘고 들어왔다. 그저 구경 나온 귀신들도 있었지만 그중엔 호시탐탐 이 집을 노리고 있었던 강한 원귀들도 있었다. 그러게 그날 그 문은 숟가락이 떨어져 악인에게도 열려있었고 귀신에게도 활짝 열려있어 곧장 정신을 잃어가는 이 어둠의 그릇에게 신이 나서 너도나도 들어가 그 텅 빈 그릇을 꽉 채웠다. 그러자 곧 죽을 것 같이 숨을 헐떡이며 맥이 없던 남규의 온몸의 근육과 혈관들이 미쳐 날뛰었다. 전신은 강철처럼 단단해지고 힘이 솟아올랐으며 근방에 모든 생명을 빨아 마신 것처럼 쌩쌩해졌다. 기적 같고 꿈만 같았다.

그래서 남규는 단순히 꿈이라 결론지었다.

"아, 꿈이야~? 어쩐지 오늘 하루가 개떡같이 잘 풀리더라니. 이게 내 꿈이라면 너 따위 못 이기겠어?"

남규가 몸을 일으키며 호랑이를 들어올리자 호랑이도 안간힘을 써 보지만 남규의 힘에 밀리고 있었다.

"오호라! 이게 정말 꿈이구나. 가위라도 눌렸나 보지? 그렇다면 내가 이기지. 당연히 내 꿈인데!"

이 말도 안 되는 상황이 당연히 꿈속이라고 생각한 이놈은 결국 그 힘으로 호랑이를 힘껏 구석에 던져버렸다. 서희가 결국 그렇게 나가떨어지자 그 즉시 조상신들이 달려들어 서희의 눈과 귀를 막고 잠시 아이를 품에 안고 재워주었다. 잠시나마 모든 참상을 가려주었다. 그러나 이때 서희가 잠이 들지 않았다면 어떻게 되었을까.

반면 이놈은 곧 무언가 모를 힘에 정신이 반쯤 지배되었는지 서희보다 숙자에게 집착하기 시작했다.

'저년을 죽여야 해. 저년의 주둥이를 찢어 죽여야 해. 찢어죽일 거야. 불태워 죽일 거야!'

그가 상상도 할 수 없을 만한 힘을 얻게 된 순간부터 집요하게 그의 머릿속을 헤집고 다녔다. 그때 갑자기 남규의 어깻죽지에 무딘 칼이 있는 힘껏 비집고 들어왔다.

"이 씨벌 놈이!!!!!!!"

소란을 듣고 달려오신 할머니가 식칼을 찾아들고 남규를 힘껏 찌른 것이다. 웬일인지 남규는 그다지 큰 고통을 느끼지 않았다. 그저 욱씬거림… 그 정도였다.

그러나 불쾌했다. 천천히 돌아본다. 할머니는 그놈의 어깨에 박힌 칼을 빼지도 못하고 무기도 없는 두 주먹을 불끈 쥐고 이 악으로 가득 찬 놈과 마주하고 있다.

"으야야야야! 이 씨버걸 놈아!!!!!"

피투성이가 된 딸의 상태를 이미 본 것이다. 아무것도 없는 두 주먹을 불끈 쥐고 남규를 향해 온몸을 던져 뒤엉켜 펑펑 울며 소리 지른다. 할퀴고 깨물고 할 수 있는 모든 것을 다했지만, 그것뿐이었다. 남규는 몸에서 벌레를 떼어놓듯 하찮고 가볍게 그녀를 패대기 처버렸다.

그래도 지지 않고 곧장 일어나 이글거리는 눈으로 놈을 쏘아보며 소리 지른다.

"희야, 언넝 도망가! 빨리 도망가야!!"

향년 61세 박막례는 마음속으로 사랑하는 언니에게 인사를 전한다.

'언니, 미안하요. 인자서 알았소. 도망하라 한 것은 오늘을 말한 것이제? 언니 말이 한 번도 틀린 적이 없는디, 이 염병에 뒈질 놈이 내 상대가 아니라는 것도 왜 모르겠소? 미안하요. 언니 말 안 들어서 미안하요. 그란디 시상 어떤 부모가 자식새끼 놔두고 혼자 도망을 하겠소. 다음 생에도 꼭 언니동생 합시다. 부디 건강히 오래 살다 오소.'

그리고 결심한 듯 남규를 향해 아득바득 소리친다.

"이 써글 놈아! 오늘 나랑 같이 가자! 혼자는 못 가겄응께! 나가 니를 저승길 동무 삼을 생각은 없고 니놈 목숨값으로 삼도천 건널 뱃삯은 할 것이여."

눈물이 그렁그렁 한 채로 이를 갈며 말씀하시지만 저 연약한 몸으로 어쩌시려는지….

남규는 아무것도 가진 것 없는 60대 노인의 알 수 없는 허세 섞인 말들을 듣고 한껏 비웃었다. 그리고 곧 달려드는 할머니의 얼굴 한가운데에 있는 힘껏 들고 있던 파이프를 내리쳤다. 퍽! 하는 소리와 팍! 하는 소리 그리고 남규의 짧은 비명이 동시에 울렸다.

할머니만은 비명 지를 틈도 없이 그렇게 허망하게도 그러나 고통 없이 한순간에 운명하셨다. 그 순간 얼굴을 부여잡고 소리를 지르며 나뒹군 것은 오히려 남규였다.

내동댕이쳐진 그녀가 바닥에 있던 쇠망치를 주워 뒤에 감춘 채 마지막 유언을 남기고 남규에게 달려든 것이다. 그녀의 쇠망치가 먼저 남규를 강타했고 남규의 파이프는 나중이었으나 그 힘의 차이는 너무나 컸다.

남규는 코를 부여잡으며 일어나려 했으나 잡을만한 코가 없었다. 줄줄 끊이지 않는 피로 얼굴이 범벅되었다.

그 썩은 얼굴 중에 그나마 봐줄 만했던 콧대가 쇠망치에 세게도 얻어맞아 마치 그 끔찍이도 못난 얼굴에 이제 콧구멍밖에 남지 않은 것 같았다.

얼굴만으로 이미 충분히 악마를 형성하고 있었다.

그러나 그는 어찌 된 일인지 자신의 콧대가 다 부서져 가루가 됐음에도 불구하고 아픔, 고통, 공포, 이런 감정들보다 살인의 욕구가 제일 먼저 달리고 있었다

'찢어죽여! 태워죽여!'

누군가의 목소리가 여전히 머릿속에서 정신없이 뛰어다니고 있다. 바닥에 놓인 엽서 몇 장을 집어 들어 그 모서리에 불을 붙이고 시너가 뿌려져 있을 뒤쪽에 던져버린다.

화르르륵!

불길은 흩뿌려진 시너를 기다렸다는 듯이 빨아 먹고 날갯짓을 하였다. 흐릿해지는 의식 속에서도 딸을 지키기 위해 남규의 발목을 잡으려고 방바닥을 기어오고 있는 숙자. 그녀를 내려다보는 그의 아수라장이 된 얼굴 사이로 가늘게 미소가 삐죽인다. 그 미소는 딱 그놈의 얼굴만큼 뒤틀리고 못생겼다.

"씨발년, 고맙네. 죽여달라고 알아서 기어와 줘서."

숙자의 머리채를 잡고 그 넘쳐나는 어둠의 힘으로 파이프를 크게 휘둘러 쳤다.

퍽!

이런 우라질!!!!!!!!!!!

　우리의 악마님! 재판장에서 갑자기 어디를 갔나 했더니 서희의 빛이 발광하는 것을 느끼고 지금 막 하필 이 순간 와버렸다. 정말 별똥별이 떨어지는 순간만큼 찰나의 시간의 차이로 저놈의 파이프를 막지 못하였다. 결국 구하지 못하였다. 그는 느린 한숨을 내쉬었다.
　서희를 감싸고 있는 열두 조상신들을 맥없이 돌아보았다. 오색빛깔의 휘황찬란한 그들을 가소롭고 하찮게 잠시 보는가 싶더니 발을 높이 들어 땅을 한번 굴렀고 함께 팔을 들어 손뼉을 세게 내리쳤다.
　그러자 순간 일대는 여진이 일었고 조상신들은 그 자리에서 오십 보 정도씩은 날아갔다. 그들은 그렇게 잠시 주춤 자리를 피한 듯했다. 그들을 향한 그의 말은 눈덩이처럼 무거웠고 얼음처럼 차가웠으며 서릿발처럼 휘날렸다.

　천계에서도 그 우열을 가리기 힘들다는 힘을 가지고 있다는 신들이 어찌 아이의 어미 하나를 감싸주지 않았는가! 아이 목숨 하나만 부지하면 그만인 것인가? 어미를 잃은 아이의 영혼은 다쳐도 상관없다? 허! 당신들 따위를 믿은 내 잘못이네! 미안하다. 아이야, 미안해. 그깟 하급 악귀 재판 따위가 뭐라고.

　악마는 반성이 없다고 하더니 그는 그날 참 많은 반성을 하였다. 그리고 곧장 잠들어 있던 서희의 몸으로 들어갔다. 그것은 잠이 막 깬 어린아이의 모습이 아닌 것만은 분명했다. 이내 요란한 색의 불기둥이 작은 아이를 둘러싸며 솟아오른다. 그 속에서 아이는 거만한 표정으로 온몸에 그 작은 뼛조각들을 다시 맞추듯 요리조리 기지개를 켠다.

오늘은 모든 게 뜻밖의 일이었다. 모든 게 남규의 예상처럼 시시하게 벌어지지 않았다. 의외의 상황과 믿을 수 없는 일들이 벌어지고 있다. 분명 강철처럼 단단해진 몸이었다. 새로 얻은 생명인 듯했다. 그러나 그 넘쳐나는 힘으로 여자의 머리채를 잡아 파이프를 내리치고 난 후 곧장 온몸에 힘이 빠져나가며 숨이 턱 하고 막히는 걸 느꼈다.

파이프도, 여자의 머리도 손에서 미끄러져 버렸다. 손가락 하나 움직일 힘이 없었다. 점점 번져 오르는 불길에 조급해진 남규는 이 희박한 확률로 벌어진 뜻밖의 일들을 빨리 벗어나고 싶을 뿐이지만 쇳덩이처럼 무거워진 몸뚱이는 말을 듣지 않았다. 그때, 심상치 않은 소리가 남규의 몸을 돌려세웠다. 순간 눈을 멀게 할 정도의 밝은 빛이 불길을 뚫고 터지고 있었다. 그 빛에 온몸이 썰리고 베일 듯이 따갑다. 눈도 뜰 수가 없어 두 팔로 얼굴을 감쌌다.

"그래! 그렇게라도 좀 가리고 있어라. 벌써 지옥에라도 갔다 온 거야?"

아이가 미간을 잔뜩 찌푸린 채 고갯짓만 까딱하여 남규의 얼굴을 가리킨다.

"니놈 면상 말이야! 아주 개차반이야. 얼굴 자체가 지옥도라고! 봐줄 수가 있어야지~ 생긴 걸로 이미 너는 죽을죄를 짓고 있다! 사형! 땅땅 땅!"

어린아이의 목소리로 알 수 없는 말을 뱉고 있는 이 상황이 궁금해 겨우 실눈을 뜨고 빛을 쪼개어 앞을 본다. 점점 뚜렷해져 가는 장면은 확실히 이것이 꿈이라는 것을 알려주듯 너무나 비현실적이다.

이글이글 솟아오르는 불기둥이 어린아이를 둘러싸 장엄하게도 타오르고 있다. 그 아이는 솜털 하나 그을리지도 않고 은빛 갑옷을 입은 듯 온몸으로 발광하며 오히려 불기둥을 자신의 전신에 걸치고 있는 것처럼 보였다. 허나 더 꿈처럼 믿기지 않았던 것은 불기둥을 기대고 선 아이의 뽀얀 얼굴 속에 빛이 가득하게 들어찬 은빛 눈망울이다!

그 커다란 두 눈에 눈부시도록 번쩍거리는 은빛 두 눈이 남규를 쏘아보며 서늘하게 웃고 있다. 틀림없이 웃고 있다. 천진하고 맑은 아이의 미소가 결코 아니다.

몸짓과 표정도 아이의 것이 아니다. 팔짱을 낀 채 다리를 쩍 벌리고 눈썹은 한쪽만 불쾌한 듯 치켜올렸다. 발광하는 은빛 두 눈은 광선처럼 쏘아져 그 눈길이 닿는 곳마다 따가운 통증을 느꼈다. 몸을 웅크리고 두 팔로 얼굴을 가리면서도 눈은 이 신비한 아이에게서 떨어질 수 없었다.

"뭘 그렇게 꼬라봐? 재수 없어! 니 눈까리는 어쩌다 그렇게 된 거냐? 평생을 남을 그렇게 야리고 다닌 거야? 비겁하게? 콧구녕은 또 시뻘겋게 뚫려가지구~ 어느 쪽이 주둥인지도 헷갈려. 진짜 드럽게 드럽게 생겼네. 하드웨어는 그렇다 치고 속알맹이도 머리끝부터 발끝까지 그냥 시궁창이야. 귀신도 코를 잡고 도망갈 지경이지. 니놈 그릇에 신나서 들어갔던 귀신들도 지 볼일 보자마자 '아이쿠야!' 하면서 바로 내뺐어. 아 귀신도 상대를 안 해주는데 사람이라고 다를까? 그래서 그렇게 악마가 되려고 했던 거야? 그 뭐 좋은 거라고? 작금의 이 아이가 태어났는데 동시대에 재수 없게도 니놈이 태어나 버렸네. 깨지지 않는 빛의 그릇과 깨지지 않는 어둠의 그릇이라… 천 년에 한번 나올까 말까 한 특이한 놈일세. 니놈을 쭉 들여다보니 칼춤을 좀 추고 다닌 거 같은데 그쪽으론 내가 한 수 위지. 허나 이 아이의 눈으로 니 면상을 봐버렸어. 이미 충분히 충격적일 거야. PTSD라고 알아? 그게 올 거 같다고. 심지어 나도~ 그러니 이보다 더한 꼴을 보여줄 순 없지. 하여 오늘은 나의 눈을 뜰 것이다. 심판을 받아라!"

속사포처럼 내뱉는 아이의 말을 따라잡기가 힘들다.

"무슨 개소리야? 이 미친!"

"아이야, 이제 정말 잘 시간이다~"

서희는 빛나던 눈꺼풀을 잠시 닫았다. 일순간 암흑이 찾아왔지만, 곧 다시 빛은 불길처럼 번져 나왔다.

방금 전과 같은 은빛은 아니다. 썰리고 베일듯한 찬란한 은빛은 아니었다. 마치 이글거리는 불꽃을 연상시키는 금빛 눈망울! 눈 전체가 금빛으로 빛나고 있다.

남규는 숨을 쉴 수가 없었다 그 금빛이 타오르듯 으르렁대며 자신을 잡아먹을 것 같았다. 서희의 작은 몸이 천천히 남규의 앞에서 떠오르고 있다. 이제는 남규가 올려다봐야 했다. 이제 와서 놀랄 것이라곤 아무것도 없었다.

지금 갑자기 스티브 잡스가 튀어나와 뜬금없이 사과를 던져준다 해도 별생각 없이 그저 우적우적 씹어먹을 수 있을 정도로 이 비현실적인 것들에 적응해 버렸다 그러나…

네, 이놈!!!

단 한마디 외침에 남규의 볼품없는 몸뚱이는 나부끼듯 방바닥을 뒹굴었다. 이제 더 이상 아이의 목소리는 없다.

그 목소리는 골목 전체를 뒤흔들 만큼 강렬했고 웅장했으며 섬뜩하고 위협적이었다.

어찌 인간의 생명을 앗아가는 것을 유희로 삼을 생각을 하였느냐! 뭐 악인 중에서도 니놈처럼 살기만 가득해 악마를 닮고 싶어 그 같은 짓만 골라 하는 놈들이 있기야 있지. 그따위 보잘것없는 몸뚱이로 신놀이도 하였다지? 어떤 신이 인간의 생명을 가위질하고 끊어놓고도 그 자리를 보존한단 말이냐? 그게 가능하다면 그것은 신이 아니라 염라겠구나. 니가 염라 행세를 하고 지옥불에 떨어지는 꼴도 볼만하겠구나! 허! 자! 이번엔 내가 너의 신이고 내가 염라대왕이다! 빌어라! 제발 살려달라고 빌어.

선심 쓰는 듯 미소까지 지으며 마친 그 뒤의 말을 듣고 남규는 잠시 멍해졌다. 순간 자신이 살인을 했을 때 했던 말들이 떠올랐다. 바로 그것이었다.

'이 꿈은 결국 내 꿈인가?'

남규의 꿈은 그래도 발악을 하고 싶었다.

"씨발! 이 X만한 년아. 내 꿈은 아직 시작도 안 했어. 내가 백 명을 죽이기로 했거든. 니 애미가 겨우 서른 번째다!"

꿈속이라 생각한 남규는 자신감을 얻고 바닥에 나뒹굴던 프렌치 파이프를 집어 들어 아이를 향해 힘껏 내리쳤다.

그러나 그의 모양새는 허공에 한 손으로 파이프를 든 채 그대로 굳어있었다. 마치 얼음땡 놀이의 얼음이 되어버린 것처럼 그대로 굳었다.

아이는 그 모습을 팔짱을 낀 채 공중에 떠서 미동도 없이 가소로운 표정으로 바라보았다. 갑자기 창문이 덜덜 떨리고 어느새 불이 타오르고 있는 방마저 흔들리고 있었다.

그리고 곧 허공을 나르는 밝은 빛이 남규의 몸을 크게 가로질렀다. 그는 여전히 얼음인 자세로 전신을 내어주고 아직 무슨 일이 벌어졌는지 몰랐으나 찰나의 순간을 흘러 곧 온몸으로 느낄 수 있었다. 자신에게 벌어진 일을.

"으아아아아아아악!!!!!!"

비명이 먼저인지 피가 먼저인지 동시에 뿜어져 나왔다.

무언가가 자신의 몸을 머리끝에서 발끝까지 크게 베어버렸다. 정신을 차릴 새도 없이 다시 큰 빛을 보았을 때 그때서야 남규는 그것이 자신의 회칼임을 알았고 그것을 들고 있는 것은 저 작은 아이라는 것도 보았다. 그것도 잠시.

"으아아아끼야야야야야야야야야!"

비명과 함께 또 피가 분수처럼 솟구쳤다.

길어야 2초? 3초? 그는 잠시 혼절했다.

그러나 아이는 그런 안식을 오래 줄 생각이 없었나 보다. 쩌렁쩌렁하고 웅장한 비웃음으로 그를 깨웠다.

너는 무엇인가? 너는 인간인가? 악귀인가? 내가 무엇인가? 나는 너에게 신이고 악마다! 하하하!

남규는 이제 이 거지 같은 꿈을 깨려면 도망이든 무엇이든 해야 했다. 그러나 어느새 남규의 앞을 막아선 아이.

"아! 나, 이 말투 별루야. 신놀이 재미없어. 아~ 이 집 할망구들 꽤 센데. 왜 니놈 하나를 못 잡았을까? 그래도 콧구녕 하나는 제대로 날렸네~? 니놈 귓구녕으로는 다른 인간의 소원을, 그것도 살려달라는 소원을 들었다지?"

 이제 남규는 본능적으로 자신의 회칼을 피하고 싶었다.

 그 번뜩임을 피해 도망가고 싶었다. 그러나 다시 한번 그 번뜩임은 남규의 눈앞에서 춤을 추더니 그에게 벼락같은 소음을 두 번 주었다. 그리고.

 "삐이~~~~~~~~~~~~~~~~~~~~"

 그 소리가 한동안 남규의 머리통을 뒤흔들었고 중심을 잡을 수 없어 비틀거렸다. 분명 양쪽 귀를 깊숙이 뚫고 들어온 칼이 자신의 귀를 찔렀으리라 짐작할 수 있었다.

 어느새 얼음땡에 얼음이 풀렸는지 늦었지만 그는 두 손으로 귀를 막았다. 뜨겁고 끈적한 무언가가 양쪽 귀에서 흘러내렸다. 이제 그는 아무것도 들을 수 없으리라. 그러나 웬일인지 또렷한 목소리가 다시 들렸다.

 "칼춤은 이렇게 추는 거야. 어때? 내가 이 칼춤으로 처녀귀신 여럿 울렸지. 신놀이는 안 할래. 꼰대 같고 노티나~ 남규놀이를 한번 해볼까?"

 괴로움과 두려움에 눈을 질끈 감고 도망치고 싶었지만 웬일인지 누군가 자신의 몸을 잡고 돌려세운 듯 멍청한 몸뚱이와 눈꺼풀은 결국 황금빛으로 이글거리는 눈동자를 마주 봐야 했다. 남규는 떠올린다. 무력했던 여자의 등을 돌려세우고 눈을 바라보며 칼을 꽂았던 자신의 과거.

 "살려달라고 해봐. 제발 살려달라고 해봐. 아파? 아프냐고? 살려달라고 해! 하하하. 이건 재밌는데?"

 '꿈이든 생시든 너무 고통스러워. 그냥 죽고 싶어. 너무 아파 죽고 싶

어. 죽여줘.'

남규는 이제 어린아이에게 애원하기 시작한다.

"제발… 죽여줘… 제발… 죽여줘!"

그 말을 듣고 지금까지 희롱하며 피식피식 웃던 아이의 표정이 일순간 정지하였다.

"너 재밌는 녀석이구나. 아니, 나는 너를 방금 살리기로 결정했어."

또 한 번 빛을 뿌리며 눈으로 따라갈 수 없는 속도로 번개처럼 희번덕대는 칼이 서걱서걱 소리를 내며 불타오르는 창공에서 춤을 추었다.

남규는 또 다른 고통으로 온몸을 비틀었다.

"으아아아아아악 씨발 살려준다매!!!!"

정신을 차릴 새도 없이 남규의 두 팔이 어느새 석둑석둑 거의 잘려 나가 덜렁덜렁 나부끼고 있다. 그 두 팔이 몸부림칠 때마다 더 고통스러워 차라리 떨어져 나가기만을 바랄 뿐이다.

"아니 왜 자꾸 욕을 하고 지랄이야? 살려준 데두~ 나는 한 입으로 두말 안 해. 악마는 약속을 꼭 지킨다니까."

남규는 이 꿈이 빨리 깨기만을 바라고 있다.

'이 방을 나가면 이 거지 같은 꿈이 깨지 않을까?'

허망한 바람에 남은 멀쩡한 두 다리로 열린 낮은 방문을 향해 내달렸다.

스걱! 스걱!

소름 끼치는 칼부림 소리와 함께 남규의 발모가지가 댕강댕강 썰려 몇 발자국 떼지도 못한 그 다리가 중심을 못 잡고 맥없이 그 자리에서 나뒹굴었다. 두 발은 급히 벗어 채 다 벗겨지지 않은 양말마냥 발목에 매달려 또 덜렁거리며 작은 몸짓에도 고스란히 전해질 모든 고통을 그에게 전달했다.

 몸부림칠수록 잘려진 팔과 발목에 온 신경들이 자신의 모든 혈관을 날뛰며 괴롭히고 있다.

 "으악~ 제발 죽여줘. 죽여달라고! 아아아아악!!"

 "죽여달라 했나? 만일 내가 신이라면 당장에 그 고통을 끝내줄 수도 있겠지. 나는 알 수 없으나 니가 버둥대는 꼬라지를 보니 그 고통이 얼마나 크겠는가? 근데 난 신놀이 때려치웠거든. 그리고 나 한동안 악마로 살기로 했어. 그래서 그런지 니놈 바락바락 질러대는 소리도 썩 듣기 나쁘진 않아. 뭐 헤비메탈 정도라고 해야 할까? 아 맞다! 까먹을뻔 했네. 제일 중요한 거! 니놈 눈까리! 근데 벌써 누가 왔다 간 거야? 누가 이렇게 성의 없이 쭉 찢어놨어? 원래 그렇게 생긴 거야? 아 자꾸 생긴 걸로 뭐라 해서 미안한데 이미 상판대기가 능지처참이야. 아주 처참하다구! 그래도 할 건 해야지. 그 처참한 눈까리로 인간들의 영혼의 끝을 담았.다.지~?"

 말을 마친 아이의 의미심장한 미소를 보고야 말았다. 그러나 그에게 더 이상 도망갈 두 다리도 눈을 가려줄 두 팔도 없었다. 곧 닥칠 운명에서 벗어나려 몸부림칠수록 비루하고 처참한 그 몸뚱이 위에서 가는 핏줄기들이 그의 비명에 맞추어 분수 쇼를 하고 있다.

 괴로움에 몸부림치며 방바닥 위를 꿈틀대면서도 어떻게 해서든 두 눈을 지키려는 그에게 다가와 쪼그리고 앉은 아이가 한 손에 칼을 쥐고 요리조리 고개를 굴리며 찾고 있다. 그놈의 두 눈을. 터질듯한 황금빛 눈으로 씨익 웃으며….

 남규는 웬일인지 이 극한의 공포 속에서도 눈을 감을 수가 없었다. 작은 두 주먹 안에는 번쩍이는 회칼이 트랙 위에 총소리를 기다리듯 튀어져 나가기만 기다리고 있다.

곧 아이의 눈이 가늘게 흔들리고 땅! 하는 총소리를 들은 회칼은 삽 시간에 남규의 두 눈으로 날아들었다.

"으아아앙아아아아아꺄아아아아아아아악!!!!"

그 후로 그의 두 눈은 암흑의 세계 저 끝으로 떨어져 버렸다. 아이는 이제 만족한 듯 씨익 웃더니 불타오르는 벽면 모서리로 회칼을 던진다.

니가 들여다보았던 수많은 생명의 꺼져가는 순간들을 담은 이 더러운 것을 고이 둘 수야 없지. 하하하하! 응? 기분 썩 나쁘지 않은데? 이게 진짜 악마의 기분인가? 아니면 어둠을 뚫은 빛의 기분인가?

정말 알 수 없다는 표정으로 갸우뚱했다.

이제 나의 할 일은 끝이다. 너는 살 것이냐? 죽을 것이냐? 하하하.

아이가 섬뜩하고도 웅장한 큰 목소리로 말을 마치고 화통하게 웃고 돌아서는 것을 남규는 볼 수가 없었다. 숨을 쉴 때마다 타는듯한 고통이 남규의 온몸의 숨구멍을 들락거리고 예리하고 날카로운 바늘들이 그의 전신의 혈관과 신경들을 비집고 들어와 날뛰고 있는 것 같았다.

어디에 떨어진 지도 모를 그 암흑 속에서도 타는듯한 고통은 끊임없이 밀려들었다.

"아아아아! 제발 죽여줘. 씨바아아아알!! 신인지 악만지 죽겠다고!! 죽여달라고!! 제발! 제발!!"

남규는 죽겠다고 정했다. 그러나 마지막으로 자신의 고막을 울린 그 목소리는 그를 더 깊숙한 절망에 빠뜨렸다.

　니가 죽고자 하면 나는 죽어라 너를 살리겠다. 죽음 그 더한 고통 속에서 니가 천수를 누리게 해주마!

　치지직 티틱 화르르륵~~~
　구석구석 튕겨 나간 시녀에 붙은 불덩이들이 맞닿으면서 이제 침대 위 모서리를 타고 올라가 천장을 뒤덮고 있다.
　"엄마, 일어나. 빨리 병원 가. 엄마, 내가 이겼어! 저 나쁜 호랭이 물어갈 놈 내가 죽였어! 그러니까 엄마 무서운 거 없어. 언능 일어나서 병원 가. 빨리 가면 돼. 일어나 제발…."
　서희는 피범벅이 되어있는 그 처참한 모습을 보고도 울지도 떨지도 않고 엄마의 한쪽 팔을 질질 끌며 문턱을 지나 온 힘을 다해 불길 속에서 엄마를 끌어내고 있다.

　거 너무 빡빡하게 굴지 말라고. 뭐가 절차대로야? 가서 똥이라도 싸고 오라고. 뭐? 당신 소속이 어디야? 어? 내가 누군 줄 알아? 어?

　악마님은 서희의 몸에서 나온 후부터 숙자를 마중 나온 누군가에게 시비를 걸고 싸움 중이시다.
　그때까지만 해도 죽은 줄로만 알았던 숙자가 무작정 끌어당기는 아이의 손에 질질 끌려나가다 문턱에 머리가 툭! 부딪히며 잠시 정신이 돌아왔나 보다.
　낑낑대며 한 발 한 발 내딛는 딸을 향해 숙자 역시 온갖 힘을 짜내어 나머지 한쪽 팔을 들어 딸을 가까이 끌어다 앉혔다. 희미하지만 분명히 전달될 만큼 단단한 말투였다.

"엄마 말 잘 들어. 우리 희야는 똑똑하니까 십 년이 지나도 백 년이 지나도 엄마 말 기억할 수 있지?"

눈을 깜빡이지 않으려 최대한 노력하며 고개를 위아래로 세차게 끄덕였다.

"우리 희야는 꽃으로 태어나지 않았어. 그러니까 절대 지지 않아. 지금처럼 앞으로도 누구한테도 지지 마. 알았지?"

다시 세게 고개를 위아래로 흔들고 눈을 감지 않고 버티었으나 그 커다란 눈망울에서 사정없이 눈물방울이 흩뿌려지고 있었다.

그사이 숙자의 목소리는 작아지고 옅어지고 있었다.

"우리 희야는 특별한 아이야. 그렇게 말해서 미안해. 엄마가 많이 미안해. 특별하게 살게 해서 미안해. 그래도 우리 희야는… 쿨럭!"

어떤 단어에도 힘을 빼지 않고 자신의 이야기를 전달하고자 애를 쓰다 꾹꾹 눌러왔던 핏덩이가 작은 숨 하나에 툭 하니 딸려 나와 결국 금세 그나마 온전했던 한쪽 얼굴마저 피범벅이 되어버렸다.

"엉엉. 엄마, 죽지 마. 죽지 마, 엄마. 엄마, 제발… 안 돼! 악악!! 누가 좀 도와주세요! 악!! 살려주세요!! 엄마, 악악!!"

결국 터져버린 감정을 추스를 수 없었는지 서희는 엄마의 팔을 꼭 잡고 그 자리에서 엉덩방아를 펄떡펄떡 찧으며 어린아이가 낼 수 있는 가장 큰소리로 발악하듯 소리 지른다. 서희는 이제 필사적이다. 엄마의 팔 하나를 끌어안고 미친 듯이 펄떡거리며 목이 쉬도록 울부짖고 있다. 방금 전까지만 해도 눈물을 참으려 눈도 깜빡하지 않더니만 지금은 되려 두 눈을 질끈 감고 통곡하며 울고 있다.

"제발… 제발 엄마~ 가지 마. 엄마 안 돼~ 엄마!"

절규가 애원으로 바뀌고 있다. 여태껏 꾹꾹 참아왔던 그 대견함을 모두 집어 던지고 어디론가 떠나려는 엄마를 가지 말라고 붙잡고 매달리는 아이처럼 간절하고 애달프고 서럽게 울어댔다.

"너는 빛이야. 빛으로 태어났어. 그 어떤 꽃보다 아름답고 그 어떤 나무보다 강해서 절대 꺾이지도, 지지도 않아. 넌 혼자가 아니야. 희야, 언제나 너는 혼자가 아니야. 기억해. 우리 희… 우리 빛나는 희야. 인사할 시간을 주셔서 감사합니다. 잘 부탁드려요. 잘 부탁드립니다."

허공을 향해 알 수 없는 마지막 말을 간절하게 전하는 숙자의 동공은 이미 죽은 자의 것이었다.

아득해지는 수많은 기억 속에 얼마 전 남편이 딸아이의 이름을 빛날 희로 지어주었던 순간이 떠오르자 그제서야 미소를 지으며 안도할 수 있었다.

그리고 깊은 잠이 들었다. 수 분전 숙자의 숨은 이미 꺼져있었다. 숙자는 어떻게 해서든지 아이에게 살아남는 방법을, 살아갈 의미를 전하고 싶었다. 그리고 웃으며 마지막 인사를 남기고 싶었다.

삐이이이이이이이잉~ 삐이이이이이이이잉~

바깥에는 이제야 불길을 알아본 주민의 신고로 소방차가 먼저 와있었다. 불길에 가장 가까웠던 할머니의 시신이 제일 먼저 옮겨졌고, 단순 화재신고인 줄 알고 먼저 달려든 소방대원들이 혼비백산하여 무전을 치기 시작한다.

서희가 엄마랑 떨어지려 하지 않았기 때문에 둘은 그 상태로 구급차로 실려 나갔다. 그리고 불길 아래 온몸이 피투성이인 채로 분명 죽은 것이 확실해 보이는 끔찍한 덩어리에게 모두들 움찔움찔하며 다가

갔다. 들것을 가지고 그것에게 다다르던 대원들은 순간 깜짝 놀라 나자빠졌다.

"저기 저, 사… 살아있어요! 말을 하는데요?"

그 고깃덩어리는 낮고도 힘겹지만 또렷이 중얼거리고 있었다.

"제발 죽여줘, 제발 죽여줘, 제발 죽여줘, 제발 죽여줘."

\* \* \*

장남규, 1968년 3월 17일생, 2023년 11월 24일 자연사.

그는 눈과 귀가 멀고 사지가 절단되어 나라의 귀중한 세금으로 밥까지 떠받아 먹고 똥까지 받아주는 나라님도 못 누릴 호사를 누리다가 자신의 명을 다하고 저 깊은 어느 곳으로 떨어져 버렸다.

그의 입으로 많은 얘기를 듣고자 하는 이들이 수두룩했으나 그 단 하나 멀쩡히 뚫려있는 입에서는 똥내가 날 때까지 딱 한마디만 반복하다 죽었다 한다. 그러나 그 한마디에도 쉼표가 없었다. 목이 메면 쉬었다가 침을 삼키고 또 반복하고 또 반복하고 잠도 제대로 못 자고 중얼거렸다고 하였다. 밥이야 먹여는 주지만 이 더러운 짐승에게 곱게 밥을 넘겨줄 이가 있었을까? 눈도 멀고 귀도 먹었으니 흙도 파서 먹이고, 돼지죽도 먹이고, 먹고 싶지 않아도 입을 벌려 쳐넣어 주니 그것마저도 남규에게는 살아가는 내내 고문이었다. 나라에서 시키니 이 짐승만도 못한 놈의 똥도 받아내야 하는 이의 심정을 헤아려 보자.

얼마나 고귀하고 숭고한 희생정신이 아니라면 누가 제대로 그것을 닦아주겠는가? 겨우 흉내만 내고 똥독이 오르지 않도록 물이나 뿌려대는 것이지. 그것 또한 남규에겐 고문이었다. 그러나 이 악인에게 가장 큰 고문은 역시나 살인을 하지 못하는 것. 태어나 버려 그저 살고 있었던 그의 존재를 세상을 뒤집을 만큼 널리 알리게 해준 그 살인을 더 이상 할 수 없다는 것이 끔찍한 절망이었다.

냄새나고 춥고 더운 깊은 어둠과 고요 속에 외롭게 홀로 처박혀 죽지도 살지도 못하는 자신이 너무나 비참해 남규는 어느 날 용한 생각을 해냈다.

자기 자신을 마지막 살인 대상으로 정한 것이다.

손도 없고 발도 없는 자신이 할 수 있는 건 혀를 깨무는 것밖에. 그래도 살인을 할 수 있다는 생각에 잠시나마 심장이 요동치고 기뻤다. 아주 잠깐이지만 목덜미를 타고 오르는 아드레날린을 느꼈다.

그러나 그런 생각을 하고 있는 와중에도 그의 혀는 자신의 의지대로 움직이지 않았다. 여전히 같은 말을 반복해야 했기 때문이다.

"제발 죽여줘, 제발 죽여줘, 제발 죽여줘, 제발 죽여줘."

그렇게 혀를 씹을 작은 여유조차도 남규에겐 주어지지 않았다. 남규가 죽기로 결정한 그 순간부터.

신놀이를 때려치운 우리 악마님에게 자비란 없었다.

\*\*\*

좁은 골목길에 여러 대의 소방차와 경찰차가 서 있고 사람들이 자신의 집을 에워싸고 있다.

멀리서 봐도 자신의 집 지붕에서 시커먼 연기가 뿜어져 나오는 것이 동만은 본능적으로 무언가 크게 잘못됐다는 것을 알았다. 그 자리에서 손에 들고 있던 잔뜩 사온 서희의 학용품들 그리고 서희에게 선물로 주려고 예쁘게 포장해 온 인형을 팽개치고 냅다 뛰기 시작했다. 오십 미터도 안 되는 거리가 그에게 천 리처럼 멀게 느껴졌다.

신고 있던 슬리퍼는 뛰어오는 길에 어디서 어떻게 벗겨졌는지 양말도 주둥이를 축 내민 것이 자신의 행색이 어떠한지 어떤 걸음으로 도착했는지 그딴 건 그의 안중에 없었다. 후들거리는 다리는 도무지 자신의 의지대로 움직여 주질 않았다.

자신의 집임에도 도저히 들어갈 용기가 나질 않았다. 걱정하는 동네 사람들보다 멍한 표정으로 구급대원이며 경찰이며 동네 사람들에게 치여가며 겨우 버티고 서 있었다. 잠시 후 자신의 집에서 들것이 하나 실려 나왔다. 머리끝까지 하얀 천을 뒤집어 씌워졌지만 그 위로는 시뻘건 피가 벌써부터 스며들어 누구라도 그 안의 참상을 예측할 수가 있었다. 동만은 겨우 버티고 있던 두 다리의 힘을 풀고 주저앉아 버렸다. 머릿속이 새하얗게 텅 비워지고 아무런 생각도 나지 않았다. 그때 숙자의 남편을 알아본 동네 주민 하나가 그의 어깨를 치며 정신을 깨웠다.

"희야 아빠! 애기 엄마랑 애기는 구급차 타고 먼저 갔어! 언능 병원 가봐!"

동만은 그제서야 감전된 사람처럼 벌떡 일어났다.

'저것이 우리 식구의 시체가 아니구나! 그럼 됐다. 그럼 됐어! 저렇게 끔찍하게 실려 나온 시체가 우리 식구가 아니면 된 거야. 장모님도 제주도 가신다고 동네 분들이랑 모여 계실 테고 우리 식구가 아니야.'

속으로 주문을 외우듯 하더니 자신의 뺨을 몇 차례 세차게 내리쳤다. 그리고는 무슨 생각인지 왔던 길을 돌아가 자신이 내팽개친 서희의 학용품과 선물을 주섬주섬 챙겼다. 오는 길에 버려진 슬리퍼도 주워 신었다. 그런데 웬일인지 눈물이 수도꼭지 튼 것마냥 뚝뚝 흐르는 것이

고개조차 들 수가 없어 스스로도 그 마음이 심상치가 않았다.

동만은 안정제를 맞고 상처 하나 없이 침상에 누워 잠들어 있는 자신의 딸을 들여다보다 말없이 아이의 옆에 인형을 내려놓고 조심스럽게 이마에 흐트러진 앞머리를 손가락으로 정리해 주고선 그 손마저 금세 거두어 버린다.

동만의 지금 감정은 자신도 알 수가 없다.

자신의 딸을… 그렇게 예뻐하던 딸을 안아줄 수가 없다. 왜인지 모르겠지만 보고 싶지가 않다. 죄책감일까? 그것보다 다른 감정이 파도쳐 오는 것을 막을 수가 없다.

문! 그 문을 닫지 않고 나갔던 것은 자신이었다. 분명 약속을 깬 것은 자신이었다.

이모님의 말씀을 믿지 않고 빛날 희로 이름을 지은 것도 자신이었다. 재개발 핑계로 이사 가지 말자고 하였던 것도 자신이었다. 그러나 이 아이가 태어나지 않았다면 내 아내가 죽을 일도 없지 않았을까?

동만은 지금 애먼 곳에다 화풀이하고 있다.

아이의 상처 하나 없이 반짝이는 천사처럼 잠든 얼굴을 보고 있자니, 처참하게 일그러진 아내의 얼굴과 겹치며 알 수 없는 불꽃 같은 감정이 치솟았다. 그 감정은 자신의 깊은 곳에서 기묘한 형태로 불길을 만들어 스스로를 집어삼키고 있었다. 더 이상 아이의 얼굴을 보고 싶지 않았다.

동만은 그 길로 병원 문을 박차고 나갔다.

그 후로 서희는 다시는 아빠를 볼 수 없었다.

\*\*\*

숙자와 숙자 어머니의 공동 장례식장.

그곳엔 정말 많은 사람들이 와서 번쩍번쩍 플래시를 터뜨리고 처음 보는 수많은 사람들이 엄마와 할머니를 동시에 잃은 작은 아이 앞에서 필터 없이 수없는 말들을 제멋대로 쏟아내고 있다.

그 와중에도 서희는 귀가 커다란 하얀 토끼 인형을 끌어안고 바글거리는 사람들 속 하나하나를 유심히도 들여다보고 있다. 마치 숨어있는 누군가를 찾으려는 듯 커다란 두 눈이 쉴 새 없이 움직였다.

결국 장례식장에도 동만은 나타나지 않았다.

장례식장 밖은 그야말로 아수라장이었으나 파란색 띠로 경찰들이 가로막고 취재진을 철저히 통제해 주었다. 두리번거리는 서희에게 한 남자가 다가간다. 취재진을 뚫고 들어온 것을 보니 어찌 됐든 먼 친척이나 지인은 맞으리라. 그러나 그의 직업도 기자인 것은 우연의 일치인가. 삼촌이라고 다가서는 한 손에는 녹음기가 들려있다.

역시 우연은 아니다.

"서희라고 했지? 나는 그냥 삼촌이라고 부르면 돼. 밥은 먹었어? 삼촌이 초콜릿 가져왔는데 먹을래?"

아이들이라면 절대 싫어할 리 없는 준비물로 아이와 친해진 후 이것저것 물어볼 셈이었다. 그러나 서희는 그것을 거들떠보지도 않은 채 그를 피하려는 듯 상주자리로 들어가 벽에 기대어 앉았다. 그는 따라가 바짝 붙어 앉았다.

"그 아저씨는 진짜 나쁜 사람이었어. 만화에서 악당 봤지? 그런 악당 중에서도 제일 나쁘고 쎈 악당인데 서희 엄마랑 할머니가 해치운 거야. 근데 엄마가 악당 어떻게 무찔렀어? 엄마 혼자 칼로 그렇게 했어? 아니면 할머니가 뒤에서 잡았어? 괜찮아~ 할머니랑 엄마가 잘한 거야! 잘못한 거 아니야~ 그럼 칼은 엄마가?"

이 기레기의 의도를 알겠다. 여러모로 의문이 많은 연쇄살인범의 검거.

"꺄아아아악!!!!!!!!!!!!"

소란스러운 장례식장을 단번에 잠재울 만큼 날카롭고 큰 비명을 질러대는 서희. 곧이어 귀를 막고 소리를 지르며 알 수 없는 말을 내지른다.

"아니야!! 엄마가 아니야!! 엄마 잘못 아니야!! 할미 잘못 아니야!! 아무 잘못 아니야!! 아무도 잘못 안 했어!!"

웅성웅성. 모여든 취재진 모두가 제각각 뭔가를 꺼내 들고 바빠지기 시작한다.

한편 장례식장 한켠에서 건더기도 얼마 없는 육개장에 소주를 들이키며 쓰린 속을 달래던 김 형사가 보다 못해 자리를 박차고 일어섰다. 187의 큰 키에 황소 같은 힘을 가진 그에게 종이 인형 같은 기레기의 목덜미를 잡아채 올리는 것은 일도 아니었다.

"너 뭐하는 새끼야?"

기자는 쭈글한 표정으로도 당당하게 말은 내지른다.

"멀어도 친척이긴 하거든요."

"이 새끼가 입만 살아서 저 손바닥만 한 애한테서 뭘 건지겠다고! 여기까지 와서 결국 애를 울려?"

"아! 뭐, 국민들도 알 권리가 있고. 아니, 누구신데 이러시나? 이거 일단 놓으시죠."

김 형사는 술김도 홧김도 아니었다.

자신이 일 년여간 쫓아온 연쇄살인범을 잡긴 잡았으나 반송장 상태였고 잡았다기보다는 주웠다고 보는 게 맞을 것이고 두 명의 피해자도 더 생겼으니 뒤집어지게 열 받을 만한 이 상황이 여간 불편하고 못마땅했다.

게다가 한참 전부터 남겨진 아이를 보고 있자니 아버지란 자도 어디론가 잠적한 거 같고 그렇다고 친척 중 누구 하나 아이를 챙기는 사람이 없어 보였다. 눈앞에서 사랑하는 엄마와 할머니가 끔찍하게 살해당한 것을 목격한 저 아이가 앞으로 어떻게 살아갈 수 있을지….

유난히 반짝이는 큰 눈망울에 눈물 한 방울 떨구지 않고 두리번거리며 사라진 아버지만을 찾고 있는 아이가 가엾어 자꾸만 눈길이 갔다. 마음 같아선 자기 딸처럼 꼭 안아주고 싶었다. 좀 더 빨리 잡았더라면…. 속이 쓰려 죽을 지경이었다. 근데 그런 아이에게 다가가 기사 한 줄 써보겠다고 기어이 불쌍한 저 아이를 올리다니.

김 형사가 폭발한 것은 어쩌면 당연한 일이었다.

취재진이고 뭐고 잠시 이성의 끈을 놓아버렸다.

움켜쥔 목덜미를 더 세게 쥐었더니 기레기는 종잇장마냥 김 형사 한 손 위로 볼품없이 딸려 올라갔다.

"이 마와리 새끼가 뒈지고 싶나? 마와리면 마와리답게 쓰레기통이나 뒤질 것이지, 여기가 어디라고?"

김 형사는 마침 옆에 있던 막걸리 통으로 기레기의 대가리를 두들겨 패면서도 성이 안 풀린다.

"아니네! 너 이 새끼 누울 자리 한번 잘 골랐네! 마침 잘됐다! 장례식장 온 김에 니 장례도 여기서 하면 되겠다. 따라와 이 개새끼야!"

목덜미를 잡고 끌고 나가려는데 뒤에서 그의 동료들이 그를 필사적으로 말린다.

"형님, 여기서 이러시면 안 되지 말입니다."

안진만 형사가 이럴 땐 눈치 있게 형사님 대신 형님이라고 부른다. 그들이 엉켜있던 그 틈을 타 기레기는 용케도 자신의 신발을 잽싸게 주워 맨발로 도망쳤다.

상황이 종료되자 뭔가 찝찝한 표정으로 꺼내 들었던 녹음기와 수첩 등을 다시 집어넣고 더 이상 건질 게 없다고 느껴졌는지 취재진들은 하나둘 흩어졌다.

김 형사는 아직 분이 안 풀렸지만 여전히 알 수 없는 말을 중얼대며 울음을 멈추지 않는 아이를 보게 되었다.

'조금만 더 빨리 그놈을 잡았더라면…'

어느새 김 형사는 산처럼 큰 몸을 접어 아이의 앞에 고개를 숙이고 있었다.

"미안하다. 미안해. 아저씨가 늦어서 미안해."

아이의 눈물이 조금씩 잦아들더니 훌쩍이며 묻는다.

"아저씨, 흑흑. 혹시 경찰이에요?"

"어? 응? 어떻게 알았어?"

그가 당황하여 되묻는다.

"흑흑. 할미가 그랬어요. 대한민국 사람 다 죽이고 한 놈 남으면 그때 경찰이 잡을 거라고. 진짜 그런 거예요? 진짜 우리 다 죽을 때까지 기다리려고 그런 거예요? 아저씨들은 키도 크고 힘도 세잖아요! 아저씨들은 남자고 사람도 많았잖아요. 흑흑. 그 나쁜 놈은 하난데 왜 못 잡았어요? 흑흑. 엄마는 희야 지키려고 온몸으로 문을 막았어요. 머리에 피를 흘려도 그놈을 붙잡았어요. 아저씨들은 왜 못 잡았어요? 왜 아무것도 못 막았어요? 왜 그랬어요? 엉엉."

김 형사의 눈이 시뻘게졌다. 뒤에 서 있던 형사들도 괴로워하는 표정이 역력했다. 강 형사는 훌쩍인다.

"엉엉. 아니에요. 희야 잘못이에요. 희야가 학교만 안 들어갔으면 아빠가 준비물 사러 안 갔을텐데. 엉엉. 아빠, 아빠가 미안해서 어디 숨어 있을지도 몰라요. 아빠 찾으러 가야 해요. 아빠!"

엉엉 울며 사람들 속으로 달려나가려는 아이의 작은 몸을 김 형사가 고개를 푹 숙인 채 꼭 붙들었다.

이 아이를 어디로 어떻게 보내줄 수 있단 말인가?

그의 커다란 어깨가 조금씩 들썩이고 있다. 찔러도 피 한 방울 안 나올 거 같은 이 남자의 눈에서 굵은 눈물방울이 뚝뚝 떨어졌다. 그러자 아이가 눈물을 멈추고 소중히 안고 있던 인형을 내려놓았다 그리고 김 형사의 머리를 두 팔로 감싸 꼭 안아주었다. 김 형사는 순간 당황했지만 잠시 그대로 있었다. 그리고 아이는 이렇게 말한다.

"경찰 아저씨 잘못이 아니에요. 미안해요. 울지 마요. 나 때문에 울지 마요. 그러면 희야 여기가 아파요."

김 형사는 고개를 들어 아이를 보았다. 아이는 자신의 가슴팍을 손가락으로 콕콕 찌르고 있었다.

울면 자기 마음이 아프다며 울지 말라고 위로하는 일곱 살짜리 여자애를 보며 천사를 떠올렸다.

'아! 천사구나. 천사가 여기에 있구나.'

서희 몸에서 정말로 옅게 은빛이 빛났다. 진정 그 모습은 천사 같았다.

"너 어디서 왔니? 하늘에서 왔니?"

자신의 어이없는 생각과 눈물을 추스르려 가볍게 농담을 던진다.

"어? 어떻게 아셨어요? 서희는 빛으로 태어났다고 했어요. 빛은 하늘에서부터 오는 거니까 희야는 하늘에서 온 게 맞아요."

서희의 눈에 눈물이 말라간다. 그리고 반짝였다.

그것만으로도 그의 뭉친 가슴이 조금은 풀린 듯했다.

김 형사는 명함을 꺼내어 서희의 손에 쥐여주었다.

"니가 하늘에서 와서 하늘에서는 하나님 빽이 최고겠지만 여기서는 내 빽이 최고야. 무슨 일 있으면 무조건 여기로 전화해. 아저씨가 언제든 달려갈게."

서희가 눈을 더욱 반짝 빛냈다.

"진짜죠? 약속!"

"응, 약속!"

도장 찍고 지장 찍고 복사하고 프린트하고 악마와의 계약이 아닌 천사와의 계약이 이루어졌다.

그렇게 김 형사와 서희의 인연은 시작됐다.

\* \* \*

허름한, 누가 봐도 형사들이 즐겨 찾을법한 식당.

안 형사는 꾸벅꾸벅 접시에 머리를 처박으며 꼬부라진 혀로 쉬지 않고 나불대고 있고 강 형사 역시 아까부터 쉴 새 없이 젓가락을 떨어뜨렸다 줍기를 반복하며 투덜대기는 마찬가지였다. 김 형사만은 알아주는 주당인지라 그저 말없이 혼자 술을 들이키고 있다.

"아니 쿰 봔쟝님, 이궈 이궈 이로케 하믄 진짜 안 되는 거 아입니까?"

안 형사를 거들어 강 형사도 볼멘소리를 한다.

"진짜 너무해요. 특수반 해체는 해체고, 우리가 그놈 때문에 얼마나 고생을 했는데…."

그래도 김 형사는 말이 없다.

"아니 덮는 것도 아니 어디까지 덮으라는 건지. 윗대가리들 쥔짜. 뭘 깔아주고 덮으라 던지. 뭘 계속 덮으래 아쒸~ 맨땅에 누워서 덮기만 하면 이거이거 한기가 올라온다고 응? 안 그냐? 꽃샘추위. 이 턱이 돌아가요. 턱이. 흐흐. 맞 숩니까? 저쪽에손 우리더러 무능하다고 손가락질~ 위쪽엔 자꾸 덮으라고 지랄~"

"만두 말이 맞잖아요. 저희야 그렇다 치지만 이렇게 그냥 덮으면 결국 반장님만…."

말을 끊어버리는 김 형사.

"자! 이제 김 반장 없고! 우리 억울할 것도 없어. 우리가 늦었어."

"아니 그건…."

"아니야 맞아. 판단만 빠르면 뭐해 내가 질척였어. 내가. 하아!"

김 형사의 머릿속은 정돈된 서랍장 같았다.

"난 뭘 기다린 거지? 정말 대한민국 사람 다 잡아먹고 한 놈 남으면 잡았다 할 셈이었나? 지금 꼬라지는 그거랑 다를 게 없지. 내가 가진 명찰과 같은 명찰을 달고 있는 그놈이 내 앞에 나타나길 기다린 거야. 무작정 가서 맞든 아니든 멱살부터 잡고 그놈의 명찰을 들여다봤어야 했어. 나는 이렇게 또 피해자가 나오길 기다리면서 한 번 더 확인하고 싶었던 거야. 내 탓이야."

모두들 각자의 머릿속의 서랍장 한 칸을 닫았다.

"근뒈 김 반창님~그 반송장 쉐키~ 그거 형사님밖에 못 봤잖습니까.

뭐 들으신 거 없습니꽈? 뭐 미쳤다고 하든데 연기하는 거 같진 않습니까?"

"연기하는 거 같진 않고. 훗! 사람을 서른 명씩이나 죽인 그 악마 같은 새끼에게도 잠시나마 동정심이 올라올 만큼 끔찍한 몰골이었어. 게다가 입 주변엔 허옇게 거품을 물고. 그래, 듣긴 들었어. 한마디. 딱 한마디."

"뭐라고 합니까?"

"머라고 합니꽈?"

"제발 죽여줘."

두 형사 동시에 얼굴에 물음표를 띄웠다.

"니들도 그 꼴을 보면 그 말이 자연스럽게 느껴졌을 거야. 그런데 뭔가 더 절박했어. 지금 당장 죽지 않으면 그 죽음보다 더 끔찍한 일이 자신한테 벌어질 것처럼 당장 죽여달라는 듯이 간절했어. 내가 늘 부르짖는 사형제도의 부활. 그놈한테만은 비껴가길 바랄 뿐이야."

두 형사 모두 강한 동의의 표현으로 고개를 끄덕였다.

"그런데 아무래도 저희가 덮은 부분이요. 덮으래서 덮긴 했지만⋯ 정말 이상하지 않아요? 아무리 여자 둘이었다 해도 회칼 하나로 그렇게 날카롭게 한 방에 뼈까지 잘라내기는 쉽지 않잖아요? 수술용 메스도 그렇게 안 될 텐데. 절단면도 너무 깔끔하고⋯."

"규로니까. 너무 위상해. 다 이상해. 그렇게 하고도 그놈이 살아있는 것도 이쌍해."

"그래요. 마치 정말 살아만 있으라는 듯이 치명 부위는 다 피해 갔고 성인 남자를 제압하는 것도 모자라 눈과 귀와 코? 하필⋯ 왜? 그리고 그 정도로 공격할 수 있었다면 왜 두 명은 결국 치명상을 입고 죽었을까요? 그리고 아이는 작은 상처 하나 없었죠?"

김 형사가 눈을 치켜뜨고 강 형사를 향해 일갈했다.

"애가 뭐 상처 있기를 바라? 없으면 다행이지. 덮으라고 했으니까 니들도 머릿속에서 이제 그만 덮어!"

"아~ 반장님까지 자꾸 덮으래. 덮밥이야 뭐야. 한여름에 수사 터지면 아주 기냥 쪄 죽겠네, 쪄 죽겠어."

"세나야, 이 새끼 치워라."

김 형사는 혼자 술을 마시고 싶었다. 그도 생각이 없는 것은 아니었다. 누구보다 많은 의문을 가진 것은 그였다. 그러나 그는 장례식장에서 마주친 그 천사 같은 아이를 보고 스스로도 그 모든 의문을 덮기로 했다. 어느새 엎어져 있는 안 형사를 발로 밀어서 넘어뜨리려다 강 형사가 지나가듯 물었다.

"그런데 선배님 이제 와서 그 아이 아빠 소재 파악이 왜 필요합니까?"

김 형사는 귀찮다는 듯이 혼자 소주를 또 한 잔 따라 들이키더니 간단하게 대답했다.

"줄 게 있어."

\*\*\*

숙자의 죽음으로부터 5개월 후.

동만은 아내의 고향 목포에서 바다만 바라보며 폐인처럼 하루하루 겨우 이어가고 있다.

말 그대로 이어가고 있었다. 오늘 죽을까? 내일 죽을까? 오늘이면 죽겠지. 내일이면 죽겠지.

 동만은 모든 것이 자신 탓이라고 눈뜨는 순간부터 감는 순간까지 스스로를 미워하고 욕하고 때리는 것을 매일 반복했다. 실제로 동만의 몸은 멍투성이였다.

 이날은 동만이 죽는 날이었다. 드디어 동만이 자살귀가 되는 날. 그의 어둠은 그동안 쌓이고 쌓여 이미 동만을 옴짝달싹 못 하게 짓누르고 있었다. 한계점이었다.

 작은 달방에 빈 소주병들이 가득했고 텅 빈 그의 눈동자엔 이미 희망도, 의욕도, 그 어떤 빛 한줄기도 없었다.

 생각이라는 것도 할 필요가 없었고 눈을 뜨는 것도 귀찮고 몸을 뒤척이는 것도 귀찮을 지경이었다.

 먹으면 무엇하리. 숨은 쉬어 무엇하리. 그냥 이대로 죽어줬으면 좋으련만. 그래도 목이 마르면 물을 찾고 허기가 지면 무언가를 주워 먹는 자신이 미워서 남은 힘으로 또 얼굴을 사정없이 때리고 또 때리고… 그런데 눈물은 왜 아직도 힘이 남았는지. 왜 마르지 않는 건지. 그날은 동만이 죽는 날이었다.

 덩치도 좋고 인물도 훤하던 사람이 반년도 안 돼서 해골이 되어 여기저기 멍투성이에… 벌써 저승구경을 하고 온 것 같았다. 이 세상 사람 몰골은 아니었다.

 다녀와 본 저승이 좋았던가? 이날 동만은 기어이 저승 문턱을 넘으려 작심을 하였다.

 바닷가에서는 흔치 않은 제초제를 시내까지 가서 사와 소주 한 병과 나란히 두고 텅 빈 눈으로 눈물만 흘린 채 한참을 있다가 소주를 한 컵 벌컥벌컥 먼저 들이켰다.

술은 자살귀들이 쥐여주는 비겁한 용기다.

그리고 제초제를 그 소주 컵에 가득 들이부었다.

색깔은 영락없는 소주와 같으나 이걸 들이키는 순간 동만은 바로 저세상으로 넘어가겠지. 한 손에 그것을 들고 눈물을 훔치더니 결심하고 혼잣말의 유언을 남겼다.

"저를 아들처럼 안아주셨던 어머니, 죄송합니다."

말끝에 결국 눈물이 터졌다. 다시 눈물을 주워 삼키고 꾹꾹 눌러서 다음 말을 겨우 이어간다.

"우리 사랑하는 여보, 이숙자. 내가 다 잘못했어. 내가 시키는 대로 안 해서 다 미안해. 내가 다 못 지켰어. 내가 다 망쳤어. 내 탓이야. 다 내 잘못이야. 아프게 해서 미안해. 아팠지? 많이 아팠지? 지켜주지 못해서 미안해. 우리 희야 두고 가서 그것도 미안해. 근데 희야 볼 면목이 없어. 어떻게 봐. 내가 걔를 어떻게 봐. 그리고 우리 희야, 미안하다. 아빠가⋯ 그 말밖에 할 수가 없어. 너한테는 그 말 밖에 못하겠다. 못난 아빠라서 미안하다."

남겨야 할 모든 말을 마치고 이승의 모든 미련을 털어낸 듯 드디어 컵에 든 농약을 들이키려는 그 순간!

퉁! 퉁!

"계십니까?"

낡은 스테인리스 대문을 두드리는 소리와 함께 낯선 남자의 목소리에 동만은 잠시 멈칫했다.

이것은 무슨 운명의 장난인가? 그동안 이 집에 살면서 달세 받으러 온 집주인 외에는 그 누구도 문을 두드린 사람이 없었는데, 갑작스런 낯선 이의 방문에 동만은 문과 자신이 들고 있던 제초제를 번갈아 보며 잠시 고민한다.

누구나 그런 순간에 그런 고민을 할 것이다.

이것을 들이키면 나는 죽을 것이다, 그러나 그것을 발견하는 것은 저 문밖에 낯선 이겠지. 혹여나 내가 저 사람 때문에 죽지도 살지도 못하는 병신 꼴이 되면 어쩌나. 그런 생각 안 해보겠는가? 동만도 그러하였다. 그래서 급히 퉁퉁 부은 눈을 소매춤으로 훔치고 문을 빼꼼히 열어보았다.

"누구신데요?"

"여기 혹시 서동만 씨 계십니까?"

동만은 흠칫 놀랐다. 자신이 여기 있다는 것은 아무에게도 알리지 않았다. 그러나 죽은 이도 아니고 범죄자도 아닌 이 남자를 찾아내는 것은 김 형사에게 그리 어려운 일이 아니었다.

두 남자가 짠내가 입안으로 텁텁하게 들어오는 바닷바람을 피해 작은 슈퍼 천막 밑으로 들어가 앉았다.

김 형사가 서글서글하게 주인에게 물었다.

"아주머니, 여기 소주도 팔고 그럽니까?"

"워메! 서울서 왔는갑네. 아니 소주 안 파는 데가 워데가 있당가? 안주는 필요 없고?"

"아! 있으면 좋죠~ 뭐 있어요? 다 주세요. 다! 하하."

"아따 서울 사람 참말로 거시기하네잉!~ 멋져부러~ 아따 나 오늘 장사 다했네, 다했어~"

왠지 신이 난 슈퍼 아주머니, 동만은 아무 말 없이 담배부터 꺼내 불을 붙인다. 그런 그를 보고 김 형사가 꺼낸 첫마디.

"거 안 피우던 담배를 뭐 좋은 거라고."

그렇게 핀잔을 주면서 자신도 담배를 꺼내물었다.

"제가 담배 안 피우던 거는 어떻게 아셨어요? 우리 초면인 거 같은데?"

"어떤 당돌한 아가씨가 서동만 씨 이력서 비슷한 걸 나한테 들이밀었거든요. 무작정!"

어리둥절한 표정의 동만을 스치고 빠른 속도의 접시들이 슈퍼 아주머니의 손에서 전달됐다. 곧 작은 파라솔 밑에 가득히 거한 한 상이 차려져 버렸다.

김 형사는 아주머니의 빠른 속도와 엄청난 음식 가짓수에 놀라서 멍하니 입을 벌리고 있다가 피우던 담배를 입에서 떨어뜨리고야 말았다.

"앗 뜨거!"

호들갑을 떨며 플라스틱 의자 위를 펄떡이는 모습을 보고 동만은 피식 웃음이 났다. 그날 이후 처음으로 웃음이라는 게 났다. 둘은 어느새 소주 한 병을 주거니 받거니 다 비워냈다. 그때까지 별말이 없었다.

"아주머니, 여기 소주 한 병, 아니 두 병 더 주세요. 이건 뭐예요? 조개 같은데? 엄청 맛있네요."

"서울서 와서 그랑가 꼬막을 모르요? 쪼까만 나가도 허발라게 많응께 시간 있으믄 긁어가부러~ 근디 아따 이라고 잘생긴 서울 남자가 요라고 촌구석까지 뭇하러 왔을까잉? 고 접시 비웠네. 더 줄랑께 주소!"

칭찬도 인심도 인색하지 않고 안주도 꿀맛이고 이날 목포 앞바다의 소주는 달았다. 그래서 그런지 둘은 취하지도 않고 연신 주거니 받거니 중이다.

"오늘 안 올라가세요? 운전 안 하시는 거예요?"

오늘 죽을 예정이었던 동만은 술맛도 모르고 아무런 생각도 없었다. 그저 죽을 날이 오늘이 아니려나 싶었다.

"올라갑니다. 운전할 놈은 따로 있어요."

"기사까지 두고 계시나? 뭐하시는 분이시길래. 통성명도 제대로 안 한 거 같은데 제 이름은 알고 계신 거 같고."

"아! 그랬나? 그거 실례이긴 한데, 제가 사실 돌려 말할 줄 모르는 타입이라. 사실 그쪽 만나면 먼저 아구창 한 대 갈기고 나서 통성명하려고 했거든요."

"뭐라구요?"

무표정했던 얼굴을 찌그러뜨렸다.

"안심하십쇼. 그전에 그쪽 농약병을 봐버렸거든. 곧 알아서 뒈질 사람, 때려서 뭐합니까."

동만은 얼굴이 새빨개졌다. 그리고 얼굴을 돌렸다.

"그 말 꺼내려고 한 건 아닌데 어쨌든 제 이름은 김현준이라고 합니다."

그제서야 몸을 반쯤 일으켜 손을 건네는 김 형사와 그것을 마지못해 잡아주는 동만. 김 형사는 다시 자리에 앉아 눈도 안 마주치고 묻는다.

"서동만 씨, 오늘 죽을 겁니까?"

너무나 직설적인 질문! 어떤 대답도 할 수가 없었다.

"제가요! 사람 살리는 직업은 아니거든요. 죽어가는 사람 살릴 재주도 없어요. 게다가 죽겠다는 사람 말릴 오지랖도 없습니다."

그들은 동시에 소주를 들이켰다.

"근데 혹시 천사 보신 적 있어요? 뜬금없죠? 미친놈 같아요?"

동만은 진짜 그렇다는 듯 쳐다본다.

"근데 대답 좀 해주시겠어요? 본 적 있어요? 없어요? 아… 나 취조하는 거 같잖아. 직업병인가? 아, 대답 안 하네?"

김 형사는 갑자기 자신의 안주머니에서 자신의 경찰 배지를 꺼내어 동만의 얼굴에 내밀었다.

"저는 서울시 강력계 김현준 형삽니다. 서동만 씨 피의자 아니고 참고인 신분으로서 대답 좀 꼭 해주시죠. 천사! 보신 적 있어요? 없어요?"

동만은 감으로 이 사람이 형사라는 것을 알고 있었으나 이 황당한 질문에 자신이 처한 비통한 상황이 겹쳐졌다.

"그런거… 세상에 있습니까? 있으면 세상이 이 꼬라지겠어요?"

말끝엔 결국 소리를 질러버렸다.

"그러니까요. 못 보는 사람, 안 보이는 사람 눈에는 없다고 그게~! 근데 나는 봐버렸거든 천사를. 아, 인간도 아니고 천사가 시키는데 어떻게 안 해. 진짜 천사가 아니고서야. 타이밍도 참… 지 애비 죽는 거 막으라고 나 보낸 거야?"

김 형사는 어이가 없다는 듯 소주 한 잔을 들이키고 담배를 또 꺼내 물었다. 동만이 눈을 크게 뜨고 쳐다보자 김 형사가 무언가를 꺼내 들이밀었다. 동만은 그것이 무엇인지 곧 알아보았다. 그리고 펑펑 울기 시작했다.

김 형사는 예상했다는 듯이 담배만 뻑뻑 피워댔다. 그것은 동만을 향한 서희의 마지막 엽서였다.

> 사랑하는 아빠에게!
>
> 예전에 아빠가 도망치는 건 비겁한 거라고 했는데
>
> 희야는 그렇게 생각하지 않아요.
>
> 도망치는 사람도 뒤에 쫓아오는 무서운 것들이랑
>
> 달리기를 하는 거잖아요.
>
> 도망쳐서 무서운 거가 못 따라오면 달리기에서 이긴 거잖아요.
>
> 안전한 데로 먼저 도착한 거고.
>
> 무서운 놈들은 결국 도망치는 사람을 잡지 못했어요.
>
> 그러니까 도망치는 것도 이긴 거예요.
>
> 아빠! 도망쳐요. 안전한 데서 무서운 거 없이 살아요.
>
> 추신: 아빠는 꼭 이길 거라는 거 믿어요!
> 서희 올림.

눈물을 멈추지 못하는 동만을 진정시키려는 듯 건조한 말투로 물었지만 김 형사는 진짜 궁금했었다.

"아니, 어떻게 학교도 안 들어간 애가 추신을 알아? 올림도 신기한데, 엽서 내용도 웅장해! 뭔진 잘 몰라도 가슴을 막 울린다고! 아, 맞다. 지금쯤이면 들어갔으려나? 한동안 경찰서니 병원이니 애 맡아줄 데도 없고 입학식은커녕 몇 달 동안 학교 구경도 못 했어."

어느새 말을 놓고 있는 김 형사. 동만은 꺼이꺼이 울면서도 기어이 대답을 해주었다.

"우리 애, 우리 희. 흑흑. 희야는 특별⋯ 흑흑. 하고 똑똑⋯ 흑."

"아휴~ 알지, 알지. 똑똑하기만 할까. 특별하기만 할까. 그 뒤에 있는 것도 읽어보지 그래."

그제서야 뒤에 하얀 종이에 또박또박 한 글자 한 글자 정성스레 쓰인 글들이 눈에 들어왔다.

---

이름: 서동만

나이: 39세 어쩌면 40세

키: 아주 큼

외모: 순수

특징: 머리가 사각형임. 머리카락을 사각형으로 자르는 것을 말함.
어깨가 아주 큼. 다른 아저씨들과 달리 담배 냄새가 나지 않음.
담배를 피우지 않아요.

말투: 부드러운 서울말씨

양말을 신은 채로 파란색 슬리퍼를 신고 나갔음.

위와 비슷한 사람을 보았을 때 꼭 연락 바랍니다.

00-000-0000

---

동만은 이 종이를 부여잡고 바닥에 주저앉아 통곡했다.

김 형사도 코끝이 찡해지는 것을 참으려고 먼 곳을 바라보았다. 그 작은 아이가 이것을 들고 자신에게 내밀었던 순간을 생각하니 왈칵 자신도 눈물이 날 것 같았다. 그래서 차라리 화를 내기로 했다.

"에라이~ 못난 사람아! 당신이 천사를 못 봐? 당신이 낳아 기른 애가 천사야! 당신이 처음 문을 열었을 때 그 바닥에 놓인 농약병을 보고 내가 확신했거든. 그래서 잠시 멍해졌지. 지 못난 애비 가서 살리라고! 살려달라고! 어떻게 나같이 한심하고 한가한 놈을 잘도 골랐을까?"

동만이 흐느끼며 말했다.

"나는… 자격이… 자격이 없어요."

"하아, 이 사람 자격 없네. 확실히 천사 아빠 될 자격은 없어. 근데 그거 알아? 그거 그 아가씨가 온종일 손으로 직접 한 장 한 장 써서 동네 전봇대에 붙이다가 어떤 할 일 없는 놈이 애들 장난인 줄 알고 파출소에 신고를 했나 봐. 근데 그 꼬맹이가 당돌하게 나를 불렀어! 부름을 받았으면 냉큼 가줘야지 인간 따위가. 그러니까 당신도 천사 아빠씩이나 돼서 그만 울고 일어나! 애가 지 아빠 쓰레빠 질질 끌고 나가 실종된 줄 알잖아. 지 버리고 간 줄도 모르고."

동만은 서서히 울음을 그치다 꿀꺽 마지막 울음을 삼키고 콧물도 삼켰다.

"후우, 김현준… 형사님이라고 하셨나요?"

"응."

"혹시 딸 있으신가요?"

"응, 동갑이야. 자네 딸에 비하면 우리 딸은 악마지 악마."

자신의 악동 같은 딸을 떠올리며 피식 웃었다.

갑자기 동만이 김 형사에게 큰절을 한다.

"뭐야? 갑자기 뭐야? 기어이 죽겠다고? 미쳤어?"

동만은 흔들리지 않는 눈빛으로 얘기한다.

"우리 딸 좀 잘 부탁드립니다. 제발 부탁드릴게요. 간혹 어떻게 사는지라도 꼭 봐주세요. 강한 아이니까 특별한 아이니까 잘살 겁니다. 그래도 들여다봐 주세요. 마지막에 서희 얼굴을 보고 왔을 때 아내의 그

처참하게 부서진 얼굴이 떠올라 견딜 수가 없었습니다. 아마도 아이를 볼 때마다 그 얼굴을 떠올리며 살아야겠죠. 그래서 두 번 다시 아이는 볼 수 없을 거 같아 도망쳤어요. 모든 건 다 제 탓이에요. 모든 일은 제가 망쳤어요. 죄책감에 결국 죽을 결심을 한 건데. 그 엽서는 도망치라고… 자신으로부터 도망쳐서 잊고 살라고 살아달라는 서희의 바람이자 이별의 내용입니다."

엽서와 전단지를 꼭 쥐고 결국 또 눈물을 떨구는 동만 얼떨떨한 표정으로 지켜보던 김 형사도 어쩔 수 없다는 표정으로 한숨을 쉬었다.

"하아, 내가 여기까지 온 진짜 이유는…."

갑자기 뭔가를 떠올리더니 피식 웃는다.

"그러네, 말이 되네. 당신이 안 올 줄도 알았나 봐. 그러더라고. 아빠를 못 찾더라도 아빠 친구라도 본다면 전해 달래."

동만이 고개를 들고 귀를 기울였다.

"아빠 탓이 아니라고, 그땐 무슨 말인지 몰랐는데 당신 하는 말 들으니까 다 말이 되네. 이제 그 아이는 나한테 천사고 하나님이야. 걱정하지 마."

김 형사의 표정이 단단해졌다. 그에게서 지켜야 할 소중한 누군가가 하나 늘어났다. 동만 역시 더 이상 울지 않았다. 자신의 아이에게서 살아갈 이유와 소중한 많은 것들을 건네받아 더 이상 무릎 꿇지도 않고 주저앉지도 않고 동만의 삶을 살아가기로 했다.

그날 아이는 아빠를 잃었지만 그래도 김 형사는 한 남자의 목숨을 살렸다.

\*\*\*

한 달 전 ○○파출소 지구대.

헝클어진 머리에 언제 갈아신은 지 모를 꾀죄죄한 하얀 스타킹은 무릎에 구멍이 나 있고 누가 봐도 얻어 입은 듯한 옷을 걸쳐 입은 여자아이가 눈빛만은 초롱초롱 빛내며 파출소 소파에서 누군가를 기다리고 있다.

20여 분 전, 김 형사가 전화 한 통을 받았다.

"여보세요."

"네, 안녕하십니까? 서울 서부지구 강력계 팀장 김현준 경위님 맞습니까?"

"아! 뭐, 내 소개가 이렇게 길어? 누군데?"

"저는 동작2지구 파출소 지구대 장순재 순경입니다. 충성!"

"뭐야, 충성하려고 전화했어? 파출소에서 왜?"

"아! 저는 평소부터 선배님을 존경하고…."

"하아, 뭐야. 또라이냐? 끊는다."

"아, 아니, 저기 그게 아니고 선배님 빽을 쓰겠다는 아가씨가 있어서 말입니다."

김 형사는 기가 막혔다. 다리를 꼬고 앉아있다가 자세를 고쳐앉고 다시 물었다.

"뭐어? 빼액?? 내 빽?? 아~ 가~ 씨?"

"네! 게다가 아주 영계, 아니 아주 영~ 하지 말입니다! 그러니까 지금 여기 와주셔야겠습니다. 존경하는 선배님!"

왠지 능글능글한 말투로 신이 난 순경. 그러나 김 형사는 그렇지 않았다.

"야! 너 내가 지금 가는데 너 내 별명 알지? 너 이게 어디 장난이면 뒤졌어. 딱 기다려."

김 형사는 바로 일어나 차 키를 들고 뛰어나갔다.

전화를 끊은 순경은 아이를 보고 눈빛이 달라졌다. 그리고 아이에게 다가가 무릎을 접었다.

"오오~~ 너 진짜 김 형사님 빽 있는 거야? 진짜야? 야! 내가 드디어 강력계 레전드! 눈빛 하나만으로 범인의 수갑을 채운다는 전설의 그분을 만나게 되다니!"

아마도 김 형사는 이 애송이의 롤 모델이었나 보다.

그때까지도 장 순경이 손에 꼭 쥐고 있던 김 형사의 명함을 아이가 다가와 홱! 하니 뺏는다.

"짜장면 안 시켜줘요?"

반짝이는 두 눈을 내리깔고 당당한 표정으로 순경에게 명함을 블랙카드마냥 팔랑거리며 그 자리에서 빙그르 돌며 우아하게 요구한다.

"군만두 추가요!"

순경 둘은 서로 마주 보다가 어쩔 수 없다는 듯 전화기를 들었다. 아이는 이제 만족한 듯 소파에 앉았다.

김 형사는 운전하는 내내 누굴까? 누구지? 아무리 생각해도 젊은 아가씨가 내 빽을 썼다? 없다. 없다. 없다. 아무리 생각해도 없는데, 그래도 궁금했다. 누구지? 빠른 속도로 파출소 지구대에 도착하고 문을 벌컥 열었다. 순경 두 명이 자신을 보고 동시에 충성을 외치며 느낌표 모양으로 우스꽝스럽게 굳어있었지만.

김 형사는 그런 것은 안중에 없었다. 작은 파출소를 잽싸게 둘러봐도 아무도 없었다.

"아이 씨~"

그가 순경들을 쏘아보자 순경들이 같은 방향으로 머리를 갸웃하며 눈짓으로 소파를 가리킨다. 그 시선을 따라 소파 쪽을 돌아본 김 형사는 자기도 모르게 눈을 찡긋거릴 정도로 눈이 부셨고 입가에는 미소가 저절로 번졌다. 그곳에는 꾀죄죄한 차림이지만 반짝이는 두 눈으로 얼굴에 짜장을 묻힌 한 여자아이가 그 짜장을 비집고 나오는 환한 미소로 자신을 반기며 손을 흔들고 있었다. 한 손으론 여전히 젓가락을 꼭 쥐고 있다.

김 형사는 그 어떤 아가씨보다 이 꼬마 아가씨가 반가웠다. 미소가 떠나지 않았다. 그 이유는 자신도 잘 몰랐다. 그렇게 꼬마가 짜장면을 먹는 모습을 황소 같은 김 형사가 빙긋빙긋 웃으며 뚫어지게 마주 보고 있는 이 상황이 초임 순경들에게는 어리둥절하기만 했다.

"저기… 저 어떤 관계…"

미소를 짓고 아이만 바라보던 김 형사의 눈빛이 순식간에 날카롭게 바뀌었다.

"알아서 뭐하게? 이 아가씨가 내가 빽이라고 했다며? 그럼 그거야. 뭐 쓸 거 있어? 써야 될 거 있으면 그렇게 써. 쓸 거 있냐고?"

박력 있게 호통치자 그들은 살짝 고장 난 듯 대답한다.

"아니, 아니, 쓸 거 없습니다. 불법 전단물 그런 거, 신고가 들어와서 저희도 어쩔 수 없이 데려는 왔는데 보호자 부르라니까 뜬금없이 형사님 명함을 내밀길래."

우물쭈물 대답하는 순경들과 아이 옆에 쌓여있는 종이 뭉치를 보고 금방 상황 파악을 끝낸 김 형사. 서희는 짜장면을 다 먹어치우고 테이블에 있는 티슈로 얼굴을 박박 문질렀다.

"이거요!"

그리고 뜯지 않은 군만두를 김 형사에게 내밀었다.

"응?"

군만두의 의미를 묻는 김 형사.

"와주셔서 감사합니다. 맛있게 드세요. 이거는 형사님 거에요."

"아니, 저거는 내가 사준…."

장 순경은 생색을 내고 싶었거나 눈치가 없는 것이 분명하다.

"나 주려고 이거는 남겨둔 거야?"

"네, 혹시나 시장하실까 봐요."

김 형사는 또 한가득 웃음이 나올 수밖에 없었다.

"야, 너 그런 예스러운 말투는 어디서 배운 거냐. 군만두는 아저씨가 가면서 잘 먹을게. 고마워. 그나저나 저 종이는 뭐야? 강아지라도 잃어버렸어?"

"비슷해요."

"비슷한 건 뭐야? 고양이?"

"도와주세요. 도움이 필요하면 얘기하라고 하셨잖아요. 군만두로는 안 되겠지만, 언젠가는… 희야가 커서 꼭 갚을 테니까 도와주세요."

종이뭉치를 김 형사에게 넘겼다. 보자마자 울컥하며 김 형사는 가슴 한켠이 뭉쳐오는 것이 느껴졌다.

"지금, 아빠가 실종됐다는 거야? 그래서 아빠 찾아달라는 거니?"

말없이 큰 눈망울로 고개만 끄덕이는 서희. 순간 김 형사의 머릿속에 많은 생각이 스쳐 지나갔다. 이 아이의 아버지를 찾는 것은 어렵지 않을 것이다. 어디 가서 지금 벌써 죽어있지만 않는다면 말이다. 그런데 사실 김 형사는 그 가능성도 생각하지 않은 것이 아니었다. 그리고 아이만 두고 떠났다면 이토록 아이가 아빠를 찾는다 해도 다시 와줄 가능성은 없지 않을까? 목덜미를 끌고 와서 데려온들 이 아이에게 무슨 의미가 있을까? 답이 없었다. 찾아다 준다는, 살아있는 아빠를 데려와 주겠다는 약속을 할 수가 없었다.

"잠시만…"

김 형사는 파출소 문을 열고 나가서 담배를 한 대 피웠다. 괴로웠다. 어찌해야 할까?

그때 파출소 문을 두 손으로 밀고 서희가 나왔다.

김 형사가 급히 담배를 떨어뜨려 비벼 껐다.

"응? 왜 나왔어? 아저씨 금방 들어갈 건데."

"형사님, 힘드신 거 알아요. 죄송해요. 이거요."

서희는 한 장의 엽서를 내밀었다.

"아빠를 못 찾아도 저는 괜찮아요. 아빠가 잘살고 있으면…"

이 야무진 아이도 말을 맺지 못하고 닭똥 같은 눈물을 흘렸다.

"아무튼, 살아있으면 괜찮아요. 그러니까 형사님, 혹시 지나가다가 아빠 닮은 사람이라도 만나면 전해주세요."

김 형사는 기어이 한쪽 무릎을 꿇고 울고 있는 서희를 안아주었다. 자신의 벌게진 눈가가 또 들킬까 봐.

"그럴게. 약속할게. 꼭 전해줄게. 금방 전해주고 올게. 그건 약속할게. 그러니까 울지 마. 아저씨가 너 우는 거는 못 보겠다."

그러자 서희가 콧물과 눈물을 쑥 들이켰다. 그리고 두 팔로 벅벅 문지르고 언제 울었느냐는 듯이 씩씩하게 말했다.

"네! 안 울게요. 대신 하나 더 부탁해도 돼요? 진짜 중요한 건데."

김 형사가 그제야 아이를 떼놓고 아이와 눈을 바라보며 눈빛으로 무엇이냐고 물었다.

빛의 여정 · I     215

"아빠 탓이 아니라고."

"응? 그거면 돼? 그게 다야?"

"네! 그거면 돼요. 그거가 다예요. 그게 희야가 아빠한테 해줄 수 있는 전부예요."

김 형사는 아이의 말을 다 알아듣지는 못했지만 반드시 이 아이의 아빠라는 인간을 찾아 한 대 갈겨주리라는 다짐을 갖고 돌아섰다.

## 소년과 소녀

대낮이라 불리기엔 이미 그때를 한참 놓쳐버린 석양이 다가오고 있는 한여름 오후 다섯 시경.

그 시각 초등학교 운동장 한켠에 색색깔의 정글짐 속에 파묻혀 있는 작은 소녀였던 서희는 익숙한 듯 두 다리를 최대한 끌어모아 둥글게 몸을 움츠리고선 온몸으로 촉각을 곤두세워 해가 지는 것을 느끼려 하고 있다. 서희는 최대한 오래 이곳에 숨어있어야 하고 최소한 날이 지기 전에는 꼭 집에 들어가야 했다. '그것'들에게 들키지 않기 위해서 그 당시 서희가 할 수 있는 최선이었다.

"찾았다! 여기 있었구나!"

서희는 두 눈을 감고 끌어당긴 무릎 위에 머리를 파묻고 있었기 때문에 갑자기 맑게도 들려오는 목소리에 실로 놀라지 않을 수 없었다. 대부분 그 존재들은 나타나고 놀래키고 때론 그저 서 있기도 하지만 이토록 선명한 목소리로 말을 걸어온 적은 처음이었기에 깜짝 놀란 나머지 반사적으로 몸을 일으키려다 작은 정글짐 틈에서 머리부터 한 번 쾅! 어깨를 쿵! 내려앉으며 엉덩방아를 쿵! 마치 당구대 위에 작은 당구알들이 여기저기 부딪히며 소리를 내듯 아얏! 하고 신음을 내며 주저앉아 버렸다. 벼락같은 통증에 정신을 차렸더니 눈앞에 서 있는 것은 머리가 깨진 귀신도 아니고, 시커멓고 기다란 형체로 빙글빙글 천천히 돌아다니는 귀신도 아니고, 아주 가끔 나타나 무서운 얼굴로 쏘아보는 할머니 귀신도 아니고, 조금은 당혹스러웠지만 다행스럽게도 그것은 그냥 사람이었다.

서희네 반 반장이자 유일하게 학교에서 서희에게 말을 걸어주고 자신은 왠지 먹으면 배가 아프다며 급식 우유를 대신 먹어달라고 웃으며 부탁하는 착한 녀석. 아마도 그것은 거짓말일 것이다. 어느 날 희준이가 정말 먹기 싫어하는 다른 친구의 우유를 대신 먹어주는 것을 본 적이 있다.

서희가 반에서 유일하게 우유 급식비를 못 내는 아이라는 것을 반장은 아는 것이다. 희준이가 왜 지금 자기 앞에 서 있는 것인지 잠시 생각할 겨를도 없이 황급히 두 손으로 무르팍을 감싸 안았다. 오백 원짜리만 하게 무르팍에 구멍이 난 스타킹이 창피했다. 말없이 무릎을 감싼 채 무슨 일이냐는 눈빛으로 희준이를 올려다보았다

"밥!"

서희는 또 의아한 눈으로 쳐다봤다.

"밥 먹으러 가자! 우리 집에서 밥 먹자. 엄마가 너 데리고 오래."

방실방실 웃는 희준이의 얼굴은 어느 곳을 한참을 뛰어다닌 것인지 하늘빛마냥 붉게 물들었고 이마엔 송글송글 땀까지 맺혀있었다. 아마도 서희를 찾으러 온 동네를 뛰어다닌 것일 테지. 몇 해 살지 않은 서희

평생의 첫 '초대'였다. 어안이 벙벙했지만 어느새 서희는 여전히 한 손으로는 무릎을 가리고 나머지 한 손으로는 정글짐 안으로 내민 소년의 손을 잡고 온전한 노을빛이 물든 석양 사이로 쏠려나가듯 드디어 그 숨바꼭질 같았던 작은 상자에서 나올 수 있었다. 어느새 어둑해져 가는 지금 이 시간에도 이 소년의 손을 잡고 있는 서희는 평소에 느꼈던 그 어떤 기척도 느껴지지 않았고 그 무엇도 나타나지 않았다. 반걸음 뒤에서 뒤처지듯 걷고 있던 서희는 소년의 뒤통수에서도 밝은 웃음이 느껴졌다. 따뜻한 빛이 전해졌다. 이윽고 문 앞에 보기 드문 커다란 십자가가 걸려 있는 한 가정집 앞에서 둘은 걸음을 멈추었다.

"너희 집, 예수님 믿어?"

"응, 근데 우리는 중앙 장로교회는 아니야."

문 앞에서 잠시 대화를 나누는 아이들.

"중앙, 뭐?"

"응! 가톨릭이라고 알아?"

"알지! 티비에서 봤어. 공포영화 엑소시스트 맞지?"

"어, 그거 우리 부모님은 못 보게 하셔서 난 못 봤는데. 나중에 그거 내용 얘기해 줄래?"

"응? 그거? 에이 시시해~ 그래도 얘기해 줄게."

"꼭이다!"

"응, 약속!"

이 작은 약속이 서희를 세상 밖으로 꺼내주는 계기가 되었다. 곧 문이 열리고 따뜻한 식탁을 준비한 희준이의 부모님이 서희를 기다리고 있었다.

"네~ 감사합니다~ 네! 잘 먹이고 조금 놀다가 저희가 집까지 잘 데려다줄게요. 너무 염려 마세요~"

 서희의 고모에게 허락을 받으시면서까지 희준이의 부모님은 왜 서희를 데려오라고 하신 걸까?

 "우리 희준이한테 얘기 많이 들었어. 들은 것처럼 정말 웃는 게 참 예쁘네~"

 "엄마! 그런 말 내가 언제…."

 희준이는 잔뜩 부끄러웠고 덩달아 서희도 부끄러웠다. 발이 닿지 않는 높은 식탁 의자 위에서 동동 발을 구르며 설레고 두근거렸다.

 "저기 죄송한데, 손 좀 씻어도 될까요?"

 서희는 못 배우고 몰라서 그 모양 그 꼴이 아닌 것이다. 그저 주어진 환경이 그랬을 뿐이다. 그토록 큰일을 겪고 나서도 도저히 감당하기 힘든 기억은 삭제시키는 것으로 자신을 지켰다. 아무리 천대받고 없는 사람 취급당하고 멸시받아도 자신이 최악의 최악은 아니라며 <u>스스로를</u> 위로했다. 그렇게 강하고 단단하고 똑부러지기까지 했다.

 향이 좋은 비누로 팔뚝까지 깨끗하게 박박 닦고 나와서 반짝반짝해진 자신의 손등을 바라보고 만족하며 화장실을 나왔다. 이 가족들의 밥 먹기 전의 기도가 너무 길어 서희가 중간중간 눈을 뜨긴 했지만 밥도 반찬도 너무나 맛있었고 이대로 이 집에서 잤으면 좋겠다 싶었다.

 밥을 거의 다 먹어갈 때쯤 희준이 어머니의 제안이 있었다.

 "희야, 일요일에 할 일 없으면 희준이 따라 교회 갈래?"

 서희는 당연히 할 일이 없었다.

 "그래도 돼요?"

 "응, 그럼~ 희준이가 일요일에 희야 데리러 가."

 희준이는 신이 나서 크게 알겠다고 대답했다. 사실 이 부모는 누군가의 지인이었다. 그 지인의 부탁으로 이 저녁식사를 마련하게 된 것이다.

친척들이야 있었지만 한동네 살면서도 돈이 없어서가 아니라 그저 아이가 기분 나쁘다는 이유로 제대로 된 옷 한 벌 안 사주고 돌봐주지도 않는다는 게 화가 나 미칠 거 같아서 차라리 좋은 곳에 입양을 보내는 게 낫지 않을까 싶었던 김 형사는 아니었다.

그러나 마침 김 형사에게도 뜻밖에 전화가 한 통 왔다.

성여욱. 김 형사는 그 이름을 절대 잊을 수 없다.

몇 해 전 한 살인사건 용의자의 몽타주를 만들려고 동료 형사들이 목격자들을 모았다. 하필 목격자들은 대부분 아이들이었다. 형사들은 아이들에게 이렇게 저렇게 생기지 않았느냐는 질문을 쏟아붓고 있었다. 헌데 그중 누가 봐도 눈빛이 밝고 곧은 한 남학생이 시끄러운 와중에 모든 것을 가르며 외치기를.

"저기요! 이런 걸 유도신문이라고 하지 않나요? 제가 시험공부 때문에 시간이 많지 않아서요. 저 먼저 빨리 대답하고 가면 안 될까요? 그리고 어른들이 그렇게 물어보시면 애들은 그냥 그렇다고 할 거 같은데요? 근데 저는 애도 아니고 제가 본 대로만 말씀드리면 안 돼요?"

당시 그 용의자에 대해 영 감이 없었던 김 형사는 다른 서류들을 뒤적거리다가 그 말을 들은 순간 그대로 한 방 먹은 느낌이었다. 그때 그 아이의 진술과 떠올린 모습으로만 몽타주를 만들고 그대로 범인의 윤곽을 잡았더니 결국 곧 범인의 수갑을 채울 수 있었다.

허나 그 똘똘한 남학생이, 하필 그 당시에 백혈병과 싸우고 있었고, 얼마 못 가 그 학생은 세상을 떠났다. 그 부모를 위로하다가 몇 번 만난 것이 김 형사와 성여욱 부모와의 인연이 되었는데…. 김 형사를 향한 그들의 갑작스럽고도 간절한 부탁은 실로 난감한 것이었다.

*  *  *

경찰서 근처 카페.

"앗뜨!"

커피를 홀짝이려다가 맞은편 부부의 말을 듣고 깜짝 놀라 삼키려던 커피를 뿜고 말았다. 김 형사는 아무래도 뜨거움에 많이 약한 편인가보다.

"뭐라고요? 서희요?"

"네, 벌써 반년이 넘었어요."

40대 중반으로 보이는 남자와 초반으로 보이는 여자. 성여욱의 부모 성진욱과 김미은이었다.

"아, 그래서 교회를 다니는구나. 교회 다니시죠?"

김 형사는 눈치가 빨랐다. 당연한 거지만.

"네, 처음부터 무작정 데려오겠다고 하면 반대하실 거 같아서 저희도 시간을 가지고 자연스럽게 친해져 보려고 친구를 통해 아이를 교회에 나오게 해봤어요. 그런데 그 아이는 정말 저희에게 기적이에요. 천사예요. 너무너무…."

거의 울 것처럼 기도하듯이 애절하게 말하는 미은…. 진욱은 적극적으로 자신들의 결심을 전했다.

"저희는 사건을 처음 들었을 때부터 아이가 얼마나 힘들지, 그 생각밖에 안 들었어요. 아이가 남잔지 여잔지 예쁜지 못생겼는지 그런 건 중요하지 않았어요. 그 끔찍한 곳에서 얼마나 힘들었을지, 잊게 해주고 싶었어요. 절대 저희가 아이를 잃어서, 외로워서가 아닙니다."

"그리고 서희도 저희를 정말 좋아해요. 진짜예요. 희야 웃는 것만 봐도 저희는 너무 행복해요."

"알죠~ 고 녀석 웃는 거 정말 예쁘죠!"

김 형사가 갑자기 손깍지를 끼고 뒤로 얼굴을 제꼈다.

"후우~ 문제는 그게 아닙니다. 저도 보내드리고 싶죠. 그 거지 같은 사람들한테서 그 거지만도 못한 취급받을 애 절대 아니란 말입니다."

"네? 그럼 뭐가 문제죠? 그 사람들 서로 애 맡아 기르기도 싫어한다면서요."

"저도 모르겠어요. 그 사람들 사정. 죽어도 입양은 안 보내겠답니다. 사람들이 손가락질할 거라면서. 이미 손가락질, 발가락질 다 당하고 있는 줄도 모르나."

머리를 맞대고 서희를 위한 최선을 고민하고 있는 이들.

서희는 다른 아이들보다 조금 늦게 초등학교라는 곳에 들어왔다. 그러나 조금 늦게 학교에 들어왔다 해도 학업이 뒤처지거나 모자라지는 않았다.

그런데 웬일인지 친구들은 서희를 피하고, 험담하고, 심지어 선생님들조차 없는 학생처럼 취급하고 있었다. 이토록 사랑스러운 아이를. 왜?

서희 부모님이 안 계셔서? 반 친구들 중에 부모님이 안 계신 친구들은 서희 말고도 더러 있었더랬다.

서희가 맨날 같은 옷만 입고 말도 별로 없고 특이해서? 서희 기준으로 봤을 땐 서희랑 비슷한 녀석도 두세 명 있었다. 그렇다면 왜 그들은 서희를 마치 못 볼 것이라도 본 것마냥 피해 다니기만 할까?

서희는 이미 그 이유를 알고 있었고, 이해도 했다.

몇 해 전 전국을 발칵 뒤집어 놓은 동작구 연쇄살인 사건 피해자의 딸. 정확히 말하자면 그 연쇄살인범의 유일한 생존자이자 증인. 실종된 아빠를 제외한 모두가 끔찍한 죽음에 이르렀음에도 불구하고 그 현장에서 상처 하나 없이 살아남은 묘하게 기분 나쁜 아이. 그래서였을까? 아이고 어른이고 서희를 돌아가며 맡아 기르는 친척들조차 서희를 비껴가고 싶어 하고 제외하고 싶어 했고 늘 서희를 없는 사람 취급하고 싶어 했다.

서희를 알고 싶어 하고 서희와 눈 마주치고 싶어하는 것들은 '그 존재'들 뿐이었다.

그러나 빛을 꺼내어 그 힘을 어떻게 쓰는지도 알게 되었고 자신이 특별하다는 것도 이해하고 받아들였다.

그 끔찍한 악인과도 싸워냈는데 이제 와 그 무엇이 두려우리. 그래서 불쑥불쑥 튀어나오는 것들이 낯설고 놀랍지만 무섭지는 않았다. 손으로 휘휘 저어버리면 그만이었다. 그러나 그런 서희의 행동은 조금 이상해 보였고 아무도 반기는 사람이 없었으니 차라리 정신병원에 집어넣고 신경 쓰지 말고 살자는 것이 일가친척들의 공통된 생각이었다. 거기서 서희를 꺼내온 것은 김 형사였다.

제대로 된 정신감정을 받아서 멀쩡하다는 소견을 받고 겨우 꺼내왔다. 그렇게 친척 집을 전전하다가 결국 동만의 큰 누나가 서희를 맡아서 키우게 됐다. 어느 날 그녀의 첫째 딸이 서희를 불러다 앉히고 심각하게 얘기했다.

"너 여기서 살려면 그런 얘기 다시는 하지 마! 이상한 짓도 하지 말고! 그러면 너 또 병원에 가야 해. 그리고 나도 그렇고 너희 외가 식구들도 그렇고 그 누구도 니 편은 없어. 너 좋아하는 사람 하나도 없다고! 밥이나 얻어먹고, 학교 보내주면 학교 가고 머리도 니가 감고, 소풍이나 체육대회 같은 건 말도 꺼낼 생각하지 마. 학용품 같은 거 떨어져도 사 달란 말도 하지 마. 어른들은 그런저런 핑계로 너 다른 데로 보낼 생각만 할 거야. 여기서 그래도 나랑 둘째 언니랑 같이 살고 싶으면 그냥 없는 듯이 너 혼자 다 하면서 살아! 실내화도 운동화도 니가 빨고. 알았어?"

말의 내용만 보자면 너무나 가혹한 이야기다. 그러나 이 아이를 재앙이라도 된 마냥 피해 가려는 친척들 사이에서 가장 인간적이고 가장 이 소녀를 사랑하는, 그래서 적어도 이 불쌍한 아이를 다시는 정신병원이나 고아원으로 보내고 싶지 않은 간절한 마음으로 전하는 모진 말이었다. 어린 소녀는 이 또한 이해했다.

서희도 다시는 정신병원에는 들어가기 싫어서 최대한 보이는 것들과 싸우는 중이다. 요란한 그림자를 만들어 내는 정글짐 안에 있으면 해가 지기만을 기다렸다가 우르르 쏟아지는 귀신들 속으로 자연스럽게 천천히 걸어갈 수 있다. 그래서 그때까지는 정글짐 속에 숨어있었다.

서희의 싸움 기술은 광속으로 늘고 있다. 처음엔 그저 안 보이는 척, 봤어도 못 본 척, 놀라지 않은 척, 닿지 않으려고 슬쩍 비켜가는 척. 그러다가 이제는 아무도 모르게 귀신에게 어퍼컷을 날리는 법, 졸졸 따라오는 귀신을 학교 화장실까지 데리고 들어가서 뒤지게 패주는 법, 책상 밑에서 자신을 놀래키려고 준비 중인 귀신을 향해 지우개를 줍는 척하고 자기가 먼저 까꿍 하고 놀래키는 법, 어두운 곳 어느 모서리 귀퉁이 그 어둠 속에 숨어있다가 스윽~~~ 하고 나오는 시커먼 귀신은 가래떡 주무르듯 쭈욱~~~ 늘려 패대기쳐서 짜장면 면발로 만들 지경까지 이르렀다.

그리고 친구들도 생겼다. 희준이에게 엑소시스트 영화의 줄거리를 진지하고 찰지게 액션까지 가미해 가며 한편을 다 들려주었더니 희준이가 동네방네 소문을 내고 다녔다.

한 명, 두 명 이야기를 들으러 온 아이들이 친구가 되었고 그렇게 서희의 소문이 파다해지자 한날은 농땡이를 피우고 싶었던 선생님 귀에까지 들어가게 되었다.

"서희, 니가 그렇게 무서운 이야기 잘한다며? 앞에 나와서 한번 해 봐!"

그때까지 서희를 있는 둥 없는 둥 하던 선생이 뭐 남친이랑 싸웠나 창밖이라도 보고 싶었나? 그러나 우리의 서희는 원체 두려울 것도 마다할 이유도 없었다.

땡! 땡! 땡!

"끼야야야야야야야!!!!!!!!!"

그저 수업종을 알리는 소리였음에도 서희의 얘기에 빠져들어 잔뜩 긴장하고 있던 아이들이 그만 깜짝 놀라 동시에 소리를 질렀다. 심지어 창밖을 보던 선생님도 서희의 실감나는 귀신 모사며 액션 연기에 빠져들어 순간 움찔하였다. 쉬는 시간에 아이들은 서희에게 몰려들었다.

"희야, 그다음에 어떻게 됐어?"

"희야, 그래서? 계단을 내려갔는데 어떻게 됐어?"

서희는 밀당을 할줄 아는 아이였다. 새침한 표정으로 말했다.

"그건 다음 주 토요일에!"

실망한 표정의 아이들과 어떻게 해서든 서희와 친해져서 다음을 들겠다는 똑똑한 아이들이 나뉘었다.

다소 성실하지 못했던 선생님과 희준이의 외조 덕분에 매주 토요일 서희의 공포특집은 그렇게 시작되었다.

그러나 사실은 서희가 본 진짜 공포영화는 정말 딱 한 편뿐이었고 아이들이 그토록이나 무서워했던 모든 귀신 얘기들은 서희가 실제로 직접 보고 겪었던 것들이다. 심지어 궂은 날씨에는 어김없이 찾아와 치덕거리는 몸으로 아이들 사이사이에서 '지금 내 얘기 하는 거야?' 라는 표정으로 모가지를 빼고 서 있는 녀석들을 보이는 그대로 얘기해 주니 실감이 나고 오금이 저릴 수밖에….

그런 서희는 일요일이 가장 기다려졌다. 누구나 마찬가지려나. 희준이와 함께 교회를 가는 것도 좋았지만.

교회를 가면 늘 자신을 딸처럼 안아주고 예뻐해 주는 어떤 아주머니와 아저씨가 그렇게 좋았다.

차갑고 시린 겨울을 겨우 이겨내고 비집고 나온 햇살 같은 그런 느낌이었다.

미은과 진욱은 처음 서희를 보자마자 벅차오르는 감정으로 서로의 손을 꼭 붙들었다. 미은은 아무 말 없이 서희에게 다가가 대충 껴입고 나온 옷매무새를 단정하게 고쳐주고 흘러내린 머리카락도 조심스레 쓸어 귀 뒤로 넘겨주었다. 어느새 진욱은 교회 문을 열고 나갔다가 무언가를 사 들고 다시 돌아왔다.

"서희라고 하지? 희준이한테 들었어. 희준이 이모야. 진짜 이모는 아니고 희준이 엄마 친구."

서희가 희준을 향해 눈을 가늘게 뜨며 새침하게 물어본다.

"희준아, 너는 입이 싸니? 아니면 할 얘기가 내 얘기밖에 없어? 왜 여기저기 내 얘기만 하고 다녀?"

"아, 아니, 그게 아니고. 이모한테는 엄마가 말한 거…."

"아, 미안~ 희준이 엄마한테 들었어. 기분 나빴어?"

"아뇨, 기분 나쁠 일은 아니구요. 혹시나 얘가 나 좋아하나 해서요."

갑작스런 돌직구에 희준이 얼굴은 새빨개지고 미은은 서희가 너무 귀엽고 사랑스러워 소란스레 웃었다.

"하하하. 희준이 우리 희야, 좋아하니? 하하하하."

어느새 미은의 입에서 자연스럽게 우리 희야라고 말하고 있었다. 순간 서희는 가슴이 콩닥거렸다. 우리 희야라는 말을 언제 들었을까? 갑자기 잊고 있던 무언가가 울컥 올라오는 듯했다. 서럽고 그립고 그동안 참아왔던 많은 것들이 처음 보는 누군가의 '우리 희야'라는 한마디에 와르르 쏟아져 내렸다. 닭똥 같은 눈물을 뚝뚝 흘렸.

미은은 순간 당황했지만 바로 자신이 무엇을 해야 하는지 알았다. 그저 안았다. 너무 꽉 안지 않고 어색하지도 않게 그저 품었다. 그렇게 새어머니가 될 그 품에 안겨 한참을 울었다. 그리고 진욱은 서희가 집에 돌아가기 전 검은 봉지를 말없이 손에 쥐여주었다.

그 안에는 아이들용 스타킹이 열 개나 들어있었다.

그때까지 서희의 스타킹은 늘 구멍이 나 있었다.

## 촉법이 뭐시더냐?

'말도 안 돼. 말도 안 돼. 아니야. 아닐 거야. 잘못된 거야.'

어차피 이렇게 형편없는 대접에 여기저기 탁구공처럼 왔다 갔다 하며 떠밀려지는 이 아이의 신세를 알고 있던 터라 무슨 일이 터지면 무조건 자신에게 먼저 연락이 오도록 조치를 취해놨다. 그런데 이게 별안간 무슨 일인가.

김 형사는 일단 아이가 혼수상태라는 얘기만 듣고 헐레벌떡 뛰어왔는데 보호자가 아니기 때문에 두부 손상으로 인한 출혈, 지금 혼수상태이며 큰 병원으로 옮겨야 한다는 의사의 짧은 소견만 들을 수 있었다.

저 조그만 아이의 머리를 왜? 누가? 김 형사의 머리가 백지장처럼 하얘지고 다른 어떤 사고를 할 수도 없을 때 한 간호사가 지나가며 경찰을 찾는다.

"내가 경찰이에요. 나도 경찰이라니까 나한테 얘기해요."

의심의 눈으로 자신을 쳐다보는 간호사에게 신분증을 보여주었다.

"아이 속옷이 없어요. 허벅지에 작은 열상도 있고…."

"아흑!"

김 형사의 명치가 칼에 깊이 찔린 듯 아파져 왔다. 말을 흐리지만 김 형사가 이 말을 못 알아들을 리가 없다. 아이가 혼수상태라는 말을 들었을 때보다 훨씬 더 가슴이 아파져 오는 것 같았다. 자신의 가슴께를 쥐고 병원 벽에 털썩 기대었다. 간호사에게 다시 주치의를 불러달라고 병원이 떠나가라 큰소리로 외친다.

"지금 선생님 다른 진료 들어가셔서…."

"그럼 다른!"

김 형사는 애먼 간호사를 붙잡고 채근하려다 겨우 이성을 찾고 사태를 파악해 보기로 한다. 눈치 없는 안 형사가 그를 위로 한답시고 안

해도 될 말까지 해대며 속을 긁어낸다.

"지금 보호자가 아직 안 왔는데 팀장님이 뭘 어떻게 하실 수도 없잖습니까? 그리고 막말로 팀장님 딸도 아닌데 왜 이렇게까지 하시는지…."

김 형사가 안 형사를 내려다보며 마치 헐크처럼 그를 찌부러뜨릴 기세로 온몸으로 답답함을 표현한다.

"그걸 말이라고 해?"

말해줘도 모르리라. 어떻게 보면 아무것도 모르는 동료 형사 입장에서 보면 그저 지나간 사건의 피해자 내지는 생존자? 아무리 좋게 포장을 해도 동정이나 죄책감이라는 단어 밖에는 떠올리지 못할 것이다.

\*\*\*

몇 년 전 어느 날 밤의 일이었다.

김 형사가 아직 전설이니 뭐니 하는 어떤 별명으로도 그의 존재를 휘날리지 않던 어느 날, 그는 술이 가득 취해 무방비 상태로 집으로 향하고 있었고 어느 그림자가 자신을 따라오는지도 알 수 없었다. 주머니에 손을 넣어야 할 만큼 추운 날이었던 것만큼은 확실했다. 술이 아무리 취했지만 그는 동물적인 감각이 뛰어났으며 황소 같은 몸집이지만 반사신경도 뛰어나고 운동신경이 남달랐다. 타고난 형사 체질이라고 해야겠다. 녹적지근하게 술로 달구어진 몸을 어둡고 텅 빈 골목에서 잠시나마 자유를 내주고 휘파람까지 불어대며 집으로 향했다.

순간 자신의 옆구리를 서걱 하며 뚫고 들어오는 칼날을 느꼈고 동시에 김 형사는 언제 내가 술을 마셨던가 싶을 정도로 잽싸게 온몸의 근육을 그곳으로 집중시켜 더 이상 파고들지 못하게 칼끝을 꽉 움켜쥐고 몸을 순식간에 틀어버려 그까짓 칼날을 댕강 하고 부러뜨려 버렸다.

두 호주머니에 손은 여전히 그대로였다. 모자를 푹 눌러쓴 자신에게 깊은 원한을 가지고 있을 그놈이 혼비백산하고 도망가는 것을 굳이 달려가서 잡으려 하지 않았다.

기억력 좋고 눈썰미 좋은 그는 한눈에 알아볼 수 있었다.

"멍청한 녀석, 옷 갈아입을 시간도 없을 만큼 내가 그렇게 미웠냐."

그렇게 혼잣말을 하고 택시를 잡아 응급실을 갔던 그였다.

몇 년 전 자신이 집어넣었던 그 녀석의 옷차림, 그것과 똑같다는 것을 알 수 있었다. 대부분의 수감자들은 딱히 누군가 멀쩡한 옷을 집어넣어 주지 않는다면 잡혀 들어갔을 때의 옷을 그대로 입고 나온다. 누군지 한눈에 알아봤으니 굳이 따라갈 필요도 없었다. 전설은 이때부터 쓰였던가? 어찌 됐든 그토록 무서울 것도 두려울 것도 없던 김 형사가 어느 날 서희의 학교 앞으로 찾아왔다.

"어어? 또 왔네? 형사님, 그렇게 자꾸 땡땡이치면 진짜 잘린다니깐요? 안 그래도 박봉인데 집에서 형사님만 보고 있는 식구들 생각도 좀 하셔야죠."

김 형사는 컵 떡볶이를 두 개 들고 있다가 하나를 서희에게 건네주고서는 머리를 콕콕 찌르며 말한다.

"넌 임마 늘 느끼는 거지만 박봉이니 그런 말은 또 어디서 들었어? 이 안에 너 있는 거 아니지? 정말 미모의 아가씨라도 들어가 있는 거 아니야?"

아이의 발걸음에 맞춰 조금 천천히 걸어주며 익숙한 듯 아이들이 빠져나간 운동장 한켠 벤치에 앉았다.

"일단 잘 먹겠습니다~ 근데 오늘은 또 무슨 고민이 있어서 오셨나?"

떡볶이를 우물거리며 서희가 어른흉내를 낸다.

"너 진짜 이 안에 뭐 들어있냐? 고민이 있는 건 또 어떻게 알았어?"

"저기 종점 비스가 사당동까지만 가는데도 열다섯 정거장인데 그보다도 멀리서 오셨잖아요. 내가 진짜 예쁜 아가씨도 아니고 맨날 이딴 거나 사주고 잔뜩 찌푸리고 왔다가 그래도 집에 갈 때는 엄청 환하게 웃고 가니까 고민이 있다가 풀리고 간 건가 생각한 거죠. 아니면 내가 고민거린가?"

그는 매번 놀라는 거지만 또 한 번 뜨끔했다. 뭐 이렇게 하나도 틀린 말이 없나? 항상 그는 무언가 안 풀리는 일이 있을 때나 희야가 걱정이 돼서 와봤다가도 서희의 웃는 얼굴을 보고 갈 때면 홀린 듯 이 미소에 물들어 가볍고 밝은 마음이 되어 집으로 향했었다.

"아이구! 자리 까셔야겠네. 복채라도 드려야겠어요."

"자리? 복채? 그건 처음 듣는 말인데?"

가볍게 서희의 머리를 쓰다듬으며 한숨을 쉰다.

"아저씨가 지금까지는 무서운 게 하나도 없는 사람인 줄 알았거든. 근데 너무 무서운 게 생겨버렸어."

장난기를 빼고 서희가 진지하게 물어본다.

"뭐가 무서운지 어차피 얘기 안 해줄 거죠?"

웬일인지 김 형사는 언제부턴가 동료 형사들이나 가족들에게도 할 수 없는 얘기들을 이 아이 앞에서만은 스스럼없이 할 수 있게 되었다. 그러나 얼마 전부터 자신의 딸이 등교하는 모습이 담긴 사진과 함께 협박성 편지와 전화들이 쏟아지기 시작했다는 것은 차마 얘기해 줄 수가 없었다.

김 형사가 침묵으로 대답했다.

"그럼 왜 무서운지는 얘기해 줄 수 있어요?"

그는 잠시 생각했다. 그 야비한 놈이 두려운 것인가? 그놈이 들이민 사진이 무서운 것인가?

"아저씨는 정말 괜찮거든. 아저씨는 정말 안 아파. 근데 내가 사랑하는 사람들이 나 때문에 다칠까 봐 그게 너무 무서워."

서희는 정말로 심각한 얼굴이 되었다. 어린아이 표정 같지가 않았다. 서희도 그렇게 한참을 생각에 잠겼다.

"아저씨, 제 말 믿어요?"

김 형사는 서희의 믿을 수 없을 만큼 어른스러운 표정을 보고도 놀라지 않는다. 서희는 특별한 아이다. 그것을 받아들이는데 그리 오래 걸리지 않았다.

"응! 아저씬 서희 말 다 믿어. 무슨 말이든 다 믿어."

"흠, 비밀이에요. 희야는 사실 다 기억해요. 천재일지도 몰라요. 희야가 할미한테 엄마한테 아빠한테 아주 애기였을 때부터 얼마나 사랑받고 자랐는지 다 기억해요!"

그는 이 부분에서는 흠칫 놀랄 수밖에 없었다. 사고가 있었던 당시 담당 형사였던 자신이 서희를 면담했었다.

그때 이 아이는 쇼크로 인한 역행성 기억상실증에 걸린 상태였다. 게다가 선택적 함구증. 그 장례식장까지 김 형사는 이 아이에게 아무런 말도 들을 수가 없었다.

사건을 기억하는 걸까?

"그런데 할미 말투, 아빠 애기, 엄마 얼굴 떠올리면 너무 슬프니까 그냥 안 하는 것뿐이에요. 기억하지 않는 게 아니에요. 꺼내지 않을 뿐이에요. 그런데 이상한 거는 엄마가 그 못생긴 연쇄살인범한테 죽었다고 하던데, 저는 뭘 하고 있었을까요? 지켜줄 거라 다짐했는데…."

'못생긴? 그놈의 얼굴을 봤나? 그러나 애매한 말투, 엄마가 죽은 순간은 제3자에게 들었다는 듯… 그리고 지켜줘?'

"사실 저 그 사람 본 적 있어요. 그날 말고 그 전에…."

"뭐? 그놈을 본 적이 있다고? 사건이 있기 전에?"

담담한 말투로 얘기하는 서희와 달리 김 형사는 온갖 호들갑을 다 떨며 놀란 모습이 역력했다.

"확실히 봤어요. 눈감고 그리라고 하면 그릴 수 있을 정도로 오랫동안 봤어요. 제 방 창문을 뚫고 들어오려고 했거든요. 저는 바보였어요. 그때 저는 제가 가족들을 지킬 수 있을 거라고, 제가 아니면 안 된다고 생각했거든요. 그래서 그놈을 본 걸 아무한테도 말 안 했어요. 제가, 저 혼자 지키려고. 차라리 그때 얘기하고 다 같이 손잡고 도망가자고 했더라면… 엄마, 아빠랑 할머니도 헤어지는 일이 없었겠죠?"

김 형사의 머리가 띵해졌다. 아이의 기억이라지만 흔들림 없는 눈동자! 거짓을 말할 이유도 없다. 그리고 그 당시 그놈의 행동반경이라면 충분히 스치고도 남았으리라.

이 아이는 대체 어떤 공포를 마주하고 이겨낸 걸까?

"형사님도 바보예요. 형사님은 안 아프고 정말 괜찮다고 하지만 벌써 아프고 안 괜찮잖아요. 그럼 정말 형사님을 무섭게 한 건 누구예요? 형사님이 사랑하는 사람들이에요? 저는 후회해요. 연쇄살인범을 잡지 못한 걸 후회하는 게 아니에요. 그놈은 도망쳐도 쫓아왔을 수도 있고, 아마 제가 잠들지 않고 계속 싸우려고 했으면 저도 죽었을지도 몰라요. 제가 후회하는 건 엄마 얼굴을 좀 더 오래 볼걸. 울지 말고 눈 감지 말

걸. 엄마는 저한테 빛이라고 얘기해줬어요. 그리고 웃었어요. 그 모습을 조금이라도 더 오래 볼걸. 그런 후회밖에 없어요. 그러니까 형사님도 눈감고 등 돌리고 형사님 혼자 다 해결할 거라고 생각하지 마세요. 차라리 그 시간에 더 오래 사랑해 주세요. 오래 안아주고 더 사랑한다고 말해주세요."

선택적 기억상실증. 기절했던 걸 잠들었다 생각하는구나. 김 형사는 다행이라고 생각했다. 그리고 또 한 번 놀랄 수밖에 없었다. 아무리 이 아이가 특별하고 어른스럽고 매 순간 기적을 보여주는 아이일지라도 어떻게 이런 말을 할 수가 있을까? 이 모든 말들은 너무나 뼛속까지 잘 전달이 되었다. 순간 서희가 벌떡 일어나서 김 형사의 작지 않은 머리를 꼬옥 안았다.

"형사님, 사랑해요. 사랑한다는 말은 할 수 있을 때 많이 할 거예요. 사랑해요~"

"그래! 희야, 아저씨도 사랑해~ 그리고 고마워."

그날 일찍 퇴근한 김 형사는 아내와 아이를 불러 그동안 하지 못했던 이야기와 서희와의 대화를 들려주었다. 아내와 아이는 동시에 달려들어 펑펑 울었다.

"아빠, 나는 괜찮아."

"자기야, 이사 가자. 이사 가면 되지. 그리고 지금까지 말 안 한 게 있는데… 나 사실 그동안 그런 전화 수십 번도 더 받았었어."

"뭐? 진짜야?"

그는 처음 듣는 얘기에 깜짝 놀랐지만 김 형사의 아내는 여유 있는 표정으로 눈물을 닦으며 얘기했다.

"응. 처음엔 잘못 거셨어요~ 그랬다가 나중에는 욕지거리가 나오더라고. 이제는 보험회사 직원들 전화보다 덜 귀찮아. 강력계 레전드 김 형사 마누라 정도 되려면 이 정도 깡은 있어야지. 그동안 말 못해서 나도 미안해. 자기가 더 힘들어 할 것 같아서 말 못했어."

"나도 맨날 친구들이랑 같이 다니고 아빠가 준 호루라기도 있고 무서운 거 하나도 없어. 근데 왠지 걔한테 진 거 같아! 다음에 만나면 내가 꼭 이길 거야! 팔씨름이라도 해볼까?"

비장한 표정의 딸을 보는 부부의 얼굴에 미소가 가득하다.

"호호호. 그러게. 누가 이길지 엄마도 궁금하네~"

"뭐 팔씨름은 우리 딸이 더 셀지 모르지 그거는 뭐…"

"으앙! 아빠 미워! 그럼 다른 거는 다 걔가 더 세? 걔가 더 예뻐? 걔를 더 사랑해?"

"으이그! 내 새끼~ 그럴 리가 있나. 아빠는 우리 집 두 여자를 세상에서 제일 사랑해~ 사랑해 여보~"

"어 뭐야? 평생 처음 들어본 거 같아. 굉장히 지금 어색하고 안 어울리고 그런 거 알지?"

"웅! 그래도 사랑한다, 여보. 내 딸~ 사랑해~"

"아빠, 나도 사랑해~"

"그래, 나도 사랑해 준다! 내 남편 사랑해~"

그때 이 달달한 세 사람을 갈라놓는 한밤중에 벨소리가 집안 가득 울려 퍼졌다. 김 형사의 아내가 제일 먼저 일어나 현관 옆에 거울을 보며 잠시 자신의 조금 흐트러진 머리와 눈물 자국을 훔쳤다. 김 형사는 벽시계를 올려다보았다. 정확히 일곱 시. 딸 광혜만은 어리둥절했으나 아까부터 주방은 평소와 달리 잘 정리된 상태로 칙칙폭폭 낮부터 그 쓰임을 멈추지 않고 있었다. 벨은 딱 한 번 울렸고 참을성 있게 이들의 손님맞이를 기꺼이 기다려주고 있었다.

 김 형사가 아내와 눈길을 주고받고 문을 열자 그곳에는 밤에도 여지없이 환하게 빛나는 사랑스러운 서희의 양손을 잡은 진욱과 미은이 과일 꾸러미와 과자 상자를 잔뜩 들고 서 있었다.

 김 형사의 와이프는 상당히 외향적인 성향의 사람으로 처음 보는 이들을 집으로 들이는 것을 주저하지 않는다. 제일 먼저 밝게 인사한 것 역시 그녀였다.

 "언능 들어오세요. 기다리고 있었어요. 니가 서희구나? 정말 귀에 못이 박히도록 들었는데 연예인 보는 거 같다 얘."

 이들이 모두 신발을 벗고 들어서기 전부터 호들갑을 떤다. 광혜만은 어리둥절해 자신의 아빠 뒤에 숨어있다.

 "광혜야, 인사해야지. 니가 꼭 이기고 싶다던 친구랑 그 친구 부모님이셔."

 김 형사의 아내는 그때까지 이 아이와 함께 온 이들이 아직 정식으로 양부모가 된 것이 아니라는 것을 모르는 바가 아니었다. 그저 그렇게 소개하고 싶었다. 자신의 아이에게 이상한 궁금증을 품게 하는 것도 싫었다. 그제서야 광혜는 얼굴이 빨개져서 서희만을 뚫어지게 쳐다보며 머리를 까딱하고 겨우 개미만 한 목소리로 인사를 하고 또 김 형사의 뒤로 숨어버렸다. 빼꼼히 내민 광혜의 까무잡잡한 작은 얼굴엔 서희를 향한 호기심이 가득했다.

 "아유, 갑자기 연락드렸는데 와주셔서 너무 감사드려요. 제가 이 녀석한테 오늘 복채를 주고 오는 걸 깜빡해서요. 그냥 넘길 수가 있었어야죠. 마침 연락드려봤는데 시간이 괜찮다고 하셔서 이렇게라도 같이 안 뵈면 또 언제 뵙습니까? 하하하."

"저희야 불러주셔서 감사한데, 갑자기 이렇게 준비하신다고 부인분께서 많이 당황하셨을 거 같은데요? 김 형사님, 나중에 혼나시는 거 아닙니까? 하하."

진욱은 음식이 계속 올라오는 식탁을 보고 김 형사를 걱정해 주면서도 기분 좋은 웃음을 짓는다.

"아유, 말씀도 마세요~ 형사 와이프로 사는 게 범인 잡는 거보다 더 힘든 거 모르시죠? 낮에 미리 연락을 받았으니 다행이죠. 새벽이고 아침이고 장가 못 간 후배 경찰들 챙긴다고 아무 때나 들어와서 밥상이고 술상이고 차리라고 할 때는 정말 이 사람 코 골고 잘 때 몰래 콧구멍에다 고춧가루 물을 붓고 싶은 심정이라니까요."

김 형사 아내의 너스레에 모두가 웃었지만 김 형사만은 웃을 수가 없었다. 몇 해 전 해결한 사건 중에 보험금을 노리고 남편에게 수면제를 타 먹여 바늘로 눈을 찌르고 계단으로 밀어뜨려 결국은 사망보험금까지 타낸 여자가 갑자기 떠올랐기 때문이다. 아내는 혼자 골똘해져 있는 남편의 얼굴에다가 정신 차리라는 듯 손가락 두 개를 튕겨서 큰소리를 내었다. 그 바람에 김 형사는 정신을 차렸다.

자신을 걱정스런 눈으로 쳐다보고 있는 이들을 보고 머쓱해진 김 형사는 말없이 진욱의 술잔을 채워준다. 아이들을 배려해 테이블 위에 따로 밥을 차려주고 자리에 다시 앉으며 별일 아니라는 듯 말하는 김 형사의 아내.

"신경 쓰지 마세요. 저 사람 지금 제가 한 얘기 때문에 보험금이나 타내려고 남편 죽인 여자 생각하고 있었을 거예요."

"네? 그런 여자가 있어요?"

미은은 진심으로 놀라서 순진하게도 눈을 깜빡이며 물었다.

"아! 저야 모르죠. 밖에서 있는 얘기는 일절 안 하니까요. 그래도 연애만 8년에다가 벌써 저 사람이랑 10년을 넘게 살았어요. 그리고 저 사람 너무 단순해요. 얼굴에 다 쓰여있어. 지금도 보세요. 절 보는 게 꼭 귀신 보듯 하잖아요. 어서 드세요. 저녁이 저희 때문에 너무 늦었죠? 맛은 있을 거예요. 그런 거로 저는 겸손하고 그러지 않거든요. 호호호."

김 형사는 정말 표정에서 다 드러났다. 아내를 놀란 토끼 눈으로 한 번 쳐다보더니 호탕하게 웃으며 차려진 음식을 덤벙덤벙 퍼서 입에 가져다 넣는다.

"맞아요. 음식 솜씨 하나만큼은…."

다시 아내의 눈치를 본다. 역시 곱지 않게 쳐다본다.

"아니, 음식 솜씨마저도 완벽한 저희 아내랍니다. 하하하."

그제서야 모두가 웃으며 저녁식사를 시작할 수 있었다. 저녁식사 자리에 술이 빠질 수가 없었고, 시간은 어느새 열 시가 넘어가고 있었다. 뒤늦게 이를 알아차린 것은 미은이었다.

"어머! 시간 가는 줄 모르고 이렇게 늦게까지 있었네요. 죄송해서 어쩌죠? 여보 너무 늦었다."

김 형사는 이 자리가 좋아 진심으로 이들이 더 머물길 바랐다.

"내일 비번이라 전 괜찮습니다만, 일요일이기도 하고…."

"근데 아이들도 잘 시간이라. 어라? 얘들이 어디 갔지?"

세심한 성격의 미은과 달리 털털한 성격의 김 형사의 아내가 대수롭지 않게 모두를 안심시키며 다른 질문을 한다.

"아까 보니까 벌써 친해져서 저희 애 방으로 들어가더라고요. 그나저나 입양 절차는 순조롭게 진행되는 거죠? 저희 남편이 걱정이 많았어요, 진지하게 우리가 입양하면 어떠냐는 말까지 나왔거든요. 두 분이라서 정말 다행이에요."

"네, 친가 쪽은 김 형사님이 알아서 해결해 주셨는데 저희는 이모 할머님이 걱정이었거든요. 그분이 슬하에 자식도 없으시고 재산도 꽤 소유하신 거로 알고 있어서요. 근데 흔쾌히 허락해 주셨어요. 직접 만나 봤는데 그분의 사정도 있으시고, 제일 큰 걱정은 아무래도 서희죠. 지금까지는 저희를 잘 따르고 있는데 부모로서는 어떻게 받아들일지, 받아줄 수는 있을지… 그게 제일 불안하죠."

그들의 진심 어린 고민이었다. 김 형사는 그런 그들을 보며 그저 미소 지었다.

"걱정하지 마세요. 아까 두 분 손 잡고 서 있을 때 보니까 그냥 한가족 같았어요. 벌써 알고 있을지도 몰라요. 두 분이 가족이 되주실 거라는걸. 서희는 그런 녀석이거든요."

곧 모두들 광혜의 방문 앞에서 서로를 바라보며 따뜻한 미소를 짓고 있다. 어느새 둘은 어른들이 술을 마시며 웃고 떠드는 사이에 이렇게도 친해졌는지 한 침대에서 서로 손을 꼭 잡고 새근새근 잠이 들어 있었다. 이 모습이 가장 감격스러웠던 것은 역시나 김 형사였다. 되도록 오래 보고 있고 싶을 정도였다. 진욱이 조심스레 다가가 서희를 안아 올려 잠이 덜 깬 서희를 둘러업었다. 어느새 부스스 잠이 덜 깬 목소리로 서희가 말한다.

"아… 저 걸어가도 되는데요. 실례가 많았습니다. 암튼 잘 먹고 잘 놀다 갑니다~"

또 이상한 성인 남자 같은 말투에 다들 웃음이 나왔다.

서희는 걸어가도 된다고 했지만 그대로 곧 자신의 아버지가 될 진욱의 목에 그대로 자신의 팔을 두르며 편안하게 기대었다.

"아빠…."

잠꼬대 같은 서희의 말에 진욱이 움찔하며 걸음을 잠시 멈췄다.

'아마도 친부를 기억하고 자기도 모르게 뱉은 말이겠지.'

그래도 그는 감격스러웠다. 그리고 그 순간 맹세했다.

'절대 도망가지 않는 너의 아빠가 되어줄게!'

그 비열한 협박범은 아무런 반응이 없는 김 형사를 그 후로도 몇 주간 들쑤셨지만, 곧 포기하고 사라졌다. 원래 그런 잡범들이나 잡귀들은 끈기도 없는 법.

그 일을 계기로 김 형사에게 서희는 더더욱 특별한 존재가 되었다. 원래부터 특별한 아이였지만 자신에게서 정말로 소중하고 특별한 아이가 되었던 것이다.

그런 아이가, 강력계 형사도 울릴 만큼 그토록 똑부러지고 강한 아이가… 혼수상태로… 저 꼴로 누워있다니… 김 형사는 역시나 지켜주지 못했다는 자책감 때문에 괴로울 수밖에 없었고, 그런 김 형사를 안 형사가 온전히 이해하기란 무리가 있었으리라. 서희의 병실 앞에는 큰 고모의 두 딸만이 처연히 앉아있었다.

"니네들이 다야? 부모 없어? 서희 고아야? 친척들 있잖아! 고모도 삼촌도 큰 아빠도 다 어디 갔는데 왜 안 와? 빨리 큰 병원으로 옮겨야 한다잖아!"

여학생 둘이 그의 고함에 깜짝 놀라 기가 죽었다.

김 형사는 작은 병실 복도를 왔다 갔다 하면서 미칠 것 같은 자신의 심정을 달래지 못해 어찌할 바를 모르고 있다. 복도를 서성이던 와중에 그때까지 눈에 들어오지 않았던 작은 남자아이가 문 앞에서 몸을 잔뜩 웅크리고 벌벌 떨고 있는 것을 보았다.

김 형사는 그 꼬맹이의 어깨를 잡아 일으켰다.

"너 뭐야? 너 알고 있지? 쟤 왜 저렇게 됐어? 저럴 애 아닌데 왜? 누구야? 너야? 또 누구야? 빨리 말 못해?"

그 아이도 울다 지쳤는지 힘이 빠져 저항할 수도 없이 김 형사 손에 나풀거렸다. 들릴 듯 말 듯.

"저 때문에… 흐흑. 저 때문에… 저 때문에…"

그는 그제야 범인이 이 아이가 아니라는 걸 알았다.

조금은 이성을 찾은 김 형사는 형사의 본분으로 돌아와 감정을 꾹꾹 눌러 담으며 물었다.

"그래서 너는 서희 저 꼴로 만든 놈들 알아?"

"네…"

마침 병원문을 열고 서희의 보호자 역할로 헐레벌떡 뛰어들어온 두 사람이 있었다. 역시나 진욱과 미은이었다. 김 형사는 그들이 오자마자 겨우 안심하고 자신이 해야 할 일을 하러 나갔다.

서희를 그들에게 맡긴 후 김 형사는 아까부터 잡고 있던 희준이의 어깨를 쥐고 자신의 차에 태웠다.

"어디야! 그 새끼들 집 어디냐고!"

희준이는 김 형사가 소리를 질러도 무섭지도 놀라지도 않았다. 그저 하나님만 찾았다.

"하나님, 제발, 제발요. 없었던 거로 해주세요. 제발요. 하나님, 진짜 앞으로 잘할게요. 하나님!"

패닉에 빠진듯한 희준이를 보고 김 형사는 벨트를 대신 매주고 빠르게 병원을 빠져나간다.

"어! 난데 관할 경찰, 담당 경찰 누군지 다 알아봐. 당장! 그리고 바로 나한테 전화하라고 해."

달리는 차 안에서 벌벌 떠는 아이를 힐끔거린다.

"야! 너 희야 친구지? 니가 혹시 희준이란 놈이냐?"

희준이는 눈물이 그렁한 눈을 똥그랗게 뜨고 물었다.

"어떻게 아셨어요?"

그제서야 김 형사는 한숨을 쉬고 희준이의 뒤통수를 가볍게 내리치듯 쓸어내렸다.

"허~ 드디어 만나긴 만났네. 남자 보는 눈도 없지. 그놈은 이렇게 약해빠진 놈이 뭐가 좋다고. 대체 무슨 일이 있었던 거야? 그리고 너는 뭐 하고 있었고?"

마지막 말엔 조금 힘이 실렸다. 희준이는 겨우 참았던 눈물을 다시 펑펑 터뜨렸다.

"어어어엉. 제가 갔을 때는 희야만 있었어요. 사람들 불렀어요. 용석이가… 희야가 여기 있을 거라고 해서 달려왔는데… 무서운 형들이랑 있을 거라고 해서… 제가 좀 늦었어요. 신발도 운동화로 갈아신고…이것도 들고 오느라 늦었어요. 제가 겁쟁이라서… 흑흑."

운전을 하면서도 얼핏 보이는 남학생은 정말 운동화 끈을 꽉 맨 채로 두 손에 무언가를 꼭 붙들고 있다.

"너 손에 든 건 그건 뭔데?"

"십자가요. 흑흑."

"그건 왜 갖고 왔어?"

"저는 어차피 그 무서운 형들 못 이기니까 하나님한테 희야 대신 지켜달라고 하려고 가져왔는데 희야가 벌써… 흑흑. 다 저 때문이에요. 다 저 때문이에요."

무교인 김 형사는 한숨을 쉬었다.

"하아~ 그래, 사내놈이 좀 빨리 뛰어가서 그 십자간지 뭔지 그 모서리로 그놈들 대가리라도 좀 때려 박지 그랬냐! 그나저나 너 때문이라니 그건 무슨 말이야?"

"용석이가 말해줬어요. 서희한테 자기 형이랑 형 친구들이 저를 인질로 잡고 있다고 했대요. 희야 대신에 제가 맞고 있을 거라고 거짓말했대요. 그래서 간 거에요. 희야는 똑똑해서 아무나 따라갈 애가 아니에요. 저 때문에 간 거에요. 그러니까 저 때문이에요."

용석이는 여기서 조금 사면을 받았으나 여전히 죄가 없지는 않다.

김 형사는 모든 걸 알아들었고 곧 한 통의 연락을 받았다.

"네! 네! 각설하시고요. 용의자 제가 확보했으니까 바로 따서 연락 다시 드릴게요. 놀라실 거 없고요. 그렇게 됐습니다. 사건 빼가는 거 아니고요! 그냥 정보 드리는 거니까 서로 예민하게 굴지 맙시다. 아! 그것참."

전화를 끊자마자 다시 전화가 왔다.

"어! 지금 그 새끼들 집 근처 다 왔어. 걱정하지 마. 사고 안 쳐. 뭐? 정액? 벌써? 어디서?"

희준이의 눈이 터질 듯이 커졌다. 그러나 김 형사는 지금 아이를 배려할 수 없다. 그의 가슴이 터질 지경이다.

\* \* \*

사고가 있기 며칠 전.

반짝반짝 서희가 있는 그 어느 곳에서도 서희의 환한 웃음에 그렇게 눈부시게 빛이 났다. 꾀죄죄한 옷을 입어도 다소 특이한 말을 하고 행동을 해도 아이들은 그렇게 서희가 뿌려대는 반짝거리는 길을 따라다니며 함께 웃고 손잡아 주었다. 그러나 그 빛이 처음으로 그토록 반짝이는 날개를 달아서였을까? 조심성 없는 서희의 그 빛들은 너무나도 요란하고 소란스럽게 여기저기 그 자국을 남기며 그 존재를 세상에 알렸다. 늘 그렇듯 진정 간악하고 끔찍한 어둠으로 가득한 인간들은 그 빛을 탐내고 시샘하게 되어있다.

지금은 아침 9시. 원래대로라면 이 녀석들도 학교에 가 있어야 할 시간이다. 서희가 다니던 그 초등학교에는 벌써 싹이 노랗다 못해 시커멓게 썩어버린 초등학교 5학년, 악마 같은 남자 어린이 다섯 명이 형형색색의 머리카락으로 염색을 한 그 머리를 맞대고 라이터 하나에 모여 다섯 대에 담뱃불을 붙이고 있다. 그중 한 명은 담배를 피운 지 얼마 안되었는지 연신 쿨럭쿨럭 기침을 하면서도 친구들에게 질세라 큰 숨으로 뻑뻑 피워대다가 머리가 핑 돌아 풀썩 주저앉아 버렸다.

"병신~"

그중 제일 키가 크고 중학생이라고 해도 믿을 만큼 성숙해 보이는 곽태경이라는 아이가 주저앉은 아이를 보며 비웃는다.

"야! 장용진, 이 븅신아~ 너 그냥 담배 피우지 마! 그냥 계속 망이나 봐."

넘어졌던 용진이 벌떡 일어났다.

"아냐, 씨~ 나 이제 꼴초야."

담배를 다시 하나 꺼내 피려는데 태경이 쭈그려 앉아있다 벌떡 일어나 용진의 턱주가리를 날린다.

"야! 이 새끼야! 담배 아깝다고 피우지 말라고."

다른 친구들은 킥킥댔지만 용진은 악으로 깡으로 다시 담배에 손을 댔다. 내려다보고 있던 태경이 용진의 손바닥을 운동화 발로 짓밟는다.

"아아악!"

"야! 펴~ 대신에 이거 한 대 피우고 너 한 갑 사와라! 한 보루 아닌 거 고맙게 생각해라 응?"

실눈을 뜨고 피식 쪼개며 자신의 손에 묻은 흙을 털어내고 기어이 담배 하나를 빼서 불을 붙여 여전히 쿨럭대면서 구석에서 혼자 담배 연기를 뿜어댄다. 용진의 집엔 담배가 보루 채로 쌓여있기 때문에 몇 갑 훔쳐 오는 것은 문제도 아니었다. 그깟 담배 한 갑쯤이야.

"야! 병민아, 너는 니네 형 거 뚫었어?"

"당근이지~ 내가 잠깐 봤는데 장난 아니야. 별 게 다 있어. 근데 좀 취향껏 봐야 할 거 같아~ 나 뭐 잘못 봤는지 꼴리는 게 아니고 쏠렸다니까. 토할뻔했어."

잔뜩 어깨 힘을 줘가며 태경이에게 잘 보이려는 1꼬봉 병민. 태경이 병민의 무엇으로 탈색이 되었는지 그 과정은 되어가는 것인지 풀려가는 것인지도 알 수 없을 정도로 지저분한 머리를 쓰다듬으며 말한다.

"새끼~ 역시 쓸만한 놈은 너밖에 없다니까. 크크크."

초등학교 5학년생 남자아이들은 병민이네 형의 성인용 사이트 아이디와 비번을 들고 용진의 빈집 컴퓨터 앞에서 어찌나 씩씩하게도 자신들의 남성성을 서로에게 자랑하기 바빴는지 그 집을 나왔을 때는 벌써부터 어른 흉내를 내며 걸어 나왔다. 그들은 그것으로 이미 어른이 되었다고 생각했다. 태경이 따분하다는 듯이 기지개를 켜며 다른 아이들을 둘러보며 말한다.

"야! 점심시간인데 밥이나 먹으러 가자."

그렇게 이 급식충들은 밥을 먹으러 학교에 갔다.

이 오래된 초등학교에서는 급식이 시작된 지 얼마 안 되었다. 다른 학교에 비해서 늦은 편이었다.

그도 그럴 수밖에 없는 것이 전쟁통에서부터 있었던 학교였던지라 급식 시설을 따로 만드는 데에 시간과 돈이 더 많이 들었고 질서 도, 체계도 아직 정립되지 않았다.

태경이 패거리들은 교실을 건너뛰고 급식실로 향했다.

학교에서도 웬만하면 졸업은 시키자는 취지로 넘어가 주는 분위기였다. 그러나 이들의 행패는 갈수록 심해졌다.

한편 급식이 시작되고 학교 가는 것이 더욱 즐거워진 서희. 가끔 도시락을 싸가지 못할 때나 직접 싸간 초라한 도시락에 기죽을 성격은 아니었으나 학년이 올라가 반이 갈라진 희준이와도 마주 앉아 밥을 먹을 수가 있는 것이 그저 좋았다. 서로 약속은 없었지만 서희가 먼저 와있을 때면 희준이가 올 때까지~ 희준이가 먼저 와있을 때면 서희가 올 때까지~ 줄을 그렇게 조금씩 앞에 친구들에게 양보하면서 서로가 만나 식판을 맞댈 때까지 기다렸다가 함께 마주 보고 점심을 먹었다. 그럴 때면 둘은 그저 아무 말이 없어도 그렇게도 환한 미소로 주변까지 빛나게 반짝거렸다.

그날도 이 둘은 서로 식판을 맞대고 한 줄에 서서 차례를 기다리며 하하호호 서로만 바라보고 웃고 있었다.

그때 갑자기 희준이를 밀치고 들어온 덩치 큰 형아들 때문에 식판을 그만 툭! 하고 떨어뜨리고 희준이도 맥없이 나가떨어져 버렸다.

쨍그랑~ 소리와 함께 엉덩방아를 찧은 희준이가 이 학교에 공포의 대상인 날라리 형들을 알아보고 잽싸게 일어났다.

그러나 서희는 이들을 알지 못했다.

"저기요! 왜 새치기 하세요? 그리고 사람을 밀어 넘어뜨리고 왜 사과 안 하세요?"

서희는 희준이를 자신의 등 뒤로 감싸고 당당하게 올려다보며 쏘아붙였다. 순간 태경이는 자신이 무얼 보고 있는 건지 잠시 얼어붙었다. 눈처럼 희고 보드라운 양 볼은 깨물어 주고 싶을 만큼 앙증맞았고 앙칼지게 쏘아붙이는 앵두 같은 입술. 하나로 단정하게 묶은 짙은 초콜릿색 머리카락. 동그랗게 솟은 이마 그 아래로 빨려 들어갈 듯한 짙은 눈동자가 눈이 부시게 반짝이며 자신을 바라보고 있었다. 태경은 방금 용진이네 집에서 보고 온 컴퓨터 속에 그 어떤 장면보다 지금 이 아이를 보며 그 남성성이 미친 듯이 솟구치고 있음을 느끼고 스스로도 당황했다.

"너 몇 살이냐? 몇 학년이야?"

태경이 급식판을 쥔 채로 그런 질문을 하자 모든 이들의 시선이 둘에게 향해졌다. 그가 이 어린아이를 급식판으로 내리칠 것을 상상하는 눈빛들이었다.

급식을 나눠주려는 어른들이 상황을 말려 보려고 식당 안쪽에서 나오고 있었다.

"거의 4학년인데요. 그건 왜요?"

용진이 킥킥대며 둘 사이에 끼어들었다.

"거의 4학년은 뭔데? 너 꿇었냐? 키킥."

태경은 서희에게 시선을 고정시킨 채 닥치라는 듯 용진에게 식판을 날렸다.

"아얏!"

"3학년 1학기 다 끝나가니까 거의 4학년이라고요. 왜요?"

뒤에서 희준이 서희가 돌진하는 것을 말린다.

"희야, 저 형들 무서운 형들이야. 하지 마. 그냥 가자."

"희준아! 무섭긴 뭐가 무서워! 그냥 같은 초등학생인데 삼십 명씩이나 죽인 연쇄살인범도 아니잖아!"

서희는 자신의 아픔을 꺼내도 이제는 그것이 자신에게 더 이상 작은 생채기 하나 되지 않을 만큼 단단해졌음을 알리는 말투로 물러섬이 없다.

"아! 너구나!! 그 꼬마 악마!! 어쩐지~ 다르다 했어. 너 귀엽다. 예뻐~ 너 진짜 되~게 예쁘다."

상황을 말리러 나왔던 어른들은 예상과는 다른 사태에 다시 주춤주춤 제자리로 돌아갔고 이제 이 패거리들과 희준과 서희만이 동그랗게 남았다.

"꼬마 악마? 제가 왜 꼬마 악마예요? 악마인지는 모르겠는데 꼬마는 아니거든요? 그리고 왜 사과 안 하세요? 그리고 줄 서세요. 저 뒤로 가시라고요!"

"희야, 그러지 마. 진짜…."

서희의 옷자락을 잡아당긴다. 그러나 서희는 이 순간 어느 때보다 단호했다. 희준이가 잡고 있던 자신의 옷자락과 희준의 손을 떼어냈다. 태경이는 서희의 얼굴에 눈을 고정시킨 채 마치 홀린 사람처럼 중얼거렸다.

"용진아, 니 동생도 이 학교 3학년이지?"

"응! 쟤 얘기 들었어. 같은 반일걸?"

갑자기 태경이 눈을 빛내며 식판을 들고 있지 않던 다른 한 손으로 용진의 머리를 자신의 겨드랑이에 낀다.

"진짜? 너 이 새끼, 이제부터 니가 1꼬봉이다."

태경이 더러운 미소를 지으며 서희의 볼을 꼬집는다.

"또 보자. 악마 아가씨~~~"

"아야! 저 사람 뭐야? 아 드러!"

잔뜩 불쾌한 표정으로 소매춤을 늘어뜨려 볼을 벅벅 문지른다. 그러고도 태경이 급식판을 들고 음식을 받아가는 것을 보고 기어이 따지려 들었지만, 희준이 있는 힘껏 서희를 끌어안고 급식실 밖으로 데리고 나간다.

"희준아, 왜 그래? 저 사람들 잘못했잖아. 줄 서야지! 그리고 너를 밀었잖아. 사과받아야지."

"희야, 니가 몰라서 그래~ 저 형들 웬만한 중학교 형들도 못 건드릴 정도로 무섭대. 싸움도 잘하고 담배도 피우고 술도 마시고 말 안 듣는 애들 있으면 담뱃불로 지지고 면도칼로 긋는대. 진짜 무서운 형들이야~ 니네 반 용석이라고 있지? 걔 형도 저기 있어. 용석이가 얘기해 준 거야."

용석이는 자신의 형에게서 부풀려진 무용담도 아닌 쓰레기 같은 짓들을 어느새 퍼뜨리고 다니게 됐다.

"뭐어~? 꼬맹이들이! 담배 피우고 술을 마셔? 그리고 그 못된 짓들을? 꼬맹이라도 벌은 받아야지! 형사 아저씨한테 일러야겠어. 나 되게 센 형사님 빽도 있어!"

자신도 꼬맹이라는 사실을 잠시 잊은 서희.

"희야, 그냥 저 형들 마주치지 마. 보면 그냥 피해. 왠지 모르지만 저 형이 너 이상하게 쳐다봤어. 기분이 나빠. 그냥 피해 응?"

같은 남자로서인지 본능으로 그 더러운 눈빛을 알아챈 것인지 서희를 보호하고자 나름 애쓰고 있는 희준. 그러나 서희는 자신이 이미 바늘임을 알고 있다.

"희준아, 나 봐봐!"

당당하고 밝고 어느 때보다 빛나는 눈이었다.

"희준이가 아는 것보다 희야는 엄청 세! 그러니까 걱정하지 마. 저런 꼬맹이들은 한 트럭이 와도… 한 트럭? 응? 어디서 들었지? 아무튼 백 트럭이 와도 안 무서워! 희준이도 내가 지킬 수 있어."

비장한 표정을 짓다가 다시 해맑게 웃어 보이는 서희의 밝은 미소에 희준이도 겨우 안심할 수 있었다.

"이제 우리 진짜 꼬래비다. 먹을 것도 없겠다."

둘은 그제야 방긋 웃으며 급식실로 뛰어들어갔다.

며칠 후, 서희는 친구들과 내일 만날 것을 약속하며 손을 흔들고 집으로 향하고 있었다. 그때 같은 반 친구인 용석이가 헐레벌떡 뛰어와 서희를 잡았다.

"큰일 났어. 희야!"

"왜? 무슨 일이야?"

"저번에 급식실에서 있었던 일 때문에 희준이가 너 대신 끌려갔어!"

"뭐어??"

용석이가 알려준 곳으로 냅다 뛰는 동안에도 서희의 머릿속에는 '담배로 지진다', '면도칼로 긋는다' 그리고 '희준이가 너 대신'이라는 세 가지만 맴돌았다.

용석이가 알려준 그곳은 서희가 모를 수가 없는 곳이다. 서희가 예전에 살던 그 집. 그 집은 건넌방 하나가 연소되었지만 그것 때문이 아니라 동만이 그 집을 내놓지도 않았기 때문에 자연스럽게 몇 년 만에 흉가가 되어버렸다.

서희는 그 집의 유일하게 여전히 멀쩡하고 튼튼하게 남아있는 대문이 그날처럼 빼꼼히 열려있는 것을 보고 잠시 아주 잠시 망설였다. 침을 꼴깍 삼킨 후 두 손으로 문을 열어젖히고 드디어 그 문 안으로 발을 들였다.

"희준아, 너 여기 있니?"

큰소리로 외치며 들어섰다. 그러나 흉가가 되어버린 집은 쥐죽은 듯 조용했다. 마당 한가운데에서 희준이의 흔적을 찾아 두리번거리던 그때 지하실에서 누군가 튀어나왔다. 뻑! 하는 둔탁한 소리와 함께 서희는 그 자리에서 철푸덕! 정신을 잃고 쓰러졌다.

"야! 잡았어. 이년 뒈졌나? 씨발! 뒈진 건 아니겠지?"

용진이 야구방망이를 들고 지하실에서 숨어있다가 서희의 뒤통수를 후려갈긴 것이다. 태경이 일당이 안방에서 동시에 튀어나와 용진에게 소리쳤다.

"야! 이 씨발 새꺄, 미쳤어?"

용진의 눈깔은 진정 미쳐있는 듯했다. 정말로.

기억을 잘 더듬어 보시길…. 그 지하실에 누가 숨어있었는지….

잠시 패닉에 빠진 이 철없는 학생들. 용진은 그제서야 자신이 한 짓을 마주하고 덜덜 떨기 시작했다.

"주… 주주… 죽었어?"

"그러니까 씨발 새꺄 숨어있다가 잡아오랬지? 누가 때려잡으랬어? 그 방망이는 어디서 났어? 이 새끼 완전 또라이네."

덜덜 떨고 있는 용진이의 손에서 야구방망이를 뺏은 태경이 용진을 두들겨 패기 시작한다.

 퍽! 퍽! 퍽! 퍽!

 용진은 반항도 못 하고 쭈그리고 맞고만 있다. 그야말로 그 비참함은 서희의 운동화 밑에 병아리보다 못했다. 아이들이 겨우 뜯어말리고 태경은 다시 쓰러진 서희를 내려다본다.

 "야! 일단 저 방으로 애 옮겨."

 태경의 말을 거스를 수 없었던 아이들은 시키는 대로 한다. 이들의 원래 계획은 이러했다. 용진이 용석이를 불렀다.

 "야! 너 희준이라고 알지? 걔 형들이 데리고 있거든? 30분 내로 서희라는 애, 그 집으로 안 불러내면 너도 죽고, 걔도 죽고, 서희 그 년도 죽어. 알았어?"

 용석은 자신의 형이 세상에서 제일 무서웠다. 지옥에서 온 악마 같았다. 시키는 대로 무엇이든 할 것이었다.

 용석은 죄가 약하다. 없다 하지 않겠다. 그의 머릿속에서 서희가 가면 무슨 짓을 당할지 상상을 해버렸기 때문에. 그리고 형이 데리고 있다던 희준이는 오늘 학생회 모임 때문에 학교에 남아있다는 것을 알았기 때문에. 절대 죄가 없다 하지는 않겠다.

 태경은 며칠 동안 자위라는 것을 알아버려 헤어 나올 수가 없었다. 그런데 그 자위에 대상이 컴퓨터 속에서 보았던 그 누구도 아닌 작고 반짝이는 어린 달콤한 초코과자 같이 생긴 어린 서희였던 게 문제다.

 결국 갖고 싶은 게 있으면 가지면 되는 것이 그때까지의 그 어린 악마의 방식이었기 때문에 애초에 문제는 우리의 문제였지, 그에게는 별문제가 아니었다. 용석에게 숨어있다가 붙잡아서 방으로 끌고 오라고 하면 그 후는 자신이 알아서 상상했던 모든 것을 펼칠 것이다.

초콜릿을 다 빨아먹은 초코과자 따위 그다음엔 알게 무엇인가. 친구들에게 던져주면 그만이다. 그것이 이 어린것들의 끔찍한 계획이었다. 그러나 계획대로 지하실에 숨어 들어간 용석이라는 어둠에게 스윽 하고 지 어둠의 발을 겹친 지하실 속 귀신이 있었으니. 우리는 그와 구면이다.

어린 서희에게 병아리를 날렸던 그 추잡하고 간악한 귀신! 어찌 이 따위 잡귀에게 이런 빅딜이 두 번이나 선사된단 말인가.

용석에게 덧씌워진 그 잡귀는 그 눈으로 지하실에 처박혀있던 야구방망이를 보여줬다. 용석은 귀신에게 홀린 것이다. 태경의 본능은 이 와중에도 단 한 발짝도 물러섬이 없었다. 그것은 그따위 지하실 잡귀보다 더욱더 강하고 짙은 어둠이었다. 악의 본능. 더럽고 끈적이고 추잡한….

이 아이에게 깃든 어둠은 그 깊이를 알 수 없을 만큼 깊고 짙었다. 뒤통수에 피를 흘리고 있는 서희를 보고 나머지 애들은 겁에 질렸으나 태경은 자기 바지춤부터 내렸다.

이 어린놈이 이 순간을 얼마나 기다렸는지 실신하여 머리에 피범벅이 된 서희를 보고도 그의 남성성은 굽힐 줄 몰랐고 무방비 상태인 어린 소녀의 치마 밑에 허연 다리를 보고 오히려 이놈의 눈이 뒤집혔다.

태경이 서희의 치마 속으로 손을 집어넣고 손바닥만 한 속옷을 한 번에 내려버렸다. 그리고 서희의 하얗고 가느다란 두 다리를 벌리려고 하던 그때 멈칫할 수밖에 없었다.

두 다리가 돌덩이처럼 꿈쩍을 하지 않았다.

모두가 당황했다.

"야! 걔 죽은 거 아니야? 죽은 거 같은데?"

병민은 시체가 굳는다는 말을 얼핏 주워들어 화들짝 놀라 겁에 질려 덜덜 떨며 친구들을 붙잡고 말했다.

그러나 태경은 아무것도 안 들리는지 아무것도 안 보이는지 오기만 생겼다. 기를 쓰고 서희의 다리를 벌리려다 포기하고 급한 마음에 그저 보잘것없는 지 것을 밀어 넣으려다 아주 잠시, 아주 조금 그것이 서희의 다리에 스쳤다. 그와 동시에 태경은 찌릿한 느낌과 함께 서희의 그곳은 구경도 못 하고 두 다리 위에 더러운 그것을 삑! 하니 그저 싸질러 버렸다.

"아, 아… 씨발…"

뭐 첫 경험이라는 것이 다들 판타스틱하고 아름답진 않겠지만 어린 놈이 꿈에나 그리던 완벽한 이상형에 그 짓을 하다 보니 오히려 자연스러운 신체 반응이었으려나? 그러나저러나 이놈이야말로 진정한 꼬마 악마였다.

친구들의 시선이 따가웠던지 옷을 주워 입고 제일 먼저 튀어 나가며 말한다.

"야! 그냥 나가자."

"그냥 이대로?"

"씨발! 그럼 뭐 어쩌자고. 용진이는 용석이 입단속만 잘 시켜."

아이들은 아이들이었던지 아직 DNA까지는 몰랐던 모양이다. 모두 그대로 그 집을 허둥지둥 빠져나갔다.

그놈의 대문은 어찌나 그리도 악귀들이 문턱이 닳도록 드나드는지. 그때 참고 또 참고 이 모든 것을 지켜보고 있던 우리 악마님이 하늘을 향해 미친 듯이 소리쳤다.

이 조상 것들아! 이게 무슨 짓이냐? 들리면 대답이라도 해라. 이것들아! 정녕 이 빛나는 아이가 목숨만 부지하면 그만인 것이냐? 너희 것들은 정녕 그 마지막만 지키는 되는 것이야? 다른 무엇도 찢겨나가고 떨어져 나가도 상관없다는 것이냐? 팔다리가 다 떨어져 나가고 숨만 붙어있어도 이토록 안 나타날 것이냐?

그가 지금 울고 있다고 느껴졌다. 눈물이 있다면 정말 흘렸을 거라고 생각했다. 그는 화를 꾹꾹 눌러 참고 서희의 몸으로 들어가 겨우 좀비처럼 몸을 일으켜 대문 앞에서 있다가 바로 나왔다. 서희의 몸에서 겨우 두 다리를 벌리지 않고 버티고 있었던 것은 역시 그였다. 그래서 더 물어보고 싶다. 왜 너는 들어가서 지켜주지 못하느냐고. 조상신이 안 도와주면 그가 들어가서 저 꼬맹이들쯤이야 그 불꽃 같은 눈빛만으로도 날려버릴 수 있었을 텐데.

서희의 부상이 심각해 사람들 눈에 띄는 곳에 두려고 대문 밖까지 겨우 갔다가 그도 홀연히 사라졌다. 묻고 싶은 게 많은데….

\* \* \*

일주일째 서희가 깨어나지 않고 있다.

희준이는 매일 방과 후면 서희의 곁에 있다가 부모님이 오시면 같이 들어가곤 했다. 희준이의 부모님도 곤욕스럽기는 마찬가지였다. 아들의 생떼를 처음 본 데다가 상황이 상황인지라 나 몰라라 할 수도 없고, 그래도 다행히 서희의 곁을 24시간 지켜주는 진욱과 미은이 있었다.

초조하고 빠른 걸음으로 병원 문을 열고 들어오는 김 형사, 입술도 바짝바짝 말라서 자꾸 침을 발라가며 병실로 걸음을 재촉한다.

벌컥! 동시에 부부가 김 형사를 쳐다봤고 김 형사는 절망했다.

오늘의 그림은 다르기를…. 김 형사는 지금 다른 수사를 맡고 있어서 자주 들를 수가 없어 이렇게 짬이 날 때마다 한 번씩 들르지만 문을 열 때는 제발 서희가 언제나처럼 밝은 웃음으로 자신을 반겨주기를 기대했다.

그러나 서희는 여전히 의식을 찾아오지 못한 채 산소호흡기를 끼고 있고 밝지 못한 표정의 부부가 자신을 돌아본다. 일주일 동안 보아왔던 같은 그림.

김 형사는 다시 문을 쾅 소리가 날 정도로 세게 닫아버리고 그 문에 기대었다. 땅이 꺼져라 한숨을 쉬고 병원 밖으로 나가 누군가에게 전화를 건다.

"여보세요. 그래서? 자백 있고 증거 있고 DNA 있고 그런데? 그래서 어떻게 되는 건데? 뭐 똑바로 말 안 해? 지금 그게 중요해? 아, 됐어 내가 직접 전화 할 테니까 끊어!"

김 형사는 수첩을 꺼내서 전화번호를 뒤진다.

"여보세요. 네, 접니다. 네, 네, 네? 수강명령?? 뭐라고요? 피해자가 지금 죽을지 살지 모른다니까요? 아직도 안 깨어났다고요! 아무리 어리더라도 살인범이 될지도 모르는 애들을 지금 고작 몇 시간 교육이나 시키고 내보낸단 말입니까? 여보세요, 여보세요!"

끊겨버린 전화기를 내던지려다가 고함을 지르는 것으로 대신한다.

"으아악! 씨발! 촉법, 이 개씨발!! 악마 새끼들한테 촉법이 어딨어?"

이제 영영 서희의 빛나던 미소를 다신 볼 수 없을 것 같은 예감 때문에 눈물이 떨어질까 봐 하늘을 쳐다본다.

그때 진욱이 병원 문을 열고 나와 김 형사의 어깨를 붙들었다. 심장이 멎는 것 같았다. 천천히 그를 향해 돌아섰다.

'제발, 제발… 갑자기 나타나서 서희가 이제 정말 하늘로 올라가서 천사가 되었다는 말은 제발 하지 말아 달란 말이야! 그런 눈으로 보지도 말고 울지도 말란 말이야.'

그러나 진욱은 그동안 참았던 눈물을 흘리며 김 형사의 손을 잡는다. 마치 그동안 수고했다는 듯 그동안 정말 고마웠다는 듯 김 형사의 손과 어깨를 꼭 쥐고 옅은 미소를 띠며 말한다.

"서희… 가 형사님 찾네요."

"네에?"

지금 김 형사는 서희가 깨어났다는 것과 자신을 찾았다는 얘기를 동시에 들었다. 쪽팔려 하지 않고 기쁘게 눈물을 뿌려주며 서희의 병실로 뛰어들어갔다.

문을 열자마자 눈부시게 환한 빛이 그를 반기고 있었다. 서희는 거짓말처럼 언제 누워있었느냐는 듯 두 손을 번쩍 들며 그를 반겼다.

"울보 형사님~!"

\*\*\*


홀연히 나타난 그가 낮은 목소리로 힘없이 나를 부른다.

"작가양반."

그의 늘 알 수 없을 듯한 표정이 지금은 너무나 잘 읽혀진다. 허탈하고 허망한… 그리고 분노….

"지금 내가 무얼 들은 것이야? 나는 그 아이가 왜 잠을 자고 있었는지 잘 알고 있다. 그래서 아이에 대한 걱정은 없었어. 헌데 그 작은 악마들이 제대로 된 심판을 못 받았다는 얘기를 내가 들은 거 같아. 이 나라 이 형법. 내 모르는 것은 아니다만… 이제 이렇게 내 일이 되고 보니 이것이 이토록 처참할 정도로 보잘것없고 하찮다는 것을 깨닫게 돼버렸구만. 허허허. 촉법이라 하였는가? 그래, 지금 너희들은 이 작은 악마들에게 고작 몇 마디 훈계를 하고 세상에 풀어주는 것을 촉법이라 부르는 것이냐? 으흐흐흐. 그래, 풀어주어라. 그러나 내게는 촉법이란 없다. 악마 따위에게… 후훗. 어리다고 봐주지 않아 나는…"

아주 비장한 표정으로 무언가 다짐을 하고 스윽 사라져 버리는 그. 또 자기 말만하고 사라져 버렸다.

\* \* \*

이 일을 계기로 김 형사와 그들의 입양 절차는 매우 간단해져 버렸다. 친척들이라 불리던 그들은 그 가식적인 일말의 이유마저 던져버리고 아픈 아이를 서로에게 떠밀며 나 몰라라 해버렸다. 드디어 김 형사는 그들을 향해 칼을 빼 들었다. 사실 여욱의 부모가 서희를 입양하고자 나섰을 때부터 그들을 법에 심판대에 세울 만반의 준비를 갖추고 있었다. 증거는 차고 넘쳤으나 그것을 다 알고 있다는 듯 퇴원 전 서희는 김 형사에게 이러한 이야기를 꺼냈다.

"작년 겨울에 너무 추웠어요. 기억하세요?"

갑작스러운 질문에 당황했지만 확실히 작년 겨울은 혹독하리만큼 기록적인 폭설도 쏟아내고 그 추위도 가혹했었다. 기억할 수밖에…

"응, 추웠지. 근데 왜?"

"그날은 학교 안 가는 날이라 토순이랑 놀았어요."

동만이 남기고 간 토끼 인형, 토순이….

"뭐 갖고 싶은 인형 있어? 다른 거 예쁜 거 사줄게. 말해 봐."

"아니, 그게 아니고요. 그날은 고드름이 지붕 밑에 나란히 길쭉길쭉 신기하게 매달려 있을 정도로 추웠어요. 저는 그 고드름을 하나씩 떼서 먹었어요."

"뭐? 그걸 왜 먹어? 추운데 그걸 왜? 그리고 그거 깨끗한 거 아니야. 다음부터 먹지 마. 지지야."

"하하~ 지지는 형사님 저 애기 아니에요! 하하. 그게 아니고 심심해서 먹었어요."

김 형사는 서희가 무슨 말을 하려는지 알 수 없었지만 집중하고 귀를 기울였다. 아무 말이나 아무렇게나 하는 아이가 아니었으니 알아들어야 했다.

"아침에 토순이를 목욕시켰어요. 매일 고모네 식구들은 아침부터 다 어디론가 가고 누군가라도 저녁에 일이 끝나고 올 때까지는 토순이랑 저랑 둘 뿐이었어요."

김 형사는 벌써부터 짜증이 밀려왔다. 하아! 지금 시대가 어느 땐데 어린아이 하나를 두고 아침부터 저녁까지 혼자 둔단 말인가. 이것은 방임이며 학대이다. 그 울그락불그락 하는 얼굴을 본 것인지 서희가 급히 이어 말한다.

"화내지 마세요. 저는 그 시간이 좋았어요. 그런데 옆집 사는 언니가 갑자기 문을 열고 들어왔어요. 그리고 제 토순이를 자기가 목욕시키겠다고 하잖아요."

김 형사는 이제 관람 모드로 들어갔다.

"그래서 싫다고 했어요. 토순이는 저의 유일한 친구고 아빠, 아무튼 토순이는 희야만의 친구니까. 그 언니는 친구도 많고… 그건 나쁘잖아요. 그래서 싫다고 했어요."

"그랬는데?"

"언니가 화를 냈어요. 그리고 토순이 머릿속에 빗자루를 탄 마녀가 돌아다닌다면서 저랑 제가 사랑하는 사람들을 다 죽일 거라고 그랬어요."

김 형사는 어이가 없었다. 아무리 어린애들이 하는 장난 말이라도 죽고 죽인다니….

"뭐어? 뭐 그딴 애가 다 있어? 그래서? 머리끄댕이라도 잡아주지 그랬어?"

"말도 안 되는 소리잖아요. 인형 머리에 어떻게 마녀가 들어가요. 형사님 바보예요?"

"하아! 그렇지. 우리 희야 역시 똑똑해 응?"

"아뇨, 근데 희야는 똑똑하지 않았어요. 토순이 머릿속에 마녀가 자꾸 보였어요. 깔깔깔 소리도 내었어요. 죽일 거라고 했어요."

희야는 이때부터도 귀신이 보였다. 가장 무서워하는 모습으로 나타나 가장 무서운 말을 쏟아낸 것이다.

"시간은 확실히 모르겠지만 토순이를 물속에 넣어두고 도망치고 나왔어요."

"그렇게 혼자 나온 거야? 얼마나 밖에 있었어?"

"희야가 급하게 나오느라 내복밖에 안 입었어요. 너무 심심해서 고드름을 따먹으면서 누군가라도 골목을 향해 아는 얼굴이 들어오기를 기다렸어요."

김 형사는 순간 아찔했다. 다들 어른들이고 대부분 퇴근 시간은 일러봤자 6시, 9시였을 테니⋯.

"근데 그날은 크리스마스였어요."

김 형사는 눈을 질끈 감았다. 설마 성탄절에 이 아이를 두고 다들 늦게 들어왔을까?

"그래서 아마 다들 늦었을 거에요."

슬픈 예감은 빗겨가지 않는 법. 그는 쌍욕이 목구멍으로 튀어나오는 걸 되새김질하고 있었다.

"계속, 계속⋯ 골목만 보고 있었는데 제일 먼저 큰언니의 얼굴이 보였어요. 저는 너무 반가워서 달려가려고 했는데 몸이 잘 안 움직여졌어요."

상상을 하자니 너무 괴로웠다. 김 형사의 괴로운 표정과 상반되는 밝은 표정으로 서희가 회상을 이어간다.

"큰언니가 골목을 돌아서자마자 내복 차림의 저를 보고 미끄러질 수도 있는데 달려와서 저를 꼭 안고 무슨 일이냐고 물어봤어요. 제 얘기를 다 듣고 언니는 울면서 화를 냈어요. 그리고 언니가 그 집에 찾아간다고 했어요. 저 대신에 그 언니를 혼내주려구요."

"그럼 당연하지. 어린애한테 그런 소릴 했다면 아저씨도 당연히 그 집에 찾아갔을 거야."

"그런데 우리는 두 명뿐이 없었잖아요. 그 집에는 엄마, 아빠, 할머니, 할아버지 다 있었어요. 우리가 쪽수에서 밀렸어요. 그래서 가지 말자고 우리가 질 거라고 했더니 언니가 막 울었어요. 저를 끌어안고 막 울었어요."

어떤 상황인지 상상을 하니 가슴이 먹먹해졌다. 그래도 멀쩡한 사람 하나쯤은 있나 싶었다.

"형사님! 그런데 기적이 생겼어요. 그 골목 뒤로 줄줄이 둘째 언니 오빠, 큰고모, 큰고모부가 같이 들어왔어요. 큰언니가 제가 왜 이렇게 꽁꽁 얼어있는지 설명을 하면서 우니까 다들 화를 냈어요. 그리고 제 손을 잡고 그 커다란 집 대문을 쿵쿵 두드리면서 나오라고 소리 질렀어요."

아! 김 형사는 서희의 이 울먹이는 작년 겨울의 이야기를 들으며 다시 한번 서희의 아이 같지 않은 사려심에 감탄할 수밖에 없었다.

"그때까지 저도 저를 미워하는지 알았는데 큰고모도 큰고모부도 저를 쳐다보지도 않던 큰오빠도 막 화를 냈어요. 부잣집 대문을 부술 것처럼 두드리면서. 그리고 그 집 부모님들한테 따졌어요. 희야를 위해서 따졌어요. 왜 이렇게 작은 아이한테 그렇게도 무서운 말을 해서 집도 못 들어가게 했느냐고 마구 화를 냈어요. 그 언니는 사과를 했고 우리가 이겼어요. 우리가 훨씬 쪽수가 많았거든요."

"쪽수가 뭐야. 어디서 배웠어?"

김 형사는 귀엽지만 한마디 해줘야 할 것 같아서 훌쩍이는 서희의 말을 잠시 끊었다.

"큰언니요. 언니들은 좋은 사람이에요. 그리고 큰고모는 고모부 몰래 급식비를 내주고 고모부는 고모 몰래 희야 운동화를 사줬어요. 한 번도 절 쳐다본 적은 없지만 늘 희야의 공책에 틀린 걸 표시해 두고 설명해 주는 글씨를 보면 그건 오빠가 틀림없어요. 그러니까 다 좋은 사람들이에요."

김 형사가 그들에게 어떤 죄를 씌울지 다 알고 있다는 듯 필사적으로 그들을 변호하는 모습이었다. 이 이야기를 듣고 무엇을 어떻게 할 수 있으리…

그러나 정작 문제가 된 집안은 희준이의 집이었다.

서희의 의식이 돌아온 후부터 희준이는 서희를 만나러 갈 수 없었다. 자식을 사랑하는 부모의 마음은 똑같겠지.

사랑하는 자식이 누군가에게서 무엇으로부터 어떤 이유에서라도 작은 생채기 하나 나는 것을 원하는 부모가 어디 있겠는가? 서희가 사고를 당한 후로 희준이는 잠도 제대로 자지 못하고 밥도 제대로 먹지 못하였다. 애타는 부모 마음은 이해하지만… 애먼 화살은 가까이하지 말았어야 할 아이, 자신의 완벽한 아들에게는 어울리지도 않고 뭔가 더러움이 묻어날 것 같은 그런 아이, 차라리 애초에 없었어야 말이 되는 그런 아이. 서희에게 쏘아졌다.

그동안 그들은 그저 좋은 사람, 좋은 이웃, 좋은 친구가 되고 싶었던 욕심에 가식적인 웃음으로 서희를 반겼던 것이다. 이제 그들은 그 욕심을 버리고 자신의 아이만 챙기기로 했다. 희준이는 울고불고 한 번만이라도 서희가 괜찮은지 보러 가기를 청했으나 한동안 그들은 학교에도 보내지 않고 호되게 아이를 가두었다. 그러던 어느 날 희준이가 눈물도 말라 꺼이꺼이 소리만 내며 부모님 발아래 머리를 조아리고 다시 한번 간청했다.

"딱 한 번만요. 한 번만 인사만 할게요. 얼굴만 보게 해주세요. 그다음에 시키는 대로 다 할게요. 제발요. 어디를 가라고 해도 갈게요. 전학을 가라고 해도 갈게요. 괜찮은지만 보게 해주세요."

희준이는 근 한 달간 필사적이었다. 매일 밤 울고불고 매달렸다. 그런데 이날 밤 엄마의 답은 의외였다.

"보러 가렴."

"네? 진짜요? 가도 돼요? 지금요?"

"응~"

뒤도 안 돌아보고 신발장에서 자신의 신발을 꺼내 신으려는 희준이의 뒤통수를 향해 차가운 목소리로 던진 어머니의 잔인한 한마디.

"니가 찾을 수 있다면…."

희준이는 신발을 신으려다 앉은 자세 그대로 굳어버렸다. 잠시 몸을 부들부들 떨더니 몸을 일으켜 곧장 엄마에게 달려들어 가슴팍을 주먹으로 세게 두들겼다.

"엉엉~~ 너무해~! 엉엉~~ 너무해! 엄마, 미워!"

"이 녀석 엄마한테 이게 무슨 짓이야?"

아버지가 희준이를 떼어냈다. 부부도 희준이의 이런 반응까지는 예상하지 못하여 몹시 당황하였다.

그렇게… 희준이와 서희는 영영 만나지 못한다.

한편 퇴원을 한 서희도 희준이가 보고 싶긴 마찬가지였다. 그러나 서희는 희준이보다 훨씬 어른이었다. 할 수 없는 것, 해서는 안 되는 것, 그것이 하고 싶은 것보다 더 중요하다는 것을 알아버렸다.

귀신이 아닌 첫 사람 친구를 사귀게 해준 학교에서의 마지막 날 희준이 반을 찾아간 서희는 여전히 비어있는 희준이의 책상 서랍 속에 전해질지 어쩔지 모르는 엽서를 아무도 모르게 넣어두었다. 그리고 많은 친구들이 훌쩍거리며 떠나는 서희에게 편지와 선물을 한가득 안겨주었다.

다음 날, 모두에게 낯설고도 조심스러운 날이었다.

희준이는 서희가 없는 학교에 마치 죄지은 사람마냥 한 발짝 내딛는 첫날이었고 큰고모는 전날 처음으로 목욕탕에 가서 서희를 씻겨주었다. 이날 아침엔 단 한 번도 만져준 적 없던 조카의 머리를 잔머리 하나 없이 쓸어 올려 하나로 묶고 그것도 뭔가 부족하게 느꼈는지 그것을 다시 세 갈래로 촘촘히 따주었다. 그리고 가장 깨끗하고 단정한 옷을 입혀 얼마 없는 소지품을 책가방 안에 넣어주고 엉덩이를 두드리며 말 한마디 없이 가라는 손짓만 하고 앉은 몸을 그대로 돌렸다.

"그동안 감사했습니다."

서희가 진심으로 인사를 전하며 뒷걸음질로 집을 빠져나오자 두 언니는 눈물을 흘리며 배웅을 했지만 고모는 끝내 돌아보지 않았다. 사고 후 동생이 생사도 알 길 없이 사라지자 살인범을 칼로 난도질한 진범은 동만이라는 헛소문이 떠돌아다녔다. 끝끝내 잘 가라는 한마디도 할 수 없었던 것은 목구멍까지 차오른 울음이 입을 여는 순간 결국 터져 나올 것 같아서… 아이를 씻기며 그제서야 들여다본 조카의 얼굴에 아끼던 동생의 서글서글한 웃음이 한가득 들어있고 이리 보아도 저리 보아도 동생의 모습이 있는데 그동안 어찌 자신의 핏줄을 그리 박대했었는지….

그렇게 등을 돌리고 한참을 후회의 눈물을 흘렸다.

서희와 서희의 새 부모들은 그 누구보다 조심스럽고 설레었다. 서희는 이제부터 자신의 집이 될 아파트 현관에 발을 들였다. 현관부터가 너무나 낯설었다.

왜 집안 현관에 발판이 있을까? 그 위에는 어른용 실내화와 서희를 위해 준비해둔 아동용 실내화가 있었다. 최대한 자연스럽게 그 실내화에 자신의 발을 밀어 넣었다.

"짐은 그게 정말 다야? 뭐 더 가져온 거 없니?"

"네~ 헤헤."

작은 책가방 하나만을 메고 온 서희를 보고 잠시 부부는 눈살을 찌푸렸지만 곧 진욱은 오히려 잘됐다 생각했다.

"다행이다. 어차피 그 집에서 가져온 거 다 버리고 다시 새로 사주려고 했거든."

그 말은 사실이었다. 그러나 아무리 어린아이 짐이라고 해도 책가방 하나에 다 들어갈 정도라니…

"서희 방은 저쪽이고 보고 싶은 대로 천천히 다 둘러봐도 돼. 일단 가방은 엄마, 아니 나한테 줘."

엄마라는 말이 너무 성급했나 생각했던 미은.

서희는 그저 씨익 웃어 보이며 정말로 집 구경을 하기 시작한다. 이 집은 정말 구경할 게 많았다.

번들거리고 길쭉하게 이어져 있는 갈색 가죽 소파와 지문 하나 안 찍혀있는 유리를 감싸고 있는 황금색 물결 테두리의 아름다운 테이블, 그 밑에는 당장에라도 드러눕고 싶을 만큼 보드라운 양탄자 같은 것이 깔려있었다.

그 밖에도 대형 티비를 제외하고는 거실 전체를 뒤덮을만한 책장들이 그 넓고 커다란 거실 벽면을 한가득 채우고 있었다. 해리포터 같은 영화에서나 볼만큼 책들이 아주 많았다. 서희는 책들을 둘러보다 끄트머리쯤에 책이 아닌 다른 것들로 장식되어있는 책장 한 칸을 한동안 뚫어지게 쳐다보았다. 아주 한동안 쳐다보았다.

"서희야, 이제 니 방 안 보고 싶어?"

그제서야 눈을 떼고 설레는 목소리로 대답한다.

"네, 네, 보고 싶어요! 우와~~~!"

서희는 분홍빛으로 가득한 방 한가운데서 빙글빙글 돌며 정신을 차릴 수가 없었다.

핑크색 벨벳 침대, 그 위에 새하얀 침구. 침대와 색깔을 맞춘 듯한 책상과 화장대. 그 위에는 어린이용 화장품이 줄을 서 있었고 한쪽 벽만 핑크색 줄로 포인트를 준 세련된 벽지와 침대 밑에 보드라운 러그 하며 역시 색깔을 맞춘 핑크색 커튼은 리본에 묶여 야무지게 양쪽으로 고정되어 있었다. 인형 놀이에서나 보았던 핑크색 옷장도…. 모든 게 완벽하고 화려했다. 천장은 또 어떠한가.

"이거 뭐예요?"

눈을 반짝이며 묻자, 아이를 위해 야심 차게 이것을 준비한 진욱의 눈빛이 뿌듯함으로 가득하다.

"샹들리에라고 하는 거야. 어때? 맘에 들어."

"너무 예뻐요. 이 밑에서는 무조건 드레스를 입고 춤을 취야 할 거 같아요."

"우리 서희, 야무지네~ 드레스 사달라는 말을 이렇게 세련되게 할 줄이야~ 그래 오늘 사러 가자."

"아, 아니에요. 드레스는 애기나 공주님이 입는 거죠. 저는 애기도 공주님도 아니잖아요. 하하."

하지만 서희는 그 밑에서 정말 공주님처럼 빙글빙글 춤을 춘다. 부부는 이 샹들리에보다 더 반짝이는 아이의 환한 미소를 보고 있다. 완벽하게 행복하다.

잠시 후 이들은 백화점에서 서희가 필요할 만한 모든 것을 샀다. 무거워서 도중에 차로 갖다놓고 다시 쇼핑하는 것이 세 번이나 필요할 정도로 많은 것을 샀다. 아무리 서희가 괜찮다고 했지만 부부는 이것만큼은 양보할 수 없었다.

이것들을 사서 입히고 쓰게 하는 것이 가장해주고 싶었던 첫 번째였다. 그동안 몇 벌의 새 옷을 사서 보내줬었다. 그러나 서희를 맡은 친척들은 거지가 아니라며 받지 않았다. 지금 이렇게 자신의 딸에게 마음껏 예쁜 새 옷을 사주는 것은 그들의 소원을 이룬 것이나 다름없었다.

그러나 쇼핑에 지친 이들의 점심식사 메뉴만큼은 서희에게 양보해야만 했다. 푸드코트에서 눈을 반짝이며 음식이 나오기를 기다리는 서희와 달리 부부는 뭔가 뾰로통한 표정이다. 음식은 5분 만에 나왔다.

짜장면 따위가 5분을 넘기면 될 일이 아니지 않은가.

진욱은 서희의 짜장을 정성껏 섞어서 서희 앞에 내밀고는 묻는다.

"서희는 짜장면이 제일 좋아? 더 맛있는 거 사준다니까."

"일단 한 젓가락씩 먼저 드세요. 어른들이 먼저 안 드시면 제가 못 먹어요. 세상에 짜장면보다 더 맛있는 건 많이 있죠. 떡볶이, 삼겹살, 돈까스."

부부는 짜장면이 불어터지든 말든 이 야무진 아이가 하는 말에 귀 기울이다 아이에게 짜장면을 빨리 먹이려고 억지로 젓가락을 들어 먹는 시늉을 한다.

"근데 오늘부터 희야의 엄마, 아빠가 되시기로 하셨잖아요. 희야가 짜장면 먹을 때 얼굴에 짜장을 많이 묻혀서 더럽고 안 예쁘다고 했어요."

"응? 누가? 그리고 애들은 그렇게 묻히고 먹는 거야~"

서희는 뭔가 결심한 듯 비장한 표정으로 짜장에 거의 코를 박을 기세로 짜장면을 흡입했다.

"얘가 배가 고팠나? 희야, 천천히 먹어 괜찮아~ 체하겠다. 물도 먹고."

 짜장면 그릇에서 얼굴을 뗀 서희의 얼굴은 완전히 짜장 범벅이 되어있었다.

 부부는 어리둥절했으나 미은은 아이에게 물부터 챙겨주었다. 그리고 걱정스러운 눈빛으로 물었다.

 "너 그 집에서 아침도 안 먹고 나온 거야?"

 그제서야 서희가 그 꼴로 부부를 쳐다보며 묻는다.

 "완전 못생겼죠? 더럽고?"

 갑작스런 질문에 부부는 서로를 쳐다보며 답을 구했지만 같이 어깨를 으쓱할 뿐이었다.

 "제일 못생긴 희야 얼굴인데 실망하셨어요? 못생긴 저를 보고 다시 어디로 가라고 하시면…."

 눈을 아래로 깔고 입을 삐죽 내밀며 조금은 불안한 표정으로 아이가 묻는다. 부부는 가슴이 아려왔다. 이 아이가 그동안 얼마나 같지 않은 이유로 여기저기서 치어왔을까? 너무나 아팠다. 미은이 미간을 찌푸리며 다소 차가운 말투로 말한다.

 "응! 못생겼고 더럽다!"

 서희가 얼굴을 들어 눈을 똥그랗게 하고 올려다봤다.

 설마 이 다정한 여자에게서 이토록 냉정한 말이 나올 줄이야! 예상하지 못했던 순간이다. 그리고 미은은 고개를 푹 숙인 서희에게 자신의 손수건을 미지근한 물에 적셔 얼굴에 묻은 짜장을 조심스레 닦아준다.

 "못생긴 건 이 짜장이지, 더럽고 못생겼어. 우리 서희 얼굴이 얼마나 예쁜데 이런 게 묻어있으면 우리 서희 얼굴이 반짝반짝 빛이 안 나잖아."

진욱도 아내의 뜻을 다 알고 있었던지라 팔짱만 끼고 이 아름다운 광경을 그저 눈에 담고 있다. 서희는 눈물이 날 것 같지만 꾹 참았다. 서희는 이 사람들을 정말로 좋아했다. 어느 순간 어느 때고 가식적으로 웃어준 적이 없었고 늘 자신을 따뜻하게 안아주었던 봄 동산의 햇살 같던 사람들. 그날 저녁 서희는 집에 돌아와 새 부모님과 꼭 풀어야 할 숙제가 있었다. 그러나 그것은 서희가 대신 풀어놓은 숙제…

따뜻한 욕조에서 꿈같은 목욕을 하고 보드라운 잠옷으로 갈아입었다. 새어머니가 말려 주시는 대로 차지도 뜨겁지도 않은 바람에 머리카락을 맡기며, 서희는 짧은 인생이지만 대체 이게 무슨 호강인가 싶어 자신의 볼을 꼬집어 보았다. 과일을 깎아온 부부를 향해 서희가 대뜸 큰절을 한다.

"어머! 갑자기 무슨 절이야?"

"그동안 감사했습니다."

부부는 이게 무슨 뜻인가 싶어 불안할 수밖에 없었다. 대부분 이별을 통보할 때 하는 얘기가 아닌가?

"그냥 모르는 불쌍한 소녀를 잘 돌봐주셔서 그동안 감사했습니다."

또 한 번 머리를 숙여 인사를 한다.

"그리고 앞으로 잘 부탁드려요. 엄마, 아빠! 희야를 가족으로 받아주셔서 고마워요. 희야도 가족이 있다면 아저씨, 아줌마였으면 좋겠다고 늘 생각했어요. 이제 엄마, 아빠라고 부를 거고 모르는 불쌍한 소녀가 아니니까 지금보다 더 잘해주셔도 괜찮아요. 희야가 대신에 밥도 조금만 먹고 똥오줌도 잘 가리니… 응? 이건 어디서 들었지? 아무튼, 친구들 이랑도 잘 지내고 선생님 말씀도 잘 들을게요."

부부는 누가 먼저랄 것도 없이 아이를 와락 끌어안고 감격했다. 엄마, 아빠라는 말을 이 아이에게서 이렇게 빨리 듣게 될지도 몰랐고, 이토록 자연스럽게 자신들이 이 사랑스러운 아이의 부모가 되었다는 것이 가슴 벅차게 기뻤다. 그러나 이들에게는 풀어야 할 숙제가 하나 더 남아있었으나 그것 역시 서희가 대신 풀어놓은 숙제.

과일을 집어 먹고 웅얼웅얼하는 서희를 보고 이제 막 아빠가 된 진욱이 조심스레 말을 꺼냈다.

"희야, 이제 학교도 가야 하고 아빠 딸로 호적을 다시 올리려면 성이랑 이름을 바꿔야 할 수도 있거든?"

그런 그를 쳐다보지도 않고 두 번째 과일을 집어 들며 서희가 말한다.

"알고 있어요. 당연하죠. 이제 서 씨가 아니라 성 씨가 될 거잖아요."

"으응, 그런데 희야, 이름 너무 예쁘고 좋지? 희야도 희야 이름 바꾸는 건 싫지?

아주, 아주 눈치를 보면서 물어보고 있는 미은.

"저도 생각을 해봤는데요. 서희는 옛날 부잣집 아가씨 같고 좋은데 성서희는 뭔가… 꼭 교회에 안 나가면 혼날 거 같은 그런 이름이에요. 그니까 바꿔도 좋아요!"

뜻밖의 대답이었다.

"그, 그래? 그래서 엄마, 아빠가 원래 이런 데 안 다니는데… 우리 희야 좋은 이름 지어주려고 돈 주고 몇 개 받아왔거든. 이 중에 니가 마음에 드는 게 있으면 우리 그걸로 할까?"

서희가 벌떡 일어나며 신나서 외쳤다.

"좋아요! 게임 같아요!"

"음, 첫째로 성나희, 성지희, 성나리, 성가은, 성여울."

"그걸로 할게요."

화들짝 놀라 서로를 바라보는 부부. 얼굴에 쓰여있다.

'진짜?'

"성여울이 좋을 거 같아요. 여울~ 이름도 예쁘고 부잣집 공주님 이름 같고, 주변에 여울이라는 친구도 하나도 없어요. 특이해요. 이쁘고… 그리고 저한테도 오빠가 있었잖아요. 성여욱이라는 오빠가 있었죠? 공부도 엄청 잘하고 잘생기고. 그러니까 오빠랑 비슷한 이름으로 할래요."

"희야, 그건 어떻게…?"

서희는 아무렇지 않은 표정으로 거실을 가득 채운 책장 끝 죽은 여욱의 사진과 여욱이 살아생전 받아온 상장들로 가득한 책장 한 칸을 가리켰다. 그들은 당황할 수밖에 없었다. 서희에게 아직 죽은 오빠가 있다는 것을 얘기하지 못했다. 아이가 마음에 상처를 입을까 무척이나 조심스러운 부부였다. 그것을 알기라도 하듯이 씩씩하게 서희, 아니 여울이 말했다.

"잘생기고 똑똑한 성여욱 동생 성여울! 좋아요~ 엄마, 아빠 고맙습니다. 많이 많이~"

속이 깊은 여울은 부부의 마음도 헤아렸지만 이들이 가끔 자신을 우리 희야라고 부를 때마다 가슴속에서 울컥거리는 것들이 올라와 괴로웠었다. 그 이름은 가슴 깊이 묻어두기로 했다. 이렇게 새롭게 한 가족이 탄생했고 서희는 더 이상 아무도 불러주지 않는 않는 이름이 되어버렸다.

## 내 밥그릇은 내가 지킨다

작가양반이 그토록 궁금해하던 것을 내 오늘은 죄다 말해줄 것이야. 일종의 고해성사라고 해야 할까나? 뭘 그렇게 봐? 나 이래 봬도 성탄절엔 교회 가서 초코파이 얻어먹고, 사월 초파일엔 절에 가서 떡 얻어먹고 성당에는 수시로 들러서 포도주를 홀짝인다고! 어찌 됐든 작가양반이 가장 궁금했던 것이 내가 왜 빛의 그릇을 눈앞에 두고도 냉큼 들어가 내 하고 싶은 대로 하지 않고 있느냐, 이거지?

심지어 그 아이 하나 변변히 지켜주지도 못하고 말이야.

하나 짚고 가자면 나는 악마로 살기로 했는데 누군가를 굳이 지켜줘야 할 이유가 있나? 어쨌든 그것은 수천 년 쌓아온 나의 경험치라고 볼 수 있다.

몇천 년 전이었을까? 너희들이 티비나 드라마를 보듯이 나도 인간 세계를 구경하고 있었어. 그러다 우연히 아주 반짝이는 작은 소년을 보았다. 그 소년은 인간임에도 불구하고 그 자체로 낮이나 밤이나 반짝반짝 빛을 내고 있었어. 호기심에 가까이 다가가 봤어. 만져보고 싶었지. 허나 나는 그전에도 그 소년 앞에서 알짱거리다가 그 소년이 발광하는 빛에 한 줌 재로 바스러지는 한 볼품없는 귀신을 보았더랬지. 그 순간을 나만 지켜본 것이 아닐 거야. 우리들 사이에 소문은 인간들 사이에 것보다 훨씬 빨리 퍼지지. 발 없는 말이 천 리를 간다 하지 않았는가? 우리네 귀신들은 모두가 발이 없다. 하하하!

삽시간에 퍼진 빛나는 소년의 이야기는 근방을 떠도는 무료한 귀신들에게는 관심의 대상이 될 수밖에.

다들 두려워하면서도 그 소년의 근방을 뱅뱅 맴돌기만 했지. 그때 난 혈기만 왕성한 애송이였지만 그깟 잡귀 나부랭이들이랑 나를 비교하면 안 되지~! 그래서 모두들 보란 듯이 호기롭게 그 소년의 머리에 내 손을 뻗어 얹었다.

아! 이 손 말이야? 차차 알려주려 했는데 귀신도 처음엔 덩어리야. 그저 엄마 배 속에 있을 때처럼 아무것도 갖추지 않은 핏덩이처럼 말이야. 그러다 어느 정도 떠돌아다니다 보면 어디를 가서 누구를 만나고 그러다가 자연스레 보고 듣고 익히는 거야. 인간들이 기고 걷고 뛰는 것처럼 스스로 터득하는 거야. 나처럼 타고난 천재들이야 그 습득력이 워낙 빠르고 배움에도 게으름이 없었으니 이토록 금세 힘을 얻고 재주를 부릴 줄 알게 되었지.

아무튼, 그때 나는 처음으로 그 반짝이는 인간에게 끌리듯 손을 갖다 대었어. 그런데 재가 되기는커녕 그 소년의 몸속으로 쑤욱~ 하니 빨려 들어가 주저앉게 돼버린 거야!

그 소년의 몸인지 마음인지 모를 그 뭔가 따뜻한 곳에 나는 쏙! 들어가 버렸어. 뭐 마치 누군가 나의 알몸에 저절로 딱 알맞은 옷을 입혀준 느낌이었다고나 할까?

나는 신이 났지. 새로 산 옷을 입고 새 신을 신으니 땅을 걷는 기분, 바람을 맞는 기분, 흙이 바람을 타고 이 여린 새 옷을 스쳐 가는 그 기분도 그리 좋을 수가 없더라고.

그야 응당 몇백 년을 그런 기분을 느껴보지 못했으니 내가 얼마나 신났겠어? 그렇게 나는 나비를 쫓고 냇가에 발을 담그며 목구멍을 타고 나오는 인간 아이의 목소리로 노래를 부르며 신나게 놀고 있었다.

그저 놀고 있었을 뿐이야. 나쁜 짓은 하지 않았어~ 그러나 그때 이 아이보다 덩치가 서너 배는 큰 사내들이 갑자기 몰려 들어와 사정없이 두들겨 패더구나.

그래, 나는 영문도 모르고 새 옷을 입은 채 그저 잠시 두들겨 맞았다. 그들은 덩치도 컸음에도 몽둥이와 채찍을 들고 이 아이를! 내 새 옷을! 찢고 더럽히고 있었다.

내가 무슨 연유로 참아야 했겠는가?

그때까지는 내 그 아이의 맑고 밝은 눈을 대신하여 세상 구경을 하고 있었지. 그러나 그렇게 하면 나는 그저 그 아이의 옷만을 걸쳐 입은 것이나 진배없었던 게야.

내 힘을 제대로 쓸 수가 없더라고. 그저 나는 이 아이가 맞는 고통과 아픔을 대신 겪어주고 있었을 뿐이었어.

몇백 년 동안 누군가한테 맞아본 적이 없어 그런지 아픔보다는 수치스러움이 밀려왔다. 그자들은 무자비하기 짝이 없고 그 폭력의 주저함이 없더구나. 나는 그제서야 내가 걸친 새 옷의 모양을 들여다보았다. 여기저기 오랫동안 찢기고 멍들고 상처투성이더구나. 그리고 그들이 한 짓들도 들여다보았다. 이 착하고 빛나는 소년을 아주 어렸을 때부터 그놈들은 매질하고 부려 먹고 밤에는 몹쓸 짓까지…. 어떻게 해서든 그자들을 해치워야 했다.

놈들을 홀려서 물에 빠뜨리거나 절벽에서 밀어뜨려 죽이는 거야 쉬웠지. 그러나 나는 그 아이의 몸으로 직접 그들을 찢어죽이고 싶었다. 아이를 보며 공포에 질려 덜덜 떠는 그 모습을 보고 싶었어. 악마가 따로 없었지.

마침 내가 저기 지구 반대편 어딘가에서 나보다도 수천 년을 더 살아온 어떤 신비로운 령에게 들은 바가 있었는데, 그 땅의 인간들은 눈!

요요요 눈깔 말이다. 요것을 그리 중시하더구나. 그들 말에 의하면 모든 것에는 눈이 있고, 인간이나 동물이나 그 눈을 통해 무엇이든 전해지고 바뀌고 드나들고 모든 세상 삼라만상이 그렇게 이어진다고 하더라고. 그래서 나는 혹여나 하는 마음으로 그 아이의 눈을 감기고 내 눈을 떴다. 아니, 그랬더니 정말로 나의 눈이 떠지지 뭐야. 황금색 불꽃으로 이글거리는 나의 눈을 보고 그제서야 그들은 깜짝 놀라 물러서더구나.

그렇게 내 눈으로 그들을 보니 그들의 그림자도 보였다. 그들은 악이었어. 어둠이었다. 살려둘 이유도 가치도 없었지. 아이의 몸으로 나는 마음껏 날뛰어 주었다.

칼 따위는 없었지만 아이의 작은 손바닥을 칼날처럼 만들어 칼춤을 추었지. 장정 셋을 춤을 추며 베어주었다.

그러나 나는 그 순간 아이의 몸이 황금색 불꽃으로 타들어 가는 것을 알 수 없었다. 그저 내 온 힘을 다해 그들을 베고 썰고 천천히 죽어가도록 아이를 대신해 그들이 저지른 악행을 벌하였지. 정신없이 춤을 추는 와중에 갑자기 아이의 안에서 비명이 들리더구나.

나는 깜짝 놀라 춤을 멈추고 눈도 감았다.

그때 차라리 눈을 감지 말았으면 좋았으련만…. 그랬다면 그 아이의 영혼만은 구할 수 있었을 테지?

그 아이는 자신의 맑은 눈앞에서 펼쳐진 참혹한 광경을 보고 눈물을 펑펑 흘리더구나.

그럴 가치가 없는 녀석들이었는데도 말이다.

동시에 나는 묘한 소리를 들었어. 무언가가 깨어지는 소리였다. 그렇게 그 아이는 나의 미칠 듯이 솟구쳐 오른 불꽃에 말려들어 온몸이 불덩이가 된 채 몇 날 며칠을 앓다가 결국 깨어나지 못하고 그렇게 깨져버렸다. 그래 죽어버렸단 말이다. 죄책감? 있었지. 한동안 나는 반성을 했다.

인간 세계에 발을 끊고 무료하고 외로운 어둠 속에서 한참을 그렇게 방황을 했어. 그러던 어느 날 이 땅에 진정으로 반짝이는 무언가가 발광을 하는 것을 보고 나는 결국 호기심을 참지 못하고 또 뛰어들고 말았지.

하하! 많이도 모여있더구나. 그러나 그 당시에도 나는 몇백 년 굴러먹은 애송이치고는 가장 세고 가장 빠르고 가장 재주도 좋았다. 무서운 놈은 없었어. 거 믿든 말든 지금까지 나는 싸움에서 져본 적이 없대도 ~ 그래도 잠시 보아하니 다른 센 악귀들이나 어둠들은 그 빛에 다가갔다가 그 빛에 썰리고 베이고 찔리고 깜짝 놀라 다들 혼비백산 도망하기 바빴다.

막 잉태한 그 빛에 나는 바로 들어가지 않았어.

그전 일도 있고 하니 어린 영혼들은 깨어지기 쉬우려나 싶어서 조심스러웠지. 나는 그렇게 그 빛에 다른 것들이 접근하지 못하도록 지켜주면서 그 작은 빛 덩어리가 자라서 소녀가 되는 것까지 보았다. 그 아이는 정말로… 지금 아이와 닮은 것이 많지. 자신도 모르게 밟아 죽인 벌레에게도 미안함이 있었던 너무나도 착한 소녀였어. 게다가 천성이 밝고 씩씩하여 마을 사람 모두에게 사랑을 받았고 결혼을 약속한 짝도 있었지.

참으로 어여쁜 한 쌍이었어. 그러나 안타깝게도 그 마을에는 독사 같은 어둠의 대가리가 함께 살고 있었다.

그놈은 그 마을에 촌장이었어. 촌장이자, 그 마을의 우두머리였고 모두에게 신의 사자라고 불렸다.

대부분 인간세계에 내려온 신의 사자라 떠드는 것들은 어둠의 대가리라고 보면 된다. 첫째로 신에게는 사자가 없다. 신이 신인 것이지 사자는 애당초 필요하지 않아.

그거는 신을 얕보는 거지. 그분은 못할 게 없거든.

그런데도 그 어둠의 대가리는 들리지도 않고 보지도 않았으면서 "내가 봤노라~ 내가 들렸노라~" 하며 두 팔 벌려 믿는 자들을 향해 사기를 치는 거야.

아이 콱! 물론 본 이들도 있겠지~ 들은 이들도 있겠지.

내가 말하는 것은 그 뻔뻔한 얼굴로 "그렇다~ 내가 그분의 자식이고 사자다~"라고 하는 것! 그것들을 말하는 것이야. 하여간에 믿음은 좋은 거래도~ 그러나 이것들은 얼마나 대단한가? 자기 자신을 속이는 것, 그것이 가장 어려운 것인데, 그것을 이겨내고 그 비상한 재주를 부린다면 신의 사자가 아닌 신의 아들이라 할지라도 무지하고 힘없고 가엾은 인간들일수록 믿고 매달릴 수밖에 없다.

그리고 중요한 것은 그것들이 어둠 중의 어둠, 어디서 좀 놀아본 아주 더럽게 강한 어둠이 아니고서야 신을 사칭하지는 못한다는 거야. 어둠의 대가리 정도는 돼야 저세상 가서 그분 만나도 맞짱 한번 떠보겠다는 그런 미친 생각으로 이 짧은 이승에서 잠시 신놀이를 한바탕 하는 거지.

그래도 그들의 배짱이야 높이 살 만하다. 그 촌장놈도 그렇게 깡 세고 무식한 어둠 오브 어둠! 어둠의 대가리였다.

마을에 모든 여자는 지 것이었지. 그러나 그 아이만큼은 뜻대로 손에 쥐어지지 않았어. 그것은 나의 힘!

언제나 내가 막아주었다. 어떻게 하든지 그 아이가 깨어지지 않을 정도로만 자라준다면 내가 또 들어가서 놀아볼 셈이었거든. 뭐? 그렇게 보면 뭐? 나도 심심했던 게야!

너도 몇백 년 동안 컴컴한 어둠 속에서 핸드폰도 없이 넷플릭스도 없이 둥둥 떠다니기만 했다면 분명 나와 같았을 것이다. 그놈의 욕심이 자꾸 커지자 어쩔 수 없이 내가 아는 귀신들을 총동원해 어찌어찌 하여 그 소녀와 소년의 혼인을 빨리 이루어지게 했지.

그런데 역시나 어둠의 대가리가 가만있지 않았어! 지 분에 넘치는 빛의 소녀를 갖고 싶어 결국 그 소년을 돌로 쳐 죽여버렸어. 소녀는 몇 날 며칠 곡기를 끊고 슬퍼하였다.

자기 탓이라며. 다 자기 탓이라며 말이야. 하늘도 노했는지 그때부터였나? 극심한 가뭄이 들기 시작했다.

그것은 소녀의 잘못이 아니었지. 졸졸 새는 개울가에 물줄기를 가져올 머리도 없는 어른들의 잘못. 먹을 것이 떨어질까 봐 서로 싸우고 뺏고 훔치고…. 그 모든 것도 어른들의 잘못. 그 마을에 재앙이 찾아왔다. 그놈이 불러들인 재앙이지. 그러던 어느 날이었어. 그날은 어둠이 끝도 없이 펼쳐지고 달도 별도 찾을 수가 없을 만큼 그 어둠이 깊고도 짙은 밤이었다. 마치 내가 떠도는 이 세상과도 같았어. 그 어둠은 촌장놈에게 더 강한 힘을 실어줬다.

환하게 모두를 매혹시키는 빛덩어리를 시샘하는 못돼 처먹은 어둠의 대가리가 그 빛을 삼켜 먹으려고 꾀를 내었어. 그 날 그 시커먼 어둠 속에 작은 마을 어느 집 하나 빠짐없이 약속이라도 한 듯 불길들이 하나둘 켜져 갔다.

횃불을 들고 멍청하게 생긴 바위 위에 서서 하늘을 보며 멍청하게 또 뭐라 뭐라 혼자 씨부리는 그 촌장놈 밑으로 하나씩 몰려들었어.

어느새 그놈 밑에는 횃불을 든 이들로 번뜩였지만 결코 빛나고 환하지는 않았다. 그들의 얼굴은 어둠의 대가리가 어느새 뿌려둔 그의 어둠으로 물들어 혼이 들여다보이지 않을 정도로 시커먼 어둠 그 자체가 되었다.

다들 타버린 성냥마냥 시커먼 얼굴에 몸뚱이만 까딱까딱 흔들며 자신의 발밑만을 비추는 횃불을 들고 촌장놈을 향해 노래 부르고 기도하고 있더구나.

나는 무언가 일이 잘못되고 있다는 것을 알게 되었다.

나의 빛이 보이지 않았거든.

이윽고 그 촌장놈이 어떤 술수를 부렸는지 묘한 짐승의 가죽을 뒤집어쓴 나의 가련한 빛이 그 악마 같은 어둠의 그림자들 앞에 던져졌다. 나는 믿을 수가 없었어.

그 빛의 아이를… 그 마을 가장 큰 나무에 꽁꽁 묶고 있는 것은 그 아이를 가장 사랑하던 아이의 부모들이었어.

그들 눈에는 한 치의 망설임도 슬픔도 애정도 없었다.

그들 눈이 빛나는 곳 그 끝에는 촌장놈이 있었지.

나는 분명 그들을 보았어. 십수 년 동안이나 그 빛을 사랑해 주고 아껴주던 그 마을 사람들. 그리고 무엇보다 그 아이를 낳고 기른 그 부모들 말이다.

그런데 지금 저 아이에게 무언가 나쁜 일을 하고 있다는 것은 내가 틀림없이 알 수 있었지. 촌장놈은 어둠의 대가리인지라 분명 재주는 있었어. 하늘을 향해 뭐라 씨부리는 것은 그 녀석의 퍼포먼스라는 것은 틀림이 없지만, 재주가 있긴 있더라고. 그는 보잘것없는 나무지팡이를 들고 나의 빛, 그 아이의 발밑에 작은 불덩이를 쏘아대더구나.

인간으로서 그런 재주를 부리기야 힘들긴 하지. 그러니 무지하고 굶주린 나약한 인간들이 자신의 피붙이까지 팔아가며 매달릴 수밖에…. 순간 모든 마을 사람들이 횃불을 높이 치켜세우고 그 어둠의 대가리를 찬양하기 시작했다.

그 아이는 인간이었어. 아무리 빛의 그릇이라 할지라도 결국 인간이었단 말이다. 발바닥이 뜨거워 소리를 질렀지.

그 소리를 듣고 이 미치광이 마을 사람들은 환호하며 기뻐했다. 마치 당장에라도 하늘에서 비가 떨어질 것처럼 말이다. 아이가 고통에 몸부림치며 부모를 불렀지만 그 부모는 아이에게 눈길도 주지 않더구나.

내가 참아야 했나? 참을 이유가 있었나?

또 얼마나 벌을 받아야 할 수도 있겠지만, 난 그 순간 어쩔 수가 없었어. 더 이상 그 아이가 고통받지 않도록 그 아이의 몸으로 들어갔다. 내 눈을 뜨고 내 목소리를 내었어.

이 아이가 죄가 있는가?

촌장은 너무 놀라서 절벽 밑으로 떨어질 뻔했어. 그만큼 나자빠진 거지. 타오르는 발바닥의 고통은 아랑곳하지 않고 웅장한 소리를 내는 소녀를 보고 마을 사람들의 횃불이 일렁이기 시작했다. 그제서야 노래와 기도를 멈췄지만 그 뻥 뚫린 눈깔들은 영 돌아올 기미가 안 보였어. 그러니 꾀가 많았던 촌장놈이 지팡이를 짚고 일어나 소리를 질렀다.

"역시 저 아이가 악마다! 저 아이 때문에 우리 마을이 이 지경이 된 거야! 저년을 빨리 패 죽여라! 찔러죽여!"

신이 두렵지 않은가? 신의 사자여!

나는 여전히 묶인 채로 황금색 불타는 눈동자로 그놈을 바라보며 윽박질렀지. 그때서야 그는 두 다리를 후들거리며 내가 누군지 알아보는 듯했어. 만만한 상대는 아니라는 걸 그때야 안 게지. 허나 그때 옆구리로 무언가 쑥 들어왔어. 뒤에 있던 이 소녀의 엄마가 나무를 깎아 만든 꼬챙이로 있는 힘껏 찔러버렸어. 나는 황당해서 내려다보았지. 이 무슨 개 같은 경우인가. 결단을 내렸다.

가치 없는 인간들. 죽어 마땅한 인간들아! 나를 봐라. 그리고 나에게 베여라! 이것이 너희들이 보는 마지막 빛이다.

여기저기서 비명이 들려왔지.
나는 내 분노를 담아 이 두 눈으로 나를 보고 있던 거기 모인 모든 이들의 눈을 멀게 했다. 죽일 수도 있었어. 그러고 싶었어. 그렇지만 첫 그릇이 깨진 이후로 방황만 했던 건 아니거든. 아이의 몸으로 이 많은 이들을 내가 하고 싶은 만큼 베어 죽인다면 또 그 그릇이 깨어지겠지. 그래서 그저 눈을 멀게 했다. 그러나 촌장놈은 살려둘 수가 없었지.
"너… 뭐야? 아니 누구? 하늘님? 아이고! 살려만 주세요."
그는 작은 소녀의 몸을 하고 있는 내게 무릎 꿇고 싹싹 빌었다. 나는 스스로 밧줄을 끊고 여전히 타오르는 불을 아무렇지 않게 밟고 걸어와 그 앞에 섰어.

뭐 이렇게 이 몸에 대한 대접이 단 한 줄에 바뀌나? 이것이 신놀이인가?

허나 나는 신이랑 붙어볼 만한 용기도 없고 그렇게 무식하지도 않다. 너의 그 상대가 되어줄 이에게 좀 더 빨리 보내줄 뿐이니 가서 잘해보아라.

그렇게 나는 말을 마치고 그놈을 손가락 두 개로 집어 절벽 밑으로 떨어뜨렸다. 이 아이의 손가락 두 개도 더러워지는 것이 싫었거든. 그리고 마을 사람들은 더듬더듬 어찌어찌 자기 집을 찾아 기어들어갔지.

이야기가 여기서 끝났으면 좋으련만… 내가 방황만 한 게 아니라 했지. 첫 번째 빛의 소년이 나 때문에 영혼까지 불타버린 것이 나 자신을 지옥문까지 끌고 갈 지경이었어.

나는 알다시피 학구열이 매우 높아. 이유를 알고 싶었지. 인간이라는 것은 참으로 쓸쓸하고 비참하고 나약한 존재더라고. 얼마 살지도 못하면서 너무 많은 것들을 배우고 깨닫고 지치고 늙고 병들고 아프고. 그래도 그 세월 속에 단단해질 때가 분명 있다는 거야. 나는 그때를 기다린 거고. 그릇이란 누군가의 영혼을 담을 수도 있다는 거다.

세상엔 많은 그릇들이 존재한다. 그릇은 많아.

그러나 그것들이 다 같은 색을 내지도 않고 다 튼튼하지도 않지. 나는 아무 그릇이나 들어가고 싶지는 않았다. 이놈 저놈이 물고 빨았던 더러운 종재기도 싫고. 반짝반짝 빛은 내고 있으나 잡귀 몇 마리만 들어가도 쨍그랑하고 깨져버리는 얇은 유리잔 같은 것도 싫다. 게다가 나 역시 그리 깨끗하지 않은데 어두운 그릇을 굳이 찾아가 내 몸을 더럽히는 것은 더더욱 싫다. 내가 찾던 그릇은 웬만한 건 접근도 못 하고 스스로를 지킬 줄 아는 그 정도의 단단함이 있어야 했고 나 정도의 더러움쯤이야 그 빛으로 감싸 안아 없애줄 수 있는, 그런 찬란한 빛의 그릇.

그 아이가 그랬어. 정말이지 그랬어. 후후. 헌데…

눈먼 자들의 마을이 된 그 속에서 유일하게 눈이 되어주었던 그 소녀를 그들은 너무나도 가혹하게 대하더구나.

그들의 눈이 되어 먹여주고 재워주던 그 소녀를 향해 쏟아진 것은 몹쓸 욕들과 돌팔매질뿐이었다.

입에 넣어준 것들을 아이의 얼굴에 도로 뱉으며 저주를 퍼부었지. 나는 내가 또 무슨 짓을 한 것인가. 그 소녀가 불타 죽는 것을 그저 구경만 해야 했나.

그때 그 소녀의 시련이 그 정도로 더 가혹해 보였어.

그래도 그 소녀는 자신이 아니면 마을 사람들이 굶어 죽을까 봐 쩔뚝이며 온 동네를 쏘다녔다.

자신인 것을 밝히지 않고 물을 먹이고 죽을 먹였다.

그들이 어느새 어둠에 익숙해질 때쯤, 그들은 악으로 가득 차 있었지. 악밖에 없었어. 모든 것이 소녀의 잘못이고 소녀가 악마라고 생각했지. 소녀는 어느 날 부모에게도 먹을 것을 넣어주려 집으로 향했다. 자신의 옆구리를 꼬챙이로 쑤셨던 그 어미도 어미라고 말이야. 그런데 소녀는 처참하게 마을 사람들에게 살해된 부모의 시신을 발견했어.

소녀가 눈물을 흘리더구나. 그 나무에 묶여 발바닥에 불이 붙을 때도 울지 않던 애가 하염없이 울더구나.

그리고 그 곪아 터진 발바닥을 질질 끌고 어느새 절벽 위에 서 있었어. 나는 설마 설마 이 빛의 아이가… 설마 했다. 그래도 빛으로 태어난 아이라고!

그러나 그 아이는 망설임 없이 뛰어내리더구나.

내가 어찌해볼 도리가 없었어. 어찌해서도 안 된다는 것을 알았어. 그 아이가 떨어지면서 나를 보더라고.

그리고… 웃어줬어. 진짜야~ 나를 봤어! 죽는 순간이어서였는지, 아니면 계속 보고 있었는지, 어쨌든 정말로 나와 눈을 맞추고 웃어줬어. 그리고 나는 들었어. 분명… 나에게 웃으며 이렇게 얘기했어.

"니 탓이 아니야."

그 아이는 그렇게 마지막 순간까지 반짝였지.

그 아이는 알았던 거야. 자신이 살아있으면 동네 사람들이 곧 죽이러 올 거란 걸. 그게 무서워서 몸을 던진 건 아니야.

그 사람들에게 더 이상 죄를 짓게 하고 싶지 않았던 게지. 그토록 착한 아이였어. 그렇지만 내가 지켜주지는 못했지. 그 후로 나는 많은 걸 알게 되었다.

아무리 단단한 그릇도 너무 큰 힘이나 많은 것들을 담아낼 수 없다는 것과 그릇 안에 오래 있게 된다면 인간이 인간의 본성을 잃게 된다는 것. 그리고 결국 인간은 인간인 거야. 자꾸 찌르면 피나고 아프고, 결국 죽게 되어있어. 그래서 나는 이 아이가 찔리지 않고 아프지 않게 최대한 지켜주려는 거야. 그렇기에 내가 이 아이를 그릇이라 하지 않겠다. 오히려 내가 신세를 지고 있는 것이지.

오래 머무를 수도 자주 들락거릴 수도 없어. 그토록 눈치가 없고 민폐 덩어리인 손님은 더 이상 되고 싶지 않거든.

## 케이크 대신 동생을 썰어버린 생일 파티

촉법소년.

형법 제9조에 의하면 만 10세에서 14세 미만인 청소년들은 형사 책임 능력이 없기 때문에 형법에 저촉되는 행위를 하더라도 형사 처벌을 하지 않고 보호처분을 한다.

한마디로 나라를 팔아먹었다 해도, 지 부모를 죽였다 해도 절대 예외란 없는 고약하고 싸가지 없는 하찮고도 변변치 않은 그런 법이란 말이다.

그렇다면 서희에게 몹쓸 짓을 한 악마 새끼들에게 내려진 소년법은 무엇이었을까?

12세 이상 14세 미만에게 줄 수 있는 최대형 2호 처분! 그것은 무엇일까? 쉽게 말하면 최대 100시간 그것도 100시간을 줬다면 성인재판으로 따지자면 사형을 내린 것이나 마찬가지니 제일 큰 벌을 받은 태경과 용진이 고작 40시간의 수강명령을 받았고 나머지는 이것조차 받지 않았다.

수강명령이란 아이들의 입장에선 그저 어른들의 잔소리다.

한 주에 한두 번씩 부모님 손을 잡고 따뜻하고 학교보다 편한 어느 곳에 가서 교육적인 자료나 영상을 틀어주면 한두 시간씩 귓구녕이나 콧구녕을 후비면서 듣는 둥 마는 둥, 보는 둥 마는 둥 그렇게 시간만 때우다 오면 되는 것이다. 그것은 그들에게는 그저 잔소리로 들렸을 것이다.

그래서 말인데 이놈들이 이 잔소리를 듣고 과연 반성이라는 것 을 하고 죄를 뉘우치고 나왔을까?

아니라는 것에 나의 오른쪽 골반을 걸겠다마는….

그들이 무언가 배워 나온 것은 확실히 있었다.

촉법소년! 그러니까 자신들의 호적 생일로 만 14세까지는 법의 보호를 받아 사람을 죽여도 감옥에 안 간다는 아주 중요한 사실을 알고 나온 것이다.

한없이 악해질 수 있었던 자신들을 향한 특혜라고나 할까? 아마 그것을 알게 되고 거기서 나왔을 때 그들은 날개를 단 기분이었을 것이다. 그리하여 콧구녕 귓구녕을 후비며 잔소리를 좀 듣고 '넌 해도 돼'라는 무적의 날개를 달고 나온 이 녀석들은 어떤 끈끈한 동기애마저 생겨버렸다.

독수리 오 형제처럼 뭉쳐 다니며 온갖 나쁜 짓을 다 했으니 '독수리 오 악마'라는 무시무시한 별명마저 생겼다.

그들은 무서울 게 없었으나 그들을 무서워하는 자들은 점점 늘어만 갔다. 그들의 부모도 예외는 아니었다.

그중에 태경의 부모는 더욱 그러하였다. 두 살 터울의 태경의 여동생이 있었으니 매일매일 자신의 딸이 불안한 것은 당연하였다. 그러나 웬일인지 태경은 자신의 동생을 끔찍이도 싫어했다. 그것만큼은 참으로 다행이었다.

악마 새끼도 취향이 있었나 보다. 그래도 태경의 부모는 무리들과 찢어놓기 위해 무리수를 두셨다.

동네가 후져서 아들이 그리된 거라고 생각했었지만 동네가 아니라 아이들을 기르고 잡아줬어야 할 어른들이 후졌던 건 아니었을까?

그때까지만 해도 그 동네에서 제일 먼저 재개발이 시작되었던 동네 시장에서 몇 개의 상가를 가지고 계셨던 태경의 부모는 그 덕에 꽤 큰 돈을 만질 수 있었고 그 돈으로 대치동의 아주 쓰러져가는 작은 상가 하나를 무리한 대출을 끼고 들어가게 되었다, 아이들을 8학군으로 보내려 노력하셨던 것이다. 그러나 그것은 오히려 독이 되었다.

그 상가의 반지하에 들어선 방들이 제법 있었으니 식구들이 대부분 사용하기로 했고 그러고도 방이 여럿 남았지만 욕실과 주방이 하나뿐이라 세도 줄 수 없어 그저 놀릴 수밖에 없었다

그러니 그것들이 자연스레 독수리 오 악마의 아지트가 되어버렸다. 태경은 촉법의 보호 아래 아주아주 몹쓸 버킷리스트들을 만들었다. 만 14세가 되기 전에 모든 범죄를 다 저질러 보는 것. 그중엔 절도도 강간도 살인도 물론 포함이 되어있었다. 날개를 달고 나오자마자 강간 따위는 첫날에 쉬이 저질러 버렸고, 어찌 된 일인지 누구도 신고하지 않았고 처벌도 없었다. 문제는 그것으로 간이 배 밖으로 나온 이 악한 놈들이 세상에 두려울 게 없어져 버린 것이다. 알아서 돈을 갖다 바치는 놈들도 생겨났고 술이나 담배를 못 구하면 문 닫힌 가게를 부수고 들어가서 가지고 나오면 그만이었다. 그 녀석들의 악의 기술은 그렇게 날로 늘어만 갔다. 그러니 그들이 다니던 초등학교와 중학교 사이에서는 그들을 추종하는 멍청이들도 생겨나기 시작했다.

이런저런 나쁜 짓들을 거쳐 심지어는 채팅으로 만난 한 지적장애 소녀를 꼬여내 소녀를 며칠씩 가두고 돌려가며 고문 강간하다가 그것도 모자라 그 소녀를 협박해 그 소녀의 친척 동생까지 불러내 가두고 같은 몹쓸 짓을 벌였다.

그놈들은 그뿐만이 아니었다. 그 불쌍한 소녀들을 동네 꼬맹이들의 첫 상대로 푼돈을 받고 팔아넘기는 포주 같은 짓도 자행하였으니 이 어찌 쳐 죽일 놈들이 아니겠는가! 이 일은 서희의 사건보다 꽤나 관심을 받았다.

난다긴다하는 신문사에서 취재를 나올 정도는 되었다. 그래도 그들은 또 소년법에 의해 같은 처분을 받았다. 이 녀석들의 나이도 한 살이

더 먹었고 두 번이나 소년법에 처벌을 받았으니 처벌 수위는 올라가고 아이들 모두 처벌은 받게 되었다. 그러나 그 처벌이 크게 다르지 않았다는 것이 함정! 이번에는 똑같이 50시간씩 처벌을 받았다. 아이구! 무서워라~ 이들은 이제 더 큰 날개를 달고 나왔다.

한 해 또 흘러 그놈들은 각기 둘씩 중학교를 찢어져 들어갔고 한 놈은 중학교도 들어가지 못한 채 여전히 뭉쳐 다니며 어른도 할 수 없는 끔찍하고 잔인한 일들을 하기 시작했다.

이 일의 시작은 1년 전으로 돌아가 태경의 버킷리스트 중 최악의 최악인 살인을 실행하게 된 그들의 6학년 때였다.

태경은 살인을 동경하고 빨리 저지르고 싶었지만, 그래도 인간이고 그래도 아이였나? 용기가 부족했던 걸까? 살인의 실행과 결과를 다른 이를 통해 먼저 경험해 보고 싶었으니 태경이 꾀를 내었다.

"야! 얘들아, 좋은 생각이 났어! 이제부터 누구라도 먼저 자기 생일엔 기념으로 아무나 죽이는 거야. 우리가 태어난 날을 기념해서 누군가를 죽이는 거, 대박 아니냐? 난 살고 누군 죽는 날! 아~ 이보다 더 화려한 생일 파티가 어딨겠냐? 만약에 걸려도 우린 감옥 안 가잖아. 이런 황금 같은 기회가 얼마 안 남았단 말이야. 그니까 자기 생일엔 무조건 저지르는 거야. 어때?"

이 살벌한 발언에 아이들은 잠시 멍해졌다. 그때까진 다들 그저 어리고 철없는, 끔찍한 악에 물 들은 아이들이었을 뿐이었다. 사람을 죽이는 것을 파티라고 표현하다니….

서로 눈치만 보고 있던 그때 병민이 빠른 판단으로 급히 동조했다. 어차피 모두 태경을 거스를 순 없었다.

"그래 못할 게 뭐 있어. 벌도 안 받을 텐데 뭐. 이때 안 해보면 또 언제 해보겠어? 안 그래?"

상황이 이렇게 흘러가자, 이제 이놈들은 될 대로 되라는 심정으로 머릿속을 아예 비워버렸다.

"그, 그래…. 그럼 누가 제일 먼저 생일이지?"

다들 서로 눈치를 보다가 종석이 말했다.

"내 생일은 이미 지났고, 아마 용진이 니 생일이 이맘때쯤이었어. 맞지? 곧 돌아오지?"

"아… 진짜 나라고?"

떨리는 목소리로 용진이 현실을 부정하고 싶은 듯 아이들을 번갈아 보며 묻자, 가장 만만했던 용진이 생일이라니 잘 걸렸다는 표정으로 태경이 몰아붙인다.

"야! 쪼냐? 우린 지금 목표가 한 명이 아니야. 최대한 많은 사람이라고 근데 니가 1번이잖아. 어쨌든 시작은 해야지. 이걸로 가위바위보 하냐? 생일 빠른 사람이 당연한 거 아니야? 니가 자꾸 미루면 우리가 죽일 사람들이! 죽일 기회가! 자꾸 줄어들잖아! 이 쫄보야! 알아듣어?"

태경은 지금 아무 말이나 하며 용진을 몰아붙이고 있다,

"그, 그래…. 빨리 너부터 해. 우리도 법의 보호를 받는 시간은 얼마 안 남았다니까…."

병민이 옆에서 부추기자 모두가 용진을 쳐다본다. 거기에 쐐기를 박는 태경의 협박 같은 협박.

"싫으면 니가 빠져. 이미 독수리 오 형제니, 오 악마니 다섯 명으로 인원은 정해져 있는데 우리가 만든 규칙을 어기겠다면 니가 나가야지."

방금 만든 자신의 규칙을 지키라고 강요한다. 우리라는 이름, 친구라는 이름으로 괄호를 만들어 묶어 옴짝달싹 못 하게 용진을 가두었다.

태경은 분명 타고난 악마다.

"너 아니어도 들어오고 싶은 애들은 많아. 너 호영이 알지? 수금 잘해오는 5학년 애! 걔 졸라 들어오고 싶어 하는 거 같던데? 저번에 뭐라더라? 지 가족도 다 불태워 죽일 수 있다나? 깡으로 치자면 걔가 너보다 훨씬 나은 거 같은데? 또라이가 너무 또라이라서 그렇지. 크크."

용진이 가장 두려워하는 그것은 이 그룹에서의 탈퇴. 이들에게서 버려지게 된다면 그땐 정말 아무것도 아닌 사람이 될 것 같았다. 발가벗겨져 홀로 길거리에 내동댕이쳐진 기분이 들 것 같았고 쥐고 있는 모든 게 사라져 버릴 것 같았다. 그것이 가장 두려웠다. 정작 자기가 쥐고 있는 게 무엇인지도 모르면서….

"알았어. 알았다고! 그만! 그 새끼 얘기 그만해라."

장용진 이놈은 이 다섯 악마들 중 가장 비열하고 가장 나약했으나 악에 대한 집착은 바퀴벌레만큼 질겼다. 누굴 죽일 용기도 힘도 없었으나 친구들의 살인 파티에 자신이 빠질 수는 없는 노릇이었다.

그런데 이 나약하고 비겁한 놈이 상대할 수 있을 자가 누가 있을까? 정말이지 믿을 수가 없다. 나쁜 놈, 아주 큰 욕, 친동생, 자신을 그토록 두려워하고 무서워하는 용석이… 불쌍한 자신의 피붙이… 그러나 제일 만만하고 제일 쉬운 상대임은 틀림이 없었으니 이 바퀴벌레만도 못한 용진이 놈이 선택하고도 남을 만하지…. 그렇게 그들의 살인 계획은 다가오고 있었다.

\*\*\*

용진이의 생일날.

잔뜩 설레어 일생일대의 사다리 타기를 하고 있는 오 형제.

그러나 사다리 타기는 우리가 생각하는 얼마 내기, 뭐 사오기 그런 것이 아니었다. 너무나 섬뜩하고 끔찍한 단어들을 입에 담고 있었다. 각자 하나씩 생각해낸 단어들이다.

태경은 고민할 것도 없이 한마디 '칼'이라고 했다. 그러자 병민이 말한다.

"아! 칼 내가 하려고 했는데, 아! 뭐하지?"

한참을 고민하던 병민이가 병신같이 말한다.

"나이프! 나이프 맞나? 와이픈가? 아 쬐끔 헷갈리네. 와이픈 확실히 아니야. 나이프 맞을걸? 잭나이프로 할까? 헷갈리니까?"

태경이 답답하다는 듯 자신의 지식을 뽐낸다.

"잭나이프에 나이프 들어갔으니까 나이프 맞지. 병신아! 나이프로 해."

"아! 역시 태경이 존나 똑똑해. 앗싸! 쌍칼~"

용진이의 표정은 어두워졌다. 어쩌면 자신의 동생을 칼로 찔러죽여야 하는 상황이 곧 벌어질 테니….

"난 좀 봐줬다. 밧줄! 목 조르는 거 어때?"

종석이의 말에 이번엔 병민이가 끼어들었다.

"그거는 실패할 확률도 있지 않나? 용석이가 발버둥 치고 그러면, 그러다 도망가면 어떡해?"

태경이 영화의 한 장면을 흉내 내며 말한다.

"병신들~ 우리는 뭐 보고만 있어? 친구 아이가~?"

용진이를 보며 씩 웃는다. 용진이는 뭔가 든든한 기분이 들었다. 이 뭐 개 같은 상황인지….

지 동생을 죽인다는 걸 도와준다는데 든든하다니….

"그럼 나는 농약! 뭐 주스 같은데 타서 주면 먹지 않을까?"

최대한 자신의 손을 쓰고 싶지 않았던 용진의 대답. 그러나 또 태경이가 답답하다는 듯 나섰다.

"아이 병신! 지금 이 시간에 그런 걸 어디서 구해? 애새끼들이 하나같이 다 덜떨어졌어. 대가리가 그렇게 안 돌아가? 너도 그냥 칼 해."

용진이 그렇게 마지못해 칼을 선택하고 잠시 흐른 침묵을 가르고 성욱이가 툭 튀어나와 짧고 굵은 한마디를 던진다.

"남자는 주먹이지."

"오오오~~~~"

왠지는 모르겠지만 성욱이의 병신 같은 한마디에 병신 같은 악마 새끼들이 환호한다.

그렇게 완성된 사다리 타기는 칼 세 자루와 밧줄 하나, 주먹 하나가 그려졌다. 이 얼마나 잔인한 사다리 타기인가.

긴장감 없는 사다리 타기는 역시나 칼을 향했고, 용진의 표정은 그의 그림자처럼 어두워졌다.

왜 이들은 또 그 집을 택했을까? 그저 빈집이라서? 그놈들은 용석이를 서희가 살던 그 빈집으로 불러냈다.

용석이는 자기 형의 생일이라는 것을 알았기 때문에 아무리 무서운 형이었지만 그 날만큼은 형에게 생일 파티에 초대되었다고 생각했다. 설레는 마음으로 그 대문을 열고 기어이 그 밤중에 그 집으로 들어갔다.

용석이의 모든 죄는 사면됐다. 아니 처음부터 그 아이가 무슨 죄가 있었겠는가.

'미안하구나.'
"형~ 형아~"

달빛밖에 남지 않은 둥그런 마당에 혼자 서 있으려니 갑자기 두려워졌다. 시커먼 지하실이 보이자 무서운 마음이 덜컥 들었다. 딱 한 번만 형을 부르고 안 나오면 그냥 가려고 했다.

"형!"

그렇게 형을 마지막으로 한 번 부르자마자 잽싸게 등을 돌리고 대문으로 뛰어나갔다. 무서웠다. 온몸에서 소름이 돋았다.

우리는 지하실에 누가 살고 있는지 알고 있다.

그놈은 용기가 없었던 용진이에게 두 번째 용기를 또 쥐어주었다. 용진이는 지하실에서 숨어서 용석이를 찌르려고 기다리고 있었으나 움찔움찔 기회만 보며 뛰어나가지 못하고 있었다. 그때 누군가 귓가에 속삭인다.

'니가 그럼 그렇지. 겁쟁이 새끼. 역시 넌 우리랑 안 어울려. 꺼져!'
'누구지? 태경인가? 씨발 나 겁쟁이 아냐!'

용진이는 이제 될 대로 되라는 심산이었다. 막 등을 보이며 집을 나서려는 용석이의 목덜미가 유난히도 하얗게 빛나 보였다. 그 칼끝은 분명 그곳을 노렸다. 그러나 급하게 튀어 나가던 용진이의 발이 꼬여 휘청이며 간신히 어깨쯤에 칼을 꽂았다.

"아악! 형! 아아! 형! 왜 그래! 살려줘!"

칼이 꽂힌 채 쓰러져 울부짖었다. 용진이는 이제 더 이상 떨리지도 무섭지도 않았다. 용석이의 어깨에 칼을 뽑아 도망치는 용석이의 등 위로 힘껏 다시 내리꽂았다.

용석이는 무엇을 잘못했는지도 모르면서 울며 빌었다.

"으아아아악! 살려줘~~~ 형, 잘못했어."

용진이는 공포에 질려 밖으로 기어나가려는 동생을 다시 한번 찌르려고 칼을 또 뽑았다.

"아~ 아파! 형! 살려줘!"

부스럭거리는 소리에 눈을 돌린 용진이는 어둠 속에 숨어서 자신을 보고 있는 여덟 개의 반짝이는 눈동자와 마주쳤다. 그 눈은 사람의 것이 아니었다. 친구들이 아니라 귀신이고 악마였다. 정신을 차리고 앞을 보니 용석이는 보이지 않았고 시커먼 마당을 무언가가 반짝이고 있는 게 보였다. 그것은 길쭉한 은빛에 붉은 핏물이 배어있는 칼이 틀림없었다. 자신의 손을 들여다보았다. 그러나 여전히 칼은 그에게 있었다. 용진이는 홀린 듯이 멍하니 그것을 집어 들었다. 그것은 반짝이는 은색 포장지 위에 빨간 종이꽃이 붙어있는 용석이의 선물이었다. 길쭉한 은색 포장지 밑에는 '사랑하는 형에게! 생일 축하해!'라고 쓰인 종이가 붙어있었다.

용진은 한 손엔 피 묻은 칼, 다른 한 손엔 자신의 생일선물을 들고 잠시 멍해졌다. 그때 친구들이 몰려나왔다.

"야! 뭘 멍하니 서 있는 거야?"

"어딨어?"

"설마 도망갔어?"

"죽였어?"

"우와! 씨~ 피 봐. 존나 많아. 죽었어. 확실히 뒈졌어. 야! 이렇게 피 많이 흘리고 살아있으면 그게 더 대박."

그때서야 용진은 용석이가 지나갔을 자리에 떨어진 핏자국들을 보았다. 자신의 몸에서 피가 빠져나간 듯 용진의 얼굴은 창백해졌다. 그러나 태경은 오히려 열을 내며 소리친다.

"야! 안 죽었을 수도 있어~ 빨리 찾아! 병신~ 내가 끝낼게. 나가자!"

마치 전장에 나가는 전사 같은 모습의 태경. 그러나 용진이 그 앞을 가로막으며 조용히 말한다.

"죽었어."

"안 죽었을 수도 있다니까?"

"죽었다고. 죽었다고. 이 개새끼야!"

용진이 처음으로 태경에게 악을 쓰며 욕을 했다. 태경이 바로 주먹을 들었으나 용진의 눈에서 눈물이 뚝뚝 떨어지는 것을 보고 한마디 하고 돌아선다.

"병신…."

그래서 용진이는 어떤 처벌을 받았을 거라 생각하십니까? 2호? 3호? 4호? 뭐 처벌도 케이크야? 꿈도 꾸지 마세요. 융통성도 없고 예외도 없는 '촉법소년법'입니다.

그 누구도 정답은 맞히지 못했을 겁니다.

용진은 그 어떤 처벌도 받지 않았거든요.

용진이 부모가 피해자 부모인데, 처벌을 원치 않았고 오히려 정신적으로 스트레스가 많아서 어쩌고저쩌고. 말투가 고운 어떤 선생님과 일주일에 한 번, 한 시간씩 대화를 한 열 번 정도 나눈 것으로 끝이 난 겁니다.

음… 이것이 대한민국이 소년, 소녀들을 사랑하고 보호하는 촉법 이라는 것입니다.

그렇게 그들의 첫 살인계획이 실행된 것은 맞지만 완성된 것은 아니었다.

어둑어둑한 달밤에 온몸에 피 칠갑을 하고 믿고 사랑했던 친형에게 칼침을 두 방이나 맞은 어린 소년은 죽어가고 있었다. 불행인지 다행인지 용진이가 태경을 막아선 틈을 타 용석이가 죽을 힘을 다해 그 대문을 나오자마자 바로 누군가에게 발견되어 살 수는 있었다. 아이는 겨우… 살 수는 있었다.

이것들이 정녕 인간의 마음을 다 지워버린 것인지. 그날의 사건이 있었음에도 그 어둠과 악은 더욱더 덩어리가 커지고 짙음은 깊어만 갔다. 용진이 역시, 그들과 함께 있는 한 심리 치료고 뭐고 아무 소용이 없었다. 심지어 용석이가 없는 용석이의 방에 뜯지도 않은 선물을 던져 놓고 그 방문을 닫아버렸다.

자신의 죄책감과 그날의 눈물, 잠시 느꼈던 인간적인 모든 마음을 때려 담아 용석이의 방안에 그 선물과 함께 던져넣고 문을 잠가버렸다. 그 후로 용진이는 거의 집에 들어가지 않고 태경이네 집에서 살다시피 했다. 그렇게 이 악마들은 더욱더 단단해지고 그 이름도 더욱더 널리 알려 퍼지게 되었다. 친동생을 살해하려 했다는 사건은 꽤나 큰 이슈거리가 되었고 여러모로 곤란해진 부모와는 정반대로 이 철없는 녀석들에게 용진이는 또 다른 훈장과도 같았다. 이제 그들에게 생일 파티를 한다는 것은 자신이 태어난 날을 축하하는 날이 아니라 누군가의 생명을 꺼뜨리는 것을 축하하는 날이 되었다. 끔찍하다.

*＊＊

얼마 후 태경이의 생일.
"하아… 씨! 생각보다 존나 힘드네."

병민이가 땀에 젖은 옷을 손으로 펄럭이며 말한다.

"저 새끼가 덩치가 존나 커서 그래. 아… 우리 장비빨 존나 없어. 이게 머냐?"

성욱이가 자신이 들고 있는 식칼과 망치를 들고 어이없다는 표정을 짓는다.

"저거 물은 계속 틀어놔야 하나? 냄새 존나 나고 피바다야. 야! 우리 집 아니었음 큰일 날뻔했다."

"그래, 종석이 부모님이 여행가서서 진짜 다행이다. 이럴 줄은 몰랐다. 하아…"

태경도 지친 듯 털썩 주저앉았다. 모두들 잠시 앉아있다가 멍하니 서로를 쳐다본다. 그리고 거의 동시에 웃음을 터뜨렸고 서로 하이파이브를 하기 시작했다.

"푸하하하하하하!"

"캬하하하하하하!"

"아! 어쨌든 대성공이야! 이제 장비만 좀 보강하고 이제 어디부터 자르면 되는지 대충 감이 오니까 다음엔 존나 쉬울 거 같아. 캬캬캬캬."

"어, 저 새끼도 반항하다가 대가리 망치로 존나 까니까 바로 쓰러지는 거 봤지? 역시 머리부터 쳐야 해."

"저 새끼, 너무 금방 뒈겼어. 성욱이 새꺄! 너는 힘 조절 좀 하라고~ 짐승이냐? 크크. 우리 건드는 새끼들은 다 뒈졌어. 그리고 저 새끼 시체 못 찾으면 우리 촉법이고 뭐고 아무것도 안 받는 거 아니야? 크크크크."

"그러네? 우리 이제 한번 완전범죄를 해보자."

"그래, 안 걸리면 땡큐고 걸려도 촉법인데 뭐. 더 자르고 조각내서 한강 같은 데다 던져버리지 뭐."

"물에 안 뜨게 돌멩이 같은 거랑 같이 넣어서 버려."

이들은 아무렇지 않게 이런 대화를 하며 서로의 총명함을 칭찬하고 있다. 정말… 인간들의 대화라고는 여겨지지 않는다. 단 한 글자도 인간의 감정이라고는 느껴지지 않는다. 언제부터 이들이 이렇게 되었을까?

이들은 같은 반 친구의 시신을 몇십 조각을 내어 강물에 던져버리고 그 어떤 죄책감도 없이 후련히도 그 자리를 떴다. 이들은 또 무료함을 참지 못했다. 잠시도 그들 주둥이에 퍼즈(Pause)를 용납할 수 없었다. 담배, 술, 여자, 아니면 그들이 수집할 수 있었던 것 중 가장 쉬웠던 문구 용품이나 액화 석유가스 등을 끊임없이 달고 살았다.

이제 그들은 막 중학교 3학년이 되었다.

그동안 이들의 생일 파티는 어떻게 되었을까?

간략하게 설명하자면 이 악으로 똘똘 뭉친 악마 새끼들에게서 지난 3년 동안 죽어 나간 이들만 여섯 명이고 죽을 만큼 다친 이는 여덟 명이다. 그중 아직 시체가 발견되지 않은 이가 둘이고 처벌은 짜증 나니까 더 이상 얘기하고 싶지도 않다. 그러나 가장 후덜덜한 이야기는… 이들 중 키도 덩치도 제일 컸지만 호적상으로 만 14세가 되지 않은 요상한 녀석이 아직 하나 남아있다는 것이다. 이놈의 이름은 최성욱이었다. 철없던 성욱의 부모들은 아이를 호적에 올리기는커녕 본인들 혼인신고도 미룬 채 몇 년을 그저 그렇게 살다 아이를 부모님께 맡겨두고 지들끼리 각자 방탕한 생활을 했다. 그러다 곧 학교 들어갈 애를 어쩔 거냐는 부모의 성화에 못 이겨 어쩔 수 없이 혼인신고와 호적을 동시에 올리고 대충 지들이 언제 애를 낳았는지도 모르고 아무렇게나 벌금이 최대한 적게 나오도록 호적에 올린 시점을 기준으로 두 살은 적게 올린 것이다. 그 불우한 어린 시절은 참작할 만하나 그는 이미 인간이 아니다. 악마로 굳어져 버렸다.

종석이는 그나마 꼬물꼬물 손재주는 있었나 보다. 그들의 마지막 생파를 위해 새로운 다트판을 만들어 왔다. 살인 도구를 정하였던 사다리타기가 업그레이드된 이 다트판 안에는 여러 가지 주제에 맞춰 끔찍한 단어들이 칸을 차지했다. 이번 마지막 생파의 주제는 '누구?'였다.

"성욱아, 제발 우리 반 담탱으로 해줘라."

종석이 성욱이에게 조르자 해가 몇 번을 지나도 역시나 제동을 거는 것은 태경의 몫이었다.

"야! 어른은 위험하다고. 웬만하면 가출 애들 중에서 골라. 선생은 존나 위험해. 우리 지금 감시당하는 느낌 안 들어? 짭새들 눈치챈 거 아니야? 벌써 살인계획도 두 번이나 실패했어."

"이 새끼야, 덱스터 좀 그만 봐. 존나 넌 진짜 살인마 새끼 같아. 아냐, 봐라. 계속 봐. 쭉 봐~ 우리도 브레인이 필요하지. 진짜 이상하긴 이상해. 어떻게 편의점에서 술만 뽀려도 다 걸리지?"

모두 의아한 표정으로 그 망가진 머리를 굴려보려 애를 쓰려던 이때, 기회만 엿보고 있던 용진이가 이 틈을 타서 외친다.

"태리! 태리! 태리! 나는 일단 태리다! 성욱이 너도 태리가 젤 만만할 거 같다고 했잖아. 태경이 말처럼 우리 생일 파티 밖에서 하려다 두 번이나 짭새한테 걸려서 실패했어~ 그러니까 이 집에서 조용히 없애면 되잖아. 왜? 태경아, 너 니 동생이라서 싫어?"

방바닥을 네 발로 기어가서 태경에게 얼굴을 들이밀며 묻는 첫 생일 파티의 주인공이었던 용진. 태경은 그렇게 자신을 도발해 오는 용진을 가소롭다는 듯 쳐다본다.

"무슨 개소리야? 제발 죽여줘라. 나 그년 꼴도 보기 싫거든? 야 나도 태리! 그럼 지금 태리 3표냐?"

뭔가 잡혔다는 표정으로 용진이 담배에 불을 붙인다.

"야! 존나 스릴도 없고 재미도 없다. 야! 용진이 너 담배 꺼! 라이터 다 갖고 와. 그냥 태리로 해."

병민의 말에 자연스럽게 주변에 라이터들을 모아서 유리그릇에 모으는 아이들. 여기저기서 주워 모은 라이터들이 작지 않은 유리병 속에 가득하다.

이들의 암묵적인 신호이자 룰. 액화 석유가스로 뇌를 망치는 놀이를 할 때면 그래도 그들이 지키는 단 하나의 철칙! 혹여나 가스가 가득한 곳에서 자기도 모르게 라이터를 켰다가는 큰 사고가 날 수 있다. 그것은 수강명령과 보호처분을 받으며 악의 선배님들한테 주워들은 것이었다.

어쨌든 아무것도 안 가르쳐 주고 내보낸 것은 아닌가 보다. 그렇다면 이 신호는 뭐. 깡통이나 굴리고 놀자. 이것인 거지. 그리고 이날은 태경의 여동생, 태리가 죽는 날인 것이다. 이런… 아주 큰 욕….

## 창이 된 바늘

햇살과 닮은 부부에게 여울은 그렇게 천사처럼 다가가 기적처럼 원래 가족이었던 듯이 스며들어 함께했다.

사고 후 일주일이나 의식을 잃었고 그 후에 많은 일들이 변했다. 긴 잠에서 눈을 떴을 때 기도하며 자신의 손을 꼭 붙들고 있는 부부의 손을 살짝 쥐었다 펴서 잠에서 깨었다는 것을 알렸다. 그리고 환하게 웃어줬다. 꿈에서도 여울은 듣고 있었다. 이들의 기도를. 김 형사의 애타는 마음도 알 수 있었다. 여울은 모든 것에 감사했다.

'나는 사랑받고 있구나. 혼자가 아니었어.'

그리고 일주일 동안 잠만 잔 게 아니었다. 여울은 꿈속에서도 혼자가 아니었다. 자는 동안 누군가에게 많은 이야기를 들었고 많은 것을 배웠다. 그리고 자신이 특별한 존재라는 것을 온전히 받아들일 수 있었다. 특별한 힘을 가졌고 그것을 어떻게 사용할지 그것 역시 온전히 자신의 선택이라는 것도 알았다.

모든 것이 어린 소녀가 감당하고 받아들이기 힘든 것이었음에도 여울은 그저 떠주는 밥을 꼭꼭 씹어 삼키듯 하나도 놓치지 않고 모든 것을 받아들이고 자신의 것으로 삼았다.

여울은 사실 알고 있었다. 자신이 특별한 존재라는 것을…. 그래서 깨어난 여울은 현실 속에서 정신없이 바뀌어 가는 모든 상황들에서도 쉽게 적응할 수 있었다.

그리고 빛으로 살아가기로 했다. 돌아가신 엄마의 마지막 유언을 잊지 않았다. 여울의 의지는 그러하였다. 자신이 가진 빛의 힘으로 세상의 어둠을 지워나가기로 결심했다. 할머니와 엄마, 아빠, 어렸던 자신의 그 행복했던 순간을 박살 내버린 그런 악마들을 꼭 찾아내 소중한 사람들을 지키자고 굳게 마음먹었다.

그러려면 다시는 이렇게 어린애들이 휘두른 방망이 따위에 쓰러질 정도로 약해져선 안 될 일이다. 강해져야 했다. 인간으로 태어난 자신이 할 수 있는 모든 능력을 키워나가기로 했다. 그래서 여울은 어떤 학원에 다니고 싶으냐는 새부모님의 물음에 주저 없이 태권도 도장이라고 말했다.

부모들은 반대할 이유가 없었다. 또다시 위험한 일이 생기지 말라는 법이 없었으니 자신을 지킬 호신술 정도는 배워도 좋지 않을까 하는 반가운 마음이었다. 그런데 이게 웬걸? 남들 1년 배울 것을 여울은 3개월 정도면 뚝딱 다 배우고 그마저도 완벽했다.

처음에는 그저 태권도에 소질이 있나 싶었는데 선수로 키우고 싶은 태권도 학원 원장의 강권으로 딸에게 그 의사를 묻자 극구 누군가와 경쟁하는 것은 절대 싫다는 여울의 단호함에 결국 태권도 학원 원장의 끈질긴 구애를 피해 가라데 도장으로 옮겨보았다. 그랬더니 아니… 전생에 바람의 파이터 최배달이었나? 당장에라도 일본으로 건너가 도장 깨기를 해도 될 정도에 이르렀으니 여울의 부모는 이제 신기한 마음으로 유도, 무에타이, 복싱 등 하고 싶은 거 할 수 있는 거 다 시켜보았다.

결과는 모든 곳에서 러브콜이 쇄도하였고 여울의 부모는 머리만 지끈거릴 뿐이었다.

기초체력 또한 남들보다 월등히 뛰어났다. 백 미터도 선수급으로 14초 플랫은 땀 한 방울 안 흘리고 열 번도 왕복할 수 있었으며 태어나서 한 번도 물에 들어가지 않았을 텐데도 물속에 던져놓으니 인어마냥 물에서도 곧잘 놀고 그 실력 또한 나쁘지 않았다.

모든 운동에서 두각을 나타내자 체육 선생님들도 눈에 불을 켜고 이것저것 시켜보려고 난리였다. 선수를 할라치면 못할 것도 아니었으나 애초에 여울은 자신이 빛나고자 운동을 배운 것이 아니었다. 누군가를 지키기 위해 배워야 했던 것이다. 남들과 달리 특별하게 태어난 자신이 남들이 평범하게 태어나 평생 노력해 얻은 것들을 쉽게 뺏고 싶지도 않았다.

공부도 마찬가지다. 하나를 들으면 열을 알았다. 말 그대로다. 그래서 여울은 서넛까지만 듣기로 했다. 다른 친구들과 사이좋게 공평하게 지내기 위해서는 자신도 어느 정도 핸디캡이 있어야 한다고 스스로 생각했다.

그리고 여울이 자는 동안 가장 크게 깨달은 것은 불쑥불쑥 튀어나와 자신을 괴롭히는 귀신들 때문에 더 이상 곤란해 하지 않아도 된다는 것. 그것은 사실 간단한 것이었다.

누구나 더러운 것을 보면 눈을 피해버리고 관심 있는 것은 자세히 들여다본다. 그처럼 보고 싶은 것이 있다면 그 눈을 뜨고 보기 싫은 것이 있다면 감아버리면 그만이다. 여울이도 귀신이 보이는 그 특별한 눈만 닫아버리면 되는 것이었다.

그런 여울에게도 묘하게 귀신도 사람도 아닌 것이 신경 쓰이고 거슬리는 얼굴이 하나 있었다.

6학년 겨울 체육관 옆 건물의 기다란 간판이 지나칠 때마다 소름이 돋고 그렇게나 싫을 수가 없었다.

입시 준비를 하는 학생들의 학원인 듯했는데 자신감 넘쳐 보이는 한 남자가 이빨이 몇 개인지 셀 수 있을 만큼 커다랗게 웃고 있는 얼굴이 간판의 3분의 1을 차지하고 있었다. 그 얼굴이 소름 돋게 싫었고 그 미소마저 아니꼬워 보였다. 그러던 어느 날 그 건물에서 나오는 간판 속 남자를 실제로 마주친 적이 있었다. 그때 여울은 알았다. 왜 사진만 보고도 그토록 불쾌했는지. 단지 스쳐 지나가며 잠시 눈을 마주쳤을 뿐인데 단번에 알아볼 수 있었다.

그 남자가 여울의 얼굴을 스칠 때 그 해괴한 눈을 잠시 감았다가 떴다. 그때 순식간에 여울의 몸을 스캔하고 지나간 그 눈은 사람의 것이 아니었다. 그 남자에게 붙어있던 악귀가 튀어나와 빛의 여울을 알아보며 온통 새까맣게 반짝이는 그 눈알을 굴려 잠시 여울을 반갑다는 듯이 묘하게 쳐다보더니 다시 인간인 듯 스쳐 지나갔다. 그때부터 여울은 그 눈을 쫓기 시작했다. 들킨 쪽은 누구일까? 누가 위험한 걸까? 어쨌거나 그들은 서로를 알아봤다. 그리고 얼마 후 우연히 또다시 버스 밖으로 걸어가고 있는 그 남자를 발견하고 바로 버스에서 내렸다.

'어? 그놈이다! 확실해! 이번엔 놓칠 수 없어!'

그렇게 그를 쫓아간 곳은 한 중학교 앞이었고 그는 자연스럽게 학교 안으로 들어갔다. 여울의 눈에 비친 그 학교는 참으로 이상한 색이었다. 이 쨍쨍한 날씨에 혼자 비를 맞은 것 같이 우중충한 건물이었다.

곧 한 무리의 남학생들이 교문 밖으로 소란스럽게 뛰쳐나갔고 그들의 모습을 본 여울은 심장이 잠시 멈추는 듯한 섬뜩함을 느꼈다.

그들이 누군지 여울은 멀리서도 알 수 있었다. 몇 해 전 자신을 혼수상태에 이르게 만들었던 그들….

그러나 그들이 무서웠던 게 아니다.

토막 나 강에 불어터진 시신의 조각들이 그들에게 붙어있는 끔찍한 모습을 보았다. 귀신은 그것 하나가 아니었다. 그들 어깨와 머리, 허리를 잡고 있는 불에 탄 할머니, 어린 여자, 형체를 알 수 없는 시체가 그들의 몸에 찰싹 달라붙어 여울의 눈만 뚫어지게 보고 있었다. 도와달라는 듯. 그들이 사라질 때까지 그동안 별의별 귀신을 다 보았어도 저리도 흉측하게 자신을 드러내며 원념을 강하게 전하는 귀신들은 여울도 처음이었다. 그 남자의 사악한 눈을 쫓으려 보이는 눈을 떴더니 결국 그 끔찍한 것들을 마주하게 된 것이다. 그렇게 보려 하면 보이는 것이었다.

"너희들! 거기 안 서! 조퇴증 안 내?"

뒤늦게 수위 아저씨가 뛰어나왔지만, 어찌나 잽싸고 날래던지 여울의 눈에서도 금방 사라지고 말았다.

'서늘한 느낌은 저기서 온 거구나! 저놈들 대체 무슨 짓을 하고 다니는 거야? 그리고 저 남잔 뭐지? 기분 나쁜 눈이야. 처음 본 거 같지가 않아. 어디서 봤을까? 이 학교는 뭐지? 잠깐 동안 이 문으로 얼마나 강한 어둠들이 지나다닌 거야?'

다시 여울이 학교를 들여다보니 학교는 점점 그 색깔이 짙어졌다. 이제는 마치 커다란 초코우유 같은 색깔로 보이기 시작했다. 여울이 그렇게 생각하고 그 악마가 기어들어갔을 학교를 노려보자, 서늘하고 컴컴한 학교 전체가 종잇장처럼 얇게 펄럭이는가 싶더니 다시 맹수처럼 변해 곧바로 여울을 향해 달려들어 덮쳐버렸다.

방금 그 커다란 어둠의 덩어리는 반짝이는 여울을 발견하고 그대로 덮쳤고 여울은 그저 우뚝 서 있었다.

쨍그랑! 그와 동시에 운동장에서 날라온 야구공이 교장실 창문을 향해 곧장 날아갔다.

"어떤 놈이야!"

여울이 쫓아온 그 사악한 어둠의 눈을 가진 남자는 방금 그 창문이 깨어진 교장의 방에서 교장과 마주 앉아있었다. 교장은 창문으로 날아든 야구공에 화들짝 놀라 벼락같이 화를 내었지만, 그 남자는 미동도 없이 자신에게 내올 차를 기다리고 있었다.

그 어둠이 지 덩어리만 믿고 빛의 아이를 꿀꺽 삼킬 수 있을 거라 생각했던 게지. 여울이는 빛이야. 빛은 힘으로, 덩어리로 누른다고 구겨지지도, 뭉게지지도 않아. 그저 뾰족하게 그들을 찌를 뿐이지. 저거 보라고 볼품없이 까만 빤쓰에 빵꾸가 나서 지저분한 속살이 삐죽 튀어나왔어. 잘했다. 여울아! 어차피 내 말은 안 들리겠지만 거기가 뭐긴 뭐야. 감옥이 어둠의 아카데미라면 거기는 어둠의 스카우터라고 할 수 있다. 어둠의 소질이 있는 것들을 뽑아 아주 강력한 어둠을 길러내고 있어. 거기 위험해. 발 들이지 마. 그리고 저 악의 대가리도 위험해! 관심 끄라고! 내가 뭐 어떻게 모스부호라도 전달해 주고 싶네. '여울아! S! O! S!' 뭐? 그건 구조 요청이라고? 뭐야? 날 바보로 알아? 그게 그거지! 어쨌든 위험하단 거 아니야? 사사건건 어른을 가르치려 들고 말이야! 맘에 안 들어. 기분 나빠졌어. 나 갈 거야!

여울은 그 중학교를 보고 난 후로 부모님께 처음으로 떼를 썼다. 부모님은 아이를 명문 사립중학교에 보내려는 계획이었으나 그들이 아이의 말을 거스를 수 없는 '특별한 이유'도 있었거니와 아이의 한결같이 곧고 바른 성품을 믿었기에 그저 원하는 대로 허락해 줄 수밖에 없었다. 그래서 결국 여울은 8학군에서도 영 평판이 좋지 않았던 이 영남중학교에 입학하게 된다. 그곳은 혼자 들어가면 셋이 되어 나온다는 말이 나올 만큼 자유분방하고 느슨한 교칙은 물론이고, 이곳저곳에서 쫓겨나온 문제아들도 뒷돈만 내면 받아주는 것으로 명성이 자자한 남녀공학이었다.

초등학교 마지막 겨울방학을 맞아 여울은 그 중학교에 들어가기 위해 나름의 준비가 많았다.

어느 날 여울이 김 형사에게 전화를 걸었다.

"형사님, 부탁이 있어요. 그때 저 머리 터진 그 사건이요. 아뇨, 기억이 돌아온 건 아니고요. 제가 묻고 싶은 건 그놈들이요. 그 후로도 이런 저런 나쁜 짓들 많이 했다던데 언제 어디서 무슨 짓을 하고 다녔는지 좀 자세히 알아봐 주실 수 있으세요? 이유요? 궁금하시죠? 알아봐 주시면 알려드릴게요. 이만 끊습니다."

인정사정없이 자기 할 말만 쏟아낸다. 한편 김 형사는···.

"아, 뭐? 여보세요? 뭐야? 이놈 뭐야. 이러고 끊은 거야? 아~ 이게 이제 종부리듯이 나를 부리네. 근데 왜 그걸 알아봐 달라는 건지 궁금하니까 안 알아봐 줄 수가 있나 이거. 아, 짜증 나!"

역시나 깜찍하고 영특한 여울.

며칠 후 두 사람은 햄버거집에서 만났다. 김 형사는 산더미처럼 쌓인 종이 뭉치를 여울에 앞에 내려놓고 마치 아침에 신문을 물어오고는 칭찬을 기다리는 반려견 같은 표정으로 여울을 쳐다본다. 그러나 여울은 황당하다는 듯이 종이뭉치를 쳐다볼 뿐이었다.

"이게 다 뭐예요?"

"니가 싹싹 긁어오라며! 요놈아! 직장상사도 아니고~! 법원 서류 밑에 것들은 파출소에서 그냥 마무리 지은 것들이야. 근데 그것들도 엄청 더럽더라. 햄버거 먹고 보든지 보고 먹든지. 하긴 너 비위 좋지. 먹어~ 먹어!"

뭔가 칭찬을 기대했다. 실망했는지 살짝 토라진 말투다.

여울은 아랑곳하지 않고 종이뭉치들을 눈이 휘둥그레지게 쳐다보면서 햄버거를 우왕우왕 씹어먹고 있다. 한 장, 한 장 넘기더니 여울이 눈을 가늘게 뜨고 그 눈을 빛냈다.

"맞네, 맞아. 파티야."

"뭐? 너 지금 뭐라고 했어?"

"형사님! 이것 보세요~! 여기, 여기, 여기랑 여기! 애네들 매년 지들 생일 비슷한 시기에 큰 나쁜 짓들을 많이 했나 싶어서 찾아봐 달라고 한 건데 다 맞았어요. 여기, 여기 병민이라는 애 생일 전쯤에 사고를 두 개나 쳤는데 하나는 산에서 사람을 밀었다. 일부러 그랬다는 증거가 없고 사람도 크게 다치지 않아서 상대방의 치료비만 물어주고 끝났죠? 그런데 그 바로 다음 날 병민이가 혼자 사시는 어떤 할머니 집에 불을 질러서 할머니가 돌아가셨어요? 아무리 사람이 안 사는 집인 줄 알았다는 병민이의 변명이 있었다고 해도 사람이 죽었잖아요! 그런데 왜 벌을 안 받았지? 촉법이라서? 그럼 애들 봐봐요. 다 똑같아. 자기 생일 전쯤에 이렇게 보면 형사님 눈에도 한눈에 보이실 거에요. 애들 이름, 생년월일 밑에 사고 날짜가 쓰여있으니까 보기가 너무 편한데? 보세요."

여울이 서류들을 돌려서 김 형사의 눈앞에 펼쳐 보였다.

김 형사의 등골이 오싹해졌다.

**이름 김병민 생년월일 1996년 8월 14일생**

| | |
|---|---|
| 사건날짜 | 2008년 8월 12일 |
| 사건개요 | 사망 |
| 사건날짜 | 2008년 8월 13일 |
| 사건개요 | 사고 |
| 사건날짜 | 2009년 8월 11일 |
| 사건개요 | 특수폭행 |
| 사건날짜 | 2009년 8월 13일 |
| 사건개요 | 살인미수 |

> 이름 김종석 생년월일 1996년 12월 5일생
> 사건날짜    2008년 12월 4일
> 사건개요    특수폭행
> 사건날짜    2009년 12월 3일
> 사건개요    사망

"야, 넌 이걸 대체 어떻게 생각해 낸 거야?"

김 형사는 도무지 이해가 안 됐다. 아무리 똑똑하고 감이 좋아도 이걸 보기 전에 예측했다?

"용석이가 얘기해 줬어요. 그 날은 자기 형 생일이었다고. 생일엔 대부분 파티를 하니까. 지도 형들 생일 파티에 초대받은 줄 알았대요. 형들이 하는 얘기를 몰래 들었다고 했거든요. 분명히 생일 파티라고 했대요. 근데 어떤 사람이 생일 파티에 자기 동생을 죽여요? 이놈들은 평범한 사람들이 아니에요. 그러니까 평범하게 이해하려고 하면 안 돼요. 파티인 거에요. 케이크 대신 동생을 찔렀잖아요. 아무것도 모르고 형의 깜짝 파티에 초대 손님인 줄 알고 선물까지 사 들고 간 용석이를 케이크처럼 썰어버렸어요. 너무해요. 용석이는 저에게 미안하다고 했어요. 그런데 저는 용석이가 더 불쌍해요. 아무튼, 제 생각이 맞는다면 얘네들은 촉법 같은 걸 이용해서 지들만의 생일 파티를 하는 거 같아요. 아주 무섭고 끔찍한… 대체 어떤 사람이 이런 생각을 할 수 있어요? 사람이긴 한 건가?"

입술을 깨물고 눈썹을 치켜뜨며 진심으로 고민에 빠진 표정이다.

"하아~"

김 형사도 깊은 생각에 잠겼다. 벌어지지 않을 사건을 막으러 다닐 수도 없고… 게다가 꼬맹이들이 벌이는 짓들을 감시하고 다니는 것은 자기 소관이 아닐뿐더러 관할도 문제고, 머리가 복잡해졌다. 그러다 문득 이 초등학교 6학년짜리 여자애가 자신보다 수사 능력이 월등히 낫다는 것을 깨닫고는 갑자기 헛웃음이 나왔다.

"ㅎㅎㅎㅎ"

"왜요? 형사님! 귀신한테 홀렸어요? 갑자기 왜 그래요? 무섭게."

"너… 나중에 형사나 해라. 너 같은 인재가 아직 초등학생이라는 게 무진장 안타깝다."

"그쵸? 저도 통감해요. 암튼 형사님, 부탁해요. 아직 촉법의 보호 아래 있는 것들이 몇 명 남은 거 같던데~ 그리고 이건 제가 가져갈게요. 어차피 복사해 두신 거 있죠? 콜라 리필해서 가야겠다. 햄버거 잘 먹었어요~먼저 갈게요."

"야! 너는 어떻게 나보다 더 바쁜 척이야?"

총총걸음으로 사라지는 여울을 보고 아쉬워한다.

* * *

얼마 후 여울의 중학교 입학식.

"아저씬 여기 왜 왔어요? 광혜도 오늘 입학식이잖아요. 뭐 이런 날라리 아빠가 다 있어?"

여울의 엄마와 아빠가 잠시 선생님을 만나러 간 사이 여울의 중학교 입학식을 찾아온 김 형사에게 여울이 황당하다는 듯이 핀잔을 줬다.

"안 그래도 지금 갈 거거든? 바로 옆 학교야. 차로 5분이면 간다. 내가 요즘 니 심부름하느라 엄청 바빠서 말이야. 이렇게라도 너 님에게 보고를 드려야 하거든. 근데 너 알고 있었냐? 너 혹시 쟤들 때문에 부모님께 떼쓰면서까지 일부러 여기 들어온 건 아니지?"

"아~ 뭐 그렇게 토씨 하나 안 틀리고 정확히 다 아세요? 근데 복수 같은 뭐 그런 시시한 건 아니거든요~ 또 나나 용석이나 그런 애들이 생기면 안 되잖아요. 적어도 이 학교에서는, 이 학교는… 암튼 아저씨 안 가요?"

"보고하러 왔대두. 야! 니가 무슨 용가리 통뼈야? 쟤들이 너 또 안 건드린다는 보장이 어딨어? 나 이거 니네 부모님한테 말씀드려야 하는 거 아니냐? 어느 부모가 지 딸을 그렇게 만든 놈이랑 같은 학교를 보내겠어. 나도 지금 이렇게 조마조마한 마음이 드는데."

"형사님, 말이 다 맞아요. 그러니까 부모님한테는 비밀로 해주세요. 제가 형사님한테 약속하고 안 지킨 거 없죠? 저 믿어주신다고 하셨잖아요. 저 한 번만 더 믿어주세요. 저 절대로 저놈들한테 털끝 하나 안 다칠 자신 있어요."

여울은 정말 결의에 찬 표정이었고 김 형사는 이 소녀의 고집을 꺾을 수 없다는 것을 알았다.

그리고 여울의 말을 거스를 수 없는 '특별한 이유'가 김 형사에게도 있었으니 그저 믿고 뒤에서 지켜주기로 했다.

"알았어. 그리고 니 말이 다 맞더라. 아! 이놈들 나이만 어릴 뿐… 완전히 악마야, 악마. 니 명령대로 나는 지금까지 두 사람의 목숨을 살렸고 대여섯 명의 소녀들의 순결을 지켜줬다. 총 17군데 소상공인들의 피해를 막았다. 이상! 됐냐? 이 악마 같은 놈들도 이제 다 중3이 됐으니 적어도 만 14세는 넘었겠지. 이제 한시름 놔도 되는 거지? 물론 소년법인가 뭔가 미성년자 되기 전에는 따로 법정에 세운다지만 처벌은 피해갈 수 없을 거야."

"우와~! 대박!! 형사님!! 결혼만 안 했으면 형사님한테 시집갔을 텐데~!!"

"어이구! 고맙다. 설렌다. 근데 내가 결혼은 했었구나. 니 덕분에 집에 들어간 지가 언젠지도 몰라서 결혼한 거도 까먹겠다."

"그럼 이거 형사님 냄새였구나. 그래도 딸 입학식 가는데… 쫌!"

여울이 코를 잡고 손짓으로 가라고 제스처를 하자 그가 킁킁대며 자신의 냄새를 맡는다.

"하하하하. 농담이에요. 씻고 오셨잖아요. 무슨 딸 입학식에 향수를 뿌려? 향수 냄새나요~"

"그, 그치? 암튼 그놈들 조심하라고. 웬만하면 마주치지 말고. 늦겠다. 나는 먼저 갈게. 입학식 잘하고!"

"피이…"

여울은 형사님이 너무 고마웠다. 사람의 생명을 지켜주고 살려줬다니 대단하게 느껴졌다.

"저기 너희 아빠는 그냥 가시는 거야?"

한 여학생이 쭈뼛거리며 여울에게 다가와 말을 건다.

"응? 아니 우리 아빠 아닌데? 저기 오신다. 울 엄마, 아빠!"

여울이 부모님을 향해 손을 흔들자 왠지 조금 실망한 표정이 된 친구를 보고 여울이 묻는다.

"근데 왜 물어봤어?"

"아니 그냥 바빠서 먼저 가시는 거면 혼자 있으면 좀 그러니까 여기 우리 엄마, 아빠랑 같이 있자고 하려고 그랬지. 나는 곽태리야. 우리 같은 반인 거 같아."

수줍게도 할 말은 다하고 자기소개까지 하는 볼이 빨갛고 아직 젖살이 통통한 동글동글 귀엽게 생긴 이 아이는 누가 봐도 여울에게 관심이 있어 보인다.

"아! 고마워~ 맞아. 우리 같은 반인가 봐. 이 줄이 1반이래. 난 성여울이야."

"우와! 너는 키도 크고 얼굴도 예쁜데 이름도 디게 이쁘다. 우리 친구 할래?"

"너는 초면인데도 굉장히 솔직하구나? 난 솔직하고 착한 사람이 좋아. 그래, 친구 하자. 그리고 니 이름도 이뻐. 태리. 성이 이 씨가 아닌 게 얼마나 다행이니~ 하하하."

여울은 혼자 웃다가 약간 정색을 하는 태리를 보고 살짝 당황한다.

"큼~ 친구 해줄 거지? 태리야?"

태리는 여울의 활짝 웃는 미소에 눈이 부실 지경이었다. 어느새 자신도 그 미소를 따라 활짝 웃으며 손을 내밀었다. 그 손을 여울이 붙잡고 세게 흔든다.

"당연하지. 친구가 되어줘서 나도 고마워. 여울아~"

"어머 우리 딸 벌써 친구가 생긴 거야?"

어느새 여울에게 다가온 부부가 사랑스럽게 이들을 바라본다.

"응! 엄마, 내 친구 태리야~ 귀엽지?"

"응! 너무 귀엽네. 우리 집 학교에서 가까우니까 집에도 자주 놀러 오고 그래. 알았지?"

"네~ 감사합니다~"

여울과 태리는 단짝이 되었다. 단숨에 친해질 수 있는 계기가 되어준 좋아하는 만화 캐릭터도 있었다.

"너랑 나랑 키 차이가 너무 나니까 짝꿍이 못 되어서 아쉽다. 급식도 자기 자리에 앉아 먹게 하고, 치! 그러면 우리 끝나고 우리 집, 음… 아니다."

요즘 들어 더 집에 죽치고 있는 오빠와 오빠 친구들이 떠올라 말을 멈췄다.

"왜? 너희 집 안되면 우리 집 가면 되지. 엄마가 너 데리고 놀러 오라고 하셨어~"

"진짜? 그래도 돼?"

태리는 자신의 그 구겨진 집보다는 여울의 집이 더 궁금했고 그곳에서 시간을 보내는 것이 더 나을 것을 알았다. 그렇게 하굣길에 두 손을 잡고 나선 두 친구. 그 앞을 스쳐 지나가는 두 남학생이 있었는데 어쩐 일인지 이 두 여학생은 그들을 단박에 알아봤고 그들도 알아본 듯했다.

"야! 쟤 니 동생 아니야? 우리 학교 들어왔어?"

"아, 몰라. 짜증 나! 식충이 같은 게. 어? 잠깐만…"

태경은 멀리서 자신의 동생을 발견하고 일부러 무시하려고 앞만 보고 걸어 옆에 있던 여울에게 전혀 시선을 주지 않고 지나쳤지만 무언가 자신을 끌어당기는 소녀의 존재는 웬일인지 그냥 무시하고 지나칠 수가 없었다.

걸음을 멈추고 뒤를 돌아보았다.

"야! 거기! 식충이!"

"미쳤어? 밖에서 아는 척하지 말라고! 그리고 엄마한테 이를 거야! 또 그렇게 불렀어!"

태리는 태경을 바라보며 씩씩거리다가 거의 울 지경이었다. 그러나 여울은 돌아보지 않았다.

"아니, 식충이 너 말고 식충이 옆에 너!"

잠시 여울은 고민한다. 그 좋은 머리를 빠르게 굴렸다.

'태리, 곽태리. 예상은 했었어. 근데 이렇게 빨리 만날 줄이야. 지금은 아니야. 정당한 상황을 만들어야지. 정당하고 합당한…'

생각을 마치자마자 여울은 그대로 태리의 손을 잡고 앞을 향해 걷는다. 거의 끌고 가다시피 뚜벅뚜벅 걷는다.

태리는 다소 부자연스러운 여울의 행동에도 오빠가 자신의 친구에게 찝쩍댄다고 생각이 들었기에 여울의 눈치를 보며 여울을 따랐다.

"여울아, 미안. 그래 빨리 가자."

"야! 내 말 안 들려? 야! 식충이 옆에 너! 거기 안 서?"

태경이 한 발자국 이들을 향해 발을 옮기자 병민이 재촉한다.

"야! 이러다 땡땡이친 거 걸리겠다. 뭐해? 쟤 왜? 예뻐?"

병민의 마지막 말에 자존심이 상해 결국 돌아서는 태경.

"예쁘긴 얼굴도 못 봤어. 왠지 어디서 본 거 같은데…"

"얼굴도 못 봤다며. 너 봤지? 뒤에서만 봐도 길쭉길쭉 한 게 몸매는 죽인다야~ 예쁘지?"

"깝치지 마라."

둘은 티격태격하며 교실을 향해 뛰어들어갔다. 여울은 그제서야 한숨을 쉬고 태리를 꼭 잡았던 손을 놓아주었다.

"너희 오빠야?"

"왜 여울아? 들었어? 신경 쓰지 마! 오빠랑 오빠 친군데 둘 다 양아치야. 나랑 사이 안 좋아서 집에서는 말도 안 해. 원래 투명인간 취급하는데 혹시 너한테 찝쩍거리면 절대 말도 섞지 마. 인사도 하지 마. 알았지? 진짜 나쁜 놈이야…."

"그래, 너 기분 나빴겠다. 그래도 《원피스》에서 쵸파도 맨날 놀림 받아도 완전 귀엽잖아~ 너 귀여워서 그런 걸 거야~ 응? 그러고 보니 너 쵸파 닮았다!"

"야! 너 그거 칭찬 아니지?"

"하하하. 글쎄다. 내가 쵸파를 엄청 귀여워하는 건 말해줄 수 있어. 집에 가자. 엄마한테 떡볶이 해달라고 하자~"

"그래! 떡볶이 얘기만 들어도 기분이 좋아졌어~ 참 내가 얘기했나? 나 며칠 전부터 금붕어 키우는데 이름이 뭐~게?"

"야! 답이 너무 쉬워서 자존심 상해! 맞추기가 싫다."

"진짜? 말도 안 돼. 그 많은 이름 중에 한 번에 맞춘다고? 소원 하나 들어줄게. 한 번에 맞추면."

"진짜지? 약속했다."

여울은 약속을 늘 약속을 중시했고 뭔가 써먹을 일이 있을 것 같았다. 너무 쉬운 질문에 속으로 땡큐를 외쳤다.

"쵸파! 소원 들어줘야 해!"

"우와! 대박! 어떻게 알았지? 넌 어떨 때 보면 천재 같아. 맨날 학교에서 잠만 자고 학원도 이상한 데만 다니면서 시험은 다 백 점이고. 너는 이상해. 무서울 정도로…."

"그 정도야? 무서워? 그러면 시험을 몇 점 정도 맞으면 안 무서워?"

여울이 정색하며 물었다.

"뭐래~? 무서운 거 아니고 이상한 게 맞다. 빨리 가자 늦겠다."

태리가 밝은 표정으로 여울의 손을 잡고 앞장섰지만 여울은 잠시 심각한 표정이 되었다. 태리는 공주님 같은 여울의 방을 보고 눈이 휘둥그레졌다.

"우와~ 니 방 진짜 이쁘다. 이거 샹들리에인가? 그거 맞지? 이거는 원래 거실 이런 데 있는 거 아니야?"

"응, 맞아! 근데 아빠가 특별히 내 방에 달아주신 거야. 나도 처음에 이 방에 들어왔을 땐 이 밑에서 계속 춤을 추고 싶었다니까?"

"응? 처음 이 방에? 이사 온 지 얼마 안 됐구나?"

"흠… 비슷하긴 한데. 그건 그렇고 너는 어디쯤 사는 거야? 너희 오빠랑 부모님이랑 네 식구야?"

"아~~ 니! 대~~ 식~~ 구~~! 요즘처럼 핵가족화된 시대에 보기 드문 아주 대~~식구!"

허리춤에 손을 얹고 과장된 몸짓으로 치를 떨며 대식구임을 강조하는 태리에게 재차 묻는 여울.

"진짜? 네 명 아니고?"

"진짜 식구는 네 명 맞는데 오빠 양아치 친구들이 맨날 죽치고 살아. 게다가 가끔 계집애들도 부르고 동네 양아치들도 다 불러대서 집안이 그냥 쓰레기 소굴이야. 악마의 소굴인지. 나는 반대쪽 끝방이라 그나마 부딪힐 일이 없어 다행이지."

그때 미은이 떡볶이를 만들어서 아이들을 불렀다.

"얘들아! 간식 먹어라~ 라면도 넣어봤는데 맛이 어떨지 모르겠네. 너무 맵게는 안 했어. 여울이는 매운 거 잘 먹는데 태리는 어떨지 몰라서~"

"네! 전 가리는 거 없어요. 라면도 좋아해요. 생으로도 잘 먹어요. 하하하. 잘 먹겠습니다~"

"응! 울 엄마 떡볶이 잘해. 떡볶이집 해도 될 정도야. 그러기엔 울 엄마가 공부를 너무 많이 하셨지. 밖에 나가서 떡볶이 안 뒤집어도 가끔 저렇게 책상에 앉아서 종이 몇 장 뒤집으시면 돈이 되나 봐."

"어머~ 얘는 그런 표현은 어떻게 하는 거야? 종이 뒤집는다고 돈이 나오니? 우리 여울이가 이렇게 엉뚱해요. 난 그런 게 너무 귀엽지만…."

"여울이는 그런 게 너무 재밌어요. 말을 너무 재밌게 해요. 종이 뒤집으면 돈이 되는 건 대체 무슨 일이에요?"

"진짜래두~ 내가 봤을 땐 정말 종이만 몇 번 뒤집었어. 그런데도 엄만 돈을 벌고 계시니까 완전 능력자지. 떡볶이 뒤집을 필요가 뭐가 있어~"

"호호호~ 여울이식 농담이야~ 태리도 익숙해져야겠는데? 여울이는 여울이가 보는 대로 말하는 편이거든? 틀린 말은 아니야. 학생들 논문 채점해 주는 걸 보고 그렇게 말한 걸 거야."

"대학생요? 그럼 대학교 교수세요?"

"응~ 어쨌든 떡볶이 아줌마는 아니에요~ 맛있게들 드세요."

미은이 자리를 비켜주자 태리가 눈을 동그랗게 뜨고 여울에게 엄지를 치켜세웠다.

"우와! 니네 엄마 완전 능력자다~ 대박~ 멋있어. 근데 떡볶이도 이렇게 맛있다고? 반칙이다."

"응, 좀 쩔지. 내 입으로 울 엄마가 교수라고 말하기가 쑥스러웠어~"

여울이 귀여운 표정으로 으쓱했다. 그러나 여울은 어색해도 화제를 바꿔야 했다.

"근데 아까 니 말 중에 이해가 안 되는 게~ 그렇게 오빠 친구들이 매일 눌러살면 부모님이 뭐라고 안 하셔?"

"아, 그게 집이 구조가 좀 이상해. 설명하기가 좀…."
"괜찮아. 설명해 봐. 나도 이상한 구조의 집에서 살았었어."
"응? 니가?"
"응, 옛날에~ 아무튼 설명해 봐."
"응, 부모님이 몇 년 전에 아주 다 쓰러져가는 상가 건물을 하나 사서 이사 오신 거야. 오래된 건물이라 그런지 구조가 이상해. 그니까 2층에 엄마가 하는 한복집이랑 세준 가게 몇 개가 있고 3층에서 아빠가 당구장을 하시고 거기도 세준 가게가 몇 개 있고, 1층은 없어."
"응? 1층이 없어?"
"1층 같은 지하라고나 할까? 동굴같이 생긴 통로를 지나면 길쭉하게 방들이 쭉 있어. 화장실 두 개, 욕실은 한 개, 주방도 하나뿐인데 방만 여덟 개야. 완전 이상하지?"
"아니, 안 이상한데? 내 생각엔 예전엔 그 주방과 욕실, 화장실을 공동으로 쓰고 방만 여덟 개로 나눠서 월세를 준 거 같은데?"
"어? 어떻게 알았어?"
"아주 합리적인 구존데 뭐. 그래서 지금은 너희 가족들만 쓰고 있다 이거구나."
"응, 요즘 누가 주인집이랑 화장실, 주방을 같이 쓰려고 하겠니? 우리도 불편하지. 그래서 남아도는 방을 그 악마 같은 놈들이 다 차지하고 있다는 거야. 예전에는 집에 들어오지 않을 때도 많았는데, 요 몇 달 사이는 아주 우리 집을 지들 아지트 삼아 나가지를 않아 별 짓거리들을 다 집에서 해. 아주 지랄 맞아."
'아, 김 형사님이 한동안 아이들을 감시하셔서 밖에서 나쁜 짓을 못하니까 집에 다 몰려있구나! 다행인 건가? 더 이상 다른 피해자들은 안

나오려나?'

여울은 잠시 골똘해져 있다가 질문을 마저 했다.

"근데 아까도 물어봤지만 너희 부모님은 뭐라고 안 하셔? 같은 건물에 있다고 하셨잖아."

"뭐랄까… 너한테 말하기 창피한데, 우리 오빠는 진짜 구제불능이야. 이젠 엄마 아빠도 포기하신 걸 넘어서 어떨 땐 무서워하시는 게 아닐까 싶을 정도야. 집에서 별의별 쓰레기 같은 짓을 다 해도 그놈이 악마 같은 눈빛으로 쏘아보면 오히려 부모님이 먼저 눈을 피하시거든."

"그래? 근데 넌 그래도 오빤데 왜 자꾸 악마, 악마 그러는 거야?"

"그건 정말 사실이야. 진짜 악마가 있다 해도 우리 오빠한테는 개발렸을 수도 있어."

말을 뱉어놓고 태리는 급하게 자신의 입을 마구 때렸다.

"아, 미안! 맨날 오빠한테 이상한 욕 같은 걸 하도 많이 들어서 그래. 이런 거는 너 따라 하지 마. 못 들은 거로 해죠. 니네 부모님이 나랑 노는 거 안 좋아하실 수도 있을 거 같아."

"하하. 괜찮아. 난 더 심한 욕도 많이 알아. 안 하는 것뿐이지."

"응? 니가? 안 어울려~ 하하하. 나중에 욕 배틀 한번 뜨자. 하하하."

여울은 모든 얘기를 하나도 빠짐없이 찬찬히 들었다. 그리고 태리가 집으로 돌아간 후 김 형사가 건네주었던 아이들의 범죄기록들을 다시 꺼내보았다. 무언가 찝찝함이 여울을 잡고 놓아주지 않았다. 역시나 여울의 눈이 날카롭게 빛났고 한 장의 종이를 들고 손을 부들부들 떨었다.

"이놈 뭐지? 오늘 며칠이야? 내일모레?"

허벅지를 간질이던 닭살이 목까지 올라타자 잠시 숨을 멈추고 머리를 세차게 흔들었다. 뭔가 꼬였다. 서류 속에 한 놈이 중학생이 아니다. 초등학교 졸업이 그의 최종 학력. 중학교 진학은 하지 않았다. 그리고 만 14세가 안 되었다.

그렇다면 이놈은 이들의 그룹이 아닌가? 그렇다기엔 같이 몰려다니면서 하는 짓들이 너무 같았다. 이 늦은 시간에 김 형사에게 전화하기엔 조금 미안했고, 그렇게 찝찝한 마음으로 잠이 들었고, 아침을 맞았다.

너무나 평범한 하루가 지나가고 있어서 잠시 여울도 그 헷갈리는 한 놈에 대해서 잊고 있었다.

하굣길에서 여울과 태리가 서로 킥킥대며 시답지 않은 이야기를 나누며 지나가다 뽑기 인형 앞에서 좋아하는 캐릭터 인형이 들어있는 것을 보고 발걸음을 멈췄다.

"나 저거 진짜 한번 해보고 싶은데 나 똥손이라…."

"뭐 뽑고 싶은데?"

"나 저거, 저거 쵸파!"

"자~ 도전~! 해보는 거지 뭐~!"

떨어질랑 말랑 애를 태우던 캐릭터 인형은 어느새 두 소녀의 용돈을 거의 탕진하게 만들었다.

"이번이 진짜 마지막이다!"

"아~ 쵸파는 안 될 거 같아! 그 옆에 한 번 밀어볼까?"

"저게 뭔데?"

"나도 몰라."

"어쨌든 《원피스》 그림이 있으니까."

둘은 마지막 남은 동전으로 한 방에 밀어 그것을 떨어뜨렸다. 손을 맞잡고 펄쩍펄쩍 뛰며 좋아했다.

"근데 이거 뭐지?"

"라이터잖아. 불이 안 나오는데."

태리와 여울은 조금 과대한 포장지를 뜯어 작고 묵직한 은색 지퍼 라이터를 손에 얹었다. 그들이 좋아하는 만화 캐릭터가 그려져 있었다. 딸깍 소리를 내며 뚜껑이 열렸지만 아무리 이렇게 저렇게 해보아도 불은 켜지지 않았다.

"이거 아마 가스 넣어야 할걸?"

"가스? 부탄가스 그런 거?"

"응, 여기 동그란 구멍 있지? 거기다가 넣으면 아마 칙! 하고 들어갈걸?"

"너 어떻게 그렇게 잘 알아?"

"그냥 어디서 본 거 같아."

"암튼 우리 완전히 돈 꼬라박은 건 아닌 듯. 키키."

"맞아! 뭐라도 건졌잖아. 둘 다 담배도 안 피우지만. 하하하하."

"니가 가져."

"아냐, 니가 가져."

"뭐 누가 갖든~ 내가 갖고 있을게."

그렇게 그 가스가 아닌 기름이 들어있지 않은 지포 라이터는 여울의 손에 들어왔다.

띨리디리리 띨리디리리. [태리의 핸드폰 벨소리]

태리의 핸드폰에는 '미친놈'이라는 이름의 발신자가 전화를 걸어오고 있었다.

"응, 뭐야? 이 미친놈 웬일로 나한테 전화했지? 잠시만, 여보세요!

왜? 가든 말든 갑자기 왜? 뭐? 내가 왜? 몰라. 나 돈 없어. 미친. 진짜? 5만 원? 오케이~ 접수! 계좌 찍는다. 바로 쏴라. 끊어. 여울아! 잠깐만. 나 대박."

신이 나서 태리는 누군가에게 문자를 보낸다.

"뭔데?"

"울 오빠가 나 지금 심부름을 시켰는데 케이크 하나 사 오면 나머지 돈은 나 다 가져도 된대. 한 1만 원짜리 사 가서 4만 원 챙겨야지. 1만 원짜리 케이크가 있을까?"

여울은 그제서야 잊고 있던 만 14세가 넘지 않은 놈의 생일이 내일이라는 것이 떠올랐다. 순간 머리통을 가느다란 바늘이 뚫고 지나간 듯 찌릿하며 눈앞이 새하얘졌다.

'안 돼! 생일 케이크? 만 14세 마지막 생일 파티? 안 돼! 왜 하필 너야! 태리야! 니가 케이크야. 안 돼. 가면 안 돼!'

"태리야, 잠깐만 생각을 해봐. 너희 오빠가 그렇게 착한 사람 아니잖아. 아니라며, 왜 그렇게 큰돈을 그냥 심부름 값으로 주겠어? 원래 그런 사람이야?"

"아니지, 절대 아니지."

"그치? 그럼 뭔가 이상하지 않아? 기분이 좀… 너를 놀리려고 장난치는 걸 수도 있잖아."

모든 상황을 설명할 수 없는 여울은 답답하기만 했다.

"그럴 수도 있지. 근데 원래 미친놈이니까 미친 짓도 잘해. 어디서 돈 좀 생겼나 보지 뭐."

급한 마음에 결국 김 형사에게 전화를 걸었으나 하필 그는 밤샘 교대근무를 끝내고 집에서 겨우 잠이 들어있는 중이었다.

'안 돼. 김 형사님, 왜 전화를 안 받아.'

여울은 이제 필사적이다.

"너 소원하나 들어주기로 했지? 그거 지금 쓸게. 가지 마. 오늘은 우리 집에서 자자. 그게 내 소원이야. 허락은 울 엄마한테 무조건 받아줄게."

"응? 소원씩이나? 왜 니가 그렇게까지 말하는지 모르겠지만… 나도 니네 집에서 자는 거 좋아! 그리고 너도 뭔가 이유가 있는 거지? 너는 그냥 하는 말이 없잖아. 암튼 알겠어. 잠시만…."

태리는 다시 태경에게 전화를 걸었다.

"여보세요. 나 못 가. 안 가! 아 왜? 뭐? 미쳤어? 아이 씨~!"

발작하듯 전화를 끊어버리고 진심으로 미안한 표정으로 태리는 여울을 보며 말한다.

"여울아, 나 가봐야겠다. 케이크 안 사 오면 쵸파 변기에 넣어버린대. 이 미친놈 그러고도 남을 놈이야. 진짜 미안해. 소원은 다음에 꼭 지킬게."

'태리야, 그놈들이 원하는 케이크는 바로 너야…'

여울은 차마 그 말은 못하고 최후의 수단을 썼다.

"그럼 나랑 같이 가."

"응? 그래도 돼? 나야 좋지. 히히."

'하필 김 형사님이 독 안에 든 쥐처럼 갇혀놔서 사냥감은 용석이 때처럼 태리밖에 없을 거야. 나 때문이야. 태리는 내가 지켜줘야 해. 차라리 잘된 일인지도. 정당하고 합당한 어떤 일이 벌어질지도 모르지. 이럴 때를 대비해서 배운 것들이잖아. 하지만 남자 다섯 명이라… 어떤 무기를 들고 있을지도 몰라. 칼은 당연히 있겠지? 방심하지 말자.'

여울은 긴장한 채 교복 주머니 속에 라이터를 딸깍이며 태리의 뒤를 따라 걷는다.

둘은 어느덧 한 작고 낡은 상가 건물 앞에 섰다. 상가 정중앙에 정말 1층인지, 지하인지 구분 지을 수 없는 애매한 위치에 시커멓게 입을 쩍 벌린 듯 어두운 동굴과도 같은 입구가 그들을 맞이하고 있었다.

"먼저 말해두지만 우리 집 완전 쓰레기장이야. 너희 집이랑 완전 극과 극! 오지체험 한다고 생각해."

태리는 한 손에 소박한 케이크를 들고 먼저 그 어두운 계단을 익숙하게 걸어 내려갔다.

## 악마는 어리다고 봐주지 않아

"니가 먼저 말을 걸어줘서 다행이야. 니가 먼저 손을 내밀고, 니가 먼저 친구 하자고 해서 정말 다행이야."

깜짝 놀라서 뒤를 돌아봤다. 가장 친한 친구의 집에서 생애 첫 외박을 할 생각에 신이 난 태리는 어두컴컴한 자신의 집 입구에서 계단 밑까지 순식간에 먼저 내려왔다.

그러나 여울은 따라 내려오지 않고 입구에 서서 이상한 말을 하고 있다. 태리의 눈에서 올려다보자면 그랬다.

동굴 같은 검은 입구와 그 밖으로 쏟아지는 모든 빛, 완전한 그 경계에 갇혀버린 게 아닌가 싶을 만큼 그저 여울을 따라 한 그림자인 듯 그렇게 우뚝 서 있었다. 반짝이는 환한 미소를 지닌 빛나던 친구가 자신의 집 입구에서 그 환한 빛을 잃고 마치 다른 빛을 띠고 다른 사람 같이 다리를 쩍 벌리고 팔짱을 끼고 서 있다. 완전한 배경이 되어버린 역광은 여울의 표정도 읽을 수 없게 만들어 버렸다.

'나를 내려다보는 건가? 지금 한 말은 무슨 뜻이지?'

태리는 그 말이 마치 이별의 말처럼 쓸쓸하고 서운하게 느껴졌다. 등 뒤로 펼쳐진 자신의 시커먼 집과 여울을 번갈아 본다.

'왜? 여기서 왜? 여기라서? 우리 집이 이래서? 우리 집이 싫은 거야? 들어오기 싫은 거지?'

점점 어두운 생각들이 들어차기 시작하는 태리.

그때 태리의 귓가에 누군가 속삭였다.

"감히? 내가 이딴 데서 너랑 놀아줄 거라 생각했어?"

급히 좌우를 둘러 봤지만 사람은 없었다. 그러나 저 계단 위에 여울이 다가와 속삭인 것은 아님이 분명하다. 알 수 없는 공포심이 태리의 작은 심장을 두들겼다.

'아마도 내 속마음이겠지? 그럼 아까 그 말은 내가 먼저 친구 하자고 안 했으면 나 같은 애랑은 어울릴 일도 없었을 거라 그 말이야? 하긴 공부도 집도 외모도… 나랑 딴판이긴 하지. 어쩌면 처음부터 지가 돋보이려고 날 데리고 다녔을지도 몰라.'

착하고 단단한 태리가 처음으로 귀신들에게 틈을 내어준 순간이다. 귀신들은 이렇게 어둠 속에 숨어 누구라도 작은 틈을 내어준다면 여지없이 숨어들어 속삭인다. 어리다고 봐주지 않는다. 이곳은 이 악마들이 끌어들인 어둠으로 온갖 잡귀들이 우글우글 모여있는 끔찍한 곳이었다.

어둠의 아가리, 악의 소굴, 그들의 거처, 그들의 문이다. 위험하다!

여울이 걸음을 멈춘 이유는 그걸 알았기 때문이다. 근데 어느 쪽이 위험한 걸까?

여전히 여울은 걸음을 떼지 않고 교복 주머니에 손을 찔러 넣었다.

딸깍딸깍.

"여울아! 너 그대로 집으로 가! 우리 집에 오지 마!"

빽! 하고 소리를 지른다. 그때 마치 자다 깬 사람처럼 여울이 깜짝 놀라며 태리를 내려다보았다.

"어! 왜? 아, 아…"

여울은 잠시 당황했고 태리는 계단을 다시 오른다.

"너 우리 집 들어오기 싫어서 그러고 있었던 거 아니야? 그냥 가! 가라고!"

조심스럽게 들고 왔던 케이크, 이제는 어떻게 되든지 말든지 두 손으로 힘껏 여울을 밀어낸다.

"어? 아! 야~ 아, 아니야. 얘는 무슨 그런 얘기가 어딨어? 나 진짜 무슨 생각 좀 하느라 잠깐 넋이 나갔었나 봐. 미안, 미안. 진짜 그런 거 아니야. 진짜, 진짜~"

호들갑스럽게 아니라고 말하며 태리를 안고 안으로 들어가는 여울을 실눈을 뜨고 미심쩍게 쳐다보는 태리였지만 평소와 다름없는 여울의 반짝이는 얼굴을 보고 순식간에 태리의 어두운 마음은 걷혀버렸다.

"넌 무슨 딴생각을 그렇게 비장하고 폼 나게 하냐? 난 또 우리 집 들어오는 거 싫어서 그러는 줄 알았잖아. 너 근데 진짜 우리 집 입구가 무슨 악마의 동굴 같아서 무서워서 그런 건 아니지?"

"아니, 뭐 이 정도는 시베리아 거시기에 비하면 장난감 수준이지. 그리고 너는 쪼꼬만 게 뭘 안다고 자꾸 무슨 악마니, 동굴이니, 그러는 거야? 그런 이상한 소리 하면 못써. 평범하게 살아. 평범하게~ 응? 들어가자."

이제는 태리의 어깨의 손을 얹고 먼저 계단을 내려간다. 태리는 여울이 하는 말을 하나도 알아들을 수가 없었지만 뭔가 자신이 오해했다고 생각되니 여울에게 미안했고 또 한없이 기뻤다. 가장 소중하고 친한 친구를, 단 하나뿐인 친구를 잃어버릴까 무서웠다. 너무나 다행이라 눈물이 나올 정도였는데 여울이 생각지도 못한 말을 한다.

"야! 조용해 봐. 일단 니 방부터 가자. 너 뭐 붕어 키운다며? 그거부터 챙기자."

"응? 쵸파?"

"그래, 그거. 저, 초포, 포 초코파이, 그거부터 빨리! 니 방이 어디야?"

그렇게 그 둘은 혼자 유유히 왔다리 갔다리 하는 빨간색 금붕어를 유리병 채로 들고나와 다시 태경이 있는 방문 쪽으로 걸어간다.

"태리야, 근데 그전에 부모님은 같은 건물에서 일하신다고 하지 않았나? 밑에 안 계신 거 맞지?"

"응, 이 시간엔 엄마, 아빠는 따로 위에서 일하시니까 인사는 안 해도 돼. 걱정하지 마."

"무슨 걱정… 너나 걱정해."

알 수 없는 표정으로 알아듣기 힘든 말을 하며 저벅저벅 걷고 있는 여울.

딸깍딸깍.

"뭐라고? 내 걱정?"

"응, 아니 헉! 이거 무슨 냄새지? 어디서 가스가 새나?"

이들은 입구를 지나쳐 태경의 방이 다가오자 자신들을 향해 덮쳐

오는 의심의 여지 없는 불쾌한 냄새에 걸음을 멈춘다. 태리의 얼굴이 새빨개졌다. 곧 자신이 좋아하는 친구 앞에서 최악의 가족이 최악의 모습을 보여줄 것을 알 수 있었다.

"아, 이, 진짜… 여울아, 그냥 나가자."

"왜?"

"케이크 여기 두고 그냥 나가자. 쵸파 챙겼잖아."

그렇게 태리는 케이크를 바닥에 내려놓고 밖으로 나가려고 몸을 돌려 여울을 끌고 나가려 했다. 그러나 움켜쥔 교복이 마치 어딘가에 걸린 것처럼 꿈쩍을 하지 않았다.

돌아보니 여울이 그렇게 돌처럼 굳어있었다.

그때 열린 방문 틈으로 태경이 겨우 대가리만 내놓고 헤드뱅잉을 하며 그들을 불러세웠다. 휘청거리는 몸을 겨우 벽에 기대어 섰다. 부들부들 떨리는 눈꺼풀을 치켜떠 보려 애쓴다. 혓바닥이라고 정상일 리가 없었다.

"야! 싯충이~ 너 혼자 오랬시. 샤~ 실로와 개 모야, 어 야야 케이크 왔어! 새끼들 와! 정신 차려! 씨!"

방안에는 그의 친구들이 앞니에 부탄가스를 끼고 칙칙거리며 자신들의 대가리를 썩히고 있다가 태경의 말에 모두들 나름의 방법으로 정신을 차리려 애를 쓰고 있다.

물을 마시는 놈, 지 대가리를 미친 듯이 딱따구리처럼 벽에 박는 놈, 지 따귀를 내리치는 놈, 성욱이 역시 그날의 생일자였으니 어느 정도 긴장은 하고 있었으려나? 태경처럼 몸을 일으켜 정신을 차리고 밖으로 나오려 하고 있었다. 그러나 다리가 풀렸는지 그의 육중한 몸이 그대로 고꾸라져 작은 방안에 친구들을 덮치고 뒹굴고 난리가 아니었다. 태경은 그나마 상황이 나은 편이었나 보다.

"어? 나 너 어서… 봐… 아쒸… 대가리 졸라 아파. 잠깐…"

태경은 이제 자신의 머리를 내리치고 따귀를 치며 필사적으로 정신을 차리려 하고 있다. 그러다 뭔가 생각났는지 미친 사람처럼 혼자 웃어젖힌다.

"푸하하하하. 아하하하하하. 푸하하. 캬하하하하하."

열린 문틈 사이에서 배를 잡고 뒹굴며 미친 듯이 웃는다. 다른 놈들의 풀린 눈깔엔 저건 또 무슨 환상의 나라에 가있는 건가? 그저 부러움이 한가득이다.

"야! 이씨… 어떻게 이런 우연이 다 있냐? 야! 새끼들아 초코송이가 지 발로 기어들어 왔어. 크크크"

태리는 자주 보던 모습이었던지라 그저 미친놈이 미친 짓 한다 싶어 여울에게 창피할 뿐이었다.

"저거 또 지랄이네~ 빨리 가자! 미안해. 여울아~ 빨리 가자니까."

그러나 여전히 여울은 꼼짝을 하지 않고 뚫어지게 태경을 쳐다보고 있다. 이제는 태경이 어느 정도 정신이 돌아왔는지 혓바닥도 지 주인 말을 잘 듣는다.

"야! 이 악마 아가씨야~ 너무 섹시하게 자라줬네~ 오빠한테 와봐. 안아줄게."

딸깍딸깍.

"이 미친놈아! 내 친구한테 무슨 소리 하는 거야? 저 또라이 새끼!"

태리는 이제 울 것처럼 여울이에게 매달렸다

"여울아, 빨리 가자. 미안해. 우리 오빠 미친놈이라고 했잖아. 여기 있으면 안 돼. 니 말이 맞았어. 니가 위험해질 거 같아~ 빨리 가자. 제발!"

"그러니까 너나 걱정하래도? 위험한 건 너라니까."

심각한 태리와 달리 여울은 여유 있고 서늘한 표정을 지었다. 그리고 여전히 알 수 없는 말을 하고 있다.

"오빠 오랜만에 봤는데 안 반가워? 그때 못 해줬던 거 지금 해줄게. 이리와~"

딸깍딸깍.

"야! 오빠가 지금 뭐라고 뭐라는 거야? 너 우리 오빠 혹시 알아?"

이제는 태리도 오빠의 말을 무시할 수가 없었다. 여울과 태경이 서로 마주 보고 있는 이 상황도 무언가 어색하지 않았다.

"나도 몰라. 니네 오빠 눈까리 보면 모르겠어?"

여울은 태연히 어깨를 움찔하며 아무것도 모르겠다는 표정으로 여전히 주머니에 손을 찔러 넣고 이제는 태리를 지나치고 태경에게 한 발짝 더 다가갔다. 그리고 노려본다. 태경은 자신에게 다가온 여울에게 그 음흉한 눈을 빛내며 갑자기 가스 한 통을 던져준다. 여울은 어느새 교복 주머니에서 손을 빼 여유 있게 가스통을 받아 들었다.

유리병 속에 물이 출렁이고 그 안에 물고기도 큰 파도를 만난 듯 깜짝 놀랐다.

"야! 너도 한까대기 해. 오빠랑 놀자~!"

"오빠, 미쳤어? 그리고 오빠, 여울이 어떻게 알아? 정신 좀 차려 쪽팔려 죽겠네."

"안 되겠네. 태리야, 니 붕어는 니가 좀 맡아라."

케이크를 바닥에 내려놓고 두 손이 자유로웠던 태리는 물고기를 끌어안고 사태를 잠시 관망할 수밖에 없었다.

"아~ 맞다, 맞다. 그때는 니 대가리를 용진이가… 키키키. 기억 안 날 수도 있겠다. 용진이 씹쌔꺄! 일어나보라고. 오늘 생파에 존나 귀한 손님이 오셨다니까! 성욱이 생일인데 선물은 내가 받겠네? 너 나 진짜 몰라? 급식실도 기억 안 나?"

"여울아, 오빠가 뭐라는 거야?"

"미친놈이라며? 미친 소리겠지. 악마라며? 악마가 하는 얘기를 인간이 어떻게 알아듣겠어?"

태리는 그저 오빠가 원망스러울 뿐이었다. 여울의 말투와 행동이 변했다는 것은 안중에 없었다. 이 악마의 소굴에서 빨리 벗어나고 싶었을 뿐이었다.

태경은 더러운 미소로 여울을 응시하며 자신의 입술을 헛바닥으로 핥았다. 그리고 손가락을 까딱까딱하며 오라고 손짓을 했다.

그것을 보고 여울의 무표정했던 얼굴이 큰 파동을 일으켰다. 눈썹과 그 밑에 눈동자 입술과 턱, 그것이 순서대로 파도를 치며 커다란 분노와 동시에 그것을 잠재우려는 노력이 일순간에 지나갔다.

후~ 하고 여울은 잠시 짧은 숨을 내쉬고 그 긴 다리를 학처럼 곧게 뻗어 클라라보다 아름다운 시구 자세로 가스통을 감싸 쥐더니 그대로 태경의 삐죽하게 나온 대가리를 정통으로 맞춰버렸다.

깡!

"악! 씨발!"

"아! 죄송해요. 돌려드리려고 한 건데 죄송합니다. 키키키키."

여울은 몸을 반으로 접어 사과하는 것처럼 한동안 몸을 일으키지 않았지만 몸을 들썩이며 키득거리는 소리는 분명 웃는 소리였다.

"야! 이 씨발년아! 서희지? 너 맞지?"

그제서야 여울은 접은 몸을 슬며시 들어올렸다. 어두운 지하실 복도에 슬쩍 치켜든 눈꺼풀 밑으로 은빛이 날카롭게 빛났다. 킥킥대던 웃음을 멈추고 주머니에 손을 찔러넣었다. 딸깍딸깍. 지하실을 가득히 채운 가스 냄새….

그때 성욱이 정신이 돌아왔나 보다. 드르륵 하고 미닫이문을 열어젖힌다. 손에는 서슬 퍼런 손도끼가 들려있다.

"뭔 소린가 했네. 진짠데? 야! 저년만 살려둘 건 아니지? 크크크. 마지막 파티라 하늘이 도우셨다. 야! 다 죽여버리자. 저번처럼 애들도 조각내서 한강에 버려버리면 되잖아."

성욱의 말에 악마놈들이 좀비처럼 하나둘 몸을 일으키기 시작했다.

"아, 뭐야! 태경이가 봤다는 애가 진짜 쟤네. 졸라 신기해. 한강은 패스다. 조각내는 거 힘들어. 저번처럼 그냥 산에 묻어."

병민이도 삐죽 기어 나와 여울을 알아보고 살벌한 말을 쏟아내었다. 질 수 없다는 듯 더러운 미소를 장전한 채 진정한 악마의 대사를 날리는 태경.

"아니! 태리 먼저 썰고 저년은 살려둬. 내가 할 일이 좀 있어~ 알잖아?"

뱀같은 미소가 흘러나온다.

태리는 패닉에 빠져버렸다. 농담이 아니라는 걸 알았다. 그들이 어떤 짓을 벌여왔는지 모르는 바가 아니었기에….

온몸이 바들바들 떨려오고 도망쳐야 하는데 발이 움직여지지 않았다. 그 순간 태리는 봐버렸다. 그들의 뒤로 정신이 돌아오기 시작한 나머지 악마들이 각자의 무기들을 들고 그들을 향해 웃고 있었다. 그 소름 끼치는 악마의 미소를 봐버렸다.

"여, 여, 여울아! 도, 도망쳐… 도망가…"

얼음이 되어버린 태리와는 다르게 여울의 표정은 많은 감정이 교차하는 듯했으나 그 안에 공포라는 감정의 자리는 없었다. 여울이 눈을 감고 목을 풀고 있다. 다시 가늘게 치켜뜬 눈꺼풀 밑으로 금빛이 여실히 타오르고 있다.

덜덜 떨며 얼음이 되어있는 태리를 한쪽 팔로 감싸 안고 단단한 어조로 태리에게 당부한다.

"붕어는 걱정하지 말고 너만 걱정해! 그리고 하나, 둘, 셋 하면 눈 꼭 감고 무조건 나만 잡아. 알았어?"

그리고 들릴 듯 말 듯 속삭이는 한마디.

"데려와 줘서 고마워. 하나, 둘, 셋!"

태리는 자기도 모르게 여울의 품에서 한 손엔 붕어가 들어있는 유리병을, 한 손엔 여울의 팔뚝을 온 힘으로 꽉 쥐고 눈을 질끈 감았다.

딸깍! 팅!

갑자기 눈이 부셔 실눈을 떠보니 이미 태리는 여울과 건물 밖이었고 여전히 건물과 멀어지는 중이었다.

그때 펑! 하는 굉음이 태리의 집 지하에서 들려왔고 그것은 그 낡은 지하상가를 잠시 흔들어 놓기에 충분했다. 그제서야 여울은 태리를 내려놓고 무표정하게 태리의 집을 바라보고 있다. 이윽고 곧바로 다시 쾅! 하는 두 번째 폭발음이 들렸을 때 지진이 났다고 생각하는 많은 사람들이 거리로 쏟아져 나왔다. 태리는 모든 상황이 이해가 안 되고 머리가 하애졌지만… 웬일인지 자신의 품에 있는 물고기는 단 한 방울의 물도 흘리지 않고 작은 파도도 없이 아무 일도 없었다는 듯 자연스럽게 유영하고 있었다.

그것이 가장 이상했다.

여울이 정신을 차렸을 땐 물고기를 안고 있는 멍한 표정의 태리와 굉음을 내며 무너질 듯 폭발하는 건물 앞에서 또 얼마간의 시간을 잃어버리고 서 있었다. 깜빡깜빡.

그 동굴 같은 태리의 집에 들어간 순간부터 여울의 기억이 조각나 있다.

'가스 냄새, 그가 비틀거렸어. 초코송이? 그리고 태리를 먼저 죽이고 나를 어떻게 한다고 한 거 같은데? 딸깍딸깍. 모두 무기를 들고 우리를 죽이려 했지? 분명 정당하고 합당한 상황이었어. 그래도 죽일 생각까진 없었는데… 근데 내가 또 무슨 짓을 한 거지? 분명 저 안에는 그놈들이 있었고 지금의 폭발은 아마도… 그러니 지금 태리가 울고 있는 거겠지?'

"아! 흑흑. 개새끼. 악마 새끼. 어떻게 날 썰라고? 나쁜 놈. 잘됐다. 쌤통이야…"

태리는 욕을 하면서도 울고 있다. 여울은 그 마음을 왠지 알 거 같아서 괴로웠다.

"미안해."

태리는 여울의 가슴에 얼굴을 묻고 한참을 울었다.

태리가 태어나서 태경과 단 하나의 추억할 만한 기억도 없었던 것은 사실이다. 그러나 나빴든 좋았든 함께한 시간은 분명 있었다. 이 순간 눈물이 나는 건 인간으로서 어쩌면 당연할지도….

*　*　*

며칠 후 서울 강남경찰서 강력계.

큰 걸음으로 성큼성큼 자신의 자리로 돌아오는 김 형사를 발견하고 모두가 벌떡 일어나 인사를 한다.

"안녕하셨어요?"

"아! 네, 잘 지내셨죠? 제가 먼저 와있어야 했는데 죄송합니다. 기다리셨어요?"

김 형사도 웃으면서 밝게 인사를 했다.

그러나 태리의 부모님은 어색하게 고개만 까딱하며 죄지은 사람마냥 안절부절못하고 있다. 아마도 자신의 아들 때문에 이런 상황이 익숙한 탓이겠지.

"형사님이 왜 우릴 불렀어요?"

"이놈아! 내 담당이고 내 일이니까 불렀지. 이 녀석이!"

김 형사는 토라진 척하는 여울이 너무나 귀엽고 사랑스러워 자신도 모르게 볼이라도 만져보고 싶어 살짝 양 볼을 두 손으로 꼬집었다.

"아야! 여기 형사가 선량한 시민을 공격한다! 민중의 지팡이가 자라나는 새싹을 잡아 뽑는다~ 아이구! 아야~ 공권력 남용이야~~"

주위에 형사들도 웃었고 여울의 부모도 웃었지만 역시 태리의 부모만은 웃지 못했다.

"근데 애들 일은 형사님 소관이 아니잖아요? 왜 형사님이 일이 된 거예요?"

팔짱을 끼고 어른 흉내를 내는 여울.

"그러게?"

여울을 놀리듯 대꾸하는 김 형사. 참 잘 어울리는 한 쌍이다. 그러나 여울의 부모는 그들처럼 여유롭지 못했다.

"우리 애가 그 사건이랑 무슨 관련이 있어요? 형사님한테 도움이 되는 일이라면 저희야 돕고 싶죠. 그래도 아이를 경찰서에 데려오는 건 좀…."

"아! 네, 알고 있습니다. 그래도 이렇게 이 녀석들을 눈이 많은 경찰서에서 진술을 받는 게 말 지어내기 좋아하는 사람들 입 막는 데는 더 나을 거 같아서요. 사실 사건 현장에서 발견된 지포 라이터가 있는데 저희는 그게 발화 지점이라고 생각하거든요. 근데 하필 거기서 이 녀석들의 지문이 나와서요. 사고 후 근처에 애들이 있어서 관할서에서 지문을 땄나 봐요. 제가 처내지 않으면 다른 쪽에서 애들을 귀찮게 할 겁니다."

"네? 그런 게 있었어요?"

두 부부 모두 깜짝 놀랐다. 여울은 떨떠름한 표정으로 그저 얼굴을 긁고 있다. 별일 아니라는 듯. 그때 태리가 먼저 입을 열었다.

"그거 제가 오빠 친구 생일 선물로 준 거예요."

여울이 태리를 쳐다보는 얼굴엔 분명 이렇게 쓰여있다.

'오잉?'

"여울이랑 제가 뽑기로 뽑았는데 그거 가스가 없었어요. 몇 번이나 켜봤는데 안 켜졌어요. 학교 근처 뽑기방이었으니까 CCTV 찾아보세요. 저희는 담배를 안 피우니까 오빠 친구 생일이라고 해서 그냥 주고 나온 거예요. 그게 다예요."

"하하하! 이 녀석들 아무것도 모르는구만. 됐어. 가봐!"

모두가 당황스러운 표정을 짓고 있을 때 김 형사가 일어나서 모두에게 가볍게 목례를 한다.

"죄송하게 됐습니다. 라이터에서 지문이 나온 건 맞는데요. 이 녀석들 정말 아무것도 모르네요."

먼저 부모님께 사과를 드리고 이젠 아이들에게.

"지포 라이터에는 가스가 아니고 기름이 들어가는 거야. 그리고 그 라이터에는 애초에 기름이 없었어."

"기름도 없었다면서 그걸 발화 지점이라고 생각한 건 어쨌든 그게 스파크 역할 같은 걸 했다고 보신 거 아닌가요? 그렇다면 저희는 더더욱 여기 올 일이 없죠. 그 부싯돌 같은 걸 저희가 켰다면 저희도 지금쯤 숯덩이가 되어있어야 하는 거 아니에요? 제일 먼저 용의선상에서 배제시켜야죠."

반만 눈을 뜨고 새침하게 너무나 반박 불가한 논리적 설명을 하고 있는 여울을 모두가 입을 벌리고 바라본다.

김 형사만 빼고.

"그래, 니 말이 다 맞아. 그런데 니네 지문이 있는 라이터가 나왔다는 걸 알고 보상이라도 받으려는지 물고 뜯고 놔주지를 않는 어떤 부모가 있어서. 아이가 살아있을 땐 부모 역할도 제대로 한 적이 없던 사람들이… 어쨌든 너희들은 신경 쓸 거 없다. 이제 가봐!"

"뭐예요? 이렇게 간단한 거 때문에 우리 엄마, 아빠 같은 고급인력을 막 부르고 그러신 거예요?"

"그래, 미안하다. 이놈아! 그러니까 내가 그놈들 근처에도 가지 말라고 했어. 안 했어?"

마지막 말은 여울에게만 들리게 속삭이는 김 형사.

그가 이 사건을 맡게 된 데에는 다른 이유도 있었다.

한강 변에서 부패되어 떠내려온 시체 조각들이 검은 봉지에 담긴 채로 일부 발견되었다. 시신의 그 어떤 부분과 DNA로도 시체의 신원을 알 수 없었고 수사는 난항에 빠졌다. 가스 폭발 사건이 일어난 날 뒤늦게 여울의 두 번의 부재중 전화를 확인하고 불길한 마음에 김 형사가 급히 여울에게 전화를 걸었다.

"여보세요? 여울아 무슨 일이야? 괜찮아? 너 어디야? 너 어디 다친 건 아니지? 왜 전화했었어?"

급한 마음에 두서도 없이 질문을 마구 퍼부어 대는 그의 전화기 속 목소리가 너무 커서 여울은 잠시 얼굴을 찡그리고 핸드폰을 귓가에서 떼었다.

"아니, 무슨 형사씩이나 되시는 분이 질문을 이렇게 체계적이 못하게 퍼부으시나? 다 기억도 안 나네? 뭐라고요? 마지막 것만 기억나니까 일단 그것만 얘기할게요. 그놈들 아직 밝혀지지 않은 살인이 더 있는 거 같아요."

"뭐? 그 악마놈들 말이야?"

"네, 확실히 두 명의 피해자가 더 있어요. 더 있을 수도 있구요. 제가 그것만큼은 똑똑히 들었어요. 조각내서 한강에 버린 시체와 산에 묻은 시체가 있을 거예요. 산은 아마도 갈마산일 거예요. 이놈들은 이해가 안 되는 악마들이지만 멍청하기는 개미만도 못하니까 지들이 제일 잘 알고 제일 가까운 아무 데나 묻었을 거에요. 찾으셔야 해요 형사님, 꼭이요!"

'부탁해요. 형사님, 찾아주세요. 너무 춥대요.'

'한강에 조각내버린 시체라⋯.'

김 형사는 곧장 자신이 맡고 있던 사건, 검은 봉지 속에 시신들을 떠올렸다.

*＊＊

다음 날 방과 후.

"너 왜 라이터 니가 줬다고 했어?"

"그럼 가스도 없는 라이터를, 아니 뭐 기름? 암튼 그거를 니가 공중에서 빵 터뜨렸어? 그렇다고 말해?"

"그랬을 수도 있지."

정말 궁금했다. 분명 마지막에 라이터를 가지고 있던 건 자신이었다.

"너 진짜~!"

태리가 여울을 째려본다. 그리고 비장한 표정으로 말한다.

"너 따라와!"

태리는 여울을 자신의 오빠가 있는 병원에 데려갔다.

작은 창문으로 숯덩이가 되어 누워있는 태경, 그 옆에 앉아 포도 알을 하나하나 빼서 그 껍데기 즙만 겨우 짜내 아들의 입에 흘려 넣어주고 계시는 태경의 엄마가 보인다.

어쩔 수 없이 떠오르는 죄책감에 여울이 눈물을 흘린다.

"울지 마. 나도 그날 이후로 한 번도 안 울었어. 너 울라고 데려온 거 아니야. 자 봐!"

태리가 작은 창문을 두드린다. 그 소리를 듣고 태리의 어머니가 뒤를 돌아봤다. 태리는 엄마에게 손을 흔들었고 엄마도 딸에게 들어가라는 듯 가볍게 손 인사를 한다.

그 순간 숯덩이가 되어버린 태경이 발작하듯 그 눈꺼풀을 뒤집었다. 그리고 창문 밖의 두 소녀를 쏘아본다.

폭발이 일어나는 순간 그 온통 찡그리고 있던 눈 주변과 눈알만은 살아남아 그 시뻘건 눈꺼풀 속살을 뒤집고 튀어나올 듯 눈알을 부라리며 멀리서도 충분히 알아듣고 남을 심한 욕을 소녀들을 향해 퍼붓고 있다. 여전히… 악은 살아있었던 것이다.

"봤어? 저놈은 악마야. 니가 나를 구했어. 나와 쵸파를 구해줬어. 엄마는 불쌍하지. 하지만 시간이 지나면 엄마도 해방된 걸 아실 거야. 우리 모두 저 악마에게서 붙잡혀 있었던 거야. 인질처럼…. 난 잊을 수가 없어. 악마도 자기 식구가 있지 않을까? 어떻게 자기 동생을 먼저 죽이라고 할 수 있지? 미안… 널 먼저 죽이라고 하지 않아서 서운한 건 아니야. 그냥 이해가 안 되어서 그래."

어느덧 작은 죄책감에서 해방된 여울은 태리를 안아준다.

"괜찮아. 당연한 거야. 우리는 사람이니까 악마를 이해할 수 없어. 우리가 쵸파의 마음을 이해할 수 없는 것과 같은 거야. 당연한 거야."

그래도 여울의 마음속에선 무언가 계속 물음표가 생겨났다. 그래도 사람으로 태어났는데… 어떻게 그럴 수가 있지? 이해하고 싶었다. 이제 여울에게 막연한 꿈이었던 게 확실한 목표가 되고 있다.

\*\*\*

김 형사는 여울과의 통화로 검은 봉지에 떠내려온 시신의 신원을 곧 확보할 수 있었다.

그리고 아이들이 시신을 그리 높은 곳까지 올라가서 유기하지 않았을 거라는 추측으로 갈마산 밑에서부터 대대적인 수색을 펼쳤다. 김 형사의 체계적인 지휘 아래 단 반나절 만에 한 소녀의 시체가 발견되었고 그 시체에서는 다섯 명 모두의 DNA가 발견되었다.

토막 난 남학생의 경우 실종된 날 마지막 목격 장소가 종석이 집 앞이었다는 것을 토대로 어렵지 않게 수색영장을 발부받아 종석의 집을 수색하던 중 모두를 아연실색하게 만든 증거자료를 찾을 수 있었다.

그것은 수북이 모아둔 다트판이었다.

그 수많은 다트판들은 누구를 무엇으로 죽일지, 시체를 어디에 묻을지, 어떻게 처리할지, 사소하게는 오늘 가게를 터는 사람이 누구일지, 그들의 짧은 인생의 많은 선택의 기로가 거기서 결정되었다. 중요한 것은 모두 끔찍하고 어두운 악마 같은 짓들이라는 것. 그렇게 자신이 떠맡은 두건의 살인사건 이외에도 그들의 지난 행보를 파고들어 그들에게 숨겨진 모든 피해자들을 어렵지 않게 밝혀낸 김 형사는 이로 인해 어깨에 무궁화를 하나 달았다.

촉법소년들의 끔찍한 생일 파티라는 자극적인 기사들이 쏟아져 나와도 역시나 처벌을 받은 이는 아무도 없었다. 이렇게나 많은 죄를 지어놓고도, 이렇게나 많은 이들의 목숨을 끔찍하게 재미삼아 없애버린 그 어린 악마들은 역시나 촉법의 보호를 받았던 것일까? 그것은 아니었다.

벌을 받을 이가 더 이상 아무도 남아있지 않았다.

딱 한 명 살아있었던 태경마저 보름 동안 고통스럽게 죽음보다 더한 고통을 겨우겨우 이어가다 결국엔 전신 화상에 의한 패혈증으로 사망하고 말았다.

그야 응당 마땅한 처벌이 아니겠는가? 그놈들 한 짓에 비하면 곱게 보내준 편이지. 내가 능지처참을 하려다가 거 하늘 위에서 반짝이는 빡빡머리 아줌마가 내려와서 하도 애들이니 좀 봐달라고 사정을 하길래 나머지 것들은 그 자리에서 고통 없이 보내줬어.

그나저나 내 그 어둠의 아가리 속에 발을 들일 때 떠올린 곳이 하나 있었어. 나는 풍류를 즐기고 세계 곳곳에 신기한 곳을 돌아다니는 것을 좋아했지~ 그야 심심하니까~

시베리아라고 있어. 욕한 거 아니야. 암튼 그런 나라에 묘하게 아가리를 벌리고 있는 동굴이 있었지. 응? 들어가 봤느냐고? 미쳤어? 똥개도 지들 집에서는 50은 먹고 들어간다는데 그 안에 누가 살 줄 알고~? 귀신들 사이에서는 더욱이 예의에 벗어난 짓이야~ 거 사람들은 아무리 터를 잡고 한집에 오래 살아봤자 뭐 길어야 백 년이겠지? 그것들은 그곳에서 몇백, 몇천 년을 살았어~ 그것도 커다랗게 벌린 아가리 같이 생긴 그 동굴이 나같이 힘센 귀신을 보고도 쫄지도 않고 꺼지라고 하더라고. 아 그렇다고 내가 쫄은 건 아니고~ 작가양반! 자꾸 나를 뭐로 보는 거야? 예의가 아니래도~ 그런 집을 아무렇게나 들락거리면 큰일 나지.

나 같은 귀신도 그런 짓은 안 하는데, 인간 따위들이 그런 데를 구경한답시고 발을 들였다가는 큰코다치는 정도를 넘어서 혼이 빠지고 육신을 뺏기고도 남지. 궁금하면 검색해 봐. 그 집주인은 그럴 자격이 있는 거야.

아~ 그러게 남의 집에 뭐하러 들어가냔 말이야.

근데 그놈들 집 입구가 그 참 비슷하게 생겼더라구. 여울이는 아직 너무 어리고 순수해서 그놈들을 살려줬을지도 몰라. 아무래도 내가 들어가야겠더라고. 그리고 나는 그놈들을 심판할 기회만 엿보고 있었거든. 아주 좋은 기회였어! 그 똘망진 계집애가 마침 여울이를 딱 좋은 때에 그 입구에 데려다준 거지. 그놈들이 그렇게 시커먼 곳에서 그렇게 더러운 짓만 해대니까 근방에 어두운 잡귀들은 싹 다 모여 그 시베리아 악마의 동굴 못지않게.

아 욕한 거 아니래도~ 온갖 잡귀들이 아주 그냥 득실득실하더라고. 뭐 한 치 앞이 안 보일 정도였어. 그리고 말했지만 나는 촉법이고 뭐고 모른다고~ 어리다고 안 봐준다고 했잖아. 그래도 인간 여울이 곤란하게 되는 상황은 만들 수야 없었지. 마침 그놈들이 준비물 하나는 기가 막히게 챙겨놨더라고. 뭐 기름이 안 들어있는 라이터에 불 하나 땡기는 거야 방귀 뀌고 옆에 놈 째려보는 것만큼 쉽지. 뭐~

뭐? 째려만 보면 되잖아? 방구야 그냥 나오는 거고. 오늘 한번 해보라고 ~ 아주 심하게 복잡한 걸 먹고 소리도 신경 쓰지 마. '빵!' 뀌든 '부르륵' 뀌던 '뿌르락 빡딱' 뀌든 출근길 엘리베이터 안에서 저질러 버려! 그리고 그 안에 제일 싫어하는 직장 상사를 아주 끔찍하고 경멸스러운 표정으로 째려만 보는 거야. 아~ 주 뻔뻔하게! 그럼 되는 거지. 일석이조야! 너는 일종의 카타르시스를 느낄 것이고 직장상사는 너를 알게 모르게 두려워하게 될 거야. 한번 해봐. 나는 악마라는 사실은 잊지 말고~ 클클클.

그래서 그 준비물이 뭐였느냐면 요놈들이 말하자면 사제폭탄 같은 거랄까? 고론걸 떡하니 만들어 놨더라고~

유리 항아리 같은데 라이터들이 수십 개가 있었지. 나는 터뜨리기만 했을 뿐이야. 물론 나는 재주가 많다 하지 않았나? 그 유리조각을 그놈들의 대동맥과 급소에만 정확히 찔러 박아주는 기가 막힌 매트릭스 뺨치는 기술도 갖고 있지~ 응? 뭐라고? 매트릭스는 피하는 거야? 이게 나를 어디서 또 가르치려 들어? 그게 그거지! 여울이는 걱정하지 않아도 돼~ 그 녀석은 어렸을 때부터 자기만의 방식으로 자신을 지키는 법을 깨우친 거 같아. 불리하고 어렵고 이해하기 힘든 것들, 자신을 아프게 하는 기억들을 나도 모를 어디다가 갖다두고 오는 것 같아. 갖다두고 오면 지도 기억을 못 하나 봐. 매우 똑똑한 녀석이야.

그러니 상처받을 일도, 다칠 일도 없어. 여울이가 자랑스럽다. 아주 단단한 녀석이야. 단 하나! 그 용맹과 기개가 너무나 넘치고 올곧아. 그 옛날 순신이를 보는 거 같아.

순신이도 장군신만 들러붙지 않았으면 빛의 그릇으로 나와 천수를 누리며 행복하게 살다 갈 수 있었을 텐데.

그렇게 순신이처럼 반짝거리는 것들은 여기저기 어두운 것들이 시샘을 하고 없애려고 안달이 난단 말이야~

여울이도 순신이처럼 그냥 인간이잖아. 게다가 갑옷도 졸병도 없는 여자야. 여울이도 난데없이 날아든 화살에 맞아 죽을까 봐 걱정돼. 지금부터 저 아이를 잘 지켜봐야겠어. 이제부터 시작이야. 나도 그렇고.

## 강상죄라고 들어는 봤어?

새벽 4시. 현구는 할머님이 깨실까 봐 숨을 죽이며 조용히 집을 나섰다. 신발은 문을 닫고 나와서 밖에서 고쳐 신었다. 새벽 찬 공기에 서늘함이 느껴져 걸음을 걸으며 바람막이 지퍼를 목까지 끌어올렸다. 날씨 탓인지 긴장한 탓인지 온몸에 닭살이 돋아 가라앉지를 않고 있다.

'새벽이라 그런가, 5월인데 왜 이렇게 춥지?'

양말을 신지 않은 운동화와 트레이닝복 사이로 드러난 발목이 시큰하다. 후회와 망설임으로 걸음에 영 속도가 붙지 않는다. 그러나 어느새 눈앞에는 형광색 우유 배달 주머니가 보였고 이제는 더 이상 물러설 수가 없다.

'불쌍한 우리 할머니…. 몇 해 전에 혼자 주무시던 할머니 친구분을 동네 무서운 형들이 집을 통째로 태워서 죽인 일이 있었는데 그 형들은 촉법인지 뭔지, 그저 사람이 있었는지 몰랐다는 변명으로 풀려났다고 들었다. 호영이 형은 그들보다 더욱더 악랄하고 무서운 형이다. 그런 놈이 이번엔 자기 가족의 집을 불태우라고 나에게 지시하다니. 왜 나에게 이런 일이… 이 운동화를, 이 점퍼를 공짜로 준다고 덥석 받는 게 아니었어. 어차피 다 훔치거나 뺏은 것일 테고 이제 싫증이 나서 줬다고 생각했는데, 이런 일을 시킬 줄이야. 말도 안 돼! 자기 가족을 죽이라니…. 그래도 어쩔 수 없어. 이 사람들을 죽이지 않으면 하나뿐인 내 가족 울 할머니를 불태워 죽일 거야. 그 형은… 아니 그 새끼는 진짜 그러고도 남을 놈이야. 하아… 하아… 앞이 잘 안 보이네.'

현구는 골목 구석에 쭈그리고 앉아 쓰고 있던 헬멧을 벗어 습기가 가득 찬 쉴드를 티셔츠 소매로 꼼꼼히 닦았다.

마음을 다잡은 듯 고쳐 쓴 자신의 헬멧을 두 번 통통 치더니 곧장 우유 주머니를 향해 다가갔다.

입을 쩍 벌리고 있는 형광색 우유 주머니에는 떡 하니 두 개의 열쇠가 아무 장식도 없는 동그란 철사에 묶인 채 들어있었다. 대문을 열고 들어가니 들은 대로 밑으로 향하는 계단과 위로 향하는 계단이 나뉘어 있었다.

밑으로 향하는 계단 아래는 보고도 눈을 감아버리고 싶은 빨간색 주둥이의 기름통과 그 뒤에 빼꼼히 빛을 내고 있는 칼 한 자루가 현구를 기다리고 있었다.

무서웠다. 지금이라도 당장 뒤를 돌아 도망가고 싶었다.

하지만 여기까지 왔는데 돌아서면… 기회는 정말 없을지도 모른다.

실패하면 이번엔 정말 우리 할머니가 타죽을 수도 있다. 눈을 질끈 감고 호영의 말을 떠올린다.

"문을 열고 들어가면 문소리 때문에 식구들이 깰 수도 있어. 그러면 현관 바로 옆에 화장실 문이 있거든? 그걸 한 번 열었다 닫아. 난 원래 집에 들어갈 때 화장실부터 들어가거든. 식구들이 그걸 알아. 그러니까 들어가자마자 화장실 문을 여닫는 소리를 내. 그럼 난 줄 알 거야. 그리고 바로 거실에 휘발유를 뿌린 다음 넌 그냥 라이터만 키고 던지고 나오면 돼. 뭐 엄마랑 동생은 금방 죽겠지. 근데 혹시나 아빠가 불에 타서도 기어 나오려고 하면 그때는 니가 어떻게 해서든 막아야 해. 우리 작전이 다 들통 나버리잖아. 그때는 어쩔 수 없어 휘발유 통 뒤에 준비해 놓을게. 그걸로 끝내. 너한테도 좋은 경험이 될 거야. 알았지? 야! 쫄지 말라니까. 형 머리 좋은 거 알지? 너 혹시나 걸려도 처벌 안 받는다니까. 아직 너는 촉법이야. 하겠다는 애들은 많아. 내가 일부러 너 시켜주는 거야. 그 오 악마 형들은 병신같이 놀다가 한 방에 팡 하고 터져서 뒤졌지. 그런데 어마어마한 보험금이 들어온 거야. 너희 할머니 맨날 아프신데 일 나가시잖아. 너도 할머니 돕고 싶지? 보험금 나오면 너도 한몫 챙겨준다니까? 우리 그 돈으로 강남에서 살자. 형이 슈퍼카 사면 제일 먼저 너부터 태워줄게. 크크크. 좋은 일만 생각해 짜샤~"

현구는 마음을 굳게 다잡았다. 그러나 기름통 뒤에 칼은 차마 챙기지 못했다. 사람을 찌른다니… 그것만큼은 아무리 악마의 지시라도 따를 수가 없었다. 반지하의 스테인리스 대문은 아무리 조심스럽게 열었어도 아침을 맞기에는 조금 이른 새벽 시간에 꽤나 요란스럽게 끼기직거리는 소리를 내며 주변을 울렸다. 현구의 심장이 내려앉을 것만 같았다.

"호영이니?"

자다 깬듯한 호영이의 어머니 목소리에 현구는 이번에는 정말이지 기절할 것 같았지만 센서등이 없는 현관 바로 옆 화장실 문을 보고는 정신이 퍼뜩 들었다.

그 문을 열어제끼자 그 문 역시 문틀이 틀어진 것인지 삐그러지는 요란한 소리를 내며 어둠의 고요함을 깨버렸다. 현구는 잠시 현관에서 주저앉았다. 그러나 웬일인지 고요함이 다시 찾아왔다. 역시나 아들이 돌아왔다고 생각한 어머니는 깊은 잠을 다시 청한 것이다.

화장실 문을 다시 닫을 용기는 나지 않아 살짝 접어만 두고 휘발유를 거실과 침실 경계에 마구 뿌려댔다. 미친 듯이 눈을 감고 뿌려댔다. 그때였다. 방안에서 부스럭거리는 소리가 들렸다. 급하게 라이터를 꺼내 불을 붙였다. 그러나 생각지도 못한 일이 벌어졌다. 라이터를 쥐고 있던 목장갑이 화르륵 하니 타버린 것이다. 타오르는 고통에 잽싸게 목장갑을 벗어 던졌다. 그 순간… 정말 순식간이었다. 15평 남짓 되는 반지하 방이 불바다가 되었다. 그 장면에 놀라워할 새도 없이 끔찍한 고통에 자신도 비명을 지를 수밖에 없었다. 불길이 어느샌가 현구의 발밑부터 타고 올라 현구를 집어삼키려고 하고 있다.

정신없이 쏟아부었던 휘발유가 현구에게도 튀고 이어지고 있었던 것을 미처 몰랐던 것이다. 현구는 신발도 벗고 바지도 벗어버릴 수밖에 없었다.

팬티 바람으로 미친 듯이 그 집을 뛰쳐나왔다.

집에 돌아왔을 때 할머니는 깨어계셨고 헬멧을 쓰고 팬티 바람에 온몸에 화상을 입은 채로 돌아온 하나밖에 없는 손주가 아무리 안 된다고 뜯어말려도 할머니는 구급차를 부를 수밖에 없었다. 경찰은 이번

사건을 그리 어렵게 생각하지 않았다. 또 촉법을 이용한 모방범죄라는 프레임을 씌워 단순 절도 방화범으로 이 아이를 잡아 가두려 했다. 그러나 진범은 따로 있었고 소년은 증언하기 시작했다. 할머니가 용기를 주신 것이다. 그러나 죄가 확실해진 것도 아니고 증거도 아직 불충분했으니 악마인지 악귀인지 그놈은 아직 버젓이 세상 밖을 활보하고 있다.

　　　　　　　　＊＊＊

　숯덩이가 되어버린 독수리 오 악마들의 끔찍한 생일 파티 이야기는 꽤 오랫동안 대한민국을 들썩였다.
　그런 화제와 완전히 무관하지 않았던 여울은 역시나 부모님에게 전학을 권유받았다.
　"엄마, 아빠. 아직은 제가 태리 옆에 있어주고 싶어요. 학교에서 할 일도 좀 남아있고요. 조금만 더 기다려 주세요."
　여울의 이모할머니를 만나고 온 후로 영 딸의 말을 거스를 수가 없어져 버린 여울의 부모였다. 딸을 믿고 지원해 주는 것만이 그들이 할 수 있는 유일한 것이었다.
　태리와 여울은 여전히 단짝이다. 봄이었다. 완연한 봄이 이제 꺾여가고 있었다. 이제 곧 여름을 준비할 것이라고… 그렇게 반짝이는 봄날이었다.
　"내가 뭐래? 오빠 죽은 지 얼마나 됐다고 울 엄마 벌써 친구들이랑 어디 여행 가신다더라."
　"그래? 좀 의외긴 하다. 많이 슬퍼하셨던 거 같은데."
　"뭐 말씀은 슬픔을 잊기 위해서 너무 아파서 가는 거라고 하시는데 내가 봤어. 엄마 짐 쌀 때 내가 태어나서 본 얼굴 중에 제일 행복한지는 몰라도 아무튼 밝아 보였어. 내가 본 엄마, 아빠 얼굴은 죄지은 사람처럼 늘 어두웠거든. 진짜로 웃는 걸 한 번도 본 적이 없어. 아! 그리고 이건 정말 믿기 힘든 일인데 오빠가 죽어서 딱 하나 효도를 하고 간 게 있더라고."

"응? 죽은 사람이 무슨 효도야?"

"그니까 말이야. 처음에 그 그지 같은 상가로 이사 올 때 대출을 어마어마하게 받고 들어오셨나 봐. 뭐 우리를 강남에 있는 학교에 보내려고 하셨다나? 어쨌든 그래서 나도 모르는 빚이 좀 있었나 봐. 근데 부모님이 좀 귀가 얇으신 편이야. 그래서 보험 일하시는 울 엄마 친구가 무슨 무슨 보험을 막 들라고 하셨대. 그중에 화재보험이 있었고. 나는 보험에 대해서는 잘 모르는데 부모님 말씀으로는 뭐 로또 같다고 그러시더라고. 한 마디로 사고가 난 덕에 그 그지 같은 상가에서 벗어나서 더 좋은 곳으로 이사하게 된 거 같아. 자세한 건 모르겠어."

아까부터 왠지 하늘만 바라보며 얘기하는 태리가 무슨 말을 하려고 하는지 여울은 알 것 같았다.

"응…. 좋은 곳으로 이사하는구나? 잘됐다. 거기 싫어했잖아. 여기서 멀어? 많이? 버스 타고 지하철 타고 그렇게 갈 수 없어?"

여울이 자신의 뜻을 알아차리며 조심스레 묻자 태리의 눈에서는 그렁그렁하니 눈물이 곧 떨어질 것 같았다. 코가 새빨개져서는 고개를 더 치켜들고 씩씩하게 말한다.

"응! 무쟈게 넓고 좋은 집이래. 대신에 엄청 멀대. 여기 살던 사람들도 전에 살던 사람들도 아무도 모르는 곳이래. 나한테도 안 알려줘. 설마 동반자살 같은 걸 계획하시는 건 아니겠지?"

"말도 안 돼! 끔찍한 소리 하지 마. 그냥… 너희 부모님들은 지치신 거야. 모르는 사람들은 손가락질할 거고 아는 사람들은 위로한답시고 자꾸 상처를 들쑤시겠지. 그게 견디기 힘드신 거야. 괜찮으냐고 힘내라는 말도 잊어가는 사람한테는, 잊으려고 노력하는 사람들한테는 고문 같은 거 아니겠어? 괜찮으면 안 되는 거야? 잊으면 나쁜 거야? 아니잖아. 근데 자꾸 겨우 잊어가고 괜찮아지려는 사람들을 찔러대고 쑤셔대니까…. 너희 부모님은 그냥 빨리 괜찮아지고 싶으신 거야. 니가 이해해 드려."

"야! 너 뭐야? 나 방금 너랑 멀어질 거 같아서 눈물 나올 거 같았는데 지금 눈물이 쏙 들어갔어. 너 방금 되게 망구탱이 같이 말한 거 알아? 너 중학교 1학년 맞아? 드라마를 많이 봤어? 뭐 그렇게 멋있는 말을 잘해? 근데 되게 뭔가 그럴싸하다. 약간 나는 반반이었거든. 진짜루 동반자살 아니면 비겁하게 도망가는 거다. 그렇게 생각했는데. 넌 좀 많이 어른스럽다."

"그래도 지금은 몰라도 가게 되면 거기가 어딘지 얘기해 줄 거지? 멀어도 엄마한테 데려다 달라 그래서 놀러 갈게. 니가 못 오면 내가 가면 되지."

"맞다. 니가 오면 된다. 왜 그 생각을 못 했지? 왜 영영 못 만날 거라고만 생각했지? 헤헤. 동반자살에 너무 꽂혔나? 요즘 안 보던 뉴스를 너무 많이 봐서 그런가?"

"그러게. 살벌한 뉴스가 또 나왔지. 참! 자식이 무슨 자기 소유야? 무슨 권리로 지들이 힘들다고 애들을 죽여."

"야! 우울한 얘기 그만하자. 나 토할 거 같아. 아까부터 참고 있었거든."

"그거는 니가 오는 길에 햄버거에 핫도그까지 해치우고 방금 떡볶이랑 순대 흡입하고 나서 오뎅을 다섯 꼬치째 먹고 있어서 그런 거고."

"응? 벌써? 다섯 개나 먹었어? 어쩐지… 아! 오늘은 치킨 먹는 날인데 하긴… 치킨은 치킨이지."

여울과 태리는 그렇게 단골 분식집에서 마주 보고 앉아 어른스럽게 이별을 준비하고 있었다.

"야! 쟤 우리 학교 앤가?"

여울은 분식집 밖으로 죽을상을 하고 걸어가는 한 남학생에게서 눈을 떼지 못하고 태리에게 물었다.

"아니, 난 모르겠는데? 처음 보는 그지 같은데? 응? 본 것도 같다. 어? 봤다! 학교가 아니다! 울 오빠랑 가끔 어울렸던 거 같은데? 오빠한테 형이라 했어. 호철인가? 호영인가? 왜? 쟤가 너 꼬라봤어?"

"아니, 그냥 어디서 본 거 같아서…. 먹어 더 먹어. 쫄면 안 먹어? 그건 안 먹었잖아."

"그치 쫄면은 또 얘기가 다르지. 아줌마, 여기 쫄면 하나만 매콤달콤하게 해주세여!"

'흉하다… 저건 무슨 귀신이야?'

여울이 눈을 떼지 못한 것은 소년이 아니라 소년의 어깨에 두 다리를 걸쳐놓고 거꾸로 매달려 다리 대신 기다란 두 팔을 대자로 뻗어 나부끼는 모가지에 달린 더러운 얼굴과 헝클어진 빗자루 같은 머리를 덜렁덜렁 아무렇게나 휘두르며 바닥을 긁어 근처에 모든 어둠을 다 쓸어 담아 가고 있는 시커먼 거적때기 같은 귀신이었다. 빙글빙글 굴려대는 눈알이 쓸만한 잡귀들을 찾아내려고 요리조리 부라리고 있다가 우연히 여울과 눈이 마주치자 그 탁한 눈알을 가늘게 접어 소년이 멀어질 때까지 뚫어져라 여울만 바라봤다.

여울에게 들리진 않겠지만 또 불쑥 튀어나와서 우리의 악마님께선 혼잣말을 시전 중이다.

으으으… 니가 신경 쓸 필요 없어. 저놈은 내가 심판할 것이야. 저놈이 의심할 여지 없는 사람이라면 너한테 맡기겠지만, 저놈한테 붙은 귀신 때문이 아니라 저놈 이미 사람이 아니야. 저거 지금 지 엄마 동생 다 태워죽여 놓고도 지 아비가 죽였다, 아비가 틀림없다고 경찰한테 떠들고 나오는 길이야. 예부터 나라 팔아먹은 놈이랑 지 부모 죽인 놈은 가장 큰 벌을 받는 법이야. 강상죄라고 들어는 보았는가? 삼강오륜의 삼강 중에도 가장 중시하는 것! 조선 시대 때 태어났다면 저놈은 능지처사를 피해갈 수 없었을 게야. 한나라의 왕가의 대를 이을 왕손도 예외가 없었거늘. 그놈은 확실히 미친놈이긴 했지만. 지 애비를 죽이겠다 한마디 한 것을 하필 또 지 마누라가 지 시어머니한테 꼰질렀었지. 그 왕손도 하필 저런 망나니여서 부모도 두려웠을까? 그래도 차마 자기들 손으로는 죽일 수는 없었는지 한여름 뙤약볕에 뒤주 속에 가둬두고 물 한 모금 안 주고 굶겨 죽였는데…. 나야 타죽어 보지도 않고 말라죽어 보지도 않아 그 고통을 가늠할 수는 없다만 장담컨대 8일이나 그런 곳에 갇혀있었다면 그때 내 소원은 무조건 그 뒤주를 불태워달라, 그거 하나였을 게다. 그 정도로 혹독한 벌을 받았을진대 고작 아귀 따위에게 먹혀버려 악귀가 된 놈이 아무런 벌을 받지 않고 빠져나가려 한다고? 내가 악마가 되기로 한 이유를 잊지 않았겠지? 니들 끼리 정해 놓은 벌을 나는 철저히 무시해 주기로 했어. 저놈에게 내려질 벌 따위 알게 뭐야? 인간은 인간의 법으로 다스리되 악귀는 내가 직접 처단하겠다. 뭐? 뭐가 궁금하다고? 아… 여울이야 지금도 지가 보려고 하면 귀신이야 볼 수 있겠지. 근데 뭐? 그래서 뭐? 지금처럼 내가 불쑥불쑥 나타나면 나도 볼 수 있느냐, 이걸 물어보는 거야? 나도 귀신이니까? 작가양반~ 그렇게 안 봤는데 정말 똥대가린 거야? 어? 지금 뭐야? 눈으로 나한테 욕한 거야? 이래 봬도 내가 귀신이라고! 다 알아먹을 수 있어! 거 너무 심한 욕 아니야? 나랑 좀 친해졌다고 너무 막 나가는 거 아니냐고. 내가 우스워? 험한 꼴 보고 싶어? 또 엄마 찾고 싶냐고? 내가 몇 번을 말해? 귀신은 지가 나타나고 싶을 때만 나타나는 거야 지들 맘이고 아 내 맘이라고~! 아무튼 저놈은 틀림없는 악귀야. 악귀에 홀라당 먹힌 껍데기뿐인 인간이든지. 닭이 먼전지 알이 먼전지 그 차이일 뿐이야. 죽은 엄마와 동생에 대한 아주 작은 미안함도 전혀 없었어. 그것만으로도 검증은 충분하다. 난 지금 저놈을 잡으러 갈 것이야. 마침 쓸만한 귀신 하나가 손에 들어왔거든. 클클클.

여울의 담임을 맡게 된 여선생은 요즘 고민이 이만저만이 아니었다. 결혼을 약속한 남자친구와의 사이에서 계획에 없던 아이가 덜컥 생겨 버린 것이다.

둘 사이는 어느 때보다 견고했고 서로의 직장도 집안도 문제 될 것이 없었기 때문에 어찌 보면 속도위반쯤은 요즘 같은 시대에 흠도 아니었다. 그럼에도 불구하고 여울의 담임인 구수진 선생은 하루하루 학교에 나가는 것이 스트레스고 두려워질 정도로 고민이 컸다.

이 학교로 부임을 받은 지 올해로 3년이 되었고, 정교사가 된 것도 이 학교에서였다. 그러나 묘한 위화감을 주는 이 학교에 적응하기는 쉽지 않았고 특히 교장과 그의 부인인 이사장의 이러저러한 부당한 행동들에 대해서 이해할 수도 없었고 받아들이기도 쉽지 않았다. 그러나 사회생활이나 교직생활 모든 것이 처음이었던 구수진 선생 입장에선 주위를 둘러봐도 다 자신의 처지와 비슷한 선생님들이나 교장과 교감 쪽에 가까운 선생들, 그렇게 둘로 나뉜 것뿐 누구 하나 나서서 이 불평등하고 부조리한 것에 대해 맞서는 이가 없었기에 자신 또한 그저 감내하며 하루하루 사랑하는 제자들을 보면서 위안하는 수밖에 없었다. 가끔씩 교장실에 불려가 그와 티타임을 갖는 것이 끔찍이도 싫었고, 왜 교사가 다방 아가씨처럼 교장 옆에 앉아 말상대가 되어주어야 하는지 따지고 싶었다. 어떨 땐 뜨거운 커피를 교장의 홀랑 까진 민머리 위에 쏟아붓고 싶을 만큼 치욕적인 순간도 있었지만. 수업 시작을 알리는 종소리가 울리기만을 기다리며 꾸역꾸역 참아낸 게 한두 번이 아니었다. 교장의 음흉한 시선과 소름 끼치게 싫은 신체 접촉은 늘 그녀가 버럭할 수 없을 만큼 애매하고 교묘하게 스쳐 지나갔다. 그러나 그 더러운 눈빛만은 의미를 확실히 알 수 있었다. 그래서 더더욱 자신이 임신했다는 사실을 알리기가 힘들었던 것이다. 그래도 곧 불러올 배와 미룰 수 없는 결혼식 때문에 학교에 알리기로 하고 제일 먼저 찾아간 곳은 역시 교장실이었다. 한참을 그녀는 교장에게 인격적 모독과 성희롱 발언을 듣고 모두 참아내야 했다. 그러나 모든 걸 참아낸 마지막 순간, 더 이상 참아낼 이유를 없애버린 말들이 교장에 입에서 쏟아져 내려 결국 그녀를 무너지게 했다.

"사표 써! 내 눈앞에서 꺼지라고! 더러운 게… 아무리 세상이 좋아졌더라도 어떻게 니 딴 게 선생질을 해? 내가 어떻게 해서든지 윤리위원회에 손을 써서라도 어디에도 발 못 붙이게 할 거야. 당장 내 눈앞에서 꺼져!"

뭐지? 질투? 못 가진 것에 대한? 옹졸하고 비열하고 치졸하다. 빙글 자신의 고급의자를 돌려 뒤통수까지 훤하게 드러난 머리통을 반짝이며 더 이상 구 선생에게 어떤 말도 하지 않았다. 구 선생은 생각지도 못한 교장의 반응에 억장이 무너져 내리는 것 같았다. 정말 자신의 앞길을 어떻게 해서든 막을 사람이라는 걸 알았다.

'아이를 가진 게… 사랑을 한 게… 선생이라는 직업을 가진 사람으로서 해서는 안 될 일이었나? 이토록 잔인하고 무서운 말을 들어야 할 만큼 죄를 지은 것인가?'

교장실 문을 닫고 나오자마자 구 선생은 무너져 내린 마음만큼 겨우 버티고 있던 몸을 벽에 기대어 흘려버렸다. 하염없이 쏟아지는 눈물과 함께….

그때 마침 교장실 쪽을 향해 걸어오던 여울이 다다다 속도를 내서 구 선생을 붙들고 걱정스런 눈으로 그녀의 배를 만지고 들여다보며 이것저것 빠르게 물었다.

"선생님, 괜찮으세요? 구급차 부를까요? 배가 아파요? 애기가 어디가 안 좋아요?"

"응… 아… 아냐."

구수진 선생은 자신의 처지를 들킨 것을 그저 감추려다 잠시 깜짝 놀라 되물었다.

"잠깐만. 선생님이 애기 가진 거 누가 말해줬어?"

분명 방금 교장한테만 말했고 아직 아기는 5주차. 배를 보고 아기가 있다고는 전혀 알 수 없을 터였다.

"아니에요. 그냥… 그냥… TV에서 보면 임신부들이 쓰러질 때 이렇게 쓰러지는 거 같아서…"

여울은 궁색한 변명을 하였지만. 구 선생은 왠지 이 아이에게는 거짓말을 하고 싶지 않았다.

"응, 여기에 선생님 아기가 있어. 거의 두 달 되었대."

"축하해요, 선생님! 정말 잘 됐어요. 결혼식은 언제 하실 거에요?"

"이제 아무 때나 할 수 있게 됐으니까 천천히 생각해 봐야지."

여울이 갑자기 심각한 표정으로 골똘히 생각하며 말한다.

"흠… 울고 있었다. 교장실 문 앞에서 주저앉아 있다… 갑자기 아무 때나 결혼식을 할 수 있다? 흠… 선생님, 학교 잘렸어요?"

당황한 구 선생은 속으로 뭐 이런 애가 있지 하면서도 어쩐지 모든 걸 털어놓고 있다.

"어? 너 명탐정이구나? 맞아. 잘렸어. 앞으로 나오지 말래."

"명탐정은 맞는데 이 상황은 이해가 좀 안 되네. 이건 명백한 시대착오적 발상이자 교권 남용이잖아요? 일단 선생님, 임신부가 찬 바닥에 앉아있으면 안 되니까 일어나 봐요. 저랑 따신 데 가서 얘기 좀 해요."

봄볕이 따뜻한 학교 운동장 벤치에 둘이 나란히 앉아서 딸기우유를 하나씩 들고 앉아있다.

"선생님, 잘 먹겠습니다. 우와! 딸기우유가 이렇게 맛있었나? 딸기를 통째로 갈아 넣었나? 아니 딸기보다 맛있는데? 딸기는 시큼한 것도 있는데 이건 너무 달고 맛있다."

조금 전까지만 해도 너무나 어른스러운 말을 해대서 갓 초등학교를 졸업한 아이가 맞나 싶을 정도였는데 이제 보니 영락없는 어린아이 같았다. 구 선생은 사랑스런 표정으로 여울을 바라보다가 빙긋 웃으며 대답해준다.

"딸기우유에 딸기 안 들어갔어. 붕어빵에 붕어 안 들어간 것처럼. 딸기 맛이 나는 향료를 넣은 거야."

"우와 사기다. 그럼 난 이제부터 이것을 빨간 우유라고 할 거야! 어차피 흰 우유도 흰 우유잖아요. 젖소 우유라고 안 하잖아요. 초코우유는 까만 우유. 까만 우유… 말이 나와서 말인데 이 학교 말이에요. 처음 봤을 때 그런 색이었어요."

"응? 학교가? 회색 벽돌로 지어서 그런가?"

"그런 게 있어요. 아무튼, 전 선생님이 좋거든요. 전 제가 좋아하는 사람들을 지킬 거에요. 그러려면 어차피 처음에 저한테 마빡을 들이댔던 놈과 제가 맞짱을 떠야 해요."

"응? 점점 알 수 없는 말을 하네…"

"그렇다고요. 그러니까 걱정하지 마세요. 선생님 안 잘려요. 절대 그럴 일 없어요. 빨간 우유 잘 먹었습니다. 참! 울면 애기도 슬퍼해요. 울지 마세요!"

여울이 선생을 위로하며 먼저 몸을 일으켰다. 구 선생은 여울에게 뭔지 모를 따뜻한 위안을 전해 받았다. 작은 소녀 위에 태양이 마치 소녀의 전신을 감싸듯 밝게 빛나고 있었다. 구 선생은 생각했다. 늘 밝은 아이라고는 생각했지만, 이토록 눈부시게 찬란하도록 아름답게 반짝이는 아이였다니….

\*\*\*

다음 날, 그녀에겐 무거운 출근길이었다. 가슴속에 품은 무거운 사직서 때문이다. 저 멀리 선생님들의 주차 공간에서 작은 소란이 있는가 싶었다. 멀리서 봐도 고개를 돌리고 싶은 교장의 번쩍이는 대머리였다. 그러나 지나칠 수 없는 자신의 반 학생 여울이 그곳에 있었다. 그녀의 발걸음은 어느새 속도를 내어 그곳을 향하고 있다.

'내 학생에게, 티끌 하나 잘못할 리 없는 여울이에게 또 무슨 짓을 하려는 거지?'

그렇게도 주눅들고 용기도 없어 자신의 의견 한번 고개 들어 내어 보지 못했던 구 선생이 웬일인지 그 걸음도 씩씩했고 힘이 넘쳐났다. 가슴속의 사직서 때문만은 아니었다. 그러나 구 선생이 마주한 상황은 예상과는 아주 많이 달랐다.

교장을 마주 보고 있는 선생은 미술 선생으로 이 학교에서 꽤나 오래 버티고 있는 선생 중 하나다. 키가 교장보다 한 뼘이나 큰 미술 선생이 죽을죄를 지은 것처럼 연신 고개를 숙이고 있고 그사이에 여울이 팔짱을 끼고 등을 보이며 서 있는 모양새다.

"아니, 선생님이 죄송할 일이 아니라니까요! 교장 선생님이 사과하셔야죠!"

까랑까랑한 여울의 목소리의 구 선생은 깜짝 놀라 걸음을 멈추고 잠시 상황을 지켜봐야 했다.

"야 이놈아! 내가 무슨 사과를 해? 이게 어디서 배워먹은 버릇이야? 교장한테 감히 니가 어디서 훈계야? 내가 몽둥이를… 이노무 쉐키 너 따라와."

교장은 자신이 늘 들고 있던 몽둥이를 교장실에 두고 온 것을 깨닫고 여울을 자신의 교장실로 끌고 가려고 여울의 어깨를 움켜쥐었다. 미술 선생과 담임이 동시에 그것을 말리려고 몸을 움직이려는 그때, 여울이 자신을 잡고 있던 교장의 손을 마치 먼지를 털어내듯 툭 하고 떨어내 버렸다.

"제가 왜 따라가요? 타당한 이유를 설명해 주세요. 그리고 저는 지금 교장 선생님의 말도 안 되는 횡포와 폭력 앞에서 잔뜩 겁을 먹은 상태거든요. 이렇게 많은 사람들이 보는 데서 동료 교사의 머리통을 휘갈기는 폭력적인 교장 선생님을 보고 제가 어떻게 혼자 따라가요? 가서 무슨 꼴을 당하려고요?"

"이 새끼가 눈에 뵈는 게 없나? 야 이 새꺄! 너 몇 학년 몇 반이야?"

교장은 여울의 당당한 말에 눈이 뒤집힌 듯 팔을 걷어붙이며 소리를 질러댔다. 그러자 사태가 점점 더 심각해졌다.

아이들과 선생들이 모여들기 시작한 것이다. 여울은 아랑곳하지 않고 마치 이때를 기다렸다는 듯이 과한 액션을 취하며 좀 더 목소리를 높였다.

"어머! 정말 학교 교장 맞아요? 어떻게 학교 학생한테 이 새끼 저 새끼 할 수가 있어요? 새끼는 자기 새끼나 귀엽고 이쁠 때 하는 말이지, 그러면 자기 새끼처럼 예뻐라도 해주던지. 전 지금 교장 선생님의 고성방가와 쌍욕 때문에 심리적으로 굉장한 스트레스를 받고 있어요. 이건 어떻게 책임지실 거에요? 그리고 전 방금 제 눈앞에서 펼쳐진 비인격적! 비도덕적! 비상식적인 이 모든 것들에 대해서 설명을 꼭 들어야겠어요. 교장 선생님을 무서워하는 선생님이나 학생들을 대표해서 저 1학년 1반 성여울이 말이죠."

여울은 자신이 할 말을 다 했다고 생각했는지 이제는 다소곳이 두 손을 자신의 아랫배에 포개고 45도로 하늘을 올려다보며 교장의 대답을 기다린다.

"이런 썅, 너 당장 부모님 모시고 와. 뭐 이런 게 다 있어? 니네 담임 누구야? 어?"

마침 뒤에 서 있던 여울의 담임이 어느새 모여든 사람들을 헤치고 앞으로 나섰다. 상황은 잘 모르겠으나 무조건 여울을 보호하고자 상반

신을 거의 다 들이밀었을 때쯤 여울이 손바닥을 펼쳐 구 선생에게 내밀었다. 오지 말라는 듯이….

"부모님이 누구야? 담임 선생님 데려와. 너무 고전적이다. 왜요? 부모님이 누구면 왜요? 우리 아빠 건달인데예~"

영화의 한 장면을 따라 하는 여울의 익살스러운 말투와 행동에 모두 폭소했지만 그것은 마치 자신을 한 대 때려달라는 듯 대놓고 교장을 놀리고 있는 셈이었다. 그것은 여지없이 적중했다. 결국, 그 많은 사람들 앞에서 교장은 몽둥이 대신 자신의 커다란 손바닥으로 여울의 따귀를 때렸다.

짝! 순식간에 벌어진 일이라 누구라도 막을 수 없었을 것이다. 그러나 그 후에도 교장의 폭력은 멈출 생각이 없었다. 손과 발이 무차별적으로 여울에게 퍼부어지려는 그때 여울의 담임과 미술 선생이 필사적으로 교장을 막았다. 그럼에도 분이 풀리지 않는지 버둥거리며 소리 지른다.

"놔! 안 놔? 니들도 다 잘리고 싶어? 저년 내가 가만두나 봐. 너 일루 와. 안 와?"

선생들이 말리고 있는 틈을 타 여울이 따귀를 맞아서 돌아갔던 얼굴을 제자리로 돌리더니 교장 쪽으로 천천히 걸어갔다. 모두가 눈을 크게 뜨고 쳐다보고 있는 와중에 가장 크게 눈을 뜨고 당황한 것은 교장이었다.

"왔어요."

뒷짐을 진 채 딱 한마디를 던지고 교장을 바라보는 여울을 보고 교장은 버둥거림을 멈추고 선생들도 어느덧 엉켜있던 몸들을 풀어 버리니 자연스레 모두 차렷 자세가 되어버렸다.

"오라면서요? 왔다고요. 갑자기 벙어리가 되셨나?"

"이 새끼가 진짜 보자 보자 하니까…."

교장이 자신의 본성을 다시 꺼내 들려 하자 그의 손과 발을 휘두를 새도 없이 여울은 속사포처럼 자신의 할 말을 모여든 모두에게 들릴 정도로 크게 말하기 시작했다.

"나 니 새끼 아니라고 했지? 지금까지는 내가 이 학교 학생으로서 당신을 교장으로서 봐준 거야. 그래서 내가 이유 없이 따귀를 맞아도 한 번은 참았어. 그래도 폭력은 폭력이지. 게다가 당신은 이렇게 많은 사람들 앞에서 폭언과 폭행을 퍼부어서 나는 심각한 명예의 훼손을 입었어. 정신적, 심리적 고통은 말로 다할 수 없지. 아마도 한동안 심리치료를 받아야 할 거야. 게다가 불행히도 나는 아직 생일이 지나지 않은 만 13세인 아동이기 때문에 당신은 무고한 남의 사랑스러운 아이의 머리통을 날려버린 죄로 아동학대 혐의도 피해갈 수 없어. 그리고 나는 어른으로서 본받아야 할 위치에 있는 사지육신 멀쩡한 교장 선생님이라는 사람이 떡하니 장애인 주차구역에 주차를 하고, 단지 새 차를 뽑았다는 이유로 미술 선생님의 머리를 세게 후려치는 걸 보았어. 박봉에 거지 같은 직장상사 밑에서 하루하루 힘들게 번 돈으로 아픈 아내의 휠체어를 실어나르기 위해 힘들게 장만한 새 차이건만, 그게 왜 맞을 짓이지? 차 사는 데 교장이 돈이라도 빌려주고 못 받았나? 자기 차는 그래도 양심적으로 국산차를 끌고 다니시네. 국내에서 가장 비싼 풀옵션으로다가 말이야. 요즘 교장들 수입이 꽤 짭짤하나 봐?"

더 이상 참을 수가 없었는지 곧 터질 것 같은 얼굴로 사지를 부들부들 떨며 외마디 사자후를 쏘아대는 교장이었다.

"야아아아아!!!"

"아유! 깜짝이야! 내 말 아직 덜 끝났거든? 내가 얼마 전에 당신의 그 숯검댕이 같은 더러운 물증을 찾아내러 갔다가 얻어들은 게 있는데 말이지? 우리한테 한 달에 한 번씩 걷어가는 자선사업 한다는 무슨 기금? 그거 있지? 그거 다 당신 똥구멍으로 들어간다며?"

지금 무슨 말을 하고 있는 거지? 모두가 술렁거리고 있었다. 선생들도 학생들도. 교장은 얼굴이 새하얘졌고 입만 뻥끗 뻥끗할 뿐이지, 어떤 대거리도 못 하고 있었다.

"그것뿐이 아니잖아. 난 1학년이라 잘 모르겠지만 벌써 십수 년 전부터 변기를 바꾼다, 히터를 들이겠다, 에어컨을 설치하겠다… 심지어는 뭐 엘리베이터를 해주겠다고? 각종 명목으로 뜯어간 돈만 수십억이라며? 근데 도대체 뭘 바꿨어? 여름엔 쪄죽겠고 겨울엔 여전히 추워죽겠다는데?

엘리베이터는 고사하고 백 년 전에나 유행했었을 동글뱅이 계단이나 좀 어떻게 해주면 안 될까? 영 효율성이 없어. 중딩이라고 뭐 도가니가 쇳덩어리는 아니잖아?"

여울의 말끝에 학생들이 술렁이며 목소리를 내고 있다.

"옳소! 옳소!"

"그리고 마지막으로 당신! 거울은 보는 거야? 달력은 봐? 몇 살인지는 알아? 어떤 미친 자신감으로 젊고 아름다운 여선생에게 들이대고 자빠… 후우…. 그 개인적인 감정으로 소중한 생명을 잉태한 무고하고 능력 있고 성실한 선생님을 마음대로 잘라? 당신이 그럴 능력은 되고? 그럼 해봐. 어떠한 합당한 근거를 대든 나는 다 반박해 줄 준비가 되어 있고 우리 선생님 성희롱한 거 증인으로 재판대에 서줄 수도 있어. 자! 내 얘기는 끝났고 더 할 말 있으면 내 변호사랑 얘기해. 나는 이만!"

"저… 저… 저!"

쿨하게 뒤를 돌아가는 여울을 향해 바보같이 손가락질만 하며 뒷목을 잡고 말을 더듬던 교장을 다시 한번 휙 돌아보며 마지막으로 후덜덜한 쐐기를 박는다.

"참! 아까 부모님 모셔 오라고 했지? 내 변호사가 우리 아빠다! 참고로 전관예우 들어봤어? 울 아빠 나 때매 판검사 때려치운 지 얼마 안 됐다 이거야. 콱 그냥!"

"우와아아아!!!!!!!!"

전교생이 여울을 향해 박수와 환호성을 보내고 있다.

구 선생도 미술 선생도 웃음이 나올 수밖에 없었다.

딱 한 사람, 교장 빼고는 모두가 축제와 같은 분위기였다.

그랬다. 여울의 아버지는 잘나가던 서울중앙지방법원 판사 출신이었으나 여울의 사건 이후로 헌법의 한계와 무능력함 때문에 스스로 재판봉을 내려놓고 모두의 만류에도 불구하고 변호인의 길을 택하였다.

바로 다음 날 김 형사는 또 여울의 부름에 달려 나왔다.

"형사님, 또 귀찮게 해드려서 죄송해요."

"아… 또 뭔데 미리 사과야?"

"저 전학 갈 거예요. 아마 그 학교에서 가라고 하겠죠?"

"뭐야? 또 무슨 사고 쳤어?"

"뭐 비슷해요. 그렇지만 처음 제 목적은 완전히 끝내주게 멋있게 달성했다고나 할까?"

"호호. 그럼 됐어. 근데 뭐가 미안해?"

"형사님이 또 한동안 집에 못 들어가실까 봐서요."

"아이고! 또 뭐냐… 누가 또 죽어 나가냐?"

"그런 건 아니고 형사님 일은 아닐 수도 있겠지만 발이 넓으시잖아요. 부탁드려요."

여울은 학교에서 일어나고 있는 이상한 일들과 교장이 부정적으로 축적한 재산에 대해 장황하게 설명했다. 그러나 그것들을 다 들은 김 형사는 팔짱을 끼고 미소를 지으며 후련한 기분으로 이렇게 말했다.

"이번엔 느그 아빠한테 가서 얘기해."

여울의 이야기를 다 전해 들은 진욱은 고민이 많다. 현직 검사라면 뭐라도 해볼 수 있었을 텐데 지금은 반대의 입장에 있었으니. 그래도 손 놓고 있을 수만은 없었다. 사랑스런 딸의 첫 오더였다. 멋지게 해내고 싶었다. 결국, 그렇게 진욱이 떠밀리듯 다시 복귀한 검사직 자리에서 맡은 첫 케이스가 강남 8학군의 한 학교의 비리에 관한 것이었다. 그러나 생각보다 덩어리가 컸고 고인 물인 줄 알았더니 썩은 물이었으며 우럭인 줄 알고 낚아 올린 것이 대방어 수준이었다. 줄줄이 엮이고 낚이고 그 낚아 올린 이들 중에 여야를 막론하고 정·재계 인사들도 포함되어 있었으니 대중의 관심도 높아만 가서 하필 요론 꼬라지는 두고 못 보시던 그때의 나라님께서 진욱에게 가차 없이 철퇴를 내리라 명하시고 얼결에 진욱도 어깨의 힘이 바짝 들어갔다.

잘나가던 서울지검 판사가 스스로 판사직을 내려놓고 변호인을 선택했다가 다시 검사직을 맡아 8학군의 비리를 파헤쳐 썩은 국회의원들에게까지 무자비한 철퇴를 휘두른 진욱의 스토리는 전 국민의 지지와 스포트라이트를 받았다.

그렇게 진욱은 화려하게 복귀에 성공하였으나 정치계를 포함, 여기저기서 손을 내밀어 머리가 또 지끈거릴 정도였다. 이렇게 모두가 제각기 여울을 도와 지구환경 청소에 앞장서고 있을 때 우리의 악마는 뭘 하고 있었으려나?

　나라고 놀고만 있었을 줄 알았어? 놀았나? 나처럼 힘센 귀신들은 바쁘다고. 요즘 말로 하자면 나도 셀럽이야. 유명한 귀신들 제사에는 죄다 초대받지. 뭐 전 세계 신이란 신들 기념일에도 빠질 수가 없어. 얼굴을 안 비치면 삐진다고 아주 기냥 귀신들 속이 더 좁아터졌어. 요즘엔 좋아하는 미니시리즈 볼 시간도 없어. 참! 그 여울이를 꼬라본 거적때기 귀신 말이야. 그거 그거 엄청 성가신 놈이거든. 인간이라면 누구에게나 붙을 수 있다는 점에서 아주 귀찮지. 잡았다 싶으면 저기 가있고 잡았다 싶으면 또 저기 가있으니까. 애초에 이름을 붙여줬지만 형태도 다르고 한 놈도 아니지. 이 나라 민족은 에부터 그것들을 아귀라고 부르더라고. 내가 처음부터 말했지만 누가 누구를 어떻게 부르던 그건 중요하지 않아. 그것들이 어떻게 어떤 힘을 지니고, 그것을 누가 어떻게 사용하는지가 무엇보다 중요하지. 그런데 그것이 하필 인간의 어둠의 그릇에 찰싹하고 달라붙었어. 응. 얼마 전에 내가 태워죽인 그런 어둠의 그릇들 말이야. 어둠도 다들 색깔이 있지. 다들 원하는 게 다르듯. 외로움에 빠진 어둠은 그 색이 잿빛이야. 자꾸 뭘 태워버리거든. 스스로 태워버려. 행복했던 기억도, 앞으로 있을 미래도 주위에 관심이나 사랑도 다 태워버려. 그래서 그런지 외로움에 빠진 어둠은 잿빛이더라고. 색정에 빠진 어둠은 시뻘건 빛을 띠는 검정에 가까워. 찐득찐득. 허니 그 마지막도 치덕치덕 기분이 더러워. 사실 모든 어둠은 다 더러워. 단지 물욕에 빠진 어둠은 좀 더 단순해. 그냥 까매. 어둠은 자신의 색과 비슷한 것들을 긁어모으고 찾아 들어가고 뭉치고 또는 비슷한 색을 띠는 그릇에 들어가서 힘을 키우는 거야.

　고 어린놈의 어둠의 그릇이 그렇게 시꺼멓더란 말이야. 뭘 갖기 위해선 뭐라도 할 것처럼 보였어. 근데 사람으로 태어나서는 하지 말아야 할 것들이 생각보다 아주 많아. 당장에 니가 떠올릴 수 있는 것들 외에도 엄청 많은 제약에 둘러싸여 있어. 살인, 절도, 강간, 간통, 질투, 그런 식상한 것들 말고도 세심하고 헉! 하고 허를 찌르는 해야 하지 말아야 할 것들이 엄청 많대도! 인간이란 그렇게 복잡하고 불쌍하게 태어났어. 간단하게 왜 인간은 먹으면서 똥 싸면 안 되는 거야? 누가 시켰지? 아무도 안 시켰는데! 이 땅에 태어난 인간이라고 불리는 그 어떤 생명체도 먹으면서 싸는 것들은 본 적이 없어. 그리고 왜 인간은 두 발로 걷지 않으면 안 되는 거지? 왜 두 손으로 걷는 사람에게 박수를 쳐주고 돈을 내고 구경하느냔 말이야? 그거는 자기 취향 아니야? 막말로 왜 처먹고 왜 싸? 안 처먹고 안 싸면 되고, 숨도 안 쉬고 안 내뱉으면 그만 아니야? 그렇게 반대로 우리네 귀신들을 이해하면 되는 거야. 안 먹고 안 자고 안 싸고 안 쉬고 그래도 다 돼. 부러워? 우리는 니들이 부럽다. 이상하지? 나도 그래. 그저 모든 것들은 자신이 안 가진 것을 부러워할 뿐이야. 그것이 똥이 됐든 금이 됐든 말이야. 내 장담하건대 똥이 금처럼 귀해지면 똥을 가진 사람을 부러워할 게다. 그런 거야. 그놈은 그렇게 다 가져놓고도 자신이 가지지 못한 하찮은 것을 가지려고 인간의 감정을 다 지워버린 새까만 어둠이 뒤덮인 아귀 그 자체였어. 이놈이 아귀의 힘이 필요해서 불러들였는지, 아귀가 잡아먹었는지 그건 모를 일이지. 그러나 인간으로서 하지 말아야 할 수많은 것들 중에서도 절대로 해서는 안 되는 짓을 저질렀어. 특히 이 나라 이 땅에서는 결코 있어서는 안 될 일이지.

고려장이라고 알아? 그런 동화 속 천벌 받을 일은 이 땅에서 벌어지지 않았어. 그거 왜놈들이 땅파먹으려고 작정하고 써제낀 거야. 그 망구 산에다 갖다 버리는 거는 지들이나 하던 짓인데 고려장은 개뿔, 니뽄장 이라고 해라! 고려 시대 때도 없는 살림에 아들이 어머님의 먹을 것을 탐하자 오히려 아들을 산에 묻으러 땅을 파다가 거기서 커다란 종을 발견하고 그 종소리가 울려 퍼지자 그 소리를 들은 나라님이 그 효심에 탄복하여 곡식을 하사했던 일도 있었어. 그렇게 이 땅의 민족은 언제나 효를 중시했다. 그런데 이놈은 제 욕심 채우려 가족을 불태우고도 전혀 반성이나 죄책감도 없었어.

그놈은 암 덩이처럼 자기 가족에게 붙어서 이미 한참 전에 사형선고를 내렸다. 온 동네방네 지 가족들을 태워죽일 거라 떠들고 다녔잖아. 그 몹쓸 놈. 그 가족은 시한부 인생이었어. 그걸 몰랐을 리가 없잖아. 자기 아들이 암 덩이라는 것을…. 그러나 그들처럼 치료를 포기하고 암 덩이를 키우고 껴안고 가는 환자들도 있지. 그것은 그들의 선택이었어. 그것까지 내가 막을 이유가 있었나? 말했듯이 나는 악마라고. 누구를 살릴 이유가 없어. 난 천사나 신이 아니래도? 악마가 되어 마음껏 날뛰어줄 거야. 내가 악마야. 나쁜 짓은 내가 다 할 거야. 그러니까 저놈도 죽일 거야. 뭘? 왜? 따라와. 보여줄게. 이 자식이 무슨 죽을 짓을 했는지….

\* \* \*


방화사건이 있기 전날 밤, 호영이의 집.
"호영아, 밥 먹자. 동생 데리고 상 좀 펴."
오늘은 화물트럭 운전을 하는 남편이 멀리 나갔기 때문에 조촐한 이른 저녁상을 차리는 호영의 어머니.
"아씨! 왜 내가 펴. 야! 니가 상 펴."
호영은 핸드폰을 들여다보며 무심하게 발로 여동생을 툭툭 차며 자신의 할 일을 동생에게 넘긴다. 익숙하게 어린 여동생은 꼼지락거리며 밥상을 펼치고 엄마가 찌개를 끓이고 반찬을 꺼내는 동안 호영은 엄마의 지갑에서 있는 돈을 탈탈 털어 주머니에 넣었다.

'어차피 불타 없어질 거 좀 씁시다.'

그런 무서운 생각을 하면서도 남을 보듯 고개만 쭉 빼고 자신을 위해 밥을 차리고 있는 엄마를 향해 묻는다.

"아빠는?"

평소에는 궁금하지도 않았지만, 이날은 물어야 했다.

"글쎄. 들어오셔도 늦게 들어오실 거야."

"늦게? 몇 시?"

"뭐야? 니가 웬일로 아빠를 다 걱정하는 거야?"

"그러니까 몇 시냐고?"

아들이 웬일로 지 아비를 걱정하나 싶어 대견한 마음이 들었다가 역시나 싶은 싸가지 없는 말투에 정이 떨어져 대꾸도 좋게 나오지 않는다.

"몰라. 안 들어오실 수도 있고 길에서 주무시지 않고 들어오시면 열두 시 안에는 들어오시겠지."

"응. 그럼 됐어."

"뭐가 됐어?"

호영은 자신이 가진 가장 비싼 옷들을 껴입기 시작했다. 아직 5월이라 그리 춥지 않은 날씨임에도 마지막에는 가장 아끼던 한겨울 가죽 재킷까지 그렇게 몇 겹의 옷을 껴입고 신발도 한 개 더 챙겨서 집을 나선다.

"너 뭐하는 거야. 꼴이 그게 뭐야?"

"나 나간다. 나야말로 늦을 거야. 새벽에 들어올지도 몰라. 아니, 새벽에나 들어올 거야."

　호영은 혹시나 새벽에 식구들이 현구가 들어오는 소리에 깨서 계획이 틀어질까 봐 일부러 자신이 그쯤 들어올 것을 암시하는 말을 던지고 나간다. 멍청한 녀석이 이럴 땐 왜 잠시나마 그 머리를 반짝이는 것일까? 이유는 알다시피 조력자가 있기 때문이다.
　"뭐? 야! 밥 안 먹어? 밥 먹고 나가!"

　내가 뭐랬어? 암 덩이를 키운 건 부모야. 저거를 그냥 내버려둔다고? 암 덩이를 밥을 먹여 키워? 그냥 잘라버리든지 썰어버리든지 불태워버리든지 진즉에 없애버렸어야지. 쯧쯧쯧.

　호영이는 며칠 전에 사서 계단 뒤 잡동사니들 속에 숨겨놨던 휘발유 통과 칼 한 자루를 계단 밑에 조금 잘 보이게 꺼내어 놓고 계단을 올라가 대문을 열었다. 아직 초저녁이라 동네가 훤하다. 가까운 골목 끝에 CCTV가 있다는 것을 아는 호영은 CCTV가 전혀 닿지 않는 대문에 걸린 우유 주머니에 얼마 전 복사해둔 열쇠를 아무도 모르게 쏙 집어넣었다. 이제 모든 것이 완벽하다. 아주 가벼운 마음으로 골목을 벗어났다.
　그리고 여자친구를 만나 여자친구 가방에 껴입었던 옷을 쑤셔 넣고는 새벽 내내 아무 생각 없이 피시방에서 게임을 했다. 역시나 귀신이 하는 짓과 그저 멍청하고 사악한 인간이 하는 짓에는 분명히 차이가 있다. 우리가 보아오는 수많은 인간 같지 않은 인간들이 벌인 짓 중에 모두들 고개를 갸우뚱하는 부분이 있다면 그것은 귀신이 하는 짓이다.

그건 정말 맞는 말이야. 작가양반도 영 똥대가리는 아니구만. 뭐야! 또 버릇이야? 못돼먹은 버릇이구만. 거 병원에 한번 가보래도? 분노조절장애 치료, 그런 거 받아보라니까. 어른한테 그런 쌍욕을 해도 되는 거야? 눈으로 해도 나는 다 알아듣는다니까! 알겠어. 똥대가리라는 말은 안 할게. 작가양반 콤플렉스가 있구만. 아니야. 아무튼, 제대로 짚었어! 인간들 기준에서 어머! 어쩜 저럴 수가 있어? 인간 같지도 않아! 그렇게 느끼는 놈들이 있다면 인간이 아닌 거야. 쉽게 생각해. 귀신에 쓰였든 빙의가 됐든, 아… 빙의는 쉽지 않지. 그건 나중에 또 설명해 줄게. 뭐 악귀가 환생했든 멀쩡한 사람의 나약한 틈을 귀신이 타고 들어가서 못나고 나쁜 사람으로 만들 수도 있지. 그것보다 너희가 떠올릴 수 있는 인간 같지 않은 짓을 하고도 반성도 없고 파렴치한 많은 악인들을 보자면 그것들은 거의 원래 악의 그릇이었던 악인에게 쏙 들어간 귀신이 꾀를 내어 저렇게 얼토당토않은 짓을 하는 얼치기 같은 놈이 되는 거야. 그 어둠의 그릇도 단단하고 그 안으로 들어간 귀신의 힘도 나처럼 무지하게 세다면 그냥 어디서 잘 먹고 잘살고 있을 거야. 어느 나라 나라님이라도 해먹을 수 있지. 저렇게 바보 같은 짓을 했다가 또 뜬금없이 완벽한 계획을 세우고 그런 이해할 수 없는 짓을 하지는 않지. 그니까 TV에서 살인범을 잡아놓고도 뭐 철저한 계획치고는 이해할 수 없는 행동을 해서 어쩌고 하면 다 귀신이야. 철저한 계획이야 귀신이 세워줬겠지. 그담은 나 몰라라 한 거야. 다시 멍청이가 돌아왔고 죗값은 멍청이가 받겠지. 그게 귀신이야. 또 다른 데 가면 되니까. 매정하지? 나도 그래.

"아! 지겨워. 차라리 모텔을 가자."
여자친구가 좀이 쑤셔서 엉덩이를 들썩이며 호영이에게 졸라댄다.

"지금 몇 신데?"

게임에 집중을 하느라 주둥이가 삐죽 나와서는 모니터만 바라보며 무심하게 묻는다.

"벌써 새벽 두 시야."

"뭐야. 아직 한참 멀었어. 시작도 안 했겠구만."

"뭘? 뭐가 멀었어? 얼마나 더 있어야 하는데? 아~ 졸려!"

하도 여자친구가 찡찡대자 그제야 호영이 여자친구를 보며 달래듯 말한다.

"졸리면 거기서 조금만 자. 내가 담주에 니가 갖고 싶다고 했던 목걸이 사줄게."

"진짜? 그거 비싼 건데? 정말?"

"응, 돈 들어올 곳이 있어. 그니까 좀 참아."

"응! 참지, 참아. 피시방이면 어때. 길에서 자라고 해도 잘 거야. 앗싸! 사랑해. 근데 뭐가 멀었다는 거야? 뭐 기다리는 거야?"

"응, 뭐 그런 거 있어. 로또 같은 거. 크크크."

"우리 자기 뭐가 있긴 있구나. 그럼 나 좀 자고 있을게."


놀고들 있지 않아? 뭐? 나더러 가서 뭐? 휘발유 통을 치우라고? 내가 왜? 저들의 부모의 운명은 저기까지야. 죄? 죄 있지. 저렇게 시커멓고 더러운 암 덩이를 낳아 키운 죄…. 암이야 몸에서 떨어져 나가면 지도 죽지만. 저것은 그게 아니래도. 내가 죽이지 않으면 이 현실 세계에서 말이야 저놈을 또 악의 아카데미에 잠깐 집어넣었다가 육성시켜 꺼내줄 거라고. 여동생? 그러고 보면 그 어린 것은 무슨 죄가 있나 흠… 고민해볼 대목이네. 여울이라면 모두를 구했겠지? 말했지만, 저승에서 나는 힘이 세다고 할 수 있어. 그렇지만 귀신인 나 하나는 인간 세계에서 어떤 물리적 힘을 크게 쓸 수가 없어. 나 말고도 다른 귀신들도 다 마찬가지야. 휘발유 통 하나 들어 올릴 수가 없다 이거야. 나 참 자존심 상하게 내 입으로 이것을 고백해야 하나. 뭐 미국에서는 폴터가이스트? 그런 개소리를 지어내던데. 그거 못해. 다 사기야! 내 눈앞에서 종이 한 장 들어올려 보라고 해! 바람을 이용해서 펄럭이는 잡스런짓 말고! 말 그대로 들고 있어 보라고. 그런 귀신이 있다면 내가 천계행 티켓 끊어준다고! 알았어. 작가양반, 거 되게 빡빡하네! 들어 올리는 거 물리적인 힘, 작용 반작용, 중력의 법칙을 거스르는 거. 나처럼 못할 게 없는 무패의 힘센 귀신도 벤치 프레스 앞에선 한없이 작아지지. 나 정도 되는 귀신이면 진짜 빡쳤을 때 반짝이는 골목 한 줄 어둠으로 만들 수는 있지. 어느 영감댁 두꺼비집 내리는 것쯤이야 식은 죽 먹기고. 불, 물, 바람, 자연에 관한 것 그런 것들은 웬만해선 내가 다 다룰 수가 있어. 의외라 생각하겠지만 기계 조작 같은 거는 식은 죽 먹기지. 그거 귀신들 특기야. 그런데 뭐 힘을 써야 하는 거, 들어올려야 하는 거, 그거 남의 몸에 안 들어 가면 잘 못 해. 안 돼. 참고로 나는 알맞은 그릇에 들어간다면 요 동그란 지구를 한 바퀴 뛰어다니며 쪼개지는 못하더라도 크게 금을 낼 수는 있다. 시도를 해봤거든? 되겠더라고. 나도 무서워서 그만뒀어. 대지가 쪼개지고 나무들이 쏟아지고 바위들이 비틀리며 순식간에 주변에 생명들이 우루루 쏟아지는 것들을 보고 나도 아차 싶었다. 인간은 없었어. 나도 그 정도 실험을 할 때는 광활한 어느 곳에서 했겠지. 날 뭐로 보는 거야? 그래도 동물들도 많은 생명을 잃었어. 잠깐이었고 조금만 그었는데도 말이야. 이제 내 힘을 알겠어? 그릇만 갖춰진다면 내가 이 세상에 못 베어낼 것은 아무것도 없다는 뜻이야. 자, 나를 우러러봐라! 존경하는 눈빛으로 두려워하는 눈빛으로! 뭐야 그거? 나 귀신이라니까? 날 속일 생각하지 말라고! 작가양반,

치료가 시급해! 어쨌든 그렇게 우리도 그릇이 있어야 형태를 갖추고 형태를 갖춰야 무엇이 될 수 있거든. 내가 저 두 모녀를 살리자고 여울이를 위험에 빠뜨릴 순 없어. 아무 몸에나 들어가지는 것도 아니라는 거는 누차 설명해 줬잖아. 저 모녀들이 영매 체질이거나 신기가 있다면야 내가 들어가서 몸을 피신시키겠다마는… 아! 그렇게 보지 말래도 잡스런 변명이 이렇게나 늘어났잖아! 작가양반, 나를 왜 이렇게 괴롭혀! 안 되는 건 안 된다고!

새벽 다섯 시 반경, 호영이의 핸드폰이 울렸다. 발신자는 현구였다.
"아이 씨발 새끼, 전화하지 말라니까."
"뭐야? 무슨 일 있어?"
의자를 제끼고 자던 여자친구가 눈을 비비며 일어나 묻지만 아랑곳하지 않고 벌떡 일어나 핏대를 세우며 통화를 한다.
"야이 씹쌔꺄! 전화하지 말라고 했지. 미쳤어? 뭐? 병원? 하아. 일단 알았고, 형이 처음에 시킨 대로 그대로만 해. 안 그러면 너 진짜 니네 할머니도 죽여버리고 아무것도 없을 줄 알아."
호영이는 협박조로 얘기하다 갑자기 마음을 바꿨다.
"야! 어차피 이렇게 된 거 그냥 형 말대로 해. 응? 너 촉법이라 벌 안 받는다니까. 너 치료비 어떡할 거야? 형이 다 내줄게. 그리고 니네 할머니도 내가 다 챙길게. 형만 믿어. 그래 끊는다."
이때까지는 호영이도 현구도 몰랐다. 호영이의 아버지가 살아있다는 것을, 화재보험이 들어있다 해도 그 보험금이 지급된다 해도 호영이 것이 아니라는 것도 몰랐다.
그리고 가장 중요한 것은 이 집은 화재보험이나 사망보험 그 어떤 보험도 들만 한 여유도 없었던 빡빡하고 힘들었던… 그래도 자식만은 잘 키워보겠다고 밤낮을 가리지 않고 맞벌이를 하며 힘들게 꾸려나갔 던 그런 가정이었다.

그렇다면 호영이는 뭘 믿고 자신의 집에 불을 질러가며 자신의 피붙이를 모두 싸그리 죽여서라도 보험료를 탈 생각에 부풀어 있었던 것일까?

그것은 작은 오해의 불씨와 어떤 도화선이 맞붙어서였다. 오해의 시작은 부부의 말다툼이었다.

그저 건강보험료도 체납될 정도로 여유가 없었던 부부가 서로에게 책임을 전가하는 대화에서 호영이는 보험이라는 한 단어만 뽑아 듣고는 최근에 자신의 선배들이 화재사고를 일으켜 그 집이 로또 수준으로 보험료를 많이 타갔다는 얘기와 접목시켜 무식한 대가리 안에서 평! 그것을 터뜨린 것이다. 그때부터는 호영의 머릿속에서는 보험, 화재 그 두 단어만 뱅뱅 맴돌았다. 이놈은 사실 악을 동경하고 악의 세계에 찌들어 있는, 사실은 지가 그 악 중에서도 가장 더러운 악이라는 것을 모르고 있는 그런 희한한 놈이었다.

독수리 오 악마가 그 이름을 떨칠 때부터 그들을 따라다니며 그들이 하는 짓들을 동경하고 존경해 마지않았다. 그들의 그룹에 함께할 수 있다면 무슨 짓이든 할 것이며 지 온 가족을 불태울 수 있다는 말도 서슴지 않았다. 그것을 실현시킬 줄이야.

그래 그런 놈이라고. 봐봐. 저 꼬라지를…. 지금 저놈 어깨가 축 처졌지? 세상 모든 것을 잃은 것 같지? 걸어가는 꼬라서니를 보라고 지 엄마랑 동생이 죽어서 슬퍼서 그런 게 절대 아니야. 자기한테 떨어질 돈이 한 푼도 없다는 사실을 알아서 저러는 것이야. 그래서 저 거적때기 귀신도 이제 다른 데 불을 준비를 하고 있어! 저 두 다리만 어깨에 걸쳐놓고 대롱대롱 매달려 있는 거 보라고. 시간이 없어. 저것이 또 어디 옮겨붙기 전에 같이 없애버려야지. 어? 그럼. 다른 어둠의 그릇을 발견하면 옮겨붙을 수 있지. 그러기 전에 저놈한테 붙여서 보내버려야지. 여울이도 여울이 주변 사람들도 저렇게 청소를 열심히 하는데 나도 저런 악질 아귀 한 마리쯤은 세상에서 없애줘야 내 체면이 서지 않겠어? 가자고! 따라와.

호영은 좌절감에 빠져있다. 강도 높은 조사를 받고 나와서? 곧 자신이 어쩌면 감옥에 가야 할지도 몰라서? 아빠가 죽지 않고 살아있어서? 모든 게 다 그렇지만 그보다 자신의 처지가 한심스러워서였다. 강남에서 살 꿈도, 슈퍼카도, 여자친구도 이제다 물거품처럼 사라져 버렸다.

갈 길을 잃은 호영의 두 다리는 어느새 자기도 모르게 독수리 오 악마의 아지트였던 상가 건물 앞에 와있다.

지금 호영이는 갈 곳이 없다. 방금 경찰서에서 끝까지 아빠를 용의자로 지목하고 나왔다. 그런 아빠가 있는 집으로 다시 기어들어가서 아빠를 마주할 용기는 없었다.

같은 반 친구가 작은 슈퍼마켓을 하고 있는데 그곳은 호영이의 개인 창고나 마찬가지였다. 몇 시쯤 친구가 부모님을 도와 일하러 나오는지 그것을 알아두고 날마다 무작정 찾아가 술과 담배를 뜯어내는 것은 그에게 아무 일도 아니었다. 그렇다면 친구라고 부르는 것은 어불성설이지. 오늘도 잔뜩 뺏어 봉지에 담아서 들고는 동네 놀이터에서 혼자 담배도 피우고 소주 한 병을 다 비우다가 지나가는 사람들이 눈총을 주자 여기까지 어쩌다 걸어오게 된 것이다.

이제는 상가를 허물 것인지 모든 점포가 문을 닫았고 전기도 들어오지 않아 안 그래도 시커먼 지하에 입구가 이제는 흉물스러워 보이기까지 했다.

그러나 호영이는 이 어둠의 입구가 전혀 무섭지 않다. 당연한 일이겠지만…. 성큼성큼 발을 들였다. 계단을 다 내려가자 갑자기 술기운도 올라오고 열이 뻗쳐 혼자 소리를 지른다.

"이런 데 살던 놈도 보험을 들었는데 보험을 안 들어? 젠장! 죽어서도 도움이 안 되는 집구석이잖아. 제기랄!"

"뭐야! 깜짝이야! 누구야?"

"씨발! 누구야?"

호영이야말로 뒤집어지게 놀랐다. 지하방 안쪽에서 정확히 말하자면 태경이 일당이 죽치고 지내던 그 방에서 옅은 불빛이 새어 나왔다. 그리고 누군가 얼굴을 내밀었다.

"너 누구야? 너 호영이 아니야?"

자신의 이름을 말하자 조금은 긴장을 풀었다. 게다가 아는 목소리, 아는 얼굴 같았다. 천천히 그쪽으로 발을 옮겼다.

호영의 한 손에 들려있는 소주병들이 봉지 안에서 요란하게 소리를 내며 지하실을 울렸다.

"야! 너 그거 술이냐? 마침 잘됐다. 들어와."

이제 호영이는 완전히 긴장을 풀었다. 아는 얼굴, 아는 형.

"형이 여기 왜 있어요?"

"씨발! 나도 갈 데가 없어서. 내 친구들이야 인사해."

몇 개의 촛불을 가운데 두고 동네 형 옆에 두어 명이 앉아서 호영이를 보는 둥 마는 둥 고개만 까딱했다.

"안녕하세요."

일단 선배기 때문에 꾸벅 인사를 하고 가지고 온 술을 나누어 마셨다.

"지금 몇 시냐?"

"두 시 좀 넘었는데요?"

"야! 우린 나가야겠다."

"어디 가시는데요?"

"기가 막힌 계획이 있거든. 너 페라리 알지? 최신형 슈퍼카."

"페라리요? 페라리는 알죠. 슈퍼카요? 내 드림칸데… 그것 때문에 가족도 태워죽였는데… 젠장!"

"들었어. 너 실패했다며? 크큭. 병신. 그거 내가 줄까?"

"네? 진짜요? 말도 안 돼. 어떻게요?"

"지금 그거 가지러 가거든. 근데 우리 목표는 그 차가 아니고 그 차 안에 있는 시계랑 돈이거든. 차 주인이 아는 사람인데 매주 같은 날 같은 시간에 와서 불법주차를 해. 그리고 일주일 동안 차를 보러 오지도 않아. 왜 그런지는 모르겠어. 그니까 최소한 일주일은 차를 안 찾을 거란 말이야."

"그래서 일주일만 타라는 거에요?"

호영이가 약간 실망한 듯 보이자 킥킥대며 말한다.

"병신아! 그게 아니지. 거기는 새벽에 사람이 잘 안 다녀. 그 새끼가 주차를 하고 차 문을 열면 숨어있다가 우리 중 한 놈이 그놈 뚝배기를 까는 거지. 그다음은 잘 알겠지? 그 새끼 찾는 사람도 없을 거 같아. 차도 맨날 그대로고. 최소 일주일은 그대로 박아두는 거 같거든. 그니까 성공하면 그냥 번호판만 바꿔서 니가 타고 다니면 돼. 오케이?"

"와! 대박! 진짜요? 진짜 그래도 돼요? 그럼 전 뭘 하면 돼요? 시키는 거 다 할게요."

"너한테 뭘 시키겠냐. 망이나 봐."

"형, 감사합니다. 진짜 감사합니다. 근데 거기가 어디에요?"

"빨리 가야겠다. 압구정이거든. 우리 걸어가야 해. 아니다 뛰어야겠다. 빨리 가자."

그렇게 그들은 정신없이 뛰기 시작했다.

"형, 저 진짜 압구정은 첨 와보는데 이런 곳에 진짜 슈퍼카가 있어요?"

"새꺄 당근이지. 야! 저기 보이지? 주차한다. 우리가 좀 늦었나 봐. 빨리 붙어."

호영이는 압구정 대로변 한 핸드폰 매장 앞에 빨간색 페라리가 막 시동을 끄고 오픈되어 있던 뚜껑을 닫는 모습을 목격하고 심장이 요동치는 것을 느꼈다.

거기에선 정말 누가 봐도 잘사는 것처럼 보이는 배불뚝이 한 남자가 차에서 내리고 있었다.

"야! 넌 여기서 나오지 마. 쳐다도 보지 마!"

호영은 숨죽이고 형들이 일을 마치기만을 기다렸다.

딱! 헉! 철퍼덕!

차례대로 예상했던 소리들이 들리자 호영의 심장은 벌써부터 슈퍼카에 탑승한 듯 솟구쳐 올랐다.

"야! 좆됐어."

"깜짝이야, 형 왜 그래요?"

피칠갑을 한 선배를 보고 공포심에 휩싸여 호영이 물었다.

"야! 좆됐으니까 일단 빨리 뜨자. 너 운전할 줄 모르지? 그럼 운전은 내가 해야 하고 일단 니가 트렁크에 잠시 탈래, 아니면 뒷자리에 탈래?"

트렁크 문이 어느새 열려있었고 좁디좁은 뒷좌석엔 시체인 듯 보이는 무언가가 있었다. 슈퍼카, 슈퍼카 노래를 불렀던 호영은 실제로 슈퍼카를 본 것은 처음이었다. 그 트렁크도….

"형, 여기 어떻게 들어가요? 제가 아무리 키가 작아도 못 들어갈 거 같은데?"

"그럼 빨리 뒷자리에 타던가. 빨리! 저 뒤에 사람 온다."

그 트렁크는 너무도 작았다. 그렇지만 뒷좌석이라고 보이는 저곳도 넉넉한 자리처럼 보이진 않았다.

'슈퍼카는 개뿔! 시체 옆에 낑기는 것보단 이 안에 낑기는 게 낫겠다!'

급한 마음에 호영은 작은 트렁크 안에 자신의 몸을 쑤셔 넣어보았다. 겨우 두 다리만 들어가나 싶더니 엉덩이를 구겨 넣고 이리저리 몸을 비틀어 보자 어찌 된 일인지 몸이 트렁크에 딱 맞게 쏙 들어가 버렸다.

"조금만 참아. 나중에 보자!"

믿음직스런 선배의 표정에 호영은 웃으며 겨우 손을 꺼내어 내밀어 흔들었다.

"네! 걱정하지 마세요."

인사를 마치자 트렁크 문이 닫혔고 이제는 작은 트렁크 속에서 옴짝달싹할 수가 없었다. 호영은 가쁜 숨을 내쉬었다.

'일단 계획대로 된 거 아닌가? 뭐가 잘못된 거지? 이 차는 이제 내 것이 된 건가? 잠시만. 잠깐만. 뭔가 이상한데? 저 형 친구들은 어디에

탔지? 운전은 누가 한다고? 저 형이 운전할 수 있다고? 용진이 형이? 용진이 형? 어? 저 형… 죽었잖아?'

순간 시커멓고 좁은 트렁크 안에서 호영의 머릿속은 그보다 더 까맣게 타버렸다.

물욕만을 좇은 한 가지밖에 못 담은 그릇이라 그런가 생각보다 더 멍청하구만. 더 화려하고 섬세한 계획이 있었고 등장인물도 더 많았는데 다들 쓸모가 없어졌어. 어이, 그만 가봐! 나중에 내가 니들 좋아하는 여배우들 제사파티에 초대받으면 데려가 줄게. 응, 조심해서 들어가. 어떻게 된 거냐고? 뭘 물어? 귀신에 홀린 거지. 용진이라는 저 녀석 아직 안 떠났더라고. 내가 쓸만한 귀신이 손에 들어왔다고 했지 않았나? 게다가 용진이는 웬일인지 저 녀석을 싫어하더라고. 용진이도 저대로 두면 이제 곧 흐려지고 옅어져서 자기가 뭐였는지도 모르고 떠돌아다니는 귀신이 될 거야. 그래서 날 좀 도와주면 내가 하늘길을 열어줄 아줌마를 소개해 준다고 꼬드겼지. 사기냐고? 아니야. 진짜 소개해 줄 거야. 그 빤짝이 아줌마는 아주 착해. 웬만한 걸레들도 다 빨아서 행주를 만들어준다고. 암튼 일석이조지. 일석삼존가? 저 아귀라고 불리는 악귀도 함께 가두었으니 말이야. 클클클.

'뭐야 이게 뭐야? 나 뭐야? 나… 어떻게 된 거지? 여기가 어디지? 내가 본 건 용진이 형이 맞는데? 잠깐만 침착하자. 침착하게 잠깐만. 술이 취한 건가? 꿈인가? 잠깐만. 숨이 안 쉬어져. 아니야. 침착하게. 그래 핸드폰…'

호영이는 주머니에서 핸드폰을 꺼내려고 안간힘을 썼다. 근데 어찌 된 일인지 들어왔을 때랑은 다르게 트렁크에 꽉 막혀 어떤 것도 할 수가 없었다. 손가락만 겨우 꼼지락거릴 수밖에 없을 지경이었다. 그래도 뼈가 부러지는듯한 고통을 참아가며 엑스자로 꺾인 팔의 손가락으로 겨우 핸드폰을 주머니에서 꺼낼 수가 있었다. 이제 구조 요청을 하면 그만인 것이다. 핸드폰이 눈앞에 들어올 만큼 공간은 없었으나 손에 잡히는 대로 119 번호를 누를 생각이었다. 핸드폰 폴더를 자신의 손안에서 열었다. 호영이는 그 순간 좌절했다. 어둠 속 트렁크 안을 훤히 비춰야 할 핸드폰의 불이 들어오지 않았다. 혹시나 싶어서 번호를 누르고 통화 버튼을 눌러보았지만 그 어떤 것도 작동되지 않았다. 전원이 나간 것이 분명했다.

'분명 배터리는 충분했을 텐데. 아니었나? 그 상가 지하에서 내 핸드폰으로 조명을 켰었나? 잠시만. 아니야, 초가 있었지? 세 개 있었어…'

있었지, 세 개가!

"악! 뭐야 씨발!"
호영이는 작은 트렁크 안에서 발작했다. 바로 귓가에서 누군가 자신에게 말을 거는 것이었다.
"뭐야! 누구야? 거기 누구 있어? 여기 사람 있어요! 살려주세요!"

아무리 소리 질러도 너를 여기서 꺼내줄 사람은 당분간은 없을 거야.

"뭐야! 씨발 환청인가? 너 누구야? 아빠가 보냈어? 이게 대체 어떻게 된 거야? 용진이 형은 분명 죽었었는데!"

그러니 내가 친절하게도 니가 궁금해서 답답해 죽기 전에 설명해 주려고 왔잖아. 답답해 죽으면 안 되지. 너는 그렇게 곱게 죽일 수가 없어. 그러니까 내 얘기를 잘 들어.

"뭐… 뭐야. 뭐가 어떻게 된 거야?"

호영은 어둠 속 트렁크에 꽉 껴서 온몸에 피가 안 통할 것 같았지만, 정신만은 오히려 말짱해지고 있었다 이 상황을 이해하고 싶었다.

있었지. 세 개가! 당연하지. 귀신이 셋이니 초도 셋을 켜줘야지. 그리고 니가 마침 귀신들이 좋아하는 술잔을 돌려주고 니 소원을 말하니 못 들어줄 건 또 뭐 있겠어? 그리고 니가 바보지. 용진이야 너를 대놓고 홀렸다 치지만 그 옆에 엑스트라 귀신들한테는 왜 저절로 홀린 거야? 귀신은 웬만해선 말을 할 수가 없어. 술을 마시고 차를 훔치러 가는 동안에 용진이 친구들이 말 한마디라도 뻥긋한 걸 들은 적 있어? 너랑 눈도 안 마주쳤을 텐데? 걔들은 눈깔이 없는 귀신이었거든. 잡귀였지. 힘도 없고. 뭐 그런 것들한테도 넘어가나? 이상하다고 생각을 한 번도 안 해본 거야? 용진이가 갈 데가 없다고 한 건 사실이야. 갈 곳 잃은 귀신이 됐거든. 그 녀석은 죽어서야 빛을 발하는 재간둥이일세. 좀만 참고 이따 보자니 클클. 그보다 딱 들어맞는 대사가 어딨어? 새벽 3시에 귀신들이 힘이 제일 세지는것도 사실이지만 너를 미친 듯이 달리게 하고 너를 정신없이 만들어야 너를 홀리기가 쉽지. 그리고 그 비싼 차 주인에 대한 것도 다 사실이야. 그게 너에게 이제 절망적인 뽀인트가 될 거야. 잘 생각해 보라고. 니가 차 뒷좌석에서 본 게 정말 사람의 시체였어?

용진이는 다시 한번 그 순간을 떠올려봤다.

'시체였나? 시체라고 생각한 건 아니고? 그냥 그 남자의 겉옷이었나? 근데 뭐 귀신? 그래 귀신이라면 다 설명이 되네.'

호영은 눈을 질끈 감았다. 뭐가 어떻게 돌아가는지는 모르겠지만, 자신이 누군가에게 속았다는 것만큼은 분명해졌다.

그리고 니가 꼭 기억해줘야 할 게 있어. 나는 너 같은 것에게도 너그럽게 마지막 기회를 주었다. 트렁크에 들어갈 것이냐, 차에 탈 것이냐 마지막으로 선택권을 주었지. 이곳에 쏙 들어온 것은 너의 선택이었다. 이것도 너의 운명인 것이지. 내가 요즘 착해졌어. 여울이 때문인가? 인제 나는 가볼까 봐. 너한테 붙어있는 아귀가 나를 더럽게 찔러봐. 뭐? 꼬라보면 어쩔 거야? 그렇게 왜 사람 몸에 붙어서 나쁜 짓을 그렇게 많이 했어? 사도세자는 지 아비를 죽이겠다 말 한마디 한 것으로 한여름 뙤약볕에 8일이나 견디다 죽었다. 너는 산채로 어미와 동생을 불태워 죽여놓고도 니 소원을 성취하였으니 그야말로 너에게 나는 신이고 하나님이 아니더냐?

"그게 무슨 개소리야? 날 여기다 가둬둔다고? 내가 못 나갈 거 같아? 그리고 무슨 니가 내 소원을 들어줘?"

오호라! 니가 드디어 악의 본분을 되찾았구나. 대들 생각을 다 하고. 기특해라. 그래야 나도 콩알만 한 죄책감이 사라지지. 니가 잊었나 본데 여기는 니가 가족을 싸그리 불태워 죽여서라도 살고 싶었던 그 압구정 한복판이고 니가 드러누워 있는 그 차도 나는 이름은 모른다만 스치기만 해도 돈을 물어야만 할 정도로 비싼 슈퍼카다. 내가 너의 그 모든 소원을 이루어 주

있으니 이 정도면 나는 너의 신이고 하나님이지. 이제 나의 마음도 한결 편해졌어. 난 착한 일을 한 거야. 클클.

호영이 몸부림을 치며 트렁크 안에서 소리를 질렀다.
"저기요! 거기 누구 없어요? 이 소리를 듣고 사람들이 구하러 오겠지. 이 악마 새끼야! 몇 시간만 지나면 사람들이 지나갈 텐데 모를 거 같아? 병신 새꺄?"

나 기분 나빠졌어. 진짜로. 너 같은 놈한테 이 몸이 이런 싸구려 욕을 들어야 한다니. 너에게 다시는 기회가 없을 게다. 이 차주로 말할 거 같으면 인간은 인간이나 성질머리가 악마와도 같지. 이 차 주변에는 사람이 얼씬도 하지 않는다. 스쳐도 돈을 물어야 한다 하지 않았느냐? 그래서 이 차에서 니가 난리 부르스를 친다 해도 아무도 신경 쓰지 않을 거다. 그래도 하늘이 너를 살리겠다면 그때는 나도 한 발 뒤로 물러서려 했다만 지금 매우 불쾌해. 자 거기! 저게 정신을 못 차리고 아직도 날 노려봐? 콱! 내 손에 타죽지 않은 걸 다행으로 생각하라고. 요놈 몸에 찰싹 붙어서 올라가는 게 네놈 신상에 더 좋을 게다. 이 멍청한 아귀 놈아! 잘 생각해 봐라! 내 손에 불타 소멸되고 싶으냐? 아니면 이놈 몸을 꽉 붙들고 그곳이 어디가 됐든 나가고 싶으냐? 혹시 모르지? 위에 올라가면 뭐가 기다리고 있을지? 그것이 뭐가 됐든 소멸보다는 낫지 않겠어? 클클클. 둘이 사이좋게 잘 지내봐.

"뭐래. 씨 살려주…"
호영이의 입에서 더 이상 아무 소리도 나오지 않았다. 멍청한 인간보다 역시나 귀신이 더 똑똑했다. 소멸보다는 다른 길을 선택한 것이다.

'그냥 나랑 같이 가…'

더럽고 흉측한 거적때기 같은 아귀가 바닥을 쓸고 다니던 두 손으로 호영이의 입을 틀어막고 귓가에 속삭였다.

\*\*\*

일주일 후, 경찰차 한 대가 빨간색 페라리 앞에 서 있고 경찰 둘은 서로 어딘가에 무전을 치고 전화를 하고 있다. 주변으로 몇몇 사람들이 차를 둘러싸고 뭔가 쑥덕거리고 있었다.

이윽고 한 남자가 그들에게 다가와 불쾌하고 거만한 표정으로 말한다.

"거 왜 귀찮게 전화까지 하고 난리야? 뺄 때 되면 알아서 뺄 텐데."

"아! 선생님 차 되십니까? 차에 전화번호도 안 남기고 이렇게 불법 주차를 해두시면 어떡합니까?"

"여기 내 건물인데 내 건물 앞에 주차하면 안 돼?"

"건물 소유주라도 여기는 주차가 불가한 구역입니다. 선생님 눈앞에 저기 저 소화전 안 보이십니까? 그리고 지금 선생님 차에 대해서 민원이 많이 들어왔습니다."

"내가 당신한테 뭘 가르쳤다고 자꾸 선생이래? 딱지 끊을 거면 빨리 끊고 가라고. 또 뭐야? 당신들이야? 몇 번을 말해? 내 건물 앞이라고 뭐? 뭘 봐? 내 건물 앞에 내가 주차하는 거로 민원까지 넣고 지랄들이야. 그렇게 할 일이 없어? 카악, 퉤!"

남자는 정말 안하무인이었다. 경찰 앞에서도 가래침을 뱉어버렸다.

왜 저런 놈한테는 칼같이 경범죄를 안 묻는지 상냥한 경찰분들이 상냥하게 상황을 설명해 준다.

"불법주차 민원이 아니고요. 선생님 차에서 악취가 난다는 민원입니다. 저희도 와서 확인을 해봤는데 트렁크 쪽에서 정말 심한 악취가 나서요. 트렁크 한번 열어주시겠습니까?"

"영장 있어? 영장 갖고 와. 차도 집도 영장 있어야 수색할 수 있는 거 알지? 이것들이 어디서. 내가 누군지 알아? 경찰이라고 내가 벌벌 떨면서 시키는 대로 할 줄 알았어? 법대로 하라고 법대로! 나 무서울 거 없는 사람이야! 내 차에서 무슨 냄새가 난다는 거야? 손 세차를 일주일에 한 번씩 하는데."

정말로 무서울 거 하나 없는 사람처럼 자신의 배를 당당하게 내밀고 모두를 무시하며 자신의 차로 다가가는 남자를 보며 모여있던 경찰과 시민 모두 할 말을 잃었다.

"뭐야? 구경났어? 비켜. 비키라고 쌍! 오늘 일진 더럽… 억! 이거 무슨 냄새야?"

그렇게 자신의 차에 타기 위해 다가가는 순간, 그토록 침을 뱉어대서였을까? 방심하고 숨을 더 씩씩거려서였을까? 그 누구보다도 가까이 차에 다가간 순간, 생전 처음 맡아본 정체불명의 숨 막히게 더러운 냄새가 그를 덮쳤다.

"악! 이거 뭐야? 씨발 누가 내 차에 똥을 던져놨어? 어?"

사람은 그래서 착하게 살아야 하는 것이다. 하도 지은 죄가 많아서 그런 걸까? 주위에 자신에게 똥 테러를 할 사람이 당연히 있을 거라고 생각한 것은 그만큼 자신이 스스로에게 부끄러운 짓을 많이 했다는 것이겠지? 민폐 불법주차남이 소리를 지르며 주위를 둘러보자 주변 상가 사람들도 하나둘 모여들어 수군대며 손가락질을 해대기 시작했다.

"누구야? 당신이야? 당신이지? 아니면 너야?"

주변에 모여든 사람들을 하나씩 지목하며 자신에게 냄새 테러를 감행했을 만한 사람을 지목해 대지만 모두들 황당하다는 듯 쳐다볼 뿐이다. 번쩍번쩍한 차는 무대의 소품 같았고 그를 둘러싼 사람들은 관객 같았고 혼자 쇼를 하는 그 남자는 마치 광대 같았다.

"선생님, 트렁크 좀 열어주시죠."

경찰이 재차 권유하자 이번엔 쳐다보지도 않고 리모컨으로 삑! 소리를 내며 트렁크를 열었다.

"거기는 아무것도 없다니까. 누가 똥이나 쓰레기를 갖다 던진 거야. 이놈들을 잡아다 조사하라고! 이놈들! 이놈들!"

트렁크를 열어두고 주변 사람들과 실랑이를 하는 와중에 주변에서 비명이 터져 나왔다,

"으악!"

경찰들이 트렁크 안을 들여다보고 동시에 비명을 지르며 뒷걸음질을 쳤다. 이제 그 고약한 냄새는 더 심하게 주변으로 퍼졌다. 미친 광대처럼 주변 사람들에게 시비를 걸던 이 차주도 드디어 냄새의 근원지를 따라 트렁크를 들여다보게 된다. 그러다 벌러덩 뒤로 나자빠졌다.

"으아아아아! 저게 뭐야? 내 차에 저런 게 왜 있어? 나는 몰라. 난 모르는 일이라고."

혼비백산하며 땅게처럼 주저앉아 뒷걸음질을 치며 덜덜 떠는 차주는 미친 광대가 아니라 이제는 그냥 미친 사람 같아 보였다. 세상 무서울 게 없다던 이 남자는 이 장면의 트라우마로 평생을 약을 먹어야 할 정도로 힘들어했다.

그리고 세상 순한 사람이 되어버렸다.

*＊＊＊*

강남경찰서 여청계.

여러 명의 형사들이 CCTV를 돌려보고 또 돌려보면서 계속 이해가 되지 않는 듯 고개를 내저었다.

"이거 누가 봐도 이 녀석 지가 범인으로 지목될까 봐 자살한 거 같은데?"

"아니, 그럼 정말 일부러 저 비좁은 곳에 몰래 들어가서 말라 죽었다는 거야? 애초에 그럴 생각이었다 치더라도 사람이 생존 본능이라는 게 있잖아. 그동안 저기 저렇게 불법주차해 놓은 차를 아무도 신고를 안 했고?"

동료 형사가 이해가 안 된다는 듯 따져 묻자 제일 나이가 어려 보이는 형사가 대신 대답을 해준다.

"네, 그게 차주가 워낙 괴팍했나 봐요. 거기가 일주일에 한 번씩 들르는 내연녀 집이랍니다. 건물은 자기 소유고요. 그 차가 아니고도 차가 여러 대 있나 봅니다. 그래서 저 차는 전시하듯이 저렇게 주차를 해 놓는데 한번은 동네 주민이 차가 신기해서 차에 기대서 사진을 찍은 적이 있었나 봅니다. 그런데 차주가 그것을 시비를 걸어서 차에 흠집이 났다고 백만 원을 물어내라고 크게 싸운 적이 있었답니다. 그것 때문에 그 근방에서는 아는 사람은 그 차에 닿지도 않으려고 했답니다. 불법주차 구역이라고 신고를 해서 렉카차를 불렀는데 렉카차도 거절을 했답니다. 워낙에 고가이다 보니 이해는 가지만… 소방구역이라… 게다가 시장 골목 진입로를 막아놓았고요. 그래도 시비 붙으면 이길 재간이 없으니 다들 피해만 다닌 거 같습니다."

조용히 모니터만 보고 있던 팀장이 마무리를 짓는다.

"보고서 못 봤어? 생존 본능? 그런 거 없었어. 하다못해 손톱 하나 부러지지 않고 그대로라고. 뭐 그 방법이 이상하다 못해 귀신에 홀린 거 같지만, 저 녀석 죽기 전에 그렇게 슈퍼카, 슈퍼카 노래를 불렀다며? 죽기 전에 저렇게라도 타보고 싶었나 보지. 있지도 않은 보험금을 타서 자기 혼자 강남에서 슈퍼카를 타보겠다고 온 가족을 태워죽이려 했던 악마 같은 놈이야. 나는 이것만 있으면 돼. 우리는 증거만 있으면 된다고. 저렇게 곱게 지 발로 들어가 트렁크가 닫히기 전 누군가에게 인사라도 하듯 허공에 손을 흔드는 저 녀석의 마지막 모습을 봐. 이미 세상과 작별하고 있는 모습 같지 않아?"

짜잔~ 이렇게 된 거지. 뭐? 그렇게 보면 뭐? 나는 악마라고! 어리다고 봐주지 않는다고 했잖아! 그렇게 될 거야. 얼마 못 갔어. 저놈은 겨우 나흘도 못 버텼어. 그리고 보면 사도세자는 어찌 보면 난 놈은 난 놈이지. 어떻게 8일을 견뎠지? 지독한 놈. 나는 여러모로 좋은 일을 했다고 생각해. 죽여도 싼 놈을 죽여준 것만으로 모자라 그놈의 평생소원도 다 이루어주었고. 하마터면 구천을 떠돌 뻔했던 어린 영혼도 올려보내 줬고. 인간들한테 제일 해악인 아귀도 한 마리 보냈고. 이럴 때 쓰담쓰담 정도는 해줘야 하는 거 아니야? 뭐야? 또 그 눈이야? 됐어! 나 갈 거야!

귀신은 귀신이네. 도포 자락을 휘날리며 어느새 모습을 감춘 악마님…. 앞으로도 길길이 날뛰어 주시길 기대할게요!

# 빛의 여정 Ⅰ

**초판 1쇄 발행** 2024년 05월 03일

**지은이** 김수희
**펴낸이** 류태연

**펴낸곳** 렛츠북
**주소** 서울시 마포구 양화로11길 42, 3층(서교동)
**등록** 2015년 05월 15일 제2018-000065호
**전화** 070-4786-4823　**팩스** 070-7610-2823
**홈페이지** www.letsbook21.co.kr　**이메일** letsbook2@naver.com
**블로그** https://blog.naver.com/letsbook2　**인스타그램** @letsbook2

**ISBN** 979-11-6054-701-6　03810

* 이 책은 저작권법에 따라 보호를 받는 저작물이므로 무단전재 및 복제를 금지하며,
  이 책 내용의 전부 및 일부를 이용하려면 반드시 저작권자와 도서출판 렛츠북의
  서면동의를 받아야 합니다.
* 잘못된 책은 구입하신 서점에서 바꾸어 드립니다.